EVIE BLAKE

Valentina.
Geheimnisvolle Verführung

Evie Blake

Valentina. Geheimnisvolle Verführung

Roman

Aus dem Englischen
von Charlotte Seydel
und Veronika Dünninger

blanvalet

Die englische Originalausgabe erscheint 2013
unter dem Titel »Valentina Unlocked« bei Headline, London.

MIX
Papier aus verantwortungsvollen Quellen
FSC® C014496

Verlagsgruppe Random House FSC® N001967
Das FSC®-zertifizierte Papier *Super Snowbright*
für dieses Buch liefert Hellefoss AS, Hokksund, Norwegen.

1. Auflage
Deutsche Erstveröffentlichung November 2013
bei Blanvalet, einem Unternehmen
der Verlagsgruppe Random House GmbH, München.

Das Gedicht von E. E. Cummings auf S. 7 wird zitiert nach:
E. E. Cummings, *erotic poems. Erotische Gedichte,*
C. H. Beck, München, 2011, übersetzt von Lars Vollert.
Umschlaggestaltung und -motiv: Johannes Wiebel | punchdesign
unter Verwendung von Motiven von Shutterstock.com
Redaktion: Ivana Marinovic
ES · Herstellung: sam
Satz: DTP Service Apel, Hannover
Druck und Einband: GGP Media GmbH, Pößneck
Printed in Germany
ISBN: 978-3-442-38282-8

www.blanvalet.de

Für Barry, den Schöpfer meines Herzens.

(teure, ich werde
dich berühren mit meinem geist.) Dich
berühren, das ist alles,

sanft und du wirst völlig werden
mit endloser leichtigkeit

das gedicht das ich nicht schreibe.

(E. E. Cummings, *Erotische Gedichte*)

Tina
1989

Tina hält Valentinas Hand fest in ihrer. Die Hand ihrer kleinen Tochter fühlt sich angenehm kühl an, denn obwohl es ein bitterkalter Novembertag ist, treibt die Aufregung Hitzewellen durch Tinas Körper. In ihrer Handfläche hat sich ein Schweißfilm gebildet, und es kommt ihr vor, als würde sie mit der ihrer Tochter verschmelzen. Während sie sich gemeinsam an den vielen Menschen vorbeischlängeln, hat sie das Gefühl, eins mit ihrer Tochter zu sein. In der Menge sucht Tina nach Karel. Sie mochten sich zwar fünf Jahre nicht gesehen haben, doch sein unglaublich schönes Gesicht wird sie nie vergessen. Sie ist sicher, dass sie ihn finden wird.

Jetzt ist es endlich so weit, Tina kann es kaum noch erwarten. Sie sieht die Ostberliner über den Grenzübergang Bornholmer Straße strömen. Sie ist überzeugt, dass Karel unter ihnen ist. Hatten sie es sich nicht versprochen? Wenn die Mauer fiele, egal wann, egal wie, würde Tina auf ihn warten. Sie sollte sich fünf Tage nach Grenzöffnung um zwölf Uhr mittags an dem Grenzübergang einfinden, den man zuerst geöffnet hatte. Tina blickt auf ihre Armbanduhr. Es ist fünf Minuten vor zwölf, in wenigen Minuten wird Valentina ihren Vater kennenlernen.

Die letzten Tage waren ihr irgendwie surreal vorgekommen. Nie wird Tina vergessen, wie sie die Abendnachrichten eingeschaltet hat und auf einmal dieses Interview mit dem Journalisten der italienischen Presseagentur sah. Es war ein Tag wie jeder andere gewesen, ausgefüllt mit Arbeit und ihren Mutterpflichten. Am Vormittag hatte sie Fotoaufnahmen für die *Elle* gemacht. Am Nachmittag war sie mit Valentina in den Park gegangen und hatte sie auf der Schaukel angestoßen, bis es zu kühl wurde. Auf dem Nachhauseweg hatte Tina etwas zu essen gekauft und vor der Wohnung ein paar Worte mit ihrer Nachbarin gewechselt. Während die Tomatensauce im Topf vor sich hin simmerte und Valentina am Wohnzimmertisch saß und malte, hatte Tina mit ihrem Sohn Mattia in Amerika telefoniert. Valentina war ein sehr unkompliziertes Kind, das nie viel Aufmerksamkeit forderte. Tina verabschiedete sich von Mattia und nahm die Sauce vom Herd. Sie hatte sich gerade auf einen Stuhl gesetzt und gelangweilt, an einem Glas Wein nippend ferngesehen, als das Programm plötzlich unterbrochen und ein Interview mit dem SED-Politbüromitglied Günter Schabowski gesendet wurde. Ein Journalist fragte aufgeregt, wann das neue Gesetz in Kraft träte, das allen DDR-Bürgern das Passieren der Grenzübergänge zwischen Ost- und Westdeutschland sowie Westberlin erlaube. Noch immer hallten Schabowskis Worte in ihrem Kopf nach:

Das tritt nach meiner Kenntnis … ist das sofort, unverzüglich.

Vor Schreck hatte Tina ihr Glas fallen lassen. Es zersplitterte auf dem Boden, und der Rotwein ergoss sich über den Teppich, wo er für immer einen Fleck hinterließ.

Unverzüglich.

Tina sprang vom Sofa auf, klatschte in die Hände und stieß einen leisen Schrei aus. Überrascht blickte Valentina von ihrer Zeichnung auf. Die Berliner Mauer fiel. Tina hatte recht gehabt. Sie hatte Karel gesagt, er solle die Hoffnung nicht aufgeben. Und jetzt würde er endlich frei sein. Nichts auf der Welt konnte sie daran hindern, in fünf Tagen an dieser Grenze zu stehen. Es hatte nichts damit zu tun, dass sie Karel noch liebte. Bestimmt war er inzwischen mit einer anderen Frau zusammen, und das war gut so, sie hatte schließlich Phil. Sie fuhr nicht ihretwegen dorthin, sondern wegen ihrer Tochter. Das ist Valentinas einzige Chance, ihren leiblichen Vater kennenzulernen.

»Mir ist kalt, Mama.« Valentina zittert neben ihr.

»Jetzt dauert es nicht mehr lang, mein Schatz«, beruhigt Tina sie.

»Wo sind wir hier?«, jammert die Kleine. »Ich will nach Hause.«

Tina will Valentina erst von Karel erzählen, wenn er da ist. Sie will sie auf keinen Fall unnötig aufregen. Tina muss erst wissen, dass Karel Valentina noch immer kennenlernen will.

Sie geht auf den Grenzposten zu und beobachtet, wie die Ostberliner in Massen über die Brücke strömen. Die meisten wollen offenbar nur einen Tag auf der anderen Seite verbringen, den Westen kennenlernen, und dann wieder nach Hause zurückkehren. Aber andere kommen für immer, wanken mit großen Koffern heran oder schieben schwer bepackte Fahrräder neben sich her. Wieder andere haben ihren Trabant vollgeladen.

Tina sieht ihnen zu, während sie wartet und die Minuten verrinnen. Gegen halb eins fängt sie an zu zweifeln. Um eins ist Valentina so kalt, dass ihre Zähne klappern. Was soll Tina tun? Vielleicht ist Karel aufgehalten worden. Doch wenn sie jetzt geht und er kommt, wird sie ihn verpassen. Sie blickt sich um und entdeckt einen Stand mit heißen Getränken und mit Brezeln.

Als Tina einen Becher heißer Schokolade an Valentinas blaue Lippen führt, zittern sie beide. Dem Kind ist so kalt, dass es aufgehört hat zu jammern. Stattdessen zupft Valentina hin und wieder am Ärmel ihrer Mutter, doch Tina darf den Grenzübergang nicht aus den Augen lassen. Sie darf Karel nicht verpassen. Während die Zeit vergeht, beobachtet Tina die Ostberliner, die über die Grenze kommen: Einige strahlen, andere weinen. Autohupen ertönen, es herrscht allgemeiner Jubel. Dazwischen spielen sich bewegende Szenen ab. Familien finden wieder zueinander und fallen sich weinend in die Arme. Und noch immer wartet Tina auf Karel. Im Geiste fleht sie ihn an zu kommen. Doch die Menge strömt weiter über die Brücke, und er ist nicht darunter. Tina blickt erneut auf ihre Armbanduhr, und zu ihrem Entsetzen ist es bereits drei. Sie war sich so sicher gewesen, dass er kommen würde.

Als Phil an jenem Abend spät nach Hause kam, hatte Tina es nicht abwarten können, ihm die Neuigkeiten über die Berliner Mauer zu erzählen.

»Hast du es schon gehört?«, fragte sie und stürzte in den Flur, noch bevor er den Mantel ausgezogen hatte.

»Was?« Er war ganz grau im Gesicht und sah schrecklich müde aus. Sein Anblick versetzte Tina einen Stich, sie machte sich Sorgen um ihn.

»Die Berliner Mauer … sie ist offen.«

»Wirklich?« Seine Augen hellten sich auf. Er ging ins Wohnzimmer und schaltete den Fernseher ein. Dort zeigte man Bilder von Ostberlinern, die über die Grenze an der Bornholmer Straße stürmten und die Bösebrücke überquerten.

»Das ist ja fantastisch«, freute sich Phil. »Wir sind Zeugen eines historischen Moments.«

Tina legte eine Hand auf seinen Arm, und er wandte sich zu ihr um.

»Lass uns nach Berlin fahren«, bat sie.

»Was? Jetzt? Um zuzusehen, wie die Mauer fällt?«

»Nein, ich meine, lass uns dort eine Weile leben. Du hast gesagt, wir sollten Italien verlassen und … jetzt ist die Grenze offen.« Sie deutete mit dem Kopf auf Valentina. »Sie kann ihn kennenlernen.«

Phil blickte sie ungläubig an.

»Das ist nicht dein Ernst, Tina.«

»Doch, natürlich«, entgegnete sie. »Ich habe Karel versprochen, fünf Tage nach Öffnung der Grenze mit Valentina dort zu sein.«

»Aber sie kennt ihn nicht, Tina. Für sie bin *ich* ihr Vater.«

»Aber du *bist* nicht ihr Vater, Phil. *Er* ist ihr leiblicher Vater. Sie muss ihn kennenlernen.«

Phil hatte verletzt ausgesehen.

»Du weißt, dass ich sie liebe«, sagte er.

»Es tut mir leid, das weiß ich.« Sie bemerkte, dass sie etwas schroff klang. »Du bist ein wunderbarer Vater, aber verstehst du denn nicht, dass ich Karel verspochen habe, Valentina zu ihm zu bringen?«, fügte sie etwas weicher hinzu.

»Kann er nicht herkommen?«

»Das wird er deinetwegen nicht tun. Da bin ich mir sicher.«

»Das ist verrückt, Tina. Wie willst du ihn überhaupt finden? Du suchst die berühmte Stecknadel im Heuhaufen.«

»Wir haben eine Vereinbarung. Wir haben es einander versprochen.«

»Wie romantisch«, stellte Phil sarkastisch fest.

»Ich will, dass du mitkommst, Phil. Dass wir alle zusammen fahren.«

Er schüttelte den Kopf.

»Auf keinen Fall. Wenn du unbedingt fahren und deinen jungen Gigolo treffen willst, dann mach das. Aber ich teile dich nicht mit jemand anders. Nicht mehr.«

»Was meinst du mit ›nicht mehr‹?«

Er musterte sie mit kühlem Blick, sagte jedoch nichts.

Sein Verhalten verwirrte sie. Das war nicht ihr Phil. Normalerweise war er locker und alles andere als besitzergreifend.

»Ich *muss* hinfahren, Phil. Ich muss es für Valentina tun. Bitte komm mit.«

»Nein, entweder er oder ich.«

Sie fasste es nicht. Phil musste doch verstehen, wie wichtig es war, dass sie nach Berlin fuhren.

»Das ist nicht fair. Denk an Valentina. Meinst du nicht, dass es ihr Recht ist, Karel kennenzulernen?«

»Sie hat keine Ahnung, wer zum Teufel er ist«, widersprach Phil aufgebracht. »Für sie bin ich ihr Vater. Aber wenn du mich nicht mehr in eurem Leben haben willst, ist das okay. Ich haue ab und lass dich in Ruhe.«

Er war aus dem Zimmer gestürmt und hatte die Tür hinter sich zugeschlagen. Tina war fassungslos. Wieso reagierte er so heftig?

Sie hatte erwartet, dass Phil in jener Nacht zu ihr kommen würde, damit sie darüber reden könnten, aber seine Seite des Betts blieb leer und Tina schlief allein. Am nächsten Morgen fand sie Phils Nachricht, dass er für eine Weile nach London ginge. Tina war zutiefst verletzt und auch wütend auf ihn gewesen. Wie konnte er so selbstsüchtig sein? Sie hatte Karel versprochen, dass er sein Kind kennenlernen würde. Ein solches Versprechen bricht man nicht.

Doch nun scheint Karel es zu brechen. Es sei denn, er ist absolut nicht in der Lage zu kommen. Vielleicht, weil er krank ist oder nicht mehr in Ostberlin lebt. Das kann sie nur herausfinden, indem sie zu seiner Wohnung geht.

Es fühlt sich merkwürdig an, wieder durch die Ostberliner Straßen zu laufen. Hier scheint heute jeder auf dem Weg in den Westen zu sein, sei es für einen Tag oder für immer. Tina findet das Haus in Prenzlauer Berg, in dem Karel gewohnt hat, sofort. Nach dem letzten Mal hätte sie den Weg hierher nie vergessen können. Trotz ihrer einstigen Pracht wirkt die Fassade noch baufälliger als in ihrer Erinnerung. Die Fenster sind dreckig und gesprungen, der Putz bröckelt von den Wänden und entblößt Backsteingemäuer und abblätternde Farbe. Sie tritt durch die Haustür und steigt die Treppe hinauf. Valentina ist müde, zerrt an ihr und nörgelt.

»Komm schon, sei ein braves Mädchen. Wir haben es gleich geschafft«, ermuntert sie ihre Tochter.

Tina denkt an das letzte Mal, als sie in diesem Gebäude war. Karel hatte sie die Treppe hochgetragen, sie waren beide schneebedeckt. Das kühle Nass schmolz in ihrem Schoß, gewärmt von der Hitze seiner Brust. Sein Herzschlag im Einklang mit dem Herzen seiner kleinen Tochter in ihrem Bauch. Sein Atem auf ihrer Stirn, als er die Schneeflocken von ihrem

Scheitel pustete. Seine Gegenwart in diesem Gemäuer fühlt sich plötzlich so real an, dass Tina beinahe den Klang seines Cellos die Treppe herunterschweben hört.

Doch als sie Karels Wohnung erreichen, steht sein Name nicht mehr an der Tür. Die Musik ist verstummt, stattdessen hallt der schrille Ton der Klingel durchs Treppenhaus. Sie umklammert Valentinas Hand und murmelt im Stillen ein Gebet, obgleich sie weiß, dass sie kaum hoffen darf.

Eine stämmige Frau reißt die Tür auf. Sie hat graues Haar, scheint aber nur wenig älter als Tina. Da sie kein Deutsch kann, spricht Tina die Frau auf Englisch an.

»Wohnt Karel Slavik hier?«

Aber die Frau schüttelt lediglich mit einem mürrischen Blick den Kopf.

Bevor Tina fragen kann, ob sie wisse, wo er sei, schlägt sie ihr die Tür vor der Nase zu.

Langsam gehen Mutter und Tochter die Treppe hinunter und zurück auf die Straße. Die Dunkelheit bricht herein. Ein unangenehmer Nieselregen weht ihnen ins Gesicht und durchnässt ihre Mäntel. Sie kann nicht glauben, dass es vorbei ist. Dass sie Karel niemals wieder sehen wird. Und nun hat sie Phil auch noch verloren. Sie ist ganz allein. Plötzlich zittert sie so heftig, dass ihr gesamter Körper zuckt.

»Was ist mit dir, Mama?«, fragt Valentina und sieht mit ihren großen Kinderaugen zu ihr auf.

»Ich bin ein bisschen traurig. Ich fühle mich ein bisschen einsam«, erklärt sie.

»Nicht traurig sein«, antwortet ihre Tochter. »Du bist nicht allein, du hast doch mich.«

Ja, aber das reicht nicht, würde sie am liebsten sagen. *Ich brauche einen Mann. Nur dann kann ich mich selbst lieben, mich ganz fühlen.*

Zurück im Hotel ist Tina so erschöpft, dass sie in ihren Kleidern einschläft, während sie Valentina eine Gutenachtgeschichte vorliest. In ihrem Traum begegnet sie Karel. Er lebt mit diesen armen Punks von damals in einem verlassenen Haus in der Schönhauser Allee. Er sitzt gelassen auf einem Trümmerhaufen, als sei es der bequemste Ort der Welt. Zwischen seinen Beinen klemmt sein Cello und er wartet auf Valentina und sie. Tina winkt ihm zu.

Wir sind hier, ruft sie, *ich habe sie dir mitgebracht.*

Karel lächelt ihr zu und blickt voller Stolz auf Valentina hinab. Es ist ein so großherziges Lächeln, so verständnisvoll, mitfühlend und liebevoll. Er ist ein guter Vater. Er hebt seinen Bogen und fängt an zu spielen. Oh, es ist das Stück, das er für Tina komponiert hat. Sie erkennt es sofort wieder. Sie steht vor seiner Burg aus Trümmern und lauscht den Klängen seiner Liebe. Die Melodie trägt Valentina und sie, sodass ihre Füße einen Augenblick über dem Boden schweben. Und während Tina zusieht, wie Karel auf seinem Cello spielt, spürt sie seinen Bogen auf ihrem nackten Körper. Die Saiten streichen über ihre Brüste und ihre Nippel, während seine flinken, geschickten Finger ihr tiefer unten eine Melodie entlocken. Er erspürt die Vibrationen ihres Körpers und bringt ihre Seele zum Schwingen.

Und während er spielt, verwandeln sich die Schatten der heruntergekommenen Häuser in Menschen, denen sie einst in Ostberlin begegnet ist: Sabine und Rudolf, Hermann und

Simone, und Lottie. Karel ist das warme strahlende Licht, um das sich alle versammeln.

Tina erwacht schweißbedeckt, ihre Kleider kleben an ihrem Körper. Valentina schläft tief und fest. Tina steht auf und zieht sich aus. Was kann der Traum bedeuten? Dann begreift sie. Es gibt eine letzte Möglichkeit, Karel zu finden. Sie schaltet die Nachttischlampe ein und sucht in der Tasche nach ihrem Adressbuch. Sie holt es heraus und blättert, bis sie Lotties alte Berliner Adresse findet.

Als Lottie am nächsten Morgen ihre Wohnungstür öffnet, erkennt Tina sie auf den ersten Blick. Ihr Punk-Look ist zwar etwas zahmer – die Haare nicht ganz so stachelig, die Augen nicht so stark geschminkt –, doch sie hat immer noch diesen herben Charme, der Tina damals bewogen hatte, sie als Model zu buchen. Lottie starrt sie einen Moment lang sprachlos an, sie ist überrumpelt, sie zu sehen. Schließlich ist das letzte Mal fünf Jahre her.

»Mein Gott, Tina!«, ruft sie endlich. »Und das, ist das da deine Tochter? Hallo.« Sie beugt sich zu Valentina hinunter und reicht ihr die Hand.

»Hallo, freut mich, dich kennenzulernen«, antwortet Valentina höflich auf Italienisch.

»Ach, wie süß.« Lottie richtet sich wieder auf. »Was machst du in Berlin?«, fragt sie überschwänglich. »Na ja, klar, die Mauer ist offen. Ist das nicht aufregend? Seit dem neunten ist hier jeden Tag Party.«

Sie führt ihre Besucher in eine unordentliche Küche.

»Tut mir leid, hier sieht es schlimm aus. Wollt ihr eine Tasse Tee?«

»Nein, danke. Warst du schon drüben?«

»Na klar! Am neunten war ich genau um halb zehn am Brandenburger Tor. Es war unglaublich. Ich habe echt geweint.«

»Hast du dich mit Sabine getroffen? Ihr müsst ein großes Familienfest gefeiert haben.«

Das Thema scheint Lottie unangenehm zu sein, ihre blassen Wangen erröten etwas.

»Ja, meine Eltern sind rübergefahren, um ihre Familie zu treffen«, sagt sie und wechselt das Thema. »Die Atmosphäre in der Stadt ist einfach fantastisch. Endlich sind alle Deutschen vereint.« Sie strahlt.

»Und hast du dich mit Hermann getroffen?«, erkundigt sich Tina weiter.

Lottie verkrampft ihre Hände ineinander, ihr Lächeln erstirbt.

»Hermann ist tot«, sagt sie, wendet den Blick ab und schaut durch das trübe Küchenfenster.

Tina beißt sich auf die Lippe. Warum musste sie so taktlos sein?

»Das tut mir schrecklich leid, Lottie. Was ist geschehen?«, fragt sie sanft.

»Deshalb habe ich den Kontakt zu meiner Cousine Sabine abgebrochen«, erklärt Lottie und bietet Tina mit einer Handbewegung einen Stuhl auf der anderen Seite des Küchentischs an. »Ich hatte immer schon vermutet, dass ihr widerwärtiger Freund bei der Stasi ist, aber es hat sich herausgestellt, dass Sabine selbst ebenfalls als Informantin gearbeitet hat.«

»Aber sie war doch so ein nettes Mädchen«, sagt Tina und denkt zurück an die reizende junge Frau.

»Sie war schwach, nicht nett«, erwidert Lottie bitter. »So hat sie Rudolf überhaupt kennengelernt. Er hat sie verhört, und ich schätze, dass er sie psychisch irgendwie unter Druck gesetzt hat. Er hat ihr Angst eingejagt und sie so zum Spitzel gemacht.«

»Aber was hat das mit Hermann zu tun?«, bohrt Tina weiter.

»Ich habe den Fehler begangen, Sabine von Hermann und Simone zu erzählen. Dass ich ihnen Musik und Klamotten mitgebracht habe. Sie hat es Rudolf weitererzählt. Kurz danach hat man sie hochgenommen. Aus irgendeinem Grund haben sie sich auf Hermann eingeschossen. Simone haben sie laufenlassen. Die Stasi hat ihn eingesperrt und psychisch gefoltert. Als sie ihn schließlich wieder freigelassen haben, war er fertig.« Lottie tippt sich an den Kopf. »Er hat sich das Leben genommen, hat sich mit einer Glasscherbe die Pulsadern aufgeschnitten.«

Sie wendet den Blick von Tina ab. Da bemerkt sie, dass Valentina neben ihr steht und sie mit großen Augen ansieht.

»Tut mir leid, das Kind hatte ich ganz vergessen«, murmelt sie.

»Das ist schon okay, sie versteht kein Englisch«, beruhigt Tina sie. »Das mit Hermann tut mir wirklich leid. Und was ist mit Simone passiert?«

Lottie seufzt und schüttelt den Kopf.

»Du hast ja gesehen, wie schlecht es ihr ging. Nachdem Hermann weg war, hat sie einfach aufgegeben.« Lotties Stimme bricht. »Sie sind beide tot, Tina. Deshalb bin ich nicht mehr in den Osten gegangen. Ich konnte es nicht ertragen. Ich hatte das Gefühl, irgendwie für ihren Tod verantwortlich zu sein.«

Tina legt eine Hand auf Lotties Arm.

»Du weißt, dass das nicht stimmt.«

Lottie zuckt mit den Schultern, nimmt ein Päckchen Zigaretten vom Küchentisch und bietet Tina eine an.

»Nein, danke.« Sie schüttelt den Kopf.

Lottie zündet sich eine Zigarette an und zieht nachdenklich daran.

»Will sie sich setzen?« Sie deutet auf Valentina, die noch immer reglos dasteht und Lottie anstarrt wie einen großen bunten Vogel.

Tina wendet sich an Valentina und ermahnt sie auf Italienisch, sich an den Tisch zu setzen und nicht so zu starren. Widerwillig lässt sich Valentina auf einen Stuhl rutschen, kann jedoch noch immer nicht den Blick von Lottie lösen.

Tina holt Luft und versucht, die Schmetterlinge in ihrem Bauch zu beruhigen. Sie muss Lottie nach Karel fragen, gleichzeitig hat sie Angst vor der Antwort. Jetzt nimmt sie doch eine von Lotties Zigaretten. Lottie mustert Tina neugierig, sie spürt, dass etwas in ihr arbeitet. Tina nimmt einen tiefen Zug von ihrer Zigarette.

»Weißt du eigentlich, was aus Karel Slavik geworden ist? Dem Cellisten?«, fragt sie, in dem Versuch möglichst beiläufig zu klingen.

»Das weißt du nicht?«, fragt Lottie.

»Nein.« Tina schüttelt den Kopf. Ihr Magen krampft sich bedrohlich zusammen

»Ich wusste von dir und ihm«, sagt Lottie und drückt ihren Zigarettenstummel auf einem Teller aus. »Ich habe euch in der Nacht im Auto gesehen.«

»Nicht vor Valentina«, wispert sie, obwohl ihre Tochter kein Wort von dem versteht, was sie sagen.

»Ach, ja, entschuldige.« Lottie mustert Valentina und blickt in die Augen des Kindes. »Jesus«, sie stößt einen leisen Pfiff aus und sieht dann wieder zu Tina, »jetzt verstehe ich, weshalb du Karel suchst. Sie ist ihm ja wie aus dem Gesicht geschnitten.«

»Und weißt du, wo er ist?«, fragt Tina. Sie ist plötzlich ungeduldig. Sie kann die Ungewissheit nicht länger ertragen.

Lottie betrachtet Valentina wie gebannt. Sie schüttelt sich, als würde sie aus einer Trance erwachen, dann blickt sie zu Tina. Sie spricht langsam, jedes Wort scheint ihr schwerzufallen.

»Ja, ich weiß, wo er ist. Ich bringe dich hin.«

Valentina
2013

Valentina steht am Rand der Klippe und beugt sich gefährlich weit über den Abgrund. Fasziniert betrachtet sie das klare blaue Wasser, sie fühlt sich von der funkelnden Tiefe angezogen. Dort unten irgendwo ist Thomas.

Das Meer verspottet sie, es hat genau dieselbe Farbe wie Thomas' Augen. Valentina empfindet eine starke Abneigung gegen die wilde, ursprüngliche Insel. Sie hat diesen Ort einmal sehr geliebt, doch die Küste hat ihr den Geliebten genommen und ihr das Herz gebrochen.

Als sie sich noch weiter über die Felskante beugt, drückt zusätzlich der Wind gegen ihren Rücken. Es wäre so leicht, sich einfach über den Rand der Klippe ins Meer fallen zu lassen. Sich zu Thomas in seinem Grab auf dem Meeresgrund zu gesellen. Möwen kreisen über Valentinas Kopf und kreischen, als wollten sie Valentina warnen, doch sie tritt nicht vom Abgrund zurück. Heute vor einem Jahr ist Thomas vor der Küste Capris im Mittelmeer verschwunden.

Seine Leiche wurde nie gefunden. Valentina hat gehört, dass seine Eltern zu Hause in New York eine Trauerfeier für Thomas abgehalten haben, aber daran hatte sie auf keinen Fall teilnehmen wollen. Wie sollte sie den Eltern ihrer großen Liebe unter diesen Umständen zum ersten Mal begegnen? Schließlich hatte sie sich geweigert, sie kennenzulernen, als Thomas noch lebte, weil sie Angst vor Verbindlichkeiten hatte. Sie schämt sich, ihnen jetzt gegenüberzutreten.

Valentina kann nicht glauben, dass sie noch immer lebt, dass ihr Herz weiterschlägt, obwohl Thomas tot ist. Sie dreht den Verlobungsring an ihrem Finger und streicht mit der Fingerspitze über die geschliffenen Kanten des Saphirs. Es tröstet sie. Sie sollte den Ring in ihrer Schmuckschatulle vergraben, aber irgendwie kann sie sich von dem letzten Stück, das Thomas ihr geschenkt hat, nicht trennen. Valentina starrt auf das blaue Meer und denkt an Thomas' Augen. *Sprich mit mir*, fleht sie, aber abgesehen von dem Kreischen der Möwen und dem Tosen der Brandung hört Valentina nichts.

Sie seufzt und blickt zum Himmel hinauf. Valentina beobachtet die kreisenden Vögel am blauen Firmament und schwankt gefährlich über dem Nichts. Plötzlich erinnert sie sich an einen anderen Tag, an dem sie ebenfalls einen strahlend blauen Himmel betrachtet hatte. Thomas und sie hatten im Mailänder Parco Sempione auf dem Rücken im Gras gelegen. Es war ein heißer Junitag gewesen, kurz nachdem sie sich kennengelernt hatten. Knapp zwei Jahre war das nun her. Sie hatten sich an den Händen gehalten und in den makellosen Himmel hinaufgeblickt.

Da verspürte Valentina den Impuls, Thomas nahe zu sein. Sie rollte sich auf die Seite, kniete sich über ihn, schloss die Augen und küsste Thomas. Sie hatten Eiscreme gegessen, und er schmeckte süß. Seine Lippen fühlten sich kühl und weich auf ihren an.

»Öffne die Augen«, hatte Thomas geflüstert.

Sie wollte nicht, schüttelte den Kopf, vergrub das Gesicht an seinem weichen Nacken und atmete seinen Geruch ein.

»Bitte, Valentina«, beharrte Thomas, »sieh mich an.«

Sie fühlte sich bedrängt, sie wollte genießen, wie wundervoll ihre Körper in der heißen Sonne miteinander verschmolzen. Wenn sie die Augen öffnete, bedeutete das eine Trennung.

»Was ist los?«, hatte sie gezischt, den Kopf zurückgeworfen und ihn mit funkelnden Augen angesehen. Ihre Stimme klang deutlich gereizt.

Thomas sah sie unverwandt an. In seinen kühlen blauen Augen brannte unbändiges Verlangen, und Valentinas Gereiztheit löste sich augenblicklich in Nichts auf. Thomas' Blick sagte mehr als tausend Worte. Tief im Innern wusste Valentina, was er für sie empfand. Es bereitete ihr große Angst. Noch nie hatte ein Mann sie auf diese Weise angesehen, noch nie hatte jemand in sie *hinein*gesehen. In dem Augenblick wusste Valentina, dass Thomas sie liebte. Monate, bevor er es ihr sagte, und fast ein Jahr, bevor sie es ihm selbst gestand. Als dann ein Lächeln auf seinem Gesicht erschien, war ihr das Herz aufgegangen und auch sie hatte sich in ihn verliebt.

Valentina begreift, dass sie sich an jenem Juninachmittag ineinander verliebt hatten.

»Guck nicht so ernst, Valentina«, hatte Thomas sie geneckt, seine Arme um sie gelegt und sie so fest an seine Brust gezogen, dass sie seinen Herzschlag spürte. Sie hatte sich in seine Arme gegeben und die Wärme seiner Umarmung genossen. Zum ersten Mal in ihrem Leben hatte Valentina sich nicht allein gefühlt.

Valentina lässt den Kopf sinken und blickt erneut hinunter auf das tosende Meer, das sich an Capris Felsen bricht. Seine Dämonen rufen nach ihr, und sie rückt noch näher an den Rand der Klippe. Valentina ist kurz davor aufzugeben, doch da flackert erneut die Erinnerung an jenen Junitag auf, und sie hört Thomas' Stimme:

»Du bist etwas ganz Besonderes, Valentina«, hatte er gesagt.

»*Jeder* ist irgendwie besonders«, hatte sie entgegnet.

»Natürlich«, hatte er geduldig geantwortet. »Ich meinte, dass du etwas ganz Besonderes für *mich* bist. Ich bin noch nie einer Frau wie dir begegnet.«

Sie hatte sich von ihm herunter ins Gras gerollt, sich aufgesetzt und zu ihm hinuntergeblickt.

»Ist dir eigentlich klar, wie kitschig das klingt?«

Er hatte sich schützend die Hand über die Augen gehalten und zu ihr aufgesehen. Schatten fielen auf sein Gesicht.

»Ich meine es so«, sagte er ernst. »Du hast einfach alles: Du bist schön, klug und begabt … und du bist so unglaublich sexy.« Er lächelte. »Aber noch attraktiver wirst du für mich, weil du bist, wie du bist, und durch das, was du tust.«

Valentina hatte ihn überrascht angesehen und nicht gewusst, was sie darauf erwidern sollte. Kein Mann, mit dem sie bislang zusammen gewesen war, hatte sich je für ihre Arbeit interessiert, vielmehr hatten sie ihren Schwung und Elan und vor allem ihren Erfolg als bedrohlich empfunden.

»Versprich mir etwas, Valentina«, hatte Thomas gesagt und sich auf seine Ellbogen aufgestützt. »Egal, welches Unglück dir im Leben widerfahren mag, du musst immer fotografieren.«

»Ich mache einfach genau dasselbe, was meine Mutter getan hat: Modeaufnahmen. Ich kopiere sie bloß.«

Er schüttelte den Kopf und sah sie an, als wüsste er es besser.

»Du bist weitaus mehr als Tina Rossellis Tochter. Deine Bilder besitzen eine Tiefe, die ihre nicht haben. Ich bin sicher, dass deine Arbeit wegweisend sein wird.«

Sie gab ihm einen freundschaftlichen Stoß, es war ihr etwas peinlich, dass er derart an sie glaubte.

»Du hörst dich wie ein Kunsthistoriker an«, widersprach sie neckend.

»Nun, das ist irgendwie logisch, denn schließlich bin ich ja auch einer.«

Als sie sich kennengelernt hatten, war Valentina überrascht gewesen, dass Thomas Professor für Kunstgeschichte an der Mailänder Universität war. Er hatte sie beeindruckt, denn sie war noch nie einem so modernen Akademiker begegnet. Er war stets wach und geistreich und immer auf der Suche nach neuer Kunst. Ständig nahm er neue Perspektiven ein, betrachtete Kunstwerke auf eine andere Weise und ermutigte Valentina, die Grenzen ihres Berufs als Modefotografin zu sprengen. Er hatte ihr so viel beigebracht, nicht nur über Kunst, sondern auch über Filme, Bücher, Musik, Politik und Geschichte. Valentina erinnert sich jetzt, dass sie dieser dynamische Mann in den ersten Tagen sogar etwas verwirrt hatte. Dauernd war er unterwegs, verschwand zu Vorlesungsreisen oder beriet Kunsthändler überall auf der Welt. Thomas war jedoch nicht, was er zu sein vorgab. Somit hatte sie ihr erster Eindruck nicht getäuscht. Ja, Thomas war Akademiker, aber er hatte noch einen anderen geheimen, gefährlicheren Beruf, der ihn schließlich das Leben kostete.

Eigentlich hätte Valentina an seiner Stelle sterben sollen. Fast wäre sie damals ertrunken, doch Thomas hatte sie gerettet. Es war, als hätte er sein Leben für sie gegeben, doch sie würde ihm so gern sagen, dass ihr Leben ohne ihn wertlos ist.

Valentina würde am liebsten von der Klippe springen. Erneut fühlt sie sich von der Tiefe angezogen. Würde ihr Körper unten an den Felsen zerschellen, oder würde sie an ihnen vorbei ins Wasser fallen? Würde sie wie ein Stein auf den Grund sinken, ihr Mund sich mit Meerwasser füllen, bis ihre Lungen barsten? Der Drang ist überwältigend stark, dennoch weicht Valentina von dem Felsvorsprung zurück.

Versprich mir etwas, Valentina. Egal, welches Unglück dir im Leben widerfahren mag, du musst immer fotografieren.

Sie hatte es Thomas versprochen, das ist das Problem. Valentina seufzt, öffnet ihre Tasche und sucht, bis sie ihre Digitalkamera findet. Sie schaltet sie ein, blickt auf das kleine Display, richtet die Kamera nach unten auf das rauschende blaue Meer und macht ein Foto. Sie dreht sich um, streckt den Arm aus und richtet das Objektiv auf sich selbst. Sie weiß nicht, was genau sie festhält, während sie spontan den Auslöser drückt. Als sie die Bilder betrachtet, sieht sie einen Teil ihres traurigen Gesichts mit vom Wind zerzausten Haaren vor dem blauen Mittelmeer und den Kreidefelsen. Schon fühlt sie sich etwas besser. Wenn Valentina eine Aufnahme von sich macht, hilft ihr das, sich von ihren Gefühlen zu distanzieren und einen Prozess zu dokumentieren. Ist es der Prozess ihrer Trauer? Deshalb ist sie doch überhaupt nach Capri gekommen. Ihre Freunde denken, sie würde sich in ihrer Trauer suhlen. Leonardo hatte ihr eine lange E-Mail geschrieben und ihr geraten, nicht wieder auf die Insel zu fahren.

In jener schrecklichen Woche vor einem Jahr war Leonardo bei ihr gewesen. Sie hatte ihn angerufen, um ihm zu sagen, dass Thomas vermisst wurde. Und am nächsten Tag war Leonardo da gewesen. Wie erleichtert Valentina gewesen war, ihn zu sehen. Er wich nicht von ihrer Seite und begleitete sie die vielen Male, die sie mit einem Ruderboot hinaus zur Blauen Grotte fuhr, um in der Höhle nach einer Spur von Thomas zu suchen. Das Wasser leuchtete, als werde es von unten mit Scheinwerfern angestrahlt, das Tageslicht schimmerte durch die blauen Schichten empor. Wenn Valentina die Hände in die azurblaue Oberfläche tauchte, glänzten sie silbern. Dieser magische Ort mit dem irisierenden Licht war für Valentina nun zum Tor zur Hölle geworden. Sie konnte bis auf den Boden der Grotte sehen, doch dort war nichts. Was wollte sie auch finden, was die Polizei nicht gefunden hätte? Doch Leonardo begleitete sie über die Insel, während sie mit Fischern sprach, mit Ladeninhabern, mit anderen Touristen und den Besitzern der Trattorien. Valentina konnte einfach nicht glauben, dass Thomas ertrunken war. Doch es war die einzig logische Erklärung, denn sie wusste, dass er sie nie verlassen hätte. Das war unvorstellbar, sie hatten sich gerade erst verlobt.

Valentina erinnert sich an den letzten Abend ihrer Suche. Beim Abendessen hatte Leonardo ihr so schonend wie möglich beigebracht, dass es an der Zeit sei, nach Mailand zurückzukehren. Die Polizei werde sie benachrichtigen, sollte sie irgendetwas finden. Valentina war wütend auf ihn gewesen, wusste aber insgeheim, dass Leonardo recht hatte. Sie hatte zu viel Wein getrunken, was ihre Wut noch befeuert hatte. Als sie wieder im Hotelzimmer waren, war Valentina gemein geworden und hatte ihrem Freund vorgeworfen, er sei nur bei ihr, weil er eigentlich etwas ganz anderes von ihr wolle. Valentina wird nie vergessen, wie verletzt Leonardo ausgesehen hat, doch gleichzeitig erkannte sie an einem Flackern seiner Augen, an einem kaum merklichen Zucken seiner Lider, dass sie einen Nerv getroffen hatte. Für eine kurzen Moment hatte Valentina gesehen, was Leonardo für sie empfand.

»Du willst, dass ich Thomas aufgebe«, hatte sie ihm vorgeworfen.

»Ich versuche nur, dir zu helfen, Valentina«, widersprach Leonardo. »Thomas war einer meiner besten Freunde.«

»Sprich nicht in der Vergangenheitsform von ihm!«, hatte sie Leonardo angeschrien. »Vielleicht lebt er noch … vielleicht ist er nur verletzt … vielleicht hat Glen ihn entführt.«

»Nach Aussage der Polizei sieht es so aus, als hätten Thomas und dieser Glen im Meer gekämpft und seien beide … nun …«, fuhr Leonardo stockend fort.

Valentina schauderte, als sie sich an Glen mit seinen aalglatten Gesichtszügen und den blonden Haaren erinnerte, die wie ein Heiligenschein um seinen Kopf standen. Er war der bösartigste Mensch, dem sie je begegnet war. Er hatte versucht, Thomas und sie zu vernichten. Anscheinend mit Erfolg, nur hatte er dafür offenbar sein eigenes Leben opfern müssen.

Leonardo und Valentina starrten einander an, bis allmählich die bittere Erkenntnis zu ihr hindurchsickerte. Es gab nichts mehr zu sagen. Thomas war tot. Mit einem Mal wurde all ihre Energie, ihre leidenschaftliche Suche nach Thomas, das Antreiben der Polizei, ihre Wut auf Leonardos Vorschlag aufzugeben, von einer überwältigenden Welle der Trauer hinfort gespült. Ein unmenschlicher Laut entrang sich ihrem Innern, eine tiefe, kehlige Klage.

»Ich will nicht, dass er tot ist«, flehte sie.

Leonardo hatte sie in die Arme genommen und festgehalten. Valentina konnte nicht weinen, sie zitterte nur unkontrolliert. Erst da setzte der Schock über Thomas' Tod ein. Sie hatte Leonardo gebeten, mit ihr in einem Bett zu schlafen, und er hatte sie die ganze Nacht in den Armen gehalten. Es hatte ihr Halt gegeben, sein gleichmäßiges Atmen zu hören und zu spüren, wie sich seine Brust hob und senkte. Doch Valentina schlief nicht und wiederholte die ganze Nacht über wie ein Mantra im Geiste: *Thomas ist tot. Thomas ist tot.*

Als die Sonne vor dem offenen Fenster aufging, belebte ihr rosiger Glanz Valentinas müden Körper und weckte in ihrer geschundenen Seele den Wunsch nach Nähe. Sie drehte sich zu Leonardo um und küsste ihn. Er bewegte sich im Schlaf und schloss sie instinktiv in die Arme. Valentina drängte sich an ihn. Sie brannte vor Lust, mit der sie den Schmerz zu verdrängen hoffte. Sie spürte, wie Leonardos Glied sich an ihrem Bauch regte. Doch als ihr Freund richtig erwachte, wich er augenblicklich zurück, schüttelte den Kopf und sah sie mitfühlend an. Sie hatte sich augenblicklich geschämt und war ihm dankbar gewesen, dass er darüber kein Wort verloren hatte. Stattdessen war er aufgestanden und ins Bad getappt, damit Valentina Gelegenheit hatte, sich zu sammeln.

Eine Woche nachdem sie nach Mailand zurückgekehrt waren, hatte Leonardo verkündet, er werde nach Indien gehen, um dort Yoga zu studieren. Valentina hatte sich oft gefragt, ob sie etwas mit dieser Entscheidung zu tun hatte. Leonardo wusste, wie empfindlich sie war. Aber er war ebenfalls verletzlich. War er vor ihr davongelaufen? Manchmal war sie wütend auf ihn gewesen und hatte sich im Stich gelassen gefühlt. Sie vermisste ihn. Und doch wusste sie, dass er das Beste für ihre Freundschaft getan hatte. Hätte er mit Valentina geschlafen, als es ihr so schlecht ging, wäre das auf eine Katastrophe hinausgelaufen.

Valentina wendet sich von dem Felsvorsprung ab und macht sich auf den Rückweg ins Zentrum von Capri. Hin und wieder bleibt sie stehen und fotografiert: eine kleine vom Wind zerzauste Blume, die trotz widriger Umstände überlebt hat, die zerklüftete Küste, das Meer, auf dem in der Ferne ein einsames weißes Segelboot schaukelt, oder einen Inselbewohner, der auf seinem Moped vorbeifährt. Valentina beschäftigt sich. So hat sie das letzte Jahr überstanden. Indem sie fotografiert und ununterbrochen gearbeitet hat. Sie glaubt, dass Thomas stolz auf sie wäre. Sie wirft einen letzten Blick auf die Klippe und wird sich bewusst, wie knapp sie heute davor gewesen ist, ihr Leben wegzuwerfen. Doch sie wird weiterleben. Für Thomas. Aber wird sie jemals wieder lieben können?

Tina
1984

Auf dem gesamten Flug von Mailand nach Berlin fragt Tina sich, warum sie Phil angelogen hat. Obwohl es das erste Mal war, ist ihr die Lüge ganz leicht über die Lippen gegangen.

»Ich muss nach Berlin. Sie haben niemand anders für die Aufnahmen gefunden. Es geht nicht anders.«

Sie hatte das Gefühl gehabt, ihr stünde das Wort *Lügnerin* auf die Stirn geschrieben, aber Phil hatte keinen Verdacht geschöpft. Warum sollte er auch?

»Ach, das ist ja schade. Ich wollte dich morgen Abend zum Essen ausführen. Es ist unser Jahrestag.«

»Wir sind noch nicht einmal verheiratet, Phil.«

»Der Tag, an dem wir uns zum ersten Mal begegnet sind«, hatte er grinsend erklärt. »Erinnerst du dich? Du bist wie eine Irre mit diesem kleinen Triumph gedüst. Ich dachte, mein letztes Stündlein hätte geschlagen.«

»So schlimm war es auch nicht«, grummelte Tina.

»Und ich weiß, dass wir nicht offiziell verheiratet sind, aber wir sind so lange zusammen, dass es sich anfühlt als … Nun, deshalb dachte ich jedenfalls, wir könnten ausgehen. Wir sind fünfzehn Jahre zusammen.«

Tina hatte ihm den Rücken zugewandt und sich eine kleine Tasse schwarzen Espresso aus der Kanne eingeschenkt.

»Ist es so lange, dass du dich eingeengt fühlst?«, fragte sie.

»Natürlich nicht«, hatte Phil entgegnet, sich hinter sie gestellt, einen Arm um ihre Taille gelegt und sie auf den Nacken geküsst. »Obwohl ich manchmal die Anfangszeit vermisse, als wir nicht die Hände voneinander lassen konnten.«

Tina hatte sich ihm entzogen und ihren Espresso getrunken.

»Ein Baby verändert eine Frau …«

»Ich weiß, ich weiß«, seufzte Phil. »Ich habe die Bücher auch gelesen. Aber jetzt, wo Mattia aufs Internat geht und fast erwachsen ist …«

»Er ist erst zwölf, Phil.«

»Ja, aber da er aufs Internat geht, können wir quasi noch einmal neu anfangen.« Er rieb seine Nase an ihrem Nacken und ließ seine Hand über ihren Rücken gleiten. Früher hatte es ihr gefallen, wenn Phil sie so anfasste, doch jetzt wandte sie sich von ihm ab.

»Ich muss los«, sagte sie.

Er runzelte die Stirn.

»Was ist los, Tina?«

»Nichts«, entgegnete sie und wich seinem Blick aus.

»Hast du genug von mir?«, fragte er.

»Nein. Mir ist nur gerade nicht nach Sex«, presste sie hervor. »Ist das vielleicht erlaubt?«

»He.« Er hob verteidigend die Hände. »Ich frage ja nur. Es kommt mir so vor, als hättest du schon ziemlich lange keine Lust mehr auf Sex. Was ist los?«

Sie hätte ihm erzählen können, wie sie sich fühlte, aber sie hatte nicht gewusst, wie. Er würde es persönlich nehmen, es auf sich beziehen, aber es hatte nichts mit ihm zu tun. Tina liebte Phil. Sie wollte im Moment nur von niemandem berührt werden. Sie wollte allein sein. Deshalb hatte sie ihn wegen Berlin angelogen. *Sie* hatte um diesen Auftrag gebeten, nicht umgekehrt.

»Nichts.« Tina schüttelte den Kopf. »Ich habe nur so viel um die Ohren, es ist ziemlich viel zu tun.«

Phil hatte den Kopf schiefgelegt und sie traurig angelächelt.

»Du weißt ja, jeder Mann braucht hin und wieder ein bisschen Aufmerksamkeit, sonst gerät er in Versuchung …«

»Drohst du mir etwa?« Ihre Stimme wurde lauter. »Willst du sagen, dass du jemand anders vögelst, wenn ich nicht mit dir schlafe?«

»Herrgott, Tina, beruhige dich. Es war nur ein Scherz.«

Sie sah ihn wütend an, stürmte aus der Küche und griff ihren kleinen Koffer und die Kameratasche, die neben der Tür standen.

»Wir sehen uns in ein paar Tagen«, sagte sie.

»He, Tina, es tut mir leid.« Phil folgte ihr in den Flur. »Geh nicht im Zorn. Ich vermisse dich doch nur.«

»Wie kannst du mich vermissen? Wir leben schließlich zusammen.«

»Du weißt, was ich meine, Schatz.«

In dem Augenblick hatte sie sich selbst gehasst. Jede Frau mit ein bisschen Herz wäre in dem Moment in die Arme ihres Geliebten gesunken und hätte ihm gezeigt, wie viel er ihr bedeutete. Doch Tina fühlte sich innerlich kalt, ihre Gefühle waren wie abgeschnitten. Es war verwirrend und erschreckend. Seit ungefähr zwei Jahren musste sie sich jedes Mal überwinden, wenn sie miteinander schliefen. Sie kam einfach nicht in Fahrt. Jetzt verstand sie, was der Begriff frigide bedeutete – eine Zicke, die ihren Mann auf die Wange küsste und eiskalt aus der

Tür entschwand. Ihr Verhalten würde ihn in die Arme einer anderen Frau treiben. Die Vorstellung erfüllte Tina mit Angst und Panik. Doch sie konnte ihm nicht weiter etwas vormachen. Im Moment wäre sie froh, wenn sie nie wieder Sex haben müsste.

Das Flugzeug begibt sich in den Landeanflug. Tina blickt aus dem Fenster, doch von Berlin ist nichts zu sehen. Über der ganzen Stadt liegt eine dicke Wolkendecke. Ob sie wohl gerade über den Osten oder über den Westen fliegen? Tina holt ihren Taschenspiegel hervor, überprüft ihr Aussehen und zieht sich die Lippen nach. Nachdem sie nicht mehr in Italien ist und sich ganz auf ihre Modeaufnahmen konzentrieren muss, fühlt sie sich schon entspannter. Hier kann sie Phil und die Sorge um ihre Beziehung eine Weile verdrängen. Damit wird sie sich bei ihrer Rückkehr wieder beschäftigen. Tief im Inneren weiß sie, dass sie etwas unternehmen muss. Phil ist kein Mönch. Sie kann für sich beschließen, enthaltsam zu leben, aber das wäre Phil gegenüber nicht fair.

Hat ihre Freundin Isabella womöglich recht? Isabella lässt sich auf keine feste Beziehung ein, weil sie davon überzeugt ist, dass die Leidenschaft irgendwann stirbt, egal, mit wem man zusammen ist. Tina zieht sie gern damit auf, dass sie nur eine Ausrede sucht, um sich nicht auf einen Mann beschränken zu müssen, aber Isabella ist nicht davon abzubringen, dass die Ehe oder lange Beziehungen den Tod jeder Leidenschaft bedeuten. Kein Mensch sei dazu bestimmt, für immer in einer monogamen Beziehung zu leben. Was soll Tina tun, wenn das stimmt? Phil sagen, dass es okay sei, wenn er mit einer anderen Frau schlafen wolle? Bei der Vorstellung wird ihr übel. Oder soll sie ihn gehen lassen? Soll sie die Beziehung beenden? Bei dem Gedanken an eine Trennung fühlt sich Tina nur noch elender. Sie tut vielleicht so, als sei sie eine starke, unabhängige Frau, aber sie braucht Phil für ihr seelisches Gleichgewicht.

Das Taxi fährt mit hoher Geschwindigkeit vom Flughafen ins Zentrum von Westberlin, und langsam fühlt Tina sich besser. Der bevorstehende Auftrag und das ganze Drumherum steigern ihren Adrenalinspiegel und heben ihre Laune. Sie wollte immer schon einmal nach Berlin. Die Stadt hat sie schon als Kind fasziniert. Ihr Vater ist lebenslang Kommunist gewesen, doch Tina erinnert sich noch genau an seine Reaktion, als 1961 die Berliner Mauer gebaut wurde. Tina war damals etwa so alt gewesen wie ihr Sohn Mattia jetzt und fing an, sich für die Welt außerhalb von Mailand zu interessieren. Obwohl sie ihm kein bisschen ähnlich sah, kam sie in dieser Beziehung nach ihrem Vater. Ihre Mutter hatte sich vorgenommen, ihr häusliche Fähigkeiten beizubringen: Backen, Stricken, Nähen – alles, was Tina hasste. Sie war lieber mit ihrem Vater unterwegs. Manchmal nahm er sie mit zu den Treffen der kommunistischen Partei. Dann saß sie ganz hinten, ein ungelesenes Buch auf dem Schoß, lauschte den Debatten und wünschte sich innig, einer der leidenschaftlichen, kettenrauchenden jungen Männer mit großen Idealen zu sein. Doch als die Berliner Mauer gebaut wurde, änderte ihr Vater seine Ansichten über Russland und den Ostblock. Er begriff ganz grundlegend, dass Ideale zwar gut und schön sind, die Menschen aber nicht vollkommen, und dass man Regeln deshalb anpassen muss.

Tina denkt an die Geschichte von seinem römischen Freund Alfredo, die ihr Vater ihr erzählt hatte. Tina war damals fünfzehn gewesen, und die Geschichte von Alfredo hatte sie sehr beeindruckt. Alfredo lebte und arbeitete als Ingenieur in Westberlin. Eines Tages besuchte er eine Hochzeitsfeier in Ostberlin, wo er einer schönen jungen Frau begegnete, Ursula. Sie verliebten sich ineinander und beschlossen schon bald, dass sie heiraten wollten. Sie gingen davon aus, dass Ursula als Verlobte und künftige Frau eines Ausländers eine Ausreiseerlaubnis erhalten würde. Doch ihr Antrag wurde abgelehnt. Alfredo konnte nicht in Ostberlin leben, weil er in Westberlin arbeitete. Das Paar sah nur zwei Möglichkeiten: Entweder sagten sie einander für immer Lebewohl, oder Ursula versuchte, nach Westberlin zu fliehen. Sie waren so sehr ineinander verliebt, dass die erste Möglichkeit für beide ausschied.

Alfredo plante akribisch Ursulas Flucht. Ihm fiel auf, dass die Fahrzeugschranke am Checkpoint Charlie keine vertikalen Streben besaß. Außerdem hatte er bemerkt, dass ein bestimmter Sportwagentyp mit offenem Verdeck an einem der Grenzübergänge unter der Schranke hindurchpasste. Eines Tages mietete er in Westberlin ein solches Auto und fuhr in den Osten, um Ursula abzuholen. Sie warteten bis zwei Uhr morgens, da sie dachten, die Wachen seien dann weniger aufmerksam. Alfredo versteckte Ursula im Kofferraum des Wagens und fuhr zur Grenze. Die erste Schranke stand offen, und der Grenzbeamte überprüfte nur oberflächlich seinen Reisepass. Dann winkte man ihn jedoch zur Fahrzeugkontrolle. Das war der entscheidende Moment, denn nun würde man den Kofferraum öffnen, um ihn zu durchsuchen. Trotz der Warnrufe und der anschließenden Schüsse hielt Alfredo nicht an, sondern drückte den Fuß aufs Gaspedal. Diesen Fehler würde er sich nie verzeihen. Er umfuhr drei Betonpoller und raste mit eingezogenem Kopf unter der letzten Schranke hindurch. Ununterbrochen feuerten die Wachen weiter auf ihn. Alfredo schaffte es in den Westen, doch als er den Kofferraum öffnete, war Ursulas Körper von Kugeln durchsiebt. Alfredo gab sich die Schuld, er hatte die Liebe seines Lebens getötet. Diese Geschichte belastete Guido Rosselli. Er hatte nicht nur politische Prinzipien, er glaubte auch an die Liebe. Er versuchte, seinen Freund zu trösten, dass er nicht schuld am grausamen Tod seiner Verlobten sei. Aber vergeblich – drei Monate nach dem gescheiterten Fluchtversuch warf Alfredo sich am Bahnhof Friedrichstraße vor einen Zug.

Je mehr Geschichten Tinas Vater von Menschen hörte, die versuchten, die Berliner Mauer zu überqueren, desto wütender wurde er.

»Man kann eine Stadt nicht durch eine Mauer in zwei Hälften teilen!«, tobte er. »Was ist los mit der Welt? Können Ost und West nicht ein Abkommen schließen? Sind wir Barbaren? Wo ist die Menschlichkeit in unserer zivilisierten Welt geblieben?«

Auf dem Weg durch Westberlin entdeckt Tina nichts Beunruhigendes oder Bedrohliches. Es sieht aus wie in jeder anderen Metropole, nur opulenter. In den Schaufenstern der Geschäfte sind unzählige Luxusartikel ausgestellt. Tina nimmt an, dass das ein Zeichen des Westens an den Osten ist. Westberlin ist vom Rest der westlichen Welt isoliert. Wie fühlt es sich wohl an, hier zu wohnen? Vermutlich haben sich die Berliner inzwischen an die Teilung gewöhnt. Schließlich steht die Mauer bereits seit 23 Jahren. Eine Mauer, die sich von den Betonpollern und Holzschranken aus der Zeit Alfredos in eine ausgeklügelte Konstruktion aus Todesstreifen, Wachtürmen, Minenfeldern und Panzergräben mit Maschinengewehren und Hunden verwandelt hat. Es gibt eine ganze Generation junger Leute, die nichts anderes mehr kennt.

Das Taxi biegt rechts ab, und Tina erhascht einen ersten Blick auf die Berliner Mauer. Die westliche Seite sieht überraschend harmlos aus: eine glatte Betonmauer, die mit Graffiti besprüht ist. Doch je genauer sie hinsieht, desto bedrohlicher wirkt sie. Die Mauer ist nicht so hoch, dass sie unüberwindlich scheint, und doch ist sie eine Todesfalle. Sie ist so glatt, dass man nirgends Halt findet. Oben liegt Stacheldraht, sodass man sich auch dort nirgends festhalten kann. Tina hebt den Blick und sieht einen Wachturm direkt hinter der Mauer. Innen erkennt sie die Umrisse von zwei Grenzsoldaten, auf deren Rücken ein furchteinflößendes Gewehr zu erkennen ist. Auf dieser Seite der Mauer wirkt alles so normal. Doch wäre sie zufällig auf der falschen Seite der Mauer geboren, könnte man sie in den Rücken schießen, dann wäre ihr Leben nichts wert.

Tina wünschte, sie könnte ihrem Vater erzählen, dass sie in Berlin ist, aber er ist schon lange tot. Ihre Eltern sind vor neun Jahren bei einem Flugzeugabsturz ums Leben gekommen. Tina wird bewusst, wie allein sie ist. Sie hat weder Geschwister noch Tanten oder Onkel. Die Familie ihres Vaters war jüdisch, sie alle wurden im Zweiten Weltkrieg umgebracht, und ihre Mutter war ein Einzelkind. Sie hat nur noch Belle, ihre Großmutter, die immer noch erstaunlich fit ist und in Venedig lebt. Und Mattia, ihren Sohn, und natürlich Phil. Kein Wunder, dass sie ihn braucht. Sie ist mit Mitte zwanzig Waise geworden. Das macht einen stark, aber vielleicht etwas zu stark. Manchmal wünschte Tina, sie könne weicher sein, weiblicher, mehr wie ihre Mutter. Als das Taxi an ihrem Hotel hält, hellt sich Tinas

Stimmung auf. Vielleicht hat sie Phil belogen, weil sie wusste, dass eine Pause ihnen guttun würde. Dass man sich manchmal von demjenigen trennen musste, den man liebte, damit man ihn wieder von Neuem schätzen konnte. Abstand lässt die Liebe wachsen, heißt es. Wenn sie in Mailand geblieben wäre, hätte sich die Lage an ihrem Jahrestag zugespitzt. Es ist besser, dass sie getrennt sind. Und doch meldet sich in ihr noch ein anderes Gefühl, eine vibrierende Sehnsucht nach Freiheit. Sie ist ohne ihren Partner und ihr Kind in einer fremden Stadt, in der sie niemand kennt. Was wird ihr wohl widerfahren?

Valentina

Dreimal geht Valentina um die Kiste herum, bevor sie sich ihr nähert. Sie war in ihrer Abwesenheit geliefert worden und erwartete sie bei ihrer Rückkehr von Capri in Antonios Hausmeisterbüro. Antonio brachte sie ihr mit dem Aufzug nach oben in die Wohnung und überreichte Valentina einen Umschlag, der zusammen mit der Kiste gekommen war. Dann schlurfte er hinaus. Den Brief hat Valentina bereits gelesen. Er liegt auf dem Küchentisch und flattert im Wind, der durchs offene Fenster hereinweht.

Liebe Valentina,
wir haben ein Jahr gebraucht, um die Sachen unseres Sohnes durchzusehen. Diese Kiste ist uns von einer Kunstgalerie in London zugestellt worden. Offenbar hat Thomas diese Bilder erworben, bevor er England verließ. Wir schicken sie Ihnen, weil wir uns vorstellen können, dass sie Ihnen mehr bedeuten. Vielleicht können Sie etwas damit anfangen oder sie wieder verkaufen? Wir möchten Sie auch noch einmal einladen, uns in New York zu besuchen. Wir würden Sie sehr gern kennenlernen.

Mit den besten Wünschen,
Walter & Rachel Steen

Es ist nur eine Kiste mit Bildern. Warum hat Valentina so große Angst, sie zu öffnen? Als sie in London wieder mit Thomas zusammengekommen war, hatte er keine Bilder erwähnt, aber schließlich hat er ständig irgendwo Kunstwerke gekauft. Sie waren so überstürzt nach Italien abgereist, dass er es vermutlich vergessen hatte.

Als Valentina sich auf den Boden kniet und den Deckel der Kiste anhebt, schießt ihr plötzlich der Gedanke durch den Kopf, dass sich darin womöglich ein Geheimnis von Thomas verbirgt. Es könnte sich um gestohlene Kunstwerke handeln. Was sollte sie dann unternehmen?

Valentina hält inne und holt tief Luft. Sie ist albern. Thomas hat nur Kunst wiederbeschafft, die zuvor gestohlen worden war. Er hat sie ihren rechtmäßigen Besitzern zurückgegeben. Es handelte sich ausschließlich um Beutekunst, die sein Großvater während des Zweiten Weltkriegs an die Nazis verloren hatte. Thomas war eine Art Robin Hood gewesen, ein Dieb mit Herz.

Valentina nimmt den Deckel ab, legt ihn zur Seite und ertastet unter der Luftpolsterfolie die harten Kanten eines Rahmens. Sie zieht das Bild heraus und lässt es vor Schreck beinahe fallen. Es ist eines ihrer eigenen Werke, das sie letztes Jahr auf einer Ausstellung mit erotischen Fotografien in London gezeigt hat. Es ist eine besonders explizite Aufnahme von Antonella und ihrem Liebhaber Mikhail. Valentina schiebt die Hände erneut unter die Luftpolsterfolie und zieht eine weitere gerahmte Fotografie heraus, und noch eine, und immer weitere, bis die Kiste leer ist. Schließlich liegen auf dem Boden im Flur alle erotischen Fotografien, die Valentina letztes Jahr in London ausgestellt hat. Die Galeriebesitzerin hatte Valentina erklärt, dass alle ihre Bilder verkauft worden seien, sie hatte ihr jedoch verschwiegen, dass sie alle von einer Person gekauft worden waren. Davon hatte Thomas ihr kein Wort gesagt. Valentina setzt sich auf die Fersen und ballt die Hände zu Fäusten, ihre Brust schnürt sich zusammen. Als die Ausstellung stattfand, waren sie noch nicht einmal zusammen gewesen. Erst danach hatten sie wieder zueinandergefunden. Das beweist, dass Thomas nie aufgehört hat, sie zu lieben. Er war in die Galerie gegangen und hatte ziemlich viel Geld ausgegeben, um sicherzustellen, dass jedes einzelne ihrer Bilder einen roten Punkt erhielt. Valentina ist fassungslos ob seiner Großzügigkeit. Doch gleichzeitig spürt sie auch einen Anflug von Verärgerung. Sie hatte geglaubt, all ihre Arbeiten an Fremde verkauft zu haben, die ihre Aufnahmen in der Galerie bewundert und gemocht hatten. Nun stellt sich heraus, dass Thomas alle gekauft hat. Hat er es getan, weil ihm die Bilder so gut gefallen haben? Oder wollte er Valentina nur schützen? Seine Motive spielen jetzt keine Rolle mehr, denn eins ist klar: Er hat es nur getan, weil er sie geliebt hat.

Valentina nimmt das Selbstporträt aus Venedig in die Hand. Es ist entstanden, bevor sie Thomas kennengelernt hat. Sie betrachtet die Frau in Sepia. Ihre Nacktheit spiegelt sich im Wasser, und es ist, als blicke sie auf eine Valentina aus einer anderen Zeit. Als sei es nicht sie, sondern eine ihrer Vorfahren, die dort in den Kanal blickt. War sie damals glücklicher? Als sie ihr Herz noch nicht an Thomas verloren hatte?

Valentina stellt das Bild auf den Flurtisch, setzt sich auf einen Stuhl und kaut auf einem Nagel. Nein, sie ist nicht glücklicher gewesen. Damals wusste sie noch nicht, was wahres Glück bedeutet. Das hatte sie erst mit Thomas in Sorrento erlebt, kurz bevor er verschwunden war. Diese wenigen wundervollen Tage mit der Liebe ihres Lebens waren den Schmerz, den sie nun erleidet, allemal wert.

»Ach Thomas«, flüstert sie, »wo bist du nur?«

Die Tür zur Küche fliegt auf, und der Brief von Thomas' Eltern weht in den Flur vor Valentinas Füße. Auf einmal realisiert Valentina, dass Thomas' Eltern die ganzen Fotografien ebenfalls gesehen haben. Bei der Vorstellung wird ihre Kehle trocken. Sie schämt sich nicht für ihre Arbeit, erotische Fotografien sind keine Pornografie. Sie steht dazu. Doch Valentina hatte sich eine etwas andere Einführung für ihr Kennenlernen vorgestellt. Wie sollte sie ihnen jemals gegenübertreten, nachdem sie nun diese Hardcore-Bilder von Antonella und Mikhail gesehen hatten, geschweige denn die Aktaufnahmen von ihr selbst?

Valentina nimmt ein Schwarz-Weiß-Foto in die Hand, das in einer Großaufnahme Antonellas Lippen zeigt, die sich um Mikhails Penis schließen. Valentina ist im Nachhinein überrascht, wie unerhört offen sie bei dieser Session gewesen sind. Die ganze Zeit hat sie das Bild mit den Augen der Künstlerin betrachtet, hat sich auf die Stimmung, die Schatten, Licht, Komposition und Textur konzentriert, doch nun sieht sie es mit Thomas' Augen. Hat er sich bei diesem Anblick vorgestellt, dass Valentina an seinem Penis saugen würde? Valentina schließt die Augen, seufzt und erschauert. Im Geiste sieht sie ein Bild vor sich, das sie gern auf einem Foto festgehalten hätte, das jedoch nur in ihrer Vorstellung existiert. Thomas und sie liegen auf dem riesigen Bett in ihrem Hotelzimmer in Sorrento. Die Türen der Französischen Fenster stehen offen, und die hellgelben Vorhänge bauschen sich im Wind. Sie haben gerade eine Flasche Champagner getrunken und in Schokolade getauchte

Erdbeeren gegessen. Mit ihrer Zunge, die noch voll süßer Schokolade ist, leckt Valentina Thomas' Schwanz, während er seinen Mund gegen ihre Muschel presst. Sie beten einander an, anders kann man es nicht beschreiben. Valentina spürt, wie Thomas seine Zungenspitze um ihre Klitoris kreisen lässt, ihre Lippen teilt und sie an ihrer empfindlichsten Stelle küsst. Sie erschauert und schließt ihre Lippen um sein Glied. Langsam, träge und genüsslich. Sie hatten das Gefühl, alle Zeit der Welt zu haben. Tatsächlich war es das letzte Mal, dass sie sich geliebt haben.

Valentina beißt die Zähne zusammen, öffnet die Augen und betrachtet sich in dem großen Flurspiegel. Ihr Gesicht ist weiß, sie hat die Hände zu Fäusten geballt und presst die Lippen aufeinander. Sie hat nicht geahnt, dass ein Verlust eine so körperliche Erfahrung ist. Der rohe Schmerz: das Pochen in ihrer Brust, ihrem Bauch und zwischen ihren Schenkeln, die zugeschnürte Kehle, ihre schweren Glieder. Sie muss aufhören, sich mit Erinnerungen an Thomas zu quälen.

Er ist tot, sagt sie sich erneut.

Das Telefon klingelt. Valentina hofft, dass es nicht ihre Mutter ist. Seit Thomas tot ist, ruft sie häufiger an. Jedes Mal bittet Tina ihre Tochter, nach New Mexico zu kommen und sie zu besuchen. Valentina kann sich momentan nichts Schlimmeres vorstellen, als Zeit mit ihrer Mutter zu verbringen. Sie ist noch immer wütend auf sie, was ihre Mutter allerdings nicht weiß. Tina Rosselli hat Valentina ihr Leben lang die Wahrheit über ihren leiblichen Vater verschwiegen. Ihr Verhalten ist unverzeihlich. Und wie will Tina das Leid ihrer Tochter verstehen, nachdem sie selbst, soweit Valentina es beurteilen kann, die Männer in ihrem Leben nie wirklich geliebt hat?

Doch es gibt noch einen anderen Grund, weshalb Valentina

ihre Mutter nicht besuchen möchte. Tief im Inneren hat sie Angst, dass sie sich dann doch wieder auf Tina einlässt, und wozu sollte das gut sein? Ihre Mutter hat Valentina immer im Stich gelassen, sie kann nicht anders.

Valentina nimmt ihr Telefon und stellt erleichtert fest, dass auf dem Display die Nummer ihres Freundes Marco aufleuchtet.

»Hallo, Schätzchen, wie geht's dir?«, fragt Marco mit angenehm warmer Stimme.

»Ganz gut.«

»Das klingt nicht sehr überzeugend«, stellt Marco fest. »Wie war dein Trip nach Capri?«

»Anstrengend.« Sie schluckt. Soll sie ihm gestehen, wie kurz sie davor gewesen war, von der Klippe zu springen?

»Ich habe dir ja gesagt, dass du nicht fahren sollst«, antwortet Marco sanft.

»Wie ist es in New York?«, fragt Valentina und wechselt schnell das Thema.

Immer wieder versuchen ihre Freunde, mit Valentina über Thomas zu sprechen, aber sie weigert sich hartnäckig. Nur Leonardo hat sie vollkommen aufgelöst erlebt. Valentina möchte kein Sorgenfall werden, keine Belastung, der Menschen aus dem Weg gehen.

»Nun, deshalb rufe ich an«, sagt Marco aufgeregt. »Was hälst du von einem Auftrag hier in New York?«

New York. Thomas' Heimatstadt. Bei der Vorstellung schnürt sich Valentinas Brust zusammen.

»Bist du noch dran, Valentina?«

»Ja«, krächzt sie. »Was für ein Auftrag?«

»Ich mache eine fabelhafte Story für *Harper's Bazaar*, und ich habe sie gefragt, ob ich meine eigene Fotografin mitbringen darf – die einzigartige Valentina Rosselli. Die Art-Direktorin war von der Idee begeistert. Sie hat gemeint, dass sie die Flugkosten übernehmen und dir ein hübsches Honorar zahlen. Was sagst du nun, Schätzchen? Du kannst für das Shooting rüberkommen, und wenn es dir gefällt, kannst du womöglich weitere Aufträge an Land ziehen und eine Weile bleiben.«

»Bist du sicher, dass die mich und nicht meine Mutter meinen?«

»Natürlich. Die wollen *dich*, Valentina! Deine Mutter arbeitet doch gar nicht mehr als Fotografin. Ich habe denen ein paar von deinen letzten Arbeiten gezeigt. Die Art-Direktorin Taylor meinte wortwörtlich: Sie gehört zu den Besten!«

Valentina empfindet unwillkürlich einen Anflug von Freude über das Kompliment.

»Und?«, fragt Marco. »Kommst du? Du kannst bei Jake und mir wohnen. Wir haben genug Platz.«

Valentina schaut sich in ihrer Wohnung um, ihr Blick bleibt auf den verstreuten Fotografien auf dem Boden hängen. Sie hat sich hier immer wohlgefühlt, doch seit Thomas tot ist, kommt ihr die Wohnung wie eine Leichenhalle und sie selbst sich wie ein Gespenst vor. Sie hat ihr Bestes getan, um ihr Leben weiterzuleben. Ein paar Mal hat sie sogar in betrunkenem Zustand nachts jemand kennengelernt und versucht, ihrem Kummer im Bett eines Fremden zu entfliehen. Sie nimmt nie jemand mit zu sich, aber sie ist mit drei oder vier Männern, denen sie auf Partys oder in Clubs begegnet ist, zu ihnen nach Hause gegangen. Sie hat versucht, die alte Valentina und ihren Freigeist wieder zum Leben zu erwecken, aber jedes Mal hat sie im entscheidenden Augenblick einen Rückzieher gemacht. Jedes Mal war sie erschrocken, wie falsch sich alles anfühlte. Die Männer schmeckten falsch, rochen falsch und fühlten sich falsch an. Sie *waren* nicht Thomas. Dann sprang Valentina aus dem Bett, ignorierte die fassungslose Miene des Mannes, für den sie sich kurz zuvor noch entkleidet hatte, und stürzte aus der Wohnung. Atemlos fand sie sich im Morgengrauen in den leeren Mailänder Straßen wieder. Langsam ging die Sonne auf. Doch je heller es wurde, je mehr Leben um sie herum erwachte – die Vögel sangen, Autos wurden gestartet, Menschen traten auf die Straße –, desto stärker drückten Trauer und Einsamkeit auf ihr Herz. Valentina war davon überzeugt, dass niemand Thomas je ersetzen konnte. Alles in Mailand erinnerte sie an ihn. Vielleicht, nur vielleicht hatte sie eine Chance auf ein neues Leben, wenn sie ihre Heimatstadt verließ?

»Ich weiß nicht genau, wann ist das Shooting?«, fragt sie.

»Nächsten Dienstag. Du hast vier Tage Zeit herzukommen.« Marco zögert und fügt dann etwas leiser hinzu: »Schätzchen, vielleicht hilft es dir.« Mehr sagt er nicht, und Valentina weiß genau, was er meint. Wenn sie jetzt in Mailand bleibt, gibt sie sich womöglich auf. Dennoch, New York wird sie noch stärker an Thomas erinnern, schließlich ist er in Brooklyn geboren und aufgewachsen. Und was ist mit seinen Eltern? Wird sie sich verpflichtet fühlen, sie zu besuchen?

»Ich weiß nicht«, sagt sie noch einmal zögernd.

»Komm schon«, ermuntert Marco sie, »wo ist meine unerschrockene Valentina?«

Es sind Marcos Worte, aber es ist auch genau das, was Thomas gesagt hätte. Valentina verspürt einen plötzlichen Energieschub. Sie hat Thomas versprochen, dass sie weiter fotografieren wird. Sie hat ihm versprochen zu leben.

»Okay«, sagt sie. »Ich komme.«

Tina
1984

Das Model sieht ein bisschen aus wie eine jüngere Ausgabe ihrer selbst. Sie ist ein exaktes Abbild des Stummfilmstars Louise Brooks. Anders als die Schauspielerin ist das Mädchen allerdings nicht Amerikanerin, sondern Deutsche. Sie heißt Lottie und ist einer der Stars bei Tinas Berliner Modeshooting, das von der sorglosen Atmosphäre der Weimarer Republik im Deutschland der Zwanzigerjahre inspiriert ist. Vor Hitler und den Nazis hatte Deutschland durchaus lockere Zeiten erlebt, sie waren von Promiskuität, Kreativität und Liberalität bestimmt. Das scheint Tina die perfekte Kulisse für die neuen Kleider von Zandra Rhodes zu sein, die ebenfalls von dieser Ära beeinflusst sind.

Es war schwierig gewesen, die richtige Location zu finden. Die Bomben der Alliierten haben einen Großteil der Gebäude aus der Vorkriegszeit zerstört. Tina hätte in einem Mailänder Studio die Einrichtung eines Berliner Kabaretts nachbauen lassen und ihre Fotos dort machen können, aber sie bemüht sich um Authentizität. Sie hat gern die Kontrolle über ihre Aufnahmen. Deshalb wählt sie, wenn möglich, selbst das Setting aus und arbeitet mit ihrer persönlichen Stylistin Octavia. Tina entscheidet, welche Models teilnehmen und was sie tragen. Lottie hat ihr sofort gefallen, ihre Gesichtszüge scheinen einer anderen Zeit zu entstammen.

Für die Aufnahmen in Berlin hat Tina zwei Hauptorte ausgewählt, einen innen und einen außen. Bei dem ersten handelt es sich um ein großes Kaffeehaus im Wiener Stil. Hier trägt die dunkelhaarige Lottie einen langen Mantel im Militärstil und dazu eine Schirmmütze. Frieda, eine blonde Marlene-Dietrich-Kopie, ist in einen schwarzweißgestreiften Anzug gekleidet. Als zweite Kulisse hat Tina sich für die Fassade des Reichstags entschieden, eines der letzten Symbole des prächtigen alten Berlins, das jedoch von der Mauer gebrochen wird. Die Mädchen wirken in ihren leichten Paillettenkleidern von Zandra Rhodes wie Geister der Goldenen Zwanziger. Sie zeigen die damals neue Freizügigkeit in der Damenmode und verkörpern die ganze Dekadenz des Westens, die im Gegensatz zu der Unmenschlichkeit der Mauer und dem Sowjetregime steht.

Immer mehr beschäftigt Tina die Teilung der Stadt. Die wenigen Westdeutschen, mit denen sie über die Berliner Mauer gesprochen hat, scheinen allerdings nur ungern darüber zu reden. Anscheinend haben sie sich irgendwie damit abgefunden. Oder vielleicht wollen sie auch nur nicht ihre wahren Gefühle zeigen.

»Bist du schon einmal in Ostberlin gewesen?«, fragt sie Frieda.

Das Model schüttelt den Kopf und sieht sie aus ihren kühlen grünen Augen an.

»Was soll ich da?«, fragt sie zitternd. »Diese Grenzposten sind mir nicht geheuer. Die glotzen immer so.«

Tina kann jetzt zwei von ihnen sehen. Sie blicken von einem Wachturm zu ihnen hinunter. Und sie glotzen. Weil sie sich nach all den schönen Dingen im Westen sehnen oder weil sie

sie verachten? Ihr Vater hatte Tina erklärt, dass sie jeden erschießen, der versucht, über die Mauer zu entkommen. Die Geschichte von seinem Freund Alfredo bestätigte das. Es ist schwer zu glauben, dass so etwas direkt in der Nachbarschaft, in einer scheinbar zivilisierten modernen Stadt, möglich ist.

Tina wünschte, sie hätte Mattia mitgenommen. Ihr Sohn wäre fasziniert von Berlin. Er würde die Grenzposten beobachten und am Checkpoint Charlie die amerikanischen Soldaten ansehen wollen. Als Mattia noch sehr klein war, hatte Tina ihn zu etlichen Modeshootings mitgenommen, aber seit ein paar Jahren blieb er zu Hause bei Phil, wenn Tina wegmusste. Er wird jetzt so schnell erwachsen.

Wenn Tina ehrlich ist, bereut sie es, dass sie Mattia auf ein Internat geschickt hat. Sie vermisst ihn. Es war, als wäre ihr Sohn, kaum dass er den zu groß wirkenden Schulblazer übergezogen hat, nicht mehr ihr kleiner Junge. Sie spürt bereits die Ablösung. Sie wollte ihn umarmen und ihm sagen, wie schick er aussah, doch er hatte sich von ihr losgemacht. Das tat weh, und sie fragt sich nicht zum ersten Mal, warum Phil und sie nicht mehr Kinder bekommen hatten. Es ist Tinas Entscheidung gewesen, und doch vermisst sie es, ein Kind zu haben, für das sie der Mittelpunkt des Lebens ist.

Sie erinnert sich an die gemeinsamen Sommer auf Sardinien. Hand in Hand hatten Mattia und Tina nach Muscheln gesucht, er mit seinem kleinen Kescher in der Hand und sie mit einem Eimer. Sie hatten Stunden am Strand verbracht, Burgen gebaut und sie mit den Muscheln geschmückt. Außerdem waren sie auf dem Meer gepaddelt. Es waren glückliche Ferien gewesen. Später, wenn Mattia schlief, liebten Phil und Tina sich in dem zerwühlten Bett, das Fenster stand offen und der Geruch der See wehte zu ihnen herein. Sie trug noch immer ihren Bikini. Phil löste die kleinen Bänder an der Seite ihres Höschens und schob seine Finger in die Locken ihrer Scham, in denen noch der Sand hing. Er streichelte sie zärtlich, bis sie vor Lust beinahe schnurrte. Es waren träge, faule und lusterfüllte Tage gewesen. Phil, Mattia und sie fuhren in ihrer Ente über die Küstenstraßen, hielten an, um frischen Fisch zu essen, oder sahen zu, wie die Sonne in den Wellen versank. Damals hatten sie in materieller Hinsicht noch nicht viel besessen. Tina war noch dabei gewesen, sich einen Ruf als Modefotografin aufzubauen, und Phil hatte gerade erst eine Stelle an der Uni angetreten. Damals hatte er noch nicht als Journalist gearbeitet. Irgendwie waren sie damals glücklicher gewesen. Fangen alle Paare nach einer gewissen Zeit an, sich zu langweilen? Hatte Isabella doch recht und das Begehren ließ unweigerlich irgendwann nach? Weshalb hat Tina keine Lust mehr auf Sex? Sie hat das Gefühl, Phil und sie wären ständig in Eile, als sei ihr Leben nur von Terminen und Plänen bestimmt, als bliebe nicht genug Zeit für Sex. Es ist schwer, langsamer zu machen. Aber das ist nicht der eigentliche Grund. Es gibt mehrere Ursachen, die zusammenkommen. Älter werden zum Beispiel. Sie nimmt ihren Körper stärker wahr, und vor ungefähr zwei Jahren hatte sie ziemlich zugenommen. Ein paar Monate lang hatte sie sich gehen lassen, sich Törtchen, ein zweites Glas Wein oder ein Stück Käse gegönnt, und ehe sie sichs versah, hatte sie zehn Kilo zugelegt. Phil behauptete, sie sähe großartig aus und er liebe ihren Busen, aber sie fand es schrecklich. Tina fühlte sich furchtbar, als gehörte ihr Körper nicht mehr ihr, als habe sie die Kontrolle über ihn verloren. Sie versuchte wie verrückt, die Pfunde wieder loszuwerden, und fastete mehrere Tage. Das machte sie gereizt und müde, und sie hatte keine Lust auf Sex. Sie nahm ab, eigentlich ist sie jetzt sogar so dünn wie nie zuvor, aber sie hat nie wieder ein so entspanntes Gefühl zu ihrem Körper bekommen. Als könnte er sie wieder im Stich lassen, wenn sie nicht aufpasst. Tina ist eine intelligente Frau. Ihr ist klar, dass es albern ist, von seinem Gewicht besessen zu sein, doch sie kann nicht anders. So ist sie immer schon gewesen. Als ihre Eltern gestorben sind, geriet ihre Besessenheit gefährlich außer Kontrolle. Sie war so dünn, dass ihre Großmutter Belle sie zum Arzt schleppte, der ihr unmissverständlich klarmachte, sie müsse essen, sonst werde sie sterben.

Langsam dämmert es, und Lottie zittert in ihrem dünnen Kleid. Es sieht wunderschön aus, wie eine Couture-Robe aus den Zwanzigerjahren. Aber es ist nicht Tinas Stil. Zu fließend, zu weiblich. Lottie kommt die Treppen des Reichstagsgebäudes herunter. Die Sicherheitsbeamten beobachten sie mit Argusaugen, aber die *Vogue* hat die Genehmigung, hier Fotos zu machen. Schließlich machen die Modeaufnahmen Werbung für Westberlin. In der letzten halben Stunde hat es ziemlich abgekühlt, und Lottie ist fast blau vor Kälte. Tina reicht ihr eine Jacke, die sie über ihr Kleid zieht, sowie eine Zigarette.

»Danke«, sagt Lottie und sieht sie aus ihren großen Augen an, die so sehr an einen Stummfilmstar erinnern. Das Mädchen scheint tatsächlich aus einer anderen Zeit zu stammen.

Sie streckt die Hand aus und streicht Tina über den Kopf.

»Wir haben die gleichen Haare«, bemerkt sie.

»Ja, das stimmt.« Die plötzliche Vertrautheit irritiert Tina. »Hast du schon einmal von Louise Brooks gehört? Von dem Stummfilmstar?«

Lottie schüttelt den Kopf und zieht genüsslich an ihrer Zigarette. Genau wie Louise Brooks ist sie elegant und wirkt mit ihrer lässigen Art zugleich auf gefährliche Weise sinnlich. Eine Nonchalance, die Tina immer angestrebt hat.

»Du siehst genau aus wie sie. Ihre bekanntesten Filme hat sie mit dem deutschen Regisseur Pabst gedreht. Bei der *Büchse der Pandora* muss ich immer weinen.«

»Das sagt mir nichts«, antwortet Lottie. »Ich hab's nicht so sehr mit Filmen.«

Tina ist überrascht. Man begegnet selten einem Model, das sich nicht für das Filmbusiness interessiert. Die meisten wollen Schauspielerin werden.

»Wofür interessierst du dich dann?«, fragt Tina. Das Mädchen fasziniert sie. Sie ist anders als die meisten anderen Models, die sie kennt.

»Musik«, erwidert Lottie. »Ich studiere Geige. Das hier«, sie deutet mit einer ziemlich abwertenden Geste auf Octavia, die hinter ihr zusammenpackt, »mache ich nur, um die Miete zu bezahlen.«

Tina nimmt einen weiteren Zug von ihrer Zigarette. Ihr ist ein bisschen schwindelig. Sie hat wieder vergessen, etwas zu essen, aber sie ist nicht hungrig.

»Magst du klassische Musik?«, fragt Lottie.

»Ja, die meiste«, sagt Tina. »Ich mag Debussy und Chopin, aber Dvořák und Schostakowitsch gefallen mir auch.«

Lotties Augen hellen sich auf, und auf einmal wirkt sie so lebendig wie den ganzen Tag nicht. Tina ist versucht, noch einmal zur Kamera zu greifen und ein paar weitere Aufnahmen zu machen.

»Wirklich? Dann musst du mich morgen zu einem Konzert

begleiten. Das heißt, natürlich nur, wenn du noch nicht nach Italien zurück musst.«

»Nein, ich bin noch in Berlin«, sagt Tina. »Ich reise erst übermorgen ab.«

»Gut.« Lottie drückt ihre Zigarette aus. »Ich nehme dich mit auf ein Konzert von Karel Slavik, dem ungewöhnlichsten Cellisten in ganz Deutschland.«

»Ich glaube nicht, dass ich von ihm gehört habe. Was spielt er?«

»Schostakowitschs Sonate in d-Moll für Cello. Da musst du mitkommen.«

Lottie geht in Richtung Garderobenzelt, das sie neben der Spree aufgebaut haben. In der Berliner Abenddämmerung sieht sie aus wie ein Geist aus einer vergessenen Zeit. Sie passt nicht in das graue Berlin des Kalten Kriegs von heute.

Tina folgt ihr hinüber zum Zelt.

»Wo und wann findet das Konzert statt?«, will Tina wissen.

»Komm morgen früh um elf Uhr zum Grenzübergang Friedrichstraße.«

Sie grinst über Tinas verwirrte Miene.

»Das Konzert findet in Ostberlin statt«, erklärt sie.

»Du bist schon dort gewesen?«

»Na klar, andauernd«, antwortet Lottie. »Meine Cousine Sabine lebt in Ostberlin. Und ich habe ein paar Freunde in Prenzlauer Berg.«

Tina verspürt ein aufgeregtes Kribbeln. Sie wird die andere Seite der Mauer kennenlernen und ist gespannt, wie es im Ostteil der Stadt aussieht. Vielleicht ist es dort gar nicht so anders. Vielleicht ist es dasselbe, nur grau und trist. Oder vielleicht ist es auch ganz anders, als wäre man auf einem anderen Kontinent. Aber das wird sie ja sehen. Tina hat jedenfalls das deutliche Gefühl, dass der Trip nach Ostberlin sich zu mehr entwickeln wird als nur zu einem Tagesausflug mit Konzertbesuch.

Tina kennt vom Osten bislang nur verlassene S- und U-Bahn-Stationen. Gestern Abend ist sie ein bisschen mit der U-Bahn herumgefahren, um die Stadt zu erkunden. An einer Stelle fuhr die U-Bahn aus einem dunklen Tunnel in eine leere Station. Der Zug drosselte die Geschwindigkeit und rollte quälend langsam hindurch, hielt aber nicht an. Einen Augenblick war Tina verwirrt gewesen. Warum hielt er nicht? Es war eine normale Station, und sie war beleuchtet. Erst als sie die Station wieder verließen, entdeckte sie einen einsamen Wachposten mit einem Gewehr. Natürlich, sie fuhren durch den Osten. Diese Stationen waren einst voller Leben gewesen, doch jetzt versteckte man sie vor den Menschen. Wussten die Ostberliner überhaupt, dass sie unter ihren Füßen hinwegfuhren? Wie konnte man eine Stadt einfach in zwei Hälften teilen? Wäre das in Mailand möglich? Das kann Tina sich nicht vorstellen.

Morgen lernt sie also Ostberlin kennen. Octavia meint, dass es nicht viel zu sehen gebe und sich ein Besuch nicht lohne.

»Das Essen ist schrecklich, und es gibt keine anständigen Geschäfte«, beschwert sie sich.

Aber Tina hat sich noch nie viel aus Essen oder Shoppen gemacht. Sie interessiert, wie die *Menschen* sind. Wie sie es aushalten, im Osten eingesperrt zu sein? Das wäre für sie die Hölle, nicht gehen zu können, wohin sie will und wann sie will. Sie dreht sich zur Berliner Mauer um.

Hätte sie versucht, über die Mauer zu fliehen, wenn sie bei ihrem Bau das Pech gehabt hätte, sich auf der falschen Seite zu befinden? Sie möchte glauben, dass sie es versucht hätte, aber woher will sie das wissen? Tina geht auf die Mauer zu und bleibt mit einigem Abstand vor ihr stehen. Sie hat Angst, dass ihr etwas passiert, wenn sie zu dicht herangeht. Sie hört das Rauschen der Spree, und sie denkt an all die verzweifelten Menschen, die versucht haben, in den Westen zu schwimmen. So viele von ihnen sind ertrunken oder im Wasser erschossen worden. Diese Mauer ist ein Angriff auf alles, woran Tina aus tiefster Seele glaubt: die Freiheit, man selbst zu sein. Sie kann es kaum erwarten, morgen die andere Seite kennenzulernen und sich mit Lotties Cousine zu unterhalten. Das Konzert ist ihr nicht so wichtig, obwohl es sicher auch nett ist, ein bisschen Musik zu hören.

Abgesehen von der Aufregung, die Grenze nach Osten zu übertreten, hat sie irgendwie das Gefühl, dass morgen etwas Bedeutendes geschehen wird. Ihre Haut prickelt, ihr Hals ist trocken und ihre Augen brennen. Genauso reagiert ihr Körper, wenn ein Sturm droht.

Valentina

Valentina befindet sich in einem Schwarm gelber Taxis, die von Newark nach New York City sausen. Vor ihr taucht die Insel von Manhattan auf. Von Weitem sieht sie aus wie die Landschaft in einer dieser Schneekugeln aus Plastik – der perfekte Mikrokosmos einer Stadt mit einer gezackten Skyline. Sie bemerkt einen neuen Wolkenkratzer, in dessen Seiten glänzende silberne Winkel geschnitten sind.

»Was ist das für ein Gebäude?«, fragt sie den Taxifahrer.

»Das ist das One World Trade Center. Es ersetzt das World Trade Center«, erklärt er. »Es ist das höchste Gebäude in New York City, aber es wird erst nächstes Jahr eröffnet.«

Jetzt haben sie Manhattan erreicht. Der Taxifahrer drosselt die Geschwindigkeit und schlängelt sich durch den frühabendlichen Verkehr. Valentina blickt auf den zerknitterten Zettel mit Marcos Adresse auf ihrem Schoß, vielmehr ist es die Adresse seines Geliebten, Jake. 448 East 20th Street. Laut ihrem Reiseführer ist das Midtown East Side. Valentina ist überrascht, wie alt Manhattan aussieht, wenn man erst die eigentliche Insel erreicht hat. Auf ihrem Weg liegen nicht viele moderne Gebäude, sondern überwiegend alte Backsteinhäuser, deren schwarze Feuertreppen auf breite Straßen hinausführen. Es sieht aus wie die Kulisse eines Films, der in den Zwanzigern spielt. Es ist auch ruhiger, als Valentina sich vorgestellt hat, sie hat Menschenmassen erwartet. Warum hatte sie sich New York immer so hochtechnisiert und hektisch vorgestellt? Aber schließlich ist es die Stadt, in der die ersten Wolkenkratzer in den Zwanziger- und Dreißigerjahren aus dem Boden geschossen waren, der Zeit ihres Vorbilds, ihrer Urgroßmutter Belle. Obwohl sie hier nicht in Downtown ist, blinkt und leuchtet der Times Square nicht weniger als der Piccadilly Circus in London. Das Taxi biegt von der 1st Avenue ab und fährt eine geschwungene Straße entlang, die durch ein riesiges Gebiet mit großen Wohntürmen führt. Nie hätte sie erwartet, dass Marco in so einer Gegend wohnt.

»Da bist du ja, Schätzchen!« Marco schließt sie fest in seine Arme. Valentina atmet den vertrauten Geruch ihres Freundes ein, und ihr wird bewusst, wie sehr sie ihn das letzte Jahr vermisst hat.

»Ja, da bin ich.« Valentina löst sich aus seiner Umarmung und zieht ihren riesigen Koffer über die Schwelle.

»Jake ist noch nicht zu Hause, aber er lässt dich grüßen und heißt dich herzlich willkommen in unserer Wohnung.«

»Ich hätte nie gedacht, dass du hier wohnst«, gibt Valentina zu.

»Ich *weiß*«, Marco rollt mit den Augen, »aber Schätzchen, es ist umsonst! Jakes Großmutter hat hier gewohnt und – Gott habe sie selig – als sie letztes Jahr gestorben ist, hat sie ihm die Wohnung hinterlassen.«

»Das erklärt alles.« Valentina stupst ihn freundschaftlich an. »Du warst schon immer ein kleiner Schmarotzer.«

Marco setzt eine gespielt beleidigte Miene auf.

»Wie kannst du so etwas sagen? Und überhaupt, wenn ich

ein Schmarotzer bin, was bist du dann? Nein, du bist natürlich herzlich eingeladen, solange zu bleiben, wie du willst.«

Marco zeigt ihr die Wohnung. Es gibt eine kleine Küche mit einem riesigen Gasherd, ein ziemlich großes Wohnzimmer mit Essbereich, ein Bad und zwei geräumige Schlafzimmer. Die meisten Räume werden von schweren dunklen, orientalischen Möbeln beherrscht. In Valentinas Zimmer stehen ein überdimensioniertes Bett, ein majestätischer Kleiderschrank mit geschnitzten Türen und jede Menge Nippes und Skulpturen – von Fröschen über chinesische Puppen bis hin zu venezianischen Masken.

»Meine Güte, gehört all das Zeug Jake?« Valentina kann sich nicht vorstellen, dass der adrette Jake so etwas sammelt.

»Nein, das hat seiner Oma gehört. Er möchte es loswerden, aber sein Vater will erst vorbeikommen und es durchsehen. Er lebt allerdings in San Francisco, deshalb glaube ich kaum, dass das bald geschehen wird. Also müssen wir mit all den Wesen leben.« Marco tätschelt den Kopf eines großen Nilpferds, das im Wohnzimmer steht. »Weißt du, einige habe ich inzwischen richtig lieb gewonnen.«

In der ganzen Wohnung riecht es etwas muffig. Alles wirkt angestaubt. Valentina bemerkt die altmodischen Heizungsrohre und die Risse in den Wänden, aber es ist auch gemütlich.

»Willst du etwas essen oder trinken?«, fragt Marco.

»Ich hätte gern ein Glas Wasser, ich bin ziemlich durstig.«

Marco geht in die Küche, öffnet den riesigen Kühlschrank, nimmt einen Krug mit gefiltertem Wasser heraus und schenkt erst Valentina ein Glas ein, bevor er sich selbst bedient. Sie stoßen an.

»Willkommen in New York, Valentina«, sagt Marco.

Sein Handy vibriert. Er hastet los und setzt eine Armani-Brille auf, um die Nachricht zu lesen. Valentina folgt ihm ins Wohnzimmer. Sie hat Marco noch nie mit Brille gesehen. Braucht er die wirklich, oder ist das nur ein modisches Accessoire? Beim Lesen der Nachricht schießt ihm jedenfalls vor Aufregung die Röte in die Wangen.

»Schätzchen!«, ruft er mit schriller Stimme. »Wie fühlst du dich eigentlich?«

»Müde. In Italien ist es jetzt zwei Uhr morgens.«

»Ach ja, natürlich«, meint er mitleidig, »aber es ist trotzdem besser aufzubleiben und nicht ins Bett zu fallen.«

»Vermutlich.« Sie bemerkt den verschmitzten Ausdruck auf seinem Gesicht und ist nicht überrascht, als er sagt: »Und um wach zu bleiben, geht man am besten auf eine Party!«

Sie schüttelt den Kopf.

»Nein, ehrlich, mir ist nicht nach Party zumute, Marco.«

Er wirkt geknickt.

»Aber wir sind zum coolsten Event des Monats eingeladen. Du musst mitkommen. Alle Leute, mit denen du bei *Harper's Bazaar* zusammenarbeiten wirst, werden dort sein.«

»Ich möchte heute Abend nicht unter Menschen sein. Geh du hin, Marco. Im Ernst, ich bin ganz froh, ein bisschen allein zu sein.«

Valentina setzt sich aufs Sofa und sieht aus dem offenen Fenster. Der Abend ist erstaunlich ruhig, nur der Wind rauscht in den Bäumen. Sie ist so müde, dass sie am liebsten einfach nur auf dem Sofa liegen und den Geräuschen der Straße lauschen möchte.

Aber so leicht lässt sich Marco nicht abwimmeln. Er setzt sich neben sie aufs Sofa und fasst fest ihre Hand.

»Auf *keinen* Fall bleibst du allein hier«, erklärt er mit Nachdruck. »Du wirst nur vor Selbstmitleid zergehen. Das ist dein erster Abend in New York. Du gehst mit mir aus. Das ist ein neuer Anfang, Valentina. Du musst wieder anfangen zu leben.«

»Ich lebe«, beharrt sie.

»Schätzchen, du hattest monatelang keinen Sex!«

»Woher willst du das wissen?«, fragt sie abwehrend.

»Das sieht man doch.«

»Und was, wenn ich nicht einfach mit irgendjemand Sex haben möchte, ist das vielleicht okay?«

»Nicht, wenn du dich in eine launische Zicke verwandelst.« Er seufzt, lässt ihre Hand los und steht auf.

»Ich bin nicht launisch, nur traurig. Das ist alles«, murmelt sie.

»Jedenfalls musst du aufhören, so unglücklich auszusehen. Weißt du denn nicht, dass das alt macht?! Gib dich für eine Nacht einer unverbindlichen Leidenschaft hin. Danach wirst du dich viel besser fühlen.«

»Ich will niemanden kennenlernen. Ich bin noch nicht so weit.«

»Ich rede nicht von Liebe, Mädchen, ich rede von Sex. Das kannst du doch wohl noch auseinanderhalten, oder?«

Natürlich konnte sie das. Vor Thomas war das genau ihr Ding gewesen: Sex ohne Verpflichtungen. Aber seit Thomas tot ist, ist sie verunsichert. Wird ihre Erinnerung an Thomas verblassen, wenn sie mit einem anderen Mann schläft? Wie sollte irgendjemand einem Vergleich standhalten?

Marco zieht sie vom Sofa hoch. »Komm schon, Schätzchen, keine Widerrede. Wir werfen uns in heiße Fummel und machen uns einen schönen Abend. Ich verspreche dir, du wirst alles vergessen.«

Drei Stunden später steht Valentina auf der Party und wiegt sich lustlos zu einem Reggae-Stück. Die Party findet in einem angesagten Club in Chelsea statt, dessen Namen Valentina schon wieder vergessen hat. Sie hat keine Ahnung, wer der Veranstalter ist. Vom Jetlag und den zwei Gläsern Rotwein, die sie gerade getrunken hat, fühlt sie sich ein bisschen benebelt. Am liebsten würde sie einfach ins Bett gehen, doch sie kann nicht. Marco und Jake sind auf der Tanzfläche verschwunden. Hin und wieder tauchen sie Hüften schwingend in der wogenden Menge auf. Dann winkt Valentina ihnen zu und bedeutet ihnen, dass sie gehen möchte, aber entweder ignorieren die zwei sie bewusst oder sie bemerken ihre Zeichen wirklich nicht. Valentina sollte einfach gehen, aber sie hat keine Schlüssel zu Marcos Wohnung.

Er hat ihr versprochen, dass sie alles vergessen werde, aber da hat er sich gewaltig getäuscht. Im Gegenteil: Valentina kann nicht aufhören, an Thomas zu denken. New York ist seine Heimatstadt. Ist er jemals in diesem Club gewesen? Hat er genau dort gestanden, wo sie jetzt steht? Sie würde ihn gern fragen. Wo hast du gewohnt? Wo bist du ausgegangen? Sie wünschte, er könnte es ihr zeigen. Sie schließt eine Sekunde die Augen und lässt das Pochen der Musik in ihren Schädel dringen. Sie muss aufhören zu denken. Wenn sie nicht aufhört zu denken, wird sie noch verrückt.

»Alles okay?«

Als Valentina die Augen öffnet, steht vor ihr ein Mann. Er ist hoch gewachsen, hat kastanienbraunes Haar und große braune Augen.

»Ja, mir geht's gut«, antwortet sie.

»Du hattest die Augen geschlossen und hast ausgesehen, als würdest du gleich ohnmächtig werden.«

»Ich habe nur der Musik zugehört, das ist alles«, erwidert sie abwehrend.

Es folgt eine etwas peinliche Pause.

Valentinas erster Impuls ist es, dem Mann den Rücken zuzuwenden. Sie überlegt, was Thomas ihr raten würde. Er hat sie so sehr geliebt. Sie weiß, er würde nicht wollen, dass sie traurig und einsam ist.

»Es ist mein erster Abend in New York«, macht sie einen neuen Anfang. »Ich leide ein bisschen unter dem Jetlag.«

»Woher kommst du?«, fragt er und mustert sie interessiert. Er ist wirklich groß, und Valentina fühlt sich unweigerlich von seinem kraftvollen Körper angezogen.

»Aus Italien. Aus Mailand.«

»Das dachte ich mir schon. Du siehst zu elegant aus, um von hier zu sein.« Er grinst.

Valentina bemerkt, dass er einen schönen Mund hat, volle Lippen und ebenmäßige Zähne.

»Ich bin ziemlich müde«, seufzt sie. »Zuhause ist es fünf Uhr morgens.«

»Na, dann brauchst du wohl einen Wachmacher-Cocktail.«

»Ich weiß nicht, ich trinke eigentlich keine Cocktails.«

»Du kommst aus Mailand und magst keine Cocktails? Ich dachte, ihr hättet die Cocktail-Stunde quasi erfunden? Aperitivo, richtig?«

Er fasst sie am Ellbogen und lenkt sie in Richtung Bar.

»Cocktails sind mein Fachgebiet«, erklärt er. »Ich habe als Barkeeper gearbeitet. Drinks kreieren ist ein Hobby von mir.

Ich versuche, sie auf eine Person zuzuschneiden, auf ihre Gefühle.«

»Das klingt wie eine Kunst.«

Seine Hand an ihrem Arm lässt sie erschauern, als würde ihr gesamter Körper erwachen.

»Das ist es«, bestätigt er mit Nachdruck. »Ich heiße übrigens Russell.«

»Valentina.«

»Schöner Name. Schöne Frau«, murmelt er.

In Valentina steigt leichte Panik auf. Sie spürt deutlich, dass der Mann sie mag. Er sieht unglaublich gut aus, fast schon zu gut. Sie sollte seine Aufmerksamkeit genießen, doch sie hat Angst. Dabei hatte sie sich noch nie davor gefürchtet, angemacht zu werden, oder vor dem, was danach passiert.

Amüsiere dich einfach, Valentina, hört sie Thomas' Stimme leise in ihrem Kopf.

»Also, Valentina, wie würdest du dich beschreiben?«, fragt Russell. »Was machst du?«

»Ich bin freie Fotografin, hauptsächlich Mode, aber ich mache auch eigene Projekte.«

»Okay, du bist also kreativ, modebewusst und ambitioniert.« Er mustert sie von Kopf bis Fuß. Sie trägt ein ultrakurzes rotes Sechzigerjahre-Kleid ihrer Mutter mit Rückenausschnitt und einem Kettengürtel um die Hüften. »Und wie ich sehen kann, bist du eine Individualistin. Gehe ich recht in der Annahme, dass du dich nie nach der breiten Masse richtest?«

Sie zuckt die Schultern. »Vielleicht.«

»Okay«, überlegt Russell. »Als Basis nehmen wir Gin, mit einem Schuss Limoncello, weil es italienisch ist, und erfrischend und temperamentvoll … wie du.«

Er zwinkert ihr zu, und Valentina merkt, wie ihr die Röte in die Wangen steigt.

»Letzte Frage.« Er bleibt auf dem Weg zur Bar abrupt stehen und dreht sich zu ihr um.

»Warst du schon einmal verliebt?«

Sie zuckt zusammen. Im Dämmerlicht des Clubs glänzen seine Augen bernsteinfarben.

»Das ist eine ziemlich persönliche Frage.«

»Oh, verstehe, also ja«, sagt Russell leise. »Tut mir leid, ich wollte nicht aufdringlich sein, aber weißt du, Menschen, die schon einmal geliebt haben, gehen Risiken ein.«

Er blickt zu ihr runter und lächelt. »Wir brauchen also etwas, das ein bisschen gewagt ist in Kombination mit Gin und einen interessanten Kontrast zum Limoncello bildet. Ich glaube, ich weiß, was wir nehmen. Es gibt da diesen Likör aus schwarzen Himbeeren, er heißt Chambord. Das wird die perfekte Mischung«, verkündet er triumphierend.

»Ich mag keine süßen Drinks«, wendet Valentina ein.

»Vertrau mir«, erwidert Russell.

Sie bemerkt, wie die Leute ihm Platz machen. Er hat diese gewisse körperliche Präsenz. Frauen drehen sich nach ihm um und blicken ihm länger nach als nötig.

Russell bittet den Barkeeper, den Cocktail zuzubereiten, und nennt ihm die genauen Mengenangaben der einzelnen Zutaten. Sie sehen zu, wie er sie gekonnt in seinem Cocktail-Shaker mixt und das Ganze dann in zwei Martini-Gläser auf dem Tresen gießt. Schwungvoll reicht Russell Valentina ein Glas.

»Hiermit präsentiere ich dir deinen eigens auf dich zugeschnittenen Cocktail: Gin, Limoncello und Chambord. Selbstverständlich lautet der Name des Cocktails ›Valentina‹.«

Valentina nimmt das Glas entgegen und betrachtet es skeptisch. Die Mischung klingt sehr stark, aber gleichzeitig sieht sie faszinierend aus. Der Himbeerlikör verleiht ihr die Farbe von Blut. Was wird passieren, wenn sie das trinkt ... im Zusammenspiel mit ihrem Jetlag, dem Wein und ihrer Einsamkeit? Wozu wird das führen? Für einen flüchtigen Augenblick spürt sie, wie der schwere Mantel ihrer Trauer sich hebt. Sie spürt etwas von ihrem alten Ich, von ihrem Freigeist und ihrer Hingabe.

»Das sollte dich wach machen«, sagt Russell und nimmt das andere Glas. »Prost! Oder wie sagt man in Mailand?«

»Salute!«

Vorsichtig nimmt sie einen ersten Schluck. Zuerst schmeckt der Cocktail etwas süß, dann setzt sich das Spritzige des Limoncellos gegen die Himbeeren durch. Der Gin bleibt subtil im Hintergrund, und doch spürt sie seine Wärme in ihrem Bauch bis zu ihrem Herzen aufsteigen.

Der Drink hat eindeutig eine belebende Wirkung. Sie nimmt einen weiteren Schluck, und dann noch einen.

»Und?«, fragt Russell mit schiefgelegtem Kopf.

»Der ist gut«, lobt sie. »Er ist tatsächlich nicht zu süß.«

»Ja, ich dachte, da du Rotwein trinkst, magst du vermutlich keine süßen Mädchen-Cocktails, sondern etwas Komplexeres, Vielschichtiges. Das ist ein Cocktail für eine Frau.«

»Wer hätte gedacht, dass es bei der Zubereitung eines Cocktails so viel zu beachten gilt?«

»Wie schon gesagt, ich glaube, dass es eine Kunst ist.«

Eine Menschentraube drängt sich an die Bar, und Russell steht nun noch dichter bei ihr. Valentina spürt seine große schlanke Gestalt neben sich, sein tiefblaues Hemd gefällt ihr.

»Und was machst du, außer dass du Cocktails erfindest?«,

fragt Valentina. Die Wirkung des Getränks macht sie gesprächiger.

»Ich bin eine Art Künstler«, antwortet er.

»Alle Barkeeper sind Künstler oder Schauspieler oder Schriftsteller oder Musiker …«, bemerkt sie frech.

Er hebt ihr Kinn mit seinem Finger an und durchbohrt sie mit seinen schmelzend braunen Augen. »Tja, ich bin aber der einzig Wahre.«

Die Berührung jagt frische Energie durch Valentinas Körper. Wie lange hat kein Mann sie mehr auf diese Weise angefasst?

»Sieht aus, als bräuchtest du Nachschub«, stellt Russell mit einem Blick auf ihr Glas fest.

Am Ende verlassen Marco und Jake den Club noch vor Valentina. Überraschenderweise versucht Marco, Valentina zu überzeugen, mit ihnen zu kommen. Nachdem sie jetzt wieder wach ist, möchte Valentina auf keinen Fall nach Hause in ihr leeres Bett gehen und daran erinnert werden, dass sie ganz allein ist.

»Bist du sicher, Schätzchen?« Marco nimmt sie zur Seite. »Vielleicht solltest du ihn ein anderes Mal wiedertreffen. Du bist gerade erst angekommen.«

»Bevor wir losgegangen sind, hast du mir einen Vortrag gehalten, dass ich die Vergangenheit hinter mir lassen und weiterleben müsse?«

Marco nickt. »Ja, aber ich kenne diesen Typen … Russell.« Er leckt sich nervös über die Lippen.

»Was ist mit ihm? Ist er ein Perverser oder etwas in der Art?«

»Nein, das ist es nicht. Er ist nur ein ziemlicher Frauenheld, Schätzchen.«

»Gut, das klingt doch hervorragend. Hast du nicht gemeint, dass genau das mir fehlt? Sex ohne Verpflichtungen?«

Sie weiß auch nicht, was über sie gekommen ist. Das müssen die Cocktails sein. Sie fühlt sich verwegen und kühn, das erste Mal seit Thomas' Tod.

Marco tätschelt ihre Hand.

»Schon gut, Schätzchen, aber sei vorsichtig. Du kannst jederzeit anrufen, wenn du mich brauchst. Hier hast du noch einmal unsere Adresse und einen Schlüssel. Nimm dir auf jeden Fall ein Taxi nach Hause.«

Russells Wohnung sieht so aus, wie sie sich immer Thomas' New Yorker Appartement vorgestellt hat, wenn er in Amerika gelebt hätte. Ein Leben ohne sie. Russell wohnt in Chelsea. Valentina kennt sich in New York zwar nicht gut aus, aber auch sie weiß, dass Russell, um hier zu wohnen, entweder unglaublich reich oder als Künstler sehr erfolgreich sein muss. Die Wohnung hat nackte Backsteinwände, der Boden besteht aus dunklen Holzdielen. In dem großen Wohnraum befindet sich eine Kochinsel, ein Französisches Fenster führt auf eine kleine Terrasse hinaus. In der Dunkelheit ist nicht zu erkennen, wie groß sie ist. Doch Valentina sieht die Umrisse einiger Pflanzen und etwas, das wie ein Sessel aussieht, der mit dem Rücken zur Wohnung steht. Sie stellt sich vor, dass hinter der Terrasse noch mehr Pflanzen oder Bäume stehen, und glitzert dort nicht auch Wasser?

»Der Blick geht auf die High Line«, erklärt er, nimmt ihre Hand und führt sie weg vom Fenster.

»Was ist die High Line?«, will Valentina wissen.

»Die High Line ist eine alte Eisenbahnstrecke, die man in

begrünte, hoch gelegene Spazierwege verwandelt hat. Ziemlich cool. Ich zeige es dir mal.«

Erneut fragt sich Valentina, wie er sich diese Wohnung leisten kann. Ist seine Großmutter ebenfalls gestorben und hat sie ihm hinterlassen? Was hat er für eine Geschichte, war er verheiratet? Hat auch er ein gebrochenes Herz?

Valentina setzt sich auf eine riesige cremefarbene Ledercouch.

»Darf ich dir noch einen ›Valentina‹ mixen?«, fragt Russell und greift schon nach einer Flasche Chambord. »Ich habe zufällig die richtigen Zutaten hier.«

»Okay, gerne.« Plötzlich ist sie nervös. Was zum Teufel tut sie hier? Sie hätte mit Marco und Jake nach Hause gehen sollen.

Er gleitet neben sie auf die Couch und reicht ihr den Cocktail. Sie nippt schnell daran, um sich innerlich zu wappnen, und verschluckt sich beinahe.

»Entschuldige«, er blickt sie zerknirscht an, »er ist ein bisschen stärker als der im Club.«

Er nimmt ihre Hand und betrachtet sie, als würde er sie untersuchen.

»Bist du nicht verheiratet?«, will er wissen.

Valentina zuckt zusammen. Sie war so kurz davor gewesen, Thomas zu heiraten.

»Nein, und du?«

Russell schüttelt den Kopf und begutachtet nun ihre andere Hand.

»Ist das ein Verlobungsring?«, fragt er sie. »Du bist doch nicht etwa ein ungezogenes Mädchen, Valentina?«

Sie versteift sich und ballt ihre Hand zur Faust.

»Nein, es ist vorbei.«

»Dann solltest du den Ring zurückgeben«, sagt Russell. »Es ist nicht sehr …«

Sie küsst ihn, um ihn zum Schweigen zu bringen. Das Letzte, was sie will, ist ihm von Thomas zu erzählen. Russell zieht sie sofort in seine Arme.

Sie möchte keine Zärtlichkeiten, kein langsames Vorspiel. Nun, da sie Russells Haut auf ihrer spürt, steigt Wut in ihr auf. Wie kann Thomas es wagen, sie zu verlassen? Valentina greift Russells Hemd und reißt es auf. Er passt sich ihrem Tempo an und zerrt den Reißverschluss ihres Kleids herunter. Sie lässt es an ihrem Körper hinabgleiten. Valentina hebt die Lider und achtet sorgfältig darauf, nicht in Russells Gesicht zu sehen. Stattdessen konzentriert sie sich auf seine Taille. Wie straff sie ist. Valentina löst den Gürtel und befreit ihn von seiner Jeans. Russell streift seine Shorts ab und ist nun ganz nackt. Valentina umfasst sein Glied und lässt die Finger über die samtene Haut gleiten. Sie spürt ein heftiges Ziehen in ihrer Mitte. Sie will, dass dieser Mann sie so ausfüllt, wie Thomas es getan hat. Er soll sie ihren Verlust vergessen machen, und wenn auch nur für einen Moment. Valentina schlängelt sich aus ihrem Tanga und streckt sich auf der Ledercouch aus. Was für ein Klischee, denkt sie, als sie kurz in Russells leuchtendes Gesicht sieht. Im dämmrigen Licht seiner Wohnung sieht er fast aus wie Thomas, bis auf die Augen. Aber er ist nicht Thomas. Er ist nur irgendein Kerl, den sie auf einer Party aufgerissen hat. Panik steigt in ihr auf. Was tut sie da? Sie muss das hier beenden. Doch ihr Körper lässt sie nicht aufhören. Während er eine Packung Kondome öffnet, beugt Valentina sich vor und zieht ihn zu sich herab.

Sie schließt die Augen. Noch nie hat sie sich so passiv verhalten. Doch das ist ihr egal. Sie taucht in ihre Fantasiewelt ein. Als Russell in sie eindringt, spreizt sie weit die Beine und schlingt sie um Russells Taille. Sie drängt sich ihm entgegen, dann finden sie einen gemeinsamen Rhythmus. *Tiefer*, fleht sie in Gedanken, *nimm mich tiefer*. Russell in sich zu spüren, der tief in sie stößt und eins mit ihr wird, öffnet das Tor zu Valentinas Fantasiewelt. Jetzt ist sie frei, ihrer Liebe zu begegnen. Sie denkt an Thomas in Sorrento. Sie sind wieder in ihrem Hotelzimmer und lieben sich. Sie sind nackt, und ihre Körper winden sich umeinander. Valentina gräbt ihre Finger in Thomas' dichtes schwarzes Haar, und sie blicken einander in die Augen. Seine blauen Augen, die an einen klaren Wintertag erinnern, sprechen zu ihr. Mehr braucht sie nicht. In den Tagen bevor er verschwunden ist, haben sie sich auf eine Weise geliebt, wie sie es nie zuvor getan haben. Sie waren die Liebe selbst. Erst gemeinsam waren sie ein Ganzes, als wären sie zu einem perfekten Ring aus goldenem Licht verschmolzen. Die Zeit existierte nicht mehr. Wie Wasser flossen sie vom Bett herab. Wie ein kühler duftender Strom. Sie bildeten den Kern des Lebens. Jetzt küsst sie Thomas, sie spürt seine Liebe in sich und drängt ihn. Sie will spüren, wie er kommt. Sie ist so tief in ihre Vorstellung versunken, dass sie gar nicht bemerkt, wie der Höhepunkt sich ankündigt, und plötzlich bäumt ihr Körper sich mit einem Zucken auf. Thomas kommt mit ihr gemeinsam. Es ist einfach perfekt, sie sind eins.

»Valentina?«

Wie ein Lichtstrahl durch dichten Nebel dringt eine fremde Stimme zu ihr.

»Valentina, alles in Ordnung?«

Sie öffnet die Augen und starrt schockiert auf den fremden Mann vor sich. Wie hieß er noch gleich? Er sieht überhaupt nicht aus wie Thomas. Sie schließt fest die Augen und stöhnt.

»Hey, Valentina?«

Sie hebt erneut die Lider. Russell, natürlich, so heißt er. Er hockt auf seinen Fersen am Ende der Couch und grinst sie an.

»Das war fantastisch«, sagt er.

»Ja«, stimmt sie zu.

Sie fühlt sich besser, als hätte sich ein kleiner Riss in ihrem Kummer aufgetan, durch den etwas von ihrem Zorn, ihrer angestauten Verzweiflung und ihrer Einsamkeit entwichen sind.

Valentina blickt zu Russell und denkt, dass er deutlich jünger ist, als sie ursprünglich geglaubt hat. Trotz seiner Muskeln wirkt er so zart. Keine Narben wie bei ihrem Thomas. Sie blickt auf sein Glied, das jetzt schlaff in dem milchigen Kondom ruht.

Wankend steht sie auf. Sie ist noch immer nackt, aber das ist ihr egal.

»Wo ist das Badezimmer?«

Als Valentina zurück ins Wohnzimmer kommt, steht Russell in Boxershorts und weißem T-Shirt am Küchentresen und kocht Kaffee.

»Ich dachte, du hast vielleicht Lust auf einen Kaffee.« Er dreht sich zu ihr um und betrachtet sie wohlwollend.

»Danke«, erwidert sie und geht zum Sofa, um ihre Kleider einzusammeln. Er folgt ihr mit dem Blick.

»Ich *liebe* deinen Körper«, bemerkt er auf eine Art, die Valentina das Gefühl gibt, ihr Körper sei etwas Besonderes.

»Es ist ein ganz normaler Frauenkörper«, wehrt sie ab und nimmt ihr Kleid, um sich damit zu bedecken.

»Aber nein, es ist nicht irgendein Frauenkörper.«

»Was meinst du?« Sie drückt ihr Kleid an ihren Bauch und dreht sich zu ihm um.

»Mir gefällt es, dass du so natürlich bist. Heutzutage sind die Mädchen alle derart durchtrainiert, dass sie ganz knochig sind. Es gibt keine weichen Körper mehr. Durch das Training sind ihre Hintern total hart, und sogar ihre Titten. Die lassen sie mit Silikon aufpumpen. Das fühlt sich nicht schön an.«

»Das hat Thomas auch immer gesagt«, murmelt Valentina.

»Wer ist Thomas?«, fragt Russell.

»Mein Ex.«

»Na, da hat er recht«, fährt Russell fort und stört sich nicht daran, dass sie ihren Exfreund erwähnt. »Es gefällt mir, dass du nicht versucht hast, deine Figur zu verändern. Alles an dir ist natürlich, und damit meine ich nicht, dass du ein Hippie bist oder so. Nein, du siehst angezogen sehr schick aus, aber darunter …«

»Ist alles weich und geht aus dem Leim?«, scherzt Valentina matt.

»Ach, nein. Du bist durch und durch weiblich, mit deinen Kurven, deinem echten Busen und einem unglaublichen Hintern.«

»So gründlich ist mein Körper seit Jahren nicht analysiert worden.« Valentina schlüpft in ihr Kleid.

»Ich habe dich doch nicht etwa beleidigt, oder?«, fragt er.

»Nein, nicht wirklich. Es ist nur … meine Mutter war besessen von perfekten Körpern. Sie hat meine Jugend zu einem Albtraum gemacht. Ständig wollte sie mich auf Diät setzen.«

Sie nimmt auf einem Stuhl am Küchentresen Platz.

»Deine Mutter ist verrückt.« Russell tritt zu ihr und reicht ihr einen Becher Kaffee. »Du bist perfekt, so wie du bist. Das wollte ich damit sagen.«

Plötzlich steigt ein warmes Gefühl der Dankbarkeit in Valentina auf, sie mag Russell.

»Nun«, beginnt er, setzt sich auf einen Stuhl ihr gegenüber und beugt sich vor, um sie sanft auf die Lippen zu küssen, »das war wirklich toll.«

Sie errötet. Sie hatte noch nie etwas für derartige Gespräche nach dem Sex übrig.

»Ich sollte besser nach Hause gehen. Kannst du mir ein Taxi rufen?«

Sie erwartet, dass er sie bittet, über Nacht zu bleiben, aber er tut es nicht.

Die ganze Fahrt über zurück zu Marcos und Jakes Wohnung versucht sie, sich selbst davon zu überzeugen, dass sie nicht bei Russell geblieben wäre, selbst wenn er sie darum gebeten hätte. Doch tief in ihrem Herzen weiß sie, dass das nicht stimmt. Denn was sie am meisten vermisst, ist nicht Sex, sondern Nähe. Sie vermisst es, von ihrem Geliebten in den Armen gehalten zu werden, die ganze Nacht.

Tina

Im ersten Moment erkennt Tina Lottie nicht wieder, sie hat sich völlig verwandelt. Sie sieht aus wie eine Punkprinzessin, jede Erinnerung an Louise Brooks ist verschwunden. Ihre pechschwarzen Haare sind wild zurückgekämmt und stehen in Stacheln vom Kopf ab, die Augen sind dick mit schwarzem Kajalstift umrandet und in ihren Ohren steckt ein Halbmond aus winzigen Silberstiften. Lotties Aufmachung erinnert an eine Mischung aus Madonna und der Sängerin von Siouxie and the Banshees. Ganz schwarz, mit weiblichen Akzenten: fingerlose Spitzenhandschuhe, die bis zu ihren Ellenbogen hinaufreichen, hautenge zerrissene Jeans, schwarze Doc-Martens-Stiefel und eine Art schwarzes Mieder, das sie über einem zerrissenen schwarzen Top trägt. Tina findet ihre Kleidung schrecklich, vor allem die klobigen Stiefel. Das Mädchen sieht billig aus und widerspricht völlig ihren eigenen Modevorstellungen. Neben Lottie kommt sich Tina altmodisch vor in ihrer klassischen Aufmachung: kleines Schwarzes, Bolerojacke und hochhackige Stiefel.

Tina ist sich bewusst, dass Lottie deutlich jünger ist. Ihr Körper mag noch immer jugendlich sein, aber was ist mit ihrem Gesicht? Ist sie von dem ganzen Abnehmen schon hager? Sieht man ihr das Alter an? Die fünfunddreißig Jahre? Sie hofft, nicht.

»Du bist spät dran«, stellt das deutsche Mädchen vorwurfsvoll fest.

»Nicht wirklich«, antwortet Tina mit einem Blick auf die Uhr, sechs Minuten nach elf.

»Meine Cousine wartet in ihrer Wohnung auf uns. Sie hat nur eine kurze Arbeitspause, deshalb müssen wir pünktlich sein. Sie möchte dich wirklich gern kennenlernen. Sie macht bei der Arbeit in einem Foto-Club mit.«

»Was macht sie?«, fragt Tina.

»Einen von diesen Verwaltungsjobs«, antwortet Lottie schulterzuckend. »Ich glaube, sie ist in der Poststelle. Sie spricht nie darüber.«

Am Bahnhof Friedrichstraße reihen sie sich in die Schlange vor dem Grenzposten ein.

»Wir nennen das Tränenpalast«, erklärt Lottie. »Wegen der Züge ist das der Übergang, der am meisten benutzt wird. Hier haben sich schon viele traurige Szenen abgespielt.«

Sobald Tina die Grenzbeamten sieht, beschleunigt sich ihr Herzschlag. Männer mit Waffen bereiten ihr schnell ein mulmiges Gefühl. Vermutlich hat sie das von ihrem Vater übernommen, der Waffen und jegliche Form von Gewalt gehasst hatte.

Es ist schwer zu glauben, dass ihre Eltern schon fast zehn Jahre tot sind. Manchmal ertappt Tina sich dabei, dass sie unbewusst den sonntäglichen Anruf ihrer Mutter erwartet. Tina hat sie immer damit aufgezogen und es ihren Kontrollanruf genannt. Es waren immer dieselben Fragen. Hatte Tina genug Essen für Phil und das Baby besorgt? Was würde sie kochen? War Mattia geimpft worden? Was las sie ihm am Abend als Gutenachtgeschichte vor? Nie erkundigte sie sich nach

Tinas Arbeit. Ihre Mutter war besessen von Mattia. Fast das Schlimmste an dem Tod ihrer Eltern war, dass sie nun nicht mehr miterlebten, wie Mattia heranwuchs. Und Tina musste auf die Unterstützung ihrer Mutter verzichten. Maria Rosselli hätte es allerdings ganz gewiss nicht geschätzt, dass sie sich herumtrieb, anstatt sich zu Hause um ihre Familie zu kümmern. Sie wäre enttäuscht, dass Phil und sie nie geheiratet hatten. Aber Tina glaubte, dass sie nur eine *gute* Mutter sein konnte, wenn sie eine *glückliche* Mutter war. Und um glücklich zu sein, brauchte sie ihre Freiheit und ihre Karriere. Phil verstand das. Es war ein zweischneidiges Schwert. In den ersten Jahren hatte Tina Phil ein bisschen darum beneidet, dass er so viel mehr Zeit mit Mattia verbrachte. Sie weiß noch genau, wie verletzt sie war, als Mattia im Alter von ungefähr zweieinhalb Jahren mit seinem Roller stürzte und sich das Knie aufschlug. Damals war er nicht zu ihr, sondern zu Phil gelaufen. Als sie sich deshalb beschwerte, sagte Phil:

»Du kannst nicht alles haben, Tina.«

Etwas in ihr begehrte gegen diese Bemerkung auf. Warum konnte sie in ihrem Leben nicht beides sein? Karrierefrau *und* Mutter? War es denn so unmöglich, auf beiden Gebieten erfolgreich zu sein?

Sie befinden sich am Kopf der Schlange, und kurz bevor sie hindurchgehen, dreht Lottie sich zu Tina um: »Hast du 25 Deutsche Mark dabei? Ich habe dir vergessen zu sagen, dass es einen Zwangsumtausch gibt.«

»Ja, ich habe Geld bei mir.«

»Sobald wir durch sind, bekommen wir unser Tagesvisum. Es gilt bis zwei Uhr morgens.«

Der Grenzbeamte mustert Lottie in ihrer Punkaufmachung

und schüttet den gesamten Inhalt ihrer Tasche aus, findet jedoch nichts, und muss sie widerstrebend passieren lassen.

Kaum liegt der Bahnhof Friedrichstraße mit seinen Gleisen hinter ihnen, erscheint Tina die Umgebung anders. Als sei sie in der Zeit zurückgereist, in ein älteres Berlin der Sechziger- und Siebzigerjahre. Die Autos sehen praktisch alle gleich aus, die meisten von ihnen sind kleine Trabis in Weiß oder Blau. Als sie die Straße hinuntergehen, bemerkt Tina, dass man sie anstarrt, vor allem Lottie. Es ist offensichtlich, dass sie aus dem Westen kommen.

»Wie ist deine Cousine auf der anderen Seite der Mauer gelandet?«, fragt Tina.

»Meine Familie stammt ursprünglich aus Ostberlin, aus einer Gegend, die Prenzlauer Berg heißt. Ich zeige dir später das Haus, in dem mein Vater und sein Bruder aufgewachsen sind. Man hat alle Häuser in Mietwohnungen aufgeteilt, sie fallen inzwischen auseinander. Als die Mauer gebaut wurde, wollten meine Mutter und mein Vater nicht in Ostdeutschland bleiben und sind geflohen.«

Obwohl Tina nicht weiß, wer sie belauschen sollte, hat Lottie ihre Stimme zu einem Flüstern gesenkt.

»Sie sind über die Mauer gekommen?«, fragt Tina.

»Unter der Mauer«, berichtigt Lottie. »Sie sind durch einen Tunnel geflohen. Meine Mutter war damals mit mir schwanger. Sie hatte große Angst, in dem Tunnel steckenzubleiben. Mein Vater musste sie hindurchschieben.«

»Mein Gott, das hört sich schrecklich gefährlich an.«

»Das war es. Sie gehören zu den Letzten, die hinausgekommen sind. Einige, die hinter ihnen waren, hat man gefasst.«

Lottie bleibt auf der Straße stehen, die massive Betonmauer

liegt jetzt hinter ihnen. Tina hört die Züge, die auf ihrem Weg in den Westen durch den Bahnhof Friedrichstraße rattern. Die Ostberliner können die Züge nur hören, aber nicht sehen.

»Meine Eltern haben geschworen, dass sie nur zurückkehren, wenn Ostberlin frei ist. Sie hätten nie gedacht, dass die Mauer nach all den Jahren noch stehen würde. Sie haben ihre Familien seit Jahren nicht gesehen. Nur meine Großeltern dürfen in den Westen reisen, weil sie Rentner sind. Meine Cousine haben meine Eltern noch nie getroffen.«

»Und wann hast *du* sie zum ersten Mal gesehen?«

»Sobald ich achtzehn war, wollte ich den Osten kennenlernen und mit eigenen Augen sehen, wie es dort ist. Als ich Sabine getroffen habe, war es, als wäre sie die Schwester, die ich nie hatte. Wir sind im selben Alter und haben fast denselben Geschmack. Aber natürlich zieht sie sich nicht so an. Das wäre zu auffällig.«

Lottie blickt auf ihre Armbanduhr. »Komm, wir wollen sie nicht verpassen.«

Sie zieht Tina mit sich die Straße hinunter. Wie erwartet, ist es im Osten weniger bunt. Statt an Werbebannern kommen sie an schlichten weißen Plakaten mit schwarzer Schrift vorbei. Kommunistische Parolen, erklärt Lottie ihr und übersetzt für Tina. »Erhalte die sozialistische Ordnung, Disziplin und Sauberkeit.«

Bei der Vorstellung, in einem so streng reglementierten Staat zu leben, überkommt Tina eine beklemmende Übelkeit. Mit Regeln hatte sie schon immer Schwierigkeiten. In der Schule hat sie die Nonnen verrückt gemacht, ständig kam sie zu spät und hatte nie ihre Hausaufgaben gemacht, und dennoch schrieb sie in den Klassenarbeiten stets gute Noten.

»Natürlich würde ich nie hier leben wollen«, meint Lottie. »Aber die haben hier eine Menge Spaß, weißt du? Sabine ist als Jugendliche viel häufiger in die Disco gegangen …« Sie zögert und grinst Tina verschmitzt an. »Und sie behauptet, dass sie außerdem besseren Sex hätten als wir.«

Tina hebt erstaunt die Brauen.

»Tatsächlich? Ich hätte gedacht, dass ein solcher Staat gegen den liberalen Umgang mit Sex ist. Irgendwie passt das nicht zu den kommunistischen Idealen.«

»Ich glaube, offiziell ist das auch so. Aber Sabine meint, da sie nicht so unter Druck stünden, Geld zu verdienen oder eine tolle Karriere hinzulegen, hätten sie mehr Zeit, zu flirten, zu träumen und sich zu verlieben.«

»Ja, aber ich kann mir vorstellen, wenn man von der Norm abweicht, wenn man zum Beispiel schwul ist, wird man nicht so einfach toleriert.«

»Vermutlich, aber Schwule werden überall auf der Welt verfolgt, oder? Sabine meint, dass selbst Sachen, die man vielleicht für negativ hält, wie Essensknappheit oder Stromausfall, die Romantik erhöhen. Ihren ersten Freund hat sie zum Beispiel in einer Essensschlange kennengelernt.«

»Wie romantisch!«, bemerkt Tina mit einem bitteren Lächeln. Das entspricht ganz sicher nicht ihrer Vorstellung von Romantik.

»Weißt du, was man hier sagt?« Lottie zwinkert ihr zu. »Dass Männer aus dem Osten größere Schwänze haben als die aus dem Westen!« Lottie kichert. Jetzt wirkt sie, trotz all der Schminke in ihrem Gesicht, sehr jung.

»Woher wollen sie das wissen?«, fragt Tina.

»Das darf ich nicht verraten.« Lottie zwinkert ihr erneut zu.

Der Wohnblock, in dem Lotties Cousine Sabine wohnt, ist makellos sauber. Keine Graffiti, keine Spuren von Vandalismus, völlig identische Gebäudeblöcke. Sie sehen aus wie eine futuristische Vision von Utopia aus den Sechzigern. Als würden hier keine richtigen Menschen leben, sondern als sei alles nur eine Filmkulisse. Lottie betritt den zweiten Block, und während sie mit dem Aufzug nach oben fahren, erklärt sie Tina, dass die Wohnung eigentlich Sabines Freund Rudolf gehört. Offenbar hat er einen ziemlich guten Posten, was für einen, erwähnt Lottie nicht.

»Hier ist es überall so sauber«, wundert sich Tina. Das Haus kommt ihr beinahe steril vor, es ist ihr nicht geheuer.

»Besser kann man kaum wohnen«, sagt Lottie und senkt erneut die Stimme. »Er hat einen sehr wichtigen Posten«, wiederholt sie und sieht Tina bedeutungsvoll an. »Er ist ein guter Sozialist und findet es nicht gut, wenn Sabine sich mit mir trifft. Deshalb komme ich tagsüber her. Er meint, ich würde ihr kapitalistische Flausen in den Kopf setzen.«

Sabine ist ebenso hübsch wie Lottie, doch ihre Kleidung könnte kaum unterschiedlicher sein. Sabine trägt eine schlichte weiße Bluse und einen braunen ausgestellten Rock.

»Oje, du siehst vielleicht spießig aus!«, ruft Lottie, kaum dass sie ihre Cousine erblickt.

»Die Arbeit.« Sabine verzieht das Gesicht und bittet sie in die Wohnung. Genau wie außen ist es auch hier drinnen makellos sauber, doch die Einrichtung wirkt irgendwie gesichtslos.

»Das ist Tina Rosselli«, stellt Lottie sie vor und wirft ihre Tasche auf den Couchtisch. »Sie ist eine bekannte Modefotografin aus Italien und ist wegen des Konzerts heute Abend mitgekommen.«

»Du bist aus Italien?«, wendet sich Sabine an Tina, ihre Augen funkeln vor Aufregung. »Und du bist Fotografin?«

»Ja«, bestätigt Tina und holt wie zum Beweis ihre Kamera aus der Tasche.

Sabine greift vorsichtig nach der Kamera, als sei sie ein kostbares Juwel, und betrachtet sie eingehend.

»Ich wünschte, ich könnte so einen Fotoapparat haben«, seufzt sie.

»Er ist schon alt«, meint Tina, »ich habe ihn seit meinen Anfängen.«

Sabine gibt ihr die Kamera wieder.

»Es tut mir leid, ich muss jetzt zurück ins Büro«, sagt sie mit einem Blick auf ihre Armbanduhr. »Rudolf wäre wütend, wenn er wüsste, dass ich zu spät zur Arbeit komme.«

»Dann komm.« Lottie fasst Sabine am Arm. »Ich will dich nicht in Schwierigkeiten bringen.«

»Was machst du?«, erkundigt sich Tina bei Sabine.

»Ich arbeite in der Poststelle im Staatsministerium für Kultur. So habe ich von dem Cellisten Karel Slavik erfahren.«

»Eure Regierung hat Glück, dass er ein bekennender Sozialist ist, sonst hätte ihn euch der Westen sicher schon weggeschnappt«, meint Lottie.

»Sch«, zischt Sabine alarmiert. »Redet nicht über solche Sachen. Nicht *hier drin*.«

»Willst du etwa sagen, dass Rudolfs Wohnung abgehört wird? Doch nicht einer wie er?«

Sabine errötet.

»Man kann nie wissen«, flüstert sie.

»Hört die Stasi wirklich so viele Wohnungen von ganz normalen Bürgern ab?«, erkundigt sich Tina bei Lottie, als sie die Straße hinuntergehen und sich von dem Wohnblock entfernen.

»Anscheinend. Sabine ist allerdings auch ein bisschen paranoid. Andererseits ist ihr letzter Freund auch im Stasigefängnis gelandet.«

»Mein Gott, was hat er getan?«

»Man hat ihm vorgeworfen, Nachbarn bei der Flucht geholfen zu haben.«

»Und hatte Sabine etwas damit zu tun?«

»Sie hat mir erzählt, dass sie keine Ahnung hatte. Trotzdem ist sie verhört worden. Sie spricht nicht darüber. Sie sagt nur, dass jemand über ihn berichtet haben muss.«

»Informanten? Wie in Russland unter Stalin?«

»Laut Sabine ist das das größte Problem am Leben hier. Man kann niemandem wirklich trauen. Wenn einer etwas gegen dich hat, muss er den Behörden nur irgendeinen Mist erzählen.«

»Gott, da muss man ja neurotisch werden.«

Tina hat nie wirklich darüber nachgedacht, was für ein Glück sie hat, in einem Land zu wohnen, in dem sie keiner Zensur ausgesetzt ist. Wie viele ihrer Modeaufnahmen würde man als systemfeindlich einstufen? Sie hat bisher keinen Gedanken daran verschwendet, ob die Regierung Anstoß an ihren Fotografien nehmen könnte. Tina hatte immer das Gefühl, sich in ihrer Arbeit frei ausdrücken zu können.

Tina erlebte ihren Durchbruch als Fotografin mit gerade neunzehn Jahren in Mailand. 1968 gab sie ihr Debüt in der *Vogue* mit einer Fotostrecke, die von Jane Fonda in dem sexy Science-

Fiction-Film *Barbarella* inspiriert war. Sie kleidete ihre Models in Paco Rabanne: in hautenge Catsuits aus Vinyl mit silbernem und weißem PVC sowie Aluminiumeinsätzen. Es brachte ihr Aufmerksamkeit und einen neuen Auftrag. Diesmal kleidete sie die Models in durchscheinendes Chiffon mit Straußenfedern von Yves Saint Laurent. Ehe sie sichs versah, war ihr Name in aller Munde. Tina Rosselli, die junge begabte Fotografin. Die Designer stellten ihr Stücke aus ihren Kollektionen zur Verfügung und beteuerten, sie sehe darin ebenso gut aus wie ihre Models, und sie hatten recht. Tina hatte die Figur für die Kleider jener Zeit, und die Frisur: Louise Brooks' schwarzen Bob. Tina wurde zu jeder Modenschau eingeladen, zu jeder Vernissage und angesagten Party, nicht nur in Mailand, sondern auch nach Südfrankreich, Paris, Rom, London und New York. Sie wurde von zahllosen Männern umworben, doch sie wies sie ab. Im Grunde ihres Herzens war sie ein schüchternes katholisches Mädchen. Sie war so *jung* gewesen. Es war eine aufregende und berauschende Zeit, sie hatte ihre neue Freiheit und die Kreativität genossen. Zum Entsetzen ihrer Mutter war sie von zu Hause ausgezogen und teilte sich eine Wohnung mit ihrer besten Freundin Isabella, einer Modejournalistin. Sie hatten hart gearbeitet und noch mehr gefeiert. Durch Isabella hatte sie Phil kennengelernt. Sie hatte ihn nach Mailand zu einer Journalismus-Konferenz an der Universität eingeladen. Als Isabella unerwartet nach Verona aufbrechen musste, um einen weiteren Kongressteilnehmer abzuholen, hatte sie Tina gefragt, ob sie den englischen Professor mit ihrem Triumph abholen und in sein Hotel bringen könnte. Zunächst hatte Phil nicht viel Eindruck auf sie gemacht. Mit seinem englischen Tweed-Anzug kam er ihr altmodisch und verstaubt vor. Herrgott, er rauchte

Pfeife! Wer unter dreißig rauchte schon Pfeife, es sei denn, es handelte sich um Marihuana?

Wie gewöhnlich war Tina zu schnell gefahren und hatte sich durch den Verkehr geschlängelt. Als sie vor dem Regency Hotel hielt, war Phil ganz grün im Gesicht gewesen. Doch noch am selben Abend hatte er sie angerufen und sie zum Abendessen eingeladen. Bis heute weiß Tina nicht, warum. Hatte ihm gefallen, wie sie Auto fuhr? Oder hatte er sie nur angerufen, weil er kein anderes Mädchen in Mailand kannte? Fast hätte sie ihn abgewiesen, er hatte so langweilig gewirkt. Doch irgendwie war sie neugierig auf Engländer gewesen, und um ehrlich zu sein, wollte sie auch mit ihrem Englisch angeben. Sobald sie sich zum Essen hingesetzt hatten, war etwas mit ihr geschehen. Sie vergaß das Essen und achtete nicht mehr darauf, was sie sich in den Mund schob, sie hing an Phils Lippen. Er wusste so viel über Kunst, Politik, Film, Kultur und Geschichte. Er erinnerte Tina an ihren Vater. Etwas an seinem langweiligen Akademikerstil, seiner Brille und seinem förmlichen Anzug gefiel ihr. Sie wollte seine ordentlichen Haare durcheinanderzausen, ihm die Brille von der Nase ziehen und ihm das gestärkte Hemd vom Leib reißen.

Tina hatte es geschafft, sich noch drei weitere Verabredungen lang zu beherrschen. Dann hatte sie ihr Interesse nicht länger verheimlichen können. Kaum hatten sie sich zum ersten Mal geküsst, gab es kein Halten mehr. Hinter der Schlafzimmertür war Doktor Phil Rembrandt ein Vulkan. Tina war noch sehr unerfahren, begriff aber dennoch, dass das etwas Besonderes war. Noch nie hatte sie ein Mann zum Orgasmus gebracht, und zwar nicht zu irgendeinem Orgasmus. Sie hatte einen berauschenden Höhepunkt erlebt, der etwas in ihr öffnete. Phil erweckte sie, und sie wurde süchtig. Tina konnte nicht genug von ihm bekommen. Kaum zu glauben, dass sie heute extra lange aufbleibt, damit er sicher schon eingeschlafen ist, wenn sie ins Bett kommt, und sie nicht mit ihm Sex haben muss.

Tina war erst zwanzig gewesen, als Phil und sie ihre Affäre begannen. Es war das Ende der Sechzigerjahre und der Beginn eines neuen Jahrzehnts. Sie waren voller Liebe füreinander, voller Hoffnung, und sie strotzten vor Selbstbewusstsein. Sie hatten das Gefühl, die Welt würde ihnen gehören. Das alles scheint so weit weg, während sie die Straßen des unterdrückten Ostberlin im Jahr 1984 entlangläuft. Tina war so naiv gewesen, als sie Phil begegnet war. Vor ihm hatte sie nur mit einem anderen Mann geschlafen, mit ihrem ehemaligen Dozenten. Ein peinliches Klischee und ein großer Fehler. Auch Phil war älter als sie, aber nur sechs Jahre. Er hatte viel mehr Erfahrung. Von Anfang an redete er, als würden sie für immer zusammenbleiben, und dennoch fühlte sich Tina nie eingeengt, ganz im Gegenteil. Als sie mit Mattia schwanger wurde, was ein Unfall war, erwog Phil nicht für einen Moment die Möglichkeit einer Abtreibung. Er fand es schön, dass sie ein Kind erwartete. Während ihrer Schwangerschaft hatten sie fantastischen Sex. Sie hätte nie geglaubt, dass der Funke zwischen Phil und ihr erlöschen könnte.

Seit fünfzehn Jahren sind sie zusammen. Tina hat in ihrem ganzen Leben nur mit zwei Männern geschlafen, jetzt ist sie fünfunddreißig. Sie will sich nicht von Phil trennen, natürlich nicht. Sie liebt ihn, aber sie ist gegen ihren Willen etwas gereizt. Er hat in seinen Zwanzigern alles Mögliche ausprobiert und mit vielen Frauen geschlafen, aber Tina ist ihm mit zwanzig begegnet. Was soll man tun, wenn man die Liebe seines Lebens so früh kennenlernt? Nie mehr mit einem anderen Mann schlafen? Machen das nicht viele Frauen? Sind Frauen nicht anders als Männer und brauchen nicht so viel Abwechslung? Tina weiß, dass das nicht stimmt. So hatte ihre Mutter geredet, dagegen hatte Tina sich ihre ganze Jugend über gewehrt. Hat sie also nur keine Lust mehr, mit Phil zu schlafen, weil sie sich langweilt? Braucht sie ein bisschen Abwechslung in ihrem Sexualleben? Tina will ihn aber nicht betrügen. Was hat sie für Möglichkeiten? Bislang hat sie den Kopf in den Sand gesteckt, aber tief in ihrem Herzen weiß sie, dass sie einen Teil ihres Selbst unterdrückt. Belle hatte es ihren Louise-Brooks-Geist genannt, als wäre der markante Haarschnitt ein Statement.

Ich bin frei wie eine Amsel. Ich gebe dir meinen Körper, mein Herz und meine Seele, aber sperre mich niemals in einen Käfig.

Lottie geht vor Tina die Straße hinunter und dreht sich zu ihr um: »Du wirkst, als wärst du mit deinen Gedanken meilenweit entfernt«, sagt sie. »Komm, ich zeige dir den Alexanderplatz mit dem Fernsehturm und der Weltzeituhr. Die DDR-Bürger können die Welt zwar nicht bereisen, aber zumindest wissen sie immer, wie spät es überall ist.«

»Darf ich ein Foto machen?«

»Na, klar. Du bist aus dem Westen. Man will, dass du Fotos machst und dem Rest der Welt zeigst, was für ein fortschrittliches Land die DDR ist.« Sie schnaubt verächtlich.

Nachdem sie die touristischen Sehenswürdigkeiten besichtigt haben, investieren sie etwas von ihrer harten Währung in einen schlechten Kaffee. Anschließend schlägt Lottie vor, Tina das alte Haus ihrer Familie in Prenzlauer Berg zu zeigen.

Sie gehen in Richtung Norden und gelangen in ein Viertel, das ganz anders ist als der Alexanderplatz, der Vorzeigeort der Deutschen Demokratischen Republik, oder als die makellosen Einheitsbauten, in denen Sabine wohnt. Die meisten Häuser in Prenzlauer Berg sind baufällig. Man kann noch erkennen, dass sie einst groß und prächtig gewesen sind, aber jetzt fallen sie buchstäblich auseinander, der Putz bröckelt von den Mauern. Es ist schwer vorstellbar, dass hier jemand wohnt. Doch Menschen kommen und gehen, und die Atmosphäre ist ganz anders als in den anderen Vierteln, die Tina bislang kennengelernt hat.

»In Prenzlauer Berg wohnen viele Künstler«, erzählt Lottie.

Sie bleiben vor einem Blumengeschäft stehen, in dem es Nelken und Gerbera gibt. Lottie kauft einen Strauß Gerbera für »eine kranke Freundin«.

Sie biegen in eine Straße ein, die kaum besser aussieht als nach den Bombenangriffen der Alliierten. Tina kann nicht glauben, dass hier überhaupt jemand wohnt. Lottie bleibt vor einem abbruchreifen Haus stehen.

»Hier ist es. Das ist das Haus meiner Familie. Es ist etwas heruntergekommen.« Sie dreht sich um und blickt Tina mit trauriger Miene an.

»Eines Tages werden wir es zurückbekommen, und dann renoviere ich es. Wollen wir hineingehen und meinen Freunden einen Besuch abstatten?«

»Du kennst die Leute, die jetzt hier wohnen?«

»Ja, komisch, nicht? Ich habe sie kennengelernt, als ich vor ein paar Monaten hergekommen bin, um mal wieder nach dem Haus zu sehen. Wir waren uns auf Anhieb sympathisch.«

Lottie öffnet die Eingangstür, die fast aus den Angeln fällt.

»Es ist in ziemlich schlechtem Zustand«, warnt Lottie. »Erschrick nicht.«

Am Eingang klettern sie über allerlei Müll, alte zerbrochene Flaschen und Blechdosen hinweg. Tina folgt Lottie einen feuchten Flur hinunter und eine wackelige Treppe hinauf, die aussieht, als würde sie jeden Moment zusammenbrechen. Oben klopft Lottie an eine Tür, von der die Farbe blättert. In der Luft hängt ein unangenehmer Geruch von feuchter, fauliger Erde. Wie kann man hier wohnen?

Ein junger Mann mit kurzen wasserstoffblonden Haaren öffnet die Tür. Er trägt ein Netzhemd, hautenge gebleichte Jeans mit Hosenträgern und alte Militärstiefel.

»Lottie!« Seine Miene hellt sich auf, und er schließt sie herzlich in die Arme.

»Hi, Hermann«, grüßt Lottie auf Englisch. Tina bemerkt, dass das Mädchen errötet. »Ich habe ein paar Blumen für Simone mitgebracht. Wie geht es ihr?«

»Wie lieb von dir. Das wird sie sicher aufmuntern. Es geht ihr einigermaßen. Na, du wirst es ja sehen.«

»Und das ist Tina, eine Freundin. Sie ist Italienerin und Fotografin.«

Hermann mustert sie interessiert. »Bist du Journalistin?«, fragt er.

»Nein, Modefotografin. Lottie hat bei meinen Aufnahmen Modell gestanden.«

Hermann pikst Lottie in den Bauch. »Ausgerechnet du ein Fotomodel. Du stehst wohl heimlich auf den ganzen oberflächlichen Westkram«, zieht er sie grinsend auf.

Lottie schiebt seine Hand fort.

»Nun«, entgegnet sie etwas verlegen, »wenn du den Westen so oberflächlich findest, willst du wohl dein Geschenk gar nicht haben.«

»Das habe ich nicht gesagt«, widerspricht Hermann.

Lottie öffnet den Reißverschluss ihrer Tasche und wühlt im Futter.

»Tada!« Sie befördert eine Kassette hervor.

»Du bist einfach toll, liebste Lottie.« Hermann küsst sie so herzlich auf die Wange, dass Lottie erneut errötet.

»Es ist eine Post-Punk-Kassette mit ein paar Stücken, die dir gefallen dürften. Ich habe die Namen der Bands auf die Hülle geschrieben.«

Hermann nimmt ihr die Kassette ab und öffnet sie.

»Oh, das ist großartig.« Er ist begeistert. »All meine Lieblingsbands: The Fall, Joy Division, Lene Lovich, My Bloody Valentine, Suicide, Nick Cave, Violent Femmes, Nina Hagen – weißt du, dass sie eigentlich von hier ist? Die Glückliche ist in den Siebzigern rausgekommen.«

»Ja, ich war auf einem Konzert von ihr«, sagt Lottie. »Sie ist genial.«

»Danke, Lottie, ich weiß das wirklich zu schätzen.« Er umarmt sie noch einmal, und Tina bemerkt, wie Lotties Augen glänzen.

»Ich habe auch noch Schokolade und Zigaretten mitgebracht.« Sie zaubert die Sachen ebenfalls aus ihrer Tasche hervor.

»Das ist eine Wundertasche. Ich weiß nicht, wie du es geschafft hast, die ganzen Sachen an der Grenze zu verstecken«, staunt Hermann. »Komm rein, dann kannst du Simone Hallo sagen und ihr die Blumen geben.«

Er stößt eine Tür auf und sie betreten das, was das Wohnzimmer sein muss. Es ist in einem schrecklichen Zustand. Es gibt keinen Teppich oder Läufer, nur nackte Holzdielen. Darauf stehen ein Sofa mit kaputten Beinen, auf dem ein schmutziger Überwurf liegt, sowie ein paar Holzstühle und ein Tisch. Das Fenster ist gesprungen und dreckig, daneben hängen zerschlissene Vorhänge. Als die Sonne herauskommt und ins Zimmer scheint, sieht alles noch schäbiger aus. An den Wänden hängen Leinwände mit wilden, abstrakten Farbkompositionen. Am Tisch sitzt eine dürre Punkerin und mischt etwas Farbe an. Sie hat schwarze stachelige Haare und riesige Augen, die sie dick mit schwarzem Kajal umrandet hat. Ihre Haut ist so bleich, dass sie fast durchscheinend wirkt. Sie trägt ein zerrissenes T-Shirt und eine abgetragene, mit Farbe beschmierte Jeans sowie eine Kette, die sie mehrfach um den Hals geschlungen hat.

»Hallo, Lottie«, sagt das Mädchen, ohne von ihrer Palette aufzusehen.

»Hallo, Simone, wie geht's dir?«

»Ganz okay.« Das Mädchen zuckt mit den Schultern und hebt den Blick. »Ein bisschen kalt.«

Als wollte sie ihre Worte unterstreichen, fängt sie an zu husten. Es ist kein harmloser Husten, sondern ein heftiges krampfartiges Keuchen, das minutenlang anhält. Die Art von Husten, die man von einem Arzt behandeln lassen sollte.

Die anderen machen kein großes Aufheben darum. Vielmehr zündet sich Hermann eine von Lotties mitgebrachten Zigaretten an, tritt ans Fenster und blickt auf die Straße hinunter.

»Das ist Tina«, stellt Lottie sie nun auch Simone vor. »Sie ist Fotografin.«

»Willst du ein Foto von mir machen?«, fragt Simone und sieht Tina derart traurig an, dass es Tina fast das Herz bricht.

»Klar«, sagt sie. »Sind das deine Bilder?«

»Ja«, antwortet Simone. »Ich versuche zu malen, weiß aber nicht, ob ich wirklich gut bin.«

»Deine Bilder sind großartig«, ermutigt Lottie sie. »Hör bloß nicht auf.«

»Das muss ich wahrscheinlich«, entgegnet Simone.

Tina hat ihre Kamera herausgeholt. Sie will diese beiden jungen Leute in ihrer heruntergekommenen Wohnung in Prenzlauer Berg unbedingt fotografieren. Offenbar ist es etwas deutlich anderes, ob man als Punk in Ostberlin oder im Westen lebt. Hier gilt das Punksein als Angriff auf den sozialistischen Staat. Diese jungen Menschen wehren sich dagegen, dass ihre Zukunft von der Wiege bis zum Grab verplant ist. Sie sind wahre Rebellen. Im Westen gibt es wenig, wogegen man rebellieren kann. Punk zu sein, ist dort mehr eine Mode als irgendetwas anderes.

Nachdem sie sich verabschiedet haben, schweigt Lottie auf dem Weg die Straße hinunter. In welchem Verhältnis steht sie zu Hermann und Simone? Sind die beiden anderen ein Paar? Hermann und Lottie haben sich zum Abschied auf den Mund geküsst, und Tina hat gespürt, wie sehr das Mädchen ihn mag. Bei Hermann ist sie sich umgekehrt nicht so sicher. Er scheint Lottie auch gernzuhaben, war aber irgendwie distanziert. Tina holt ihre Zigaretten heraus und bietet Lottie eine an.

»Wovon träumst du, Lottie?«, fragt Tina und gibt Lottie Feuer. Das Mädchen schüttelt den Kopf und bläst langsam den Rauch aus. Einen Augenblick verschwindet ihr Gesicht im Zigarettenqualm, Tina sieht nur ihre Lippen.

»Jedenfalls nicht vom Modeln«, erwidert Lottie, während sich die Rauchfahne langsam auflöst.

»Aber es ist gutes Geld. Du könntest um die Welt reisen.«

»Ja, aber ich würde lieber etwas Kreatives machen. So wie du.«

»Fotografieren ist für mich nur meine Arbeit.«

»Ich meine nicht die Hochglanzfotos im Studio, das ist nicht meine Welt. Aber mir gefällt es, dass du deine Aufnahmen draußen machst und immer neue Orte suchst. Ich fand es auch gut, dass du Fotos von Hermann, Simone und mir gemacht hast. Das war ausdrucksvoll. Ich drücke mich gern aus … ich versuche das durch die Musik.«

»Wärst du gern eine berühmte Musikerin?«, fragt Tina.

Lottie schüttelt den Kopf. »Nicht wirklich.«

Ihre Antwort überrascht Tina. Sie selbst wollte immer für ihre Arbeit anerkannt und geschätzt werden. Darauf hat sie stets hingearbeitet. Sie dachte, es würde sie befriedigen. Wenn sie ehrlich ist, hat sie aber noch immer das Gefühl, auf der Suche nach etwas zu sein. Obwohl sie einen Traumjob, einen netten Mann und ein Kind hat. Sie lebt in Mailand, in einer der coolsten Städte der Welt, in einer riesigen Wohnung, die einst ihren Eltern gehört hat, mitten in der Stadt. Sie kann es sich leisten zu tun, was sie will, und zu gehen, wohin sie will. Ihr Leben steht in krassem Gegensatz zu dem von Lotties Cousine. Sabine ist in ihrer Arbeit im Büro gefangen, lebt in einem Ostberliner Plattenbau und führt ein eintöniges graues Leben. Auch das Leben der rebellischen Punks in Prenzlauer Berg hat nichts mit dem von Tina zu tun.

Lottie lässt ihre Zigarette auf die Straße fallen und tritt sie mit dem Stiefel aus.

»Ich glaube, am allerliebsten möchte ich meinen Seelenverwandten finden«, verkündet sie auf einmal.

Keine Antwort hätte Tina mehr überrascht.

»Glaubst du daran?«

»Ja, irgendwie schon.« Lottie lächelt Tina unsicher an. Sie sieht so unglaublich jung aus unter ihrer Maske. Tina hätte Lust, ein Taschentuch herauszuholen, all das Make-up abzuwischen und das hübsche Louise-Brooks-Gesicht zu enthüllen.

»Du solltest dich nicht so verkleiden«, sagt sie. »Du versteckst deine wahre Persönlichkeit.«

»Ich *unterstreiche* meine Persönlichkeit«, widerspricht Lottie.

»Vielleicht«, lenkt Tina ein.

»Komm, wir sollten jetzt zur Bar gehen.« Lottie blickt auf ihre Armbanduhr und beschleunigt ihren Schritt. »Wir treffen dort Sabine auf einen Wodka vor dem Konzert.«

Als sie die Straße überqueren, bemerkt Tina, dass ein Wagen aus einer Parklücke ausschert, sie jedoch nicht überholt. Stattdessen rollt er den ganzen Weg bis Berlin-Mitte langsam hinter ihnen her. Auch wenn sie sich nicht sicher sein kann, hat Tina das deutliche Gefühl, dass man sie verfolgt.

Valentina

Den ganzen Morgen ist Valentina zu Fuß unterwegs gewesen und von Ost nach West quer durch Manhattan gelaufen. Jetzt ist sie wieder in Chelsea, schlendert an Boutiquen und Galerien vorbei und fragt sich, wo genau in diesem Straßengewirr Russell wohnt. Sie sollte hier nicht ihre Zeit vertrödeln. Morgen geht das Shooting mit Marco los, eigentlich müsste sie sich im Moment mit ihrem Freund um die Locations, die Klamotten und die Models kümmern, stattdessen hat sie sich den Morgen freigenommen. Dass sie mit Russell geschlafen hat, hat etwas in ihr geöffnet, und sie weiß noch nicht, ob es gut oder schlecht ist. Jedenfalls fühlt sie sich ruhelos und ungewöhnlich zerstreut, wenn es um die Arbeit geht. Sie hofft immer noch, Russell könnte sich melden, obwohl sie ihm nicht einmal ihre Nummer gegeben hat. Und warum will sie überhaupt, dass er sie anruft? Marco hat sie gewarnt, dass er ein Frauenheld sei. Warum soll sie so jemanden wiedersehen wollen? Und dennoch, die leidenschaftliche Nacht mit Russell hat ihr ein bisschen von ihrem Kummer um Thomas genommen. Seitdem fühlt sie sich wieder etwas lebendiger.

Sie muss immer weitergehen, einen Fuß vor den anderen setzen, ihre Verwirrung abschütteln. An der 28th Street steigt sie in die U-Bahn, sie will das Mahnmal am World Trade Center besuchen. Als sie jedoch im Zug sitzt und das U-Bahn-Netz von New York City betrachtet, wandert ihr Blick unwillkürlich zu den bunten Linien, die Manhattan mit Brooklyn verbinden. Spontan steigt sie an der Chambers Street aus und wechselt die Linie. Jetzt weiß sie genau, wohin sie fährt. Vielleicht hatte sie das insgeheim die ganze Zeit vor. Sie hat den Stadtplan von New York häufig genug studiert, um zu wissen, welche U-Bahn-Station am nächsten zur Orange Street in Brooklyn Heights liegt. An der Clark Street steht sie deshalb wie ferngesteuert auf und steigt aus dem Zug.

Es ist ein strahlender Frühlingstag, und Valentina genießt die Sonne, aber für Mai ist es dennoch ziemlich kühl. Sie fröstelt in ihrer leichten Jacke und wickelt sich ihren Chiffonschal zweimal um den Hals. Valentina hat Angst vor der Begegnung, doch sie sollte es hinter sich bringen. Es ist das Mindeste, was sie für Thomas tun kann. Als sie zusammen in Mailand gewohnt haben, wollte er unbedingt, dass Valentina seine Eltern kennenlernt. Sie hat sich stets geweigert, weil sie Angst vor der Verbindlichkeit einer solchen Begegnung hatte. Im Rückblick erscheint ihr das völlig albern.

Sie läuft die Orange Street hinunter, in der eine geradezu unheimliche Ruhe herrscht. In der von Bäumen gesäumten Straße stehen reihenweise alte Backsteinhäuser mit eleganten Veranden. Ein so wohlhabendes Viertel hat Valentina nicht erwartet. Als Thomas ihr erzählt hatte, dass er in der Orange Street in New York aufgewachsen sei, hatte sie irgendwie an die Farbe gedacht und sich einen entsprechend bunten Ort vorgestellt: knallig, interessant und voller Leben. Doch diese Straße wirkt verlassen.

Valentina steht am Fuß der Veranda und blickt hinauf zur Eingangstür und zu den breiten Fenstern auf der Vorderseite des Hauses. Sie hätte vorher schreiben oder anrufen sollen. Wahrscheinlich ist ohnehin niemand zu Hause. Sie redet sich ein, dass es doch auch reicht, sich das Haus, in dem Thomas aufgewachsen ist, von außen anzusehen. Valentina schließt halb die Lider und sieht Thomas, der als kleiner Junge mit seinem Hund die Stufen der Veranda hinunterläuft. Es war ein Scotch Terrier, und Thomas hatte ihn Scottie getauft. Thomas ist ein großer schlaksiger Junge mit wilden Locken. Valentina möchte ihn hochheben und herumwirbeln. Sie möchte ihm ins Ohr flüstern: *Ich bin deine künftige Frau*. Valentina schließt die Augen und stößt einen tiefen Seufzer aus. Sie sollte wieder gehen. Es war eine schlechte Idee herzukommen.

»Hallo? Kann ich Ihnen irgendwie helfen?«

Valentina öffnet die Augen. Auf der obersten Treppenstufe der Veranda steht eine Frau und blickt zu ihr hinunter. Sie ist groß und hat schneeweiße Haare. Ihre Augen verraten Valentina, wer sie ist. Sie sind meeresblau und durchdringend wie die von Thomas.

»Suchen Sie jemand?«, fragt Thomas' Mutter.

»Nein, ich …«, hebt Valentina an und will den Rückzug antreten, weil sie nicht weiß, wie sie sich vorstellen soll.

»Valentina?«, fragt die Mutter unsicher. »Sind Sie das? Besuchen Sie uns endlich?«

Valentina erschrickt und bleibt wie angewurzelt stehen. Woher weiß Thomas' Mutter, wer sie ist?

Die andere Frau stürzt die Stufen hinunter.

»Sie sind es, stimmt's?« Sie ergreift Valentinas kalte Hände und umschließt sie mit ihren warmen Fingern.

Ohne erst ihre Antwort abzuwarten, schiebt Thomas' Mutter Valentina die Treppe hinauf und ins Haus.

Valentina sitzt in dem Raum, dessen große Fenster zur Orange Street hinausblicken. Sie schüttelt sich. Wie ist sie in Thomas' Elternhaus geraten, und wie hat diese Frau, die ihr jetzt eine Tasse Kaffee serviert, sie erkannt?

»Mein Mann ist momentan noch in der Universität, aber ich habe ihn angerufen. Er kommt sobald er kann«, sagt die Mutter.

»Woher wussten Sie, dass ich es bin?«, fragt Valentina leise.

»Aber Thomas hat uns doch so viele Bilder von Ihnen geschickt. Natürlich habe ich Sie erkannt. Sie sehen sehr besonders aus, Liebes.«

Valentina starrt auf ihre Kaffeetasse. Ihre Wangen brennen. Natürlich, sie haben die erotischen Aufnahmen von ihr gesehen, die Thomas in der Londoner Galerie aufgekauft hatte, bevor sie sie ihr nach Mailand geschickt haben. Und er hat ihnen offenbar auch andere Bilder gezeigt. Sie erinnert sich, wie Thomas ihr Fotos von seinen Eltern, seiner Kindheit und seiner College-Zeit in New York zeigen wollte und sie ihn abgewiesen hatte. Sie wollte nicht, dass er von ihrer Mutter wusste, und deshalb wollte sie auch nichts über seine Eltern erfahren. Ihr Verhalten kommt ihr jetzt so furchtbar idiotisch vor.

»Ich bin zurzeit in Manhattan«, beginnt sie, »und ich dachte, ich komme einfach vorbei. Es tut mir leid, ich hätte vorher anrufen oder schreiben sollen.«

»Wie gut, dass ich da war!«, ruft Thomas' Mutter aus. »Stellen Sie sich vor, ich hätte Sie verpasst! Ich wollte Sie kennenlernen, seit Thomas uns zum ersten Mal von Ihnen erzählt hat.«

»Wann war das?«, erkundigt sich Valentina neugierig. Sie hatte ihrer Mutter lange nichts von Thomas erzählt.

»Das werde ich nie vergessen, Valentina. Als Sie sich gerade kennengelernt hatten, bevor er bei Ihnen eingezogen ist«, erzählt Mrs. Steen. »Wir haben jede Woche miteinander telefoniert und über die Gemälde gesprochen, die er für meinen Schwiegervater in den Niederlanden wiederzubeschaffen versuchte. Nun, das waren normalerweise ziemlich ernste Gespräche, aber das eine Mal war er anders. Das sage ich Ihnen.« Sie hält inne und lächelt versonnen. »Er klang fast wie ein Kind. Wie ein Kind, das einen Preis gewonnen hat. *Ich habe sie gefunden, Mom.* Das hat er gesagt. *Ich habe sie gefunden.*«

Valentina starrt Mrs. Steen erschüttert an, ihren Kaffee hat sie noch nicht angerührt. Von diesem Gespräch zwischen Thomas und seiner Mutter hatte sie keine Ahnung. Sie wusste nicht, dass er damals schon geglaubt hatte, sie sei *die Richtige.*

»Oh, er war verrückt nach Ihnen, und ich habe mich so für ihn gefreut. Es war furchtbar, als ihr zwei euch getrennt habt, und eine große Erleichterung, als ihr wieder zueinander gefunden habt …« Mrs. Steens Stimme verebbt. Valentina sieht, dass sich ihre Augen mit Tränen füllen. Wie konnte sie nur einfach wie aus dem Nichts in dem Haus dieser armen Frau auftauchen und die Erinnerung an ihren toten Sohn in ihr aufwühlen?

Abrupt steht Valentina auf und wirft dabei fast ihre Tasse um.

»Es tut mir leid. Ich hätte wirklich nicht einfach so hier hereinplatzen sollen. Ich wollte Ihnen nur mein Beileid aussprechen.«

»Bitte, Liebes, setzen Sie sich.«

Valentina zögert und nimmt widerwillig wieder Platz.

»Sind Sie wirklich deshalb gekommen?«, fragt Mrs. Steen. »Um uns Ihr Beileid auszusprechen? Das ist ein bisschen spät, Liebes, die Trauerfeier liegt schon über acht Monate zurück.«

»Nein«, gibt sie zu. »Ich wollte Sie kennenlernen. Ich wollte sehen, wo Thomas aufgewachsen ist.«

In ihrem Kopf dröhnen die Worte: *Ich vermisse ihn, ich vermisse ihn, ich vermisse ihn.*

Mrs. Steen schüttelt den Kopf.

»Ich habe ihm gesagt, er soll aufhören. Mir hat es nie gefallen, dass er diese Sachen für seinen Großvater macht. Ich habe meinen Mann gewarnt. Es war gefährlich, stimmt's?«

Valentina krallt ihre Hände ineinander.

»Er hat mich gerettet«, flüstert sie. »Er ist meinetwegen gestorben.«

Mrs. Steen zieht besorgt die Brauen zusammen.

»Nein, Liebes, das dürfen Sie nicht denken.«

Sie beugt sich vor und tätschelt Valentinas Hand. Einen Augenblick schweigen beide. Sie blicken einander an. Beide denken dasselbe. Sie könnten jetzt eine Familie sein. Wenn doch nur Thomas hier bei ihnen sitzen und den Raum zwischen ihnen mit seinem Lachen und seiner Lebendigkeit füllen würde. Valentina spürt, wie sich ihre Brust zusammenschnürt, sie atmet flach. Sie hat das Gefühl, von ihrer eigenen Trauer und der von Mrs. Steen erdrückt zu werden. Sie muss hier weg. Sie kann es nicht ertragen, auch noch Thomas' Vater zu begegnen. Sie blickt in Mrs. Steens klare blaue Augen, die so sehr denen ihres Sohnes gleichen.

»Ich muss gehen«, presst sie hervor. »Ich komme wieder«, fügt sie hinzu, ohne zu wissen, ob sie das wirklich tun wird.

»Sind Sie sicher? Können Sie nicht noch warten, bis Walter kommt?«

Valentina steht auf und schüttelt ihr die Hand. »Es tut mir leid, ich habe einen Geschäftstermin, ich muss los.«

»Thomas hat mir erzählt, dass Sie stark seien. Ich verstehe nun, was er meinte«, sagt Mrs. Steen und erhebt sich ebenfalls.

»Es ist schwer«, stößt Valentina hervor.

»Ja«, stimmt Mrs. Steen ihr zu, »aber es gibt einen Weg, damit fertigzuwerden. Sie werden ihn finden.«

»Haben Sie ihn gefunden?«, fragt Valentina. Doch anstatt zu antworten, berührt Mrs. Steen den Verlobungsring an Valentina Finger.

»Sie tragen ihn immer noch«, bemerkt sie mit ruhiger Stimme.

»Ja«, erwidert Valentina, sie weiß auch nicht, wie sie ihr das erklären soll.

»Mein Vater gab diesen Ring meiner Mutter«, sagt Mrs. Steen. »Und ich habe ihn Thomas gegeben, damit er ihn an Sie weitergibt.«

Valentina steigt die Schamesröte ins Gesicht. Sie versucht, den Ring von ihrem Finger zu zerren.

»Verzeihen Sie, ich hätte Ihnen den Ring zurück…«

Doch Mrs. Steen legt ihre Hand auf Valentinas.

»Bitte, behalten Sie ihn. Ich weiß, wie viel Sie Thomas bedeutet haben. Er war unser einziges Kind … wir wollen, dass Sie ihn haben.«

»Ich kann nicht … ich …«, stammelt Valentina verlegen angesichts so viel Großzügigkeit.

»Ich bitte Sie, Valentina«, sagt Mrs. Steen. »Es ist mir eine Freude, ihn an Ihrer Hand zu sehen. Es erinnert mich daran, wie glücklich Sie meinen Sohn gemacht haben.«

Valentina kann nicht ablehnen. »Danke schön«, flüstert sie.

»Sie kommen doch wieder, oder?«, fragt Mrs. Steen mit hoffnungsvollem Blick.

»Ja«, sagt Valentina. Sie ist sich aber immer noch nicht sicher, ob das stimmt.

Valentina eilt durch die Orange Street zurück. Ihr Körper schreit vor Sehnsucht nach Thomas, ihr Herz verkrampft sich vor Kummer und ihr Kopf ist so angefüllt mit Bildern aus ihrer Erinnerung, dass sie das Gefühl hat, blind zu sein. Sie hat die Orientierung verloren, stößt gegen andere Leute und stolpert über das Pflaster. Die Vorstellung, in die volle U-Bahn zu steigen, scheint ihr unerträglich, und so überquert sie die Brooklyn Bridge. Auf der Brücke ist die Frische des Frühlingstags noch deutlicher zu spüren, ein scharfer Wind umweht sie. Valentina eilt jedoch weiter, um so viel Abstand wie möglich zwischen sich und die Orange Street zu bringen. Auf halber Strecke bleibt sie stehen. Sie könnte jetzt einfach Schluss machen, wie sie es schon beinahe auf Capri getan hatte. Einfach auf das Brückengeländer klettern und wie ein Vogel in den blauen Himmel springen, nur dass sie stattdessen im grauen Wasser versinken würde. Genau wie Thomas. Würde sie ihn dort unten wiedertreffen?

Valentina umklammert ihre zitternden Hände, dreht immer wieder den Ring an ihrem Finger und erinnert sich an den Augenblick, als Thomas ihn ihr übergestreift hat. Seitdem hat sie ihn nicht mehr abgenommen. Der Anblick des Saphirs erinnert sie jedes Mal an Thomas' blaue Augen und an seine grenzenlose Liebe. Plötzlich durchströmt sie die Erkenntnis: Sie kann sich glücklich schätzen. Sie hat Thomas zwar für immer verloren, und sie hatten nur wenig Zeit miteinander. Doch die Liebe, die sie mit ihm erfahren durfte, gleicht den Schmerz, den sie jetzt erleidet, allemal aus. Manche Menschen begegnen einer solchen Liebe ihr ganzes Leben lang nicht. Es ist an der Zeit, Thomas loszulassen und Abschied zu nehmen. Valentina muss weitermachen. Weiterleben und hoffen, eines Tages eine andere, vielleicht ähnlich starke Liebe zu finden.

Am Mittag hat Valentina eine Besprechung mit dem Kreativ-Team bei *Harper's Bazaar*. Sie sitzt zwischen Marco und Taylor, der Art-Direktorin. Valentina ist jetzt eine andere Frau als die, die noch vor wenigen Stunden zitternd im Wohnzimmer von Mr. und Mrs. Steen gestanden hat. Sie ist ganz in ihrer professionellen Rolle. Selbstsicher, die Sonnenbrille lässig auf den Kopf hochgeschoben, klickt sie sich auf ihrem Laptop durch Bilder von Orten für das Fotoshooting.

»Also«, erklärt Taylor. »Wir gehen in die Neue Galerie an der Ecke East 86th Street und 5th Avenue.«

»Es ist eine alte Rockefeller-Villa, die Kunstwerke aus Deutschland und Österreich Anfang des 20. Jahrhunderts beherbergt«, fügt Marco hinzu. »Vor allem von Klimt.«

»Und das ist unser Aufhänger«, führt Taylor weiter aus. »Wir machen eine Serie mit bedruckten Stoffen, keine niedlichen Blütenmuster, sondern mutige ornamentale Prints mit viel Gold. Ich glaube, Klimts halbabstrakte Gemälde werden gut zu den Kleidern passen.«

Valentina betrachtet die Innenaufnahmen des Museums und fühlt sich sofort von ihnen angesprochen. Ein großzügiges Treppenhaus, eine Galerie mit marmornen Zierleisten, in denen die Arbeiten des österreichischen Malers Gustav Klimt ausgestellt sind, ein breiter Treppenabsatz mit weißen Säulen, überall schwarz-weiße Bodenfliesen und ein mit dunklem Holz vertäfeltes Café im alten Wiener Stil.

»Das sieht gut aus«, sagt Valentina. »Ich sehe es mir noch heute Nachmittag an, bevor es schließt.«

»Das ist nicht nötig«, entgegnet Taylor und greift mit ihren Stäbchen ein Stück Sushi von den Platten, die auf dem Tisch stehen. Während sie spricht, wedelt sie damit herum. »Ich habe schon entschieden, wo die Aufnahmen stattfinden werden.«

Valentina dreht sich mit fragendem Blick zu Marco um. Ihr Freund weiß genau, dass Valentina als Fotografin solche Entscheidungen gern selbst trifft. Marco befeuchtet nervös seine Lippen. Taylor ist eine ziemlich einschüchternde Persönlichkeit, eine große durchtrainierte Frau mit sehr kurzen schwarzen Haaren und einem strengen Gesicht.

»Ich glaube, ich hatte dir erklärt, dass Valentina gern in den kreativen Prozess miteinbezogen ist«, sagt Marco.

»So arbeite ich nicht«, entgegnet Taylor knapp.

»Ja, aber *ich* arbeite so«, bemerkt Valentina freundlich und blickt der Art-Direktorin direkt in die Augen. »Und wenn Sie optimale Aufnahmen von mir haben möchten, müssen Sie mir mehr Spielraum und Kontrolle einräumen.«

Taylor mustert sie mit kühlem Blick, und einen Augenblick denkt Valentina, sie werde sie hinauswerfen und mit dem nächsten Flugzeug zurück nach Mailand schicken.

»In Ordnung«, brummt sie schließlich zu Valentinas Überraschung. »Gehen Sie ruhig in die Neue Galerie und sehen sich alles an. Wir machen die Aufnahmen morgen, wenn das Museum für die Öffentlichkeit geschlossen ist.«

»Ich bringe dich gleich nach unten und zeige dir die Kleider, die wir für die Aufnahmen ausgewählt haben«, sagt Marco. »Ich arbeite eng mit Lori zusammen. Sie ist die Visagistin. Wir streben einen ziemlich opulenten Look an.«

»Ein schweres Augen-Make-up«, schaltet Lori sich ein. »Smokey Eyes beziehungsweise Goldbalken, die Lippen schminken wir im Nude-Look.«

»Okay. Und wer sind die Models?«, erkundigt sich Valentina.

»Zwei Mädels und ein Typ. Wir möchten einige Herrensachen aus der Kollektion vorstellen, reiche Brokatmuster und dekorative Krawatten.« Taylor schiebt Valentina die Set-Karten der Models zu.

Valentina nimmt die Bilder in die Hand. Ein Mädchen kommt aus Russland, das andere aus der Ukraine. Sie haben beide hohe Wangenknochen, volle Lippen und mandelförmige Augen. Die eine trägt einen blonden Kurzhaarschnitt, die andere hat lange glatte dunkle Haare. Die beiden Mädchen werden sich gut voneinander abheben. Valentina nimmt die letzte Set-Karte in die Hand und ihr bleibt vor Schreck fast die Luft weg. Der Mann, der ihr entgegenlächelt, ist niemand anders als ihr One-Night-Stand Russell. Er hat ihr erzählt, er sei Künstler und Barkeeper, von Model war nicht die Rede.

Sie reicht Marco das Bild.

»Ach, du meine Güte«, wispert er.

»Gibt es ein Problem mit meiner Auswahl?«, fragt Taylor, der Valentinas Reaktion offensichtlich nicht entgangen ist.

»Nein … nur …« Während Valentina noch überlegt, wie sie die Frau überzeugen kann, auf Russell zu verzichten, kommt Taylor ihr zuvor.

»Die Models sind bereits gebucht. Ich bestehe darauf, dass wir mit ihnen arbeiten. Was immer Sie für ein Problem haben, Sie werden damit umgehen müssen.«

Taylor steht auf und blickt auf ihre Armbanduhr.

»Ich habe jetzt eine andere Besprechung. Wir sehen uns morgen!«

Valentina beißt sich auf die Lippe. Sie weiß nicht genau, ob sie mit Taylors Art zurechtkommen wird. Die meisten Art-Direktoren, mit denen sie bislang zu tun hatte, waren irgendwie flexibler und ließen Valentina ihre kreative Freiheit. Taylor wirkt viel zu pedantisch, um offen für so etwas zu sein.

Marco fährt mit Valentina im Aufzug nach unten, um ihr die Kleider zu zeigen, die er für die Aufnahmen ausgewählt hat.

»Wusstest du, dass Russell eins von den Models ist?«, fragt Valentina.

»Natürlich nicht«, erwidert er. »Ich wusste allerdings, dass er als Model arbeitet. Er ist ziemlich verschrien. Ich habe es dir ja gesagt, Valentina …«

Ihr Freund lässt den Satz unvollendet.

»Ich dachte, ich würde ihn nie wieder sehen«, stöhnt Valentina.

»Keine Sorge, Schätzchen, wahrscheinlich hat er sowieso längst vergessen, wer du bist«, entgegnet Marco und klopft ihr freundschaftlich auf die Schulter.

»Na, vielen Dank«, bemerkt sie trocken. »Da fühle ich mich doch gleich viel besser!«

Die Neue Galerie befindet sich drei Blocks vom Metropolitan Museum entfernt in einer alten Villa, die aussieht, als habe man sie aus dem Paris des 19. Jahrhunderts hierher transferiert. Sobald Valentina durch die Tür tritt, hat sie das Gefühl, wieder in Europa zu sein, nicht in Italien, sondern in Wien. Die Eingangshalle wird von einer geschwungenen Marmortreppe beherrscht. Über solche Treppen schweben Frauen in eleganten

Ballkleidern, um von ihrer schneidigen Abendbegleitung empfangen zu werden. Valentina sieht bereits eine Aufnahme vor sich, auf der das dunkelhaarige Model in einem der langen goldenen Brokatkleider auf der Treppe steht. Die Galerie stellt ausschließlich deutsche und österreichische Kunst aus dem frühen 20. Jahrhundert aus und möchte nach eigener Aussage die deutschsprachige Kultur jener Zeit wieder ins rechte Licht rücken. Valentina mochte die Kunst von Klimt, seit sie zum ersten Mal ein Bild von ihm gesehen hat. Wenn man sie im Kontext der Moderne betrachtet, ist sie nicht unbedingt sehr ausgefallen. Es sind hübsche halbabstrakte Gemälde, aus denen Figuren mit klar erkennbaren Gesichtern und Körpern auftauchen. In ihren Fotografien mischt Valentina gern reale und Fantasiewelt. Klimts Abstraktion wirkt irgendwie ansprechend, vielleicht sind es die leuchtenden Farben, das glänzende Gold. Man möchte die Hand ausstrecken und das Bild berühren. Valentina stellt sich gern das Umfeld vor, in dem Klimt um die Jahrhundertwende in Österreich gelebt hat. Der Beginn dieses neuen Zeitalters ist geprägt und durchdrungen von einem mitreißenden Freigeist. Klimt liebte die Frauen. So viel ist klar. Fast alle seine Bilder haben Frauen zum Thema. Und Klimts Frauen sind echt. Sie sind nicht zurückhaltend und unberührbar, sie werden auch nicht erniedrigt oder verurteilt. Valentina findet, dass Klimt mit seiner Kunst die Göttin in ihnen zum Vorschein bringt. Als Valentina im Geiste Leonardos Worte benutzt, muss sie schmunzeln. Ihr Freund sagt immer, in jeder Frau stecke eine Göttin. Valentina zieht ihn damit auf, aber eigentlich findet sie seinen Respekt, seine Verehrung für Frauen anziehend. So viele Männer sind im Grunde ihres Herzens frauenfeindlich. Sie würden es nie offen zugeben, vielmehr meinen sie, sie würden Frauen genauso respektieren wie Männer, verhalten sich jedoch unterschwellig feindselig ihnen gegenüber.

Thomas hat in Valentina die Göttin hervorgebracht und sie erstrahlen lassen.

Valentina seufzt und versucht, sich auf die Gemälde zu konzentrieren. Gibt es nicht einen Tag, an dem sie sich nicht mit Gedanken an Thomas quält? Sie betrachtet eine farbenfrohe Komposition, ein magisches Kaleidoskop aus Orange, Rot, Grün, Gelb und Blau. Im Mittelpunkt des Bildes steht eine Tänzerin. Fast schüchtern wendet sie sich vom Betrachter ab. Ihre dunklen Haare sind zurückgekämmt, ihre Haut ist blass und zart, ihre vollkommen geformten Brüste entblößt. Sie erinnert Valentina an ihre Großmutter, Maria Rosselli, die, wie Valentina herausgefunden hat, offenbar Tänzerin gewesen ist. In der Familie hat das nie jemand erwähnt. Valentina lernt im Laufe der Jahre, dass jede Familie ihre großen oder kleinen Geheimnisse hat. Da ist zum Beispiel die Sache mit ihrem Vater. Vor einem Jahr hat Valentina herausgefunden, dass Phil Rembrandt, den sie all die Jahre für ihren Vater gehalten hat, gar nicht ihr leiblicher Vater ist. Seither lebt Valentina mit der vagen Information, dass ihr Vater ein tschechischer Cellist namens Karel ist. Sie kennt noch nicht einmal seinen Nachnamen und weiß nicht, wo er heute lebt oder ob er überhaupt noch lebt. Sie wollte ihre Mutter darauf ansprechen, aber nach dem Verlust von Thomas war Valentinas Leben kompliziert genug, und so verzichtete sie darauf. Valentina hat so lange ohne Vater gelebt, warum sollte sie jetzt einen brauchen?

Valentina wendet sich vom Gemälde der Tänzerin ab und durchquert den Raum, der von dem großen ornamentalen Bildnis von Adele Bloch-Bauer beherrscht wird. Doch ein kleineres

Porträt von einer Frau mit schwarzem Federhut interessiert Valentina mehr. Die Farben sind ungewöhnlich zurückhaltend für Klimt, es dominieren Grau, Weiß, Braun und Schwarz. Mit einer Zigarette zwischen den Lippen beugt sich die Frau vor und stützt das Kinn auf die Hand. Sie hat den Blick vom Betrachter abgewandt. Valentina kann nicht sagen, ob sie wütend oder traurig ist. Sie hat die Augen leicht zusammengezogen und wirkt sehr wachsam. Der schwarze Federhut schwebt wie eine riesige schwarze Wolke über ihrem Kopf und beherrscht die gesamte Komposition. Die Feder erinnert Valentina unwillkürlich an die schwarze Feder, mit der Leonardo im Darkroom ihren nackten Körper gestreichelt und gereizt hat. An jenem Tag hatte Thomas sich als Initiator ihrer sexuellen Fantasien zu erkennen gegeben. Er hatte zugegeben, dass er Leonardo und den Fetisch-Club ins Spiel gebracht hatte. Thomas verstand ihre Sehnsucht nach Freiheit. Er wusste, was Valentina wollte, was sie brauchte, was sie befriedigte. Er musste Valentina nicht erst danach fragen.

Valentina wendet sich ab von der Frau mit dem Federhut und betritt einen zweiten Raum. Er ist kleiner und nicht so hell erleuchtet. An den Wänden hängen Zeichnungen von Schiele, Kubin und Klimt. Sofort fühlt Valentina sich zu Klimts erotischen Zeichnungen hingezogen. Sie liest die Titel: *Sitzender Akt mit gespreizten Schenkeln, Sitzender Akt im Sessel, Liegender Akt mit Pelz.*

Sie sind nicht nur sehr offen, Klimt fängt die intimsten und geheimsten Momente seiner Modelle ein. Valentina erkennt die enge Verbindung zwischen Künstler und Modell, denn auf manchen Bildern streicheln die Frauen sich selbst. Mit geschlossenen Augen verliert sich das Modell in ihrer Ekstase, doch zugleich spreizt sie die Beine, zeigt sich und bietet sich dem Maler dar. Diese Zeichnungen sind deutlich lustvoller als die hageren Geschöpfe auf Schieles Bildern. Sie sind auf eine elegante Weise erotisch. Ob Valentina mit ihren Fotos dieselbe Qualität erreichen kann?

Als sie sich von diesen sinnlichen Bildern abwendet, entdeckt Valentina noch eine weitere Zeichnung von Klimt. Es ist das Porträt eines Kindes, das sich mit Kopf und Schultern über eine Wand beugt und sie direkt ansieht. Es könnte ein Junge oder Mädchen sein, denn das Kind trägt eine in Unordnung geratene Bobfrisur und hat feine Gesichtszüge. Aufgrund des Datums der Zeichnung vermutet Valentina, dass es sich um einen Jungen handelt: 1885, ein frühes Werk von Klimt. Zu jener Zeit trug kein Mädchen so kurze Haare. Das Kind hat einen fragenden, neugierigen Ausdruck in den Augen, zugleich wirkt es wachsam. Die weiblichen Gesichtszüge – diese feine Nase, der zarte Mund, der ernste Blick – erinnern Valentina an jemanden. Als sie die Treppe der Galerie hinuntergeht, fällt ihr ein, an wen: an sie selbst.

Das Café der Neuen Galerie ist wie ein Wiener Kaffeehaus eingerichtet – dunkle holzvertäfelte Wände, Tischplatten aus Marmor und schwarz gekleidete Kellner mit langen weißen Schürzen. Valentina sucht sich einen Ecktisch am Fenster. Die Sonne scheint herein und fällt auf die weich gepolsterten Sessel mit dem gelben Rosenmuster. Das Café eignet sich wunderbar, um hier eines der Mädchen zusammen mit Russell zu fotografieren, wie sie aus dem Fenster auf den Central Park blicken. Die gelben Rosen auf rotem Untergrund werden einen wunderbaren Kontrast zu zwei von Marcos Ensembles in Blautönen und goldenem Brokat bilden. Valentina überlegt, welche Geschichte sie über das Paar in ihrer Aufnahme erzählen will. Sollen sie sich distanziert verhalten? Vertraut? Oder wird es die Aufnahme eines Liebespaars, das ins Freie sieht, wo der Frühling in voller Blüte steht und der Park in allen erdenklichen Grüntönen schillert. Wie wird es sein, wenn sie Russell wiedersieht? Sie ist fest entschlossen, sich so professionell wie möglich zu verhalten.

Valentina bestellt eine große Tasse schwarzen Wiener Kaffees und ein Stück Schokoladenrumtorte, das sie unmöglich aufessen kann. Sie prüft die Nachrichten auf ihrem Telefon. Antonella lädt sie nach Moskau ein und sagt ihr noch einmal, dass der Fetisch-Club, den sie mit Mikhail eröffnet hat, ein sensationeller Erfolg ist. Andere Nachrichten hat sie nicht, kein Wort von Russell. Sie hat ihm ihre Nummer nicht gegeben, allerdings ließe die sich leicht beschaffen, denn schließlich kennt er Marco und seine Freunde. Weiß er, dass sie morgen die Aufnahmen macht? Einerseits ist es ihr unangenehm, sie ist fast verlegen bei der Vorstellung, ihm morgen wieder zu begegnen. Schließlich sollte es ein One-Night-Stand sein. Ein kleines bisschen freut sie sich aber auch, ihn zu sehen. Etwas an Russell fand sie sehr anziehend, auch wenn Marco sie ständig warnt, dass man ihm nicht trauen könne.

Valentina isst noch eine Gabel von ihrer Torte und bereut es sogleich, sie ist mehr als satt. Als ihr Telefon klingelt, geht Valentina sofort ran und erwartet, dass es Marco ist, der noch ein Detail mit ihr besprechen will. Gereizt stellt sie fest, dass sich ihre Mutter meldet.

»Hallo Liebes«, sagt Tina gedehnt. »Wie kommst du in New York zurecht?«

Kurz überkommt Valentina ein schlechtes Gewissen, weil sie ihre Mutter noch nicht angerufen hat, seit sie hier ist. Aber warum sollte sie das auch tun? Bis vor Kurzem hat ihre Mutter sich nicht sonderlich für Valentinas Leben interessiert.

»Gut.«

»Hast du schon das Shooting für *Harper's* gemacht?«

»Nein«, erwidert sie angespannt und erwartet das übliche Verhör – wo sie die Aufnahmen macht und was das Konzept ist. Doch zu ihrer Überraschung scheint Tina nicht interessiert zu sein.

»Ich habe auch einmal Fotos für *Harper's* in New York gemacht«, bemerkt sie nur.

»Wann war das?«, will Valentina wissen.

»Ach, das ist lange her«, erwidert sie nur. »Dann geht es dir also besser?«

»Mir geht's gut.«

»Ich meinte, ob du schon einen netten Mann kennengelernt hast?«

»Eine solche Unterhaltung möchte ich jetzt wirklich nicht führen, Mama.«

»Natürlich.« Ihre Mutter klingt wie immer völlig kühl und unbeteiligt. »Und, wann kommst du mich besuchen?«

»Ich weiß nicht. Du wohnst ja schließlich nicht gerade um die Ecke. Muss ich nach Santa Fe nicht fliegen?«

»Du fliegst nach Albuquerque, und dort hole ich dich ab. Ich übernehme das Ticket. Du musst wirklich kommen, Valentina. Es ist so wunderschön hier. Die Landschaft ist überwältigend.«

»Ich mache mir nicht viel aus Landschaften. Außerdem bin ich ziemlich beschäftigt.«

Ihre Mutter seufzt, sie weiß genau, dass Valentina sie abwimmelt.

»Hast du Mattia, Debbie und die Kinder schon in ihrem neuen Heim besucht?«

»Das ist in Woodstock, Mama. Und nein, das habe ich nicht. Ich habe doch gesagt, dass ich beschäftigt bin.«

»Meinst du nicht, du solltest deinen Bruder besuchen, wo er doch in der Nähe ist?«

»Er ist nicht in der Nähe. Es ist doch nicht meine Schuld, wenn er aus New York wegzieht, kurz bevor ich herkomme.«

»Was ist los, Valentina?«, will ihre Mutter wissen. »Warum bist du so wütend auf Mattia?«

»Ich bin nicht wütend auf ihn.«

Aber ihre Mutter hat sie durchschaut, Valentina ist tatsächlich noch immer wütend auf ihren Bruder. Trotz des Altersunterschieds haben sie sich immer sehr nahegestanden. Mattia hatte sich immer um Valentina gekümmert. Er hatte Thomas kennengelernt und ihn wirklich gemocht. Er meinte, er sei »der Richtige«. Aber seit Valentina herausgefunden hat, dass sie unterschiedliche Väter haben, und dass Mattia es all die Jahre *wusste* und ihr nicht gesagt hat … nun, seitdem hat sie ein komisches Gefühl ihm gegenüber. Sie sind nur Halbgeschwister, aber das ist nicht der Punkt. Es geht darum, dass er ihr die ganze Zeit nicht die Wahrheit gesagt hat.

»Geh und besuche sie, Valentina«, sagt ihre Mutter. »Die Kinder werden dir guttun.«

»Ich kann nicht glauben, dass ausgerechnet du das sagst.«

»Warum? Ich liebe Kinder«, antwortet Tina.

Valentina schnaubt verächtlich. Eine Frau, die hinter ihr sitzt, dreht sich um und blickt sie unfreundlich an.

»Ich muss jetzt Schluss machen, Mama, ich bin in einem Café. Ich rufe dich später an.«

»Das tust du sowieso nicht«, entgegnet ihre Mutter, und eine Sekunde könnte Valentina schwören, dass sie verletzt klingt.

»Okay, amüsier dich in New York. Mach nichts, das ich nicht auch tun würde«, fügt sie etwas beschwingter hinzu.

»Da gibt es ja nicht viel«, murmelt Valentina.

Es folgt Schweigen am anderen Ende der Leitung, und Valentina ist nicht sicher, ob ihre Mutter aufgelegt hat.

»Mama, bist du noch dran?«

Ein Seufzen.

»Valentina, ich hoffe, dass du mir eines Tages vergeben kannst. Ich hoffe, dass du eines Tages verstehen wirst, dass ich nicht die Frau bin, für die du mich hältst.«

Klick.

Valentina ist wütend. Immer muss ihre Mutter das letzte Wort haben, und was soll das überhaupt heißen? Was soll sie ihr vergeben? Dass sie insgesamt eine miese Mutter gewesen ist? Oder geht es um etwas Spezielles? Dass sie sich beispielsweise in ihre Liebesgeschichte mit Francesco eingemischt hat? Oder dass sie Valentina mit neunzehn allein in Mailand zurückgelassen hat? Oder dass sie in Valentinas Kindheit die meiste Zeit bei irgendwelchen schicken Fotoshootings und nicht zu Hause war? Dass sie Valentina den Großteil ihrer Jugend zu Diäten gezwungen hat? Oder dass sie ihr alle paar Monate einen neuen Freund vorgestellt hat, sodass Valentina irgendwann zu hoffen aufgegeben hatte, dass einer von ihnen ihr neuer Vater würde? Und apropos Vater, ist nicht das Schlimmste überhaupt, dass ihre Mutter Valentina in dem Glauben gelassen hat, ihr Exfreund, Phil Rembrandt, sei ihr

Vater? Aber ihre Mutter weiß nicht, dass Valentina Phil letztes Jahr in London besucht, mit ihm gesprochen und die Wahrheit herausgefunden hat. Ihre Mutter glaubt, sie könne ihr für immer etwas vormachen.

Valentina trinkt ihren Kaffee aus, vergisst, dass sie mehr als satt ist, und schiebt sich eine weitere Gabel Torte in den Mund. In dem Moment sieht sie vom Tisch auf. Von ihrem Platz aus überblickt sie einen Teil des marmornen Treppenhauses und entdeckt eine Gestalt, die gerade dort hinunter in die Eingangshalle geht. Irgendwie kommt der Mann ihr vage bekannt vor: seine Größe, die lange gerade Nase und das markante Kinn. An wen erinnert er sie? Er trägt eine Baselballkappe über den mittelbraunen Haaren, dunkle Jeans, einen blau-weiß-gestreiften Pullover und Laufschuhe. Die Sachen wirken, als gehörten sie ihm nicht.

Als spürte er ihren Blick, dreht der Mann sich um und sieht in ihre Richtung. Sie ist zu weit weg, sicher kann er sie in ihrer Ecke nicht sehen, und doch hat Valentina das Gefühl, der Mann würde den Raum nach ihr absuchen. Sie erbleicht, und jähe Angst lässt ihren Mund trocken werden. Täuscht sie sich? Der Mann sieht genau aus wie Glen. Der ist zwar blond, aber die Haare kann man leicht färben. Er trägt zwar Kleidung, die Glen niemals anziehen würde, aber beim Anblick der harten, grausamen Gesichtszüge ist Valentina sicher, dass er es sein muss. Wie könnte sie jemals den Mann vergessen, der sie in der Blauen Grotte aus dem Boot gezerrt hat? Noch immer hat sie Albträume davon, wie er sie mit tentakelartigen Armen umklammert und mit sich auf den Meeresgrund zieht. Wäre Thomas nicht gewesen, Glen hätte sie umgebracht.

Ihr erster Impuls ist es, sich zu verstecken. Valentina drückt sich tiefer in die Ecke ihres Platzes und betet, dass er sie nicht entdeckt. Was, wenn er ins Café kommt? Es ist viel zu klein, als dass er sie nicht bemerken würde. Und dann fällt ihr etwas ein. *Glen ist tot.* Genau wie Thomas. Beide sind an jenem Nachmittag in der Blauen Grotte verschwunden, und die Polizei hat ihr erklärt, dass sie im Kampf gemeinsam ertrunken seien. Doch da steht er. Oder ist er es doch nicht? Sie muss dem nachgehen.

Valentina springt vom Tisch auf und wirft in der Hast den Teller zu Boden, der mit einem lauten Klirren zerbricht.

»Oh, das tut mir leid ... Ich ...« Sie versucht, die Scherben aufzusammeln, während sie zugleich nach ihrer Tasche greift und ein Bündel Dollarscheine auf den Tisch wirft. »Es tut mir sehr leid«, sagt sie noch einmal und rennt an dem verblüfften Kellner vorbei.

Als sie die Eingangshalle erreicht, ist der Mann nicht mehr da. Valentina läuft hinaus und blickt die Straße hinauf und hinunter, doch er ist nirgends zu sehen. Sie läuft in Richtung Madison Avenue, schlängelt sich durch die Menge und betet, dass er in dieselbe Richtung gegangen ist, aber er ist einfach verschwunden. Doch Valentina muss ihm in die Augen sehen, sie muss sich davon überzeugen, dass er nicht derjenige ist, der ihre große Liebe getötet hat. Sie macht kehrt und läuft in die andere Richtung zurück, wieder an der Galerie vorbei, aber der Kerl in Baseballkappe und Jeans ist nicht mehr da. Valentina sagt sich, dass es nicht Glen gewesen sein kann. Das ist unmöglich, denn wie sollte er in der Blauen Grotte überlebt haben, und Thomas nicht? Das letzte Mal, als sie Glen gesehen hat, war er selbst halbtot gewesen und hatte mit rot unterlaufenen Augen japsend auf dem Boden des Bootes gelegen. Er war nicht stark genug, um Thomas zu töten, und doch hatte dieser Mann genau wie Glen ausgesehen. Valentinas Gedanken rasen, ihr Herz klopft wie wild. Was soll sie tun?

Sie ist vollkommen aufgewühlt und kann sich gerade noch beherrschen, sich nicht auf den Boden zu werfen und vor Verzweiflung mit den Fäusten auf das Pflaster zu trommeln. Wütend schüttelt sich Valentina. Sie muss aufhören an den Tag in der Blauen Grotte zu denken. Sie muss weiterleben. Das hätte auch Thomas gewollt. Während sie die Tränen zurückdrängt, langsam die Straße überquert und in den Central Park geht, trifft Valentina eine Entscheidung. Sie bleibt neben einem rosa blühenden Baum stehen und schiebt die Finger zwischen die zarten Blütenblätter, die wie samtenes Moos die Zweige bedecken. Es ist ein beruhigendes Gefühl. Sie mag diesen Baum und das, wofür er steht: Frühling. Wiedergeburt. Ein neuer Anfang.

Sie wird die alte Valentina für immer verbannen. Sie muss ihre Liebe zu Thomas verdrängen, sonst hat sie keine Chance.

Tina

»Oh, nein«, murmelt Lottie, als sie mit Tina die Bar betritt. »Der Oberfiesling ist bei ihr.«

»Der Oberfiesling?«, flüstert Tina und fühlt sich etwas befangen, weil fast jeder in der Bar sie anstarrt.

»Sabines Freund, Rudolf«, erklärt Lottie. »Er mag mich nicht.«

Das beruht offenbar auf Gegenseitigkeit. Kaum sitzen sie am Tisch, schweigt Lottie wie ein launischer Teenager, während Rudolf mit empörtem Blick ihre Punkeraufmachung mustert.

»Willst du auf eine Faschingsparty, Lottie?«, fragt er.

Auf Tina wirkt er allerdings ganz freundlich. Er hat eine frische Gesichtsfarbe und sieht aus, als wäre er auf dem Land aufgewachsen, als gehöre er eigentlich nicht in die Großstadt. Er schüttelt Tina die Hand, und sein Griff ist warm und fest.

»Es freut mich, Sie kennenzulernen«, grüßt er förmlich auf Englisch. »Sabine hat mir von Ihrem Besuch in der Stadt erzählt. Ich hoffe, Sie haben gute Fotos gemacht.«

»Keine Sorge, Rudolf, sie war bei allen Sehenswürdigkeiten. Ihre Kamera ist voll mit Bildern«, bemerkt Lottie.

Rudolf lächelt, als sei ihm Lotties bissige Art peinlich.

»Hattest du einen schönen Tag in Ostberlin?«, fragt Sabine ein wenig nervös. Ganz offensichtlich sind ihr die Spannungen zwischen ihrer Cousine und ihrem Freund unangenehm.

»Ja, sehr schön, danke. Es war faszinierend.«

»Nun, der Tag ist noch nicht vorbei. Warte, bis du Karel Slavik auf seinem Cello gehört hast.«

»Er ist einer der besten Musiker von ganz Deutschland«, meint Rudolf begeistert. »Heute spielt er Schostakowitschs Sonate für Cello und Klavier, aber auch eigene Kompositionen. Slaviks Musik drückt aus, wofür unser Land steht: echte Brüderlichkeit.«

Tina spürt, wie Lottie sich neben ihr anspannt, und hofft, dass sie auf eine sarkastische Antwort verzichtet. Die Bemerkung fordert zwar richtiggehend dazu heraus, aber Tina merkt, wie nervös Sabine ist. Der junge Mann wirkt wie ein Ausbund an Freundlichkeit und Güte, aber wer weiß, wie er wirklich ist. Die Ausstattung seiner Wohnung lässt erahnen, in welchen Sphären er sich bewegt. Offenbar ist Lottie ein ähnlicher Gedanke gekommen, denn sie reißt sich zusammen.

»Ich kann es kaum erwarten, ihn spielen zu hören. Er ist einer meiner Helden«, sagt sie leidenschaftlich.

Sie leeren ihre Wodkagläser, dann folgen die drei Frauen Rudolf aus der Bar und die Straße hinunter zum Konzertsaal. Ein steter Menschenstrom drängt durch die Türen, und als sie auf ihren Plätzen sitzen, sieht Tina, dass der Saal voll ist. Sic sitzt zwischen Lottie und Sabine. Natürlich blicken alle auf Lotties Aufmachung. Tina wünschte, sie wäre ein bisschen unauffälliger gekleidet.

Dann gehen die Lichter aus, der Vorhang hebt sich und das Publikum applaudiert. Zunächst sieht Tina das Klavier, an dem ein ernster junger Mann mit blonden Haaren auf seinen Einsatz wartet. Neben ihm auf der Bühne, das Cello zwischen die Knie geklemmt und den Bogen lässig zwischen den Fingern, sitzt der beeindruckendste junge Mann, den Tina je gesehen hat. Sein Anblick raubt ihr den Atem. Er hat ein unglaubliches Gesicht – slawische Wangenknochen, dichte dunkle Brauen und honigfarbene Augen. Das Publikum verstummt, es wird still, dann beginnt er zu spielen.

Tina hat nicht erwartet, dass die Klänge des jungen Musikers sie so berühren würden. Sie hat Schostakowitschs Sonate für Cello und Klavier in d-Moll schon hundertmal gehört. Es ist eines ihrer Lieblingsstücke, und doch entführt dieser Cellist sie in eine unbekannte Welt. Er lässt sie durch die stickige Luft des vollen Theaters emporschweben. Das Spiel des jungen Mannes weckt in ihr den Wunsch, loszulassen, sich hinzugeben.

Tina beobachtet seine Hände. Er hält inne, um ein paar Takte zu zupfen. Sie stellt sich vor, dass diese geschmeidigen Finger sie berühren, und zum ersten Mal seit Monaten spürt sie einen Anflug von Erregung in sich aufsteigen. Er gleitet mit den Fingerspitzen den Hals des Cellos entlang, bevor er kraftvoll den Bogen über den geschwungen Korpus zieht, seine Hände und seine Finger bewegen sich dabei unerhört schnell. Sie befeuchtet nervös ihre Lippen und hat sofort ein schlechtes Gewissen, als könne jemand ihre Gedanken lesen, doch alle sind in die Musik versunken. Lottie beugt sich auf ihrem Platz nach vorn und verschränkt ihre Hände, Sabine und Rudolf halten sich an der Hand. Tina bemerkt, dass Rudolf die andere Hand unter Sabines Rock geschoben hat, und als sie nach oben sieht, bemerkt sie eine leichte Röte auf Sabines Wangen. Peinlich berührt wendet Tina den Blick ab. Doch die Vorstellung, dass Rudolf, während sie der Sonate lauschen, Sabines Geschlecht streichelt, lässt ihren Atem unwillkürlich schwerer gehen. Wann hatte sie das letzte Mal einen Orgasmus? Tina weiß es nicht mehr. Manchmal denkt sie daran, sich selbst zu befriedigen, aber danach ist sie immer so deprimiert. Außerdem hat sie keine Zeit. *Keine Zeit für die Lust?*, meldet sich eine Stimme in ihrem Kopf. Das ist, als hätte man keine Zeit zum Leben.

Tina registriert, wie sich Sabines Arm unkontrolliert gegen ihren presst, und bildet sich ein, ihre sexuelle Energie spüren zu können. Als fließe die Lust, die Rudolf ihr bereitet, durch Sabine hindurch direkt unter ihre Haut. Tina rückt von ihr ab, drückt sich tief in ihren Sitz und versucht, sich auf die Musik zu konzentrieren. Doch die Art, wie der junge Mann sein Cello spielt, es im Arm hält, zupft und zärtlich über die Saiten streicht, wirkt unglaublich sinnlich. Tina spürt ein intensives Pulsieren zwischen ihren Beinen, als würde ihr Innerstes sich öffnen und um Erlösung flehen. Tina ballt die Hände zu Fäusten, presst die Schenkel zusammen und hält den Atem an, ringt mit ihrer Beherrschung. Im selben Moment bemerkt sie, dass Sabine neben ihr leise aufkeucht und dass das fast unmerkliche Vibrieren ihres Stuhls, das von Rudolfs Handbewegungen rührt, aufhört. Tina holt tief Luft, sammelt sich und bemüht sich um eine gleichgültige Miene. Ihr Herz schlägt allerdings heftig. Und als der Cellist zum Höhepunkt der Sonate kommt, flammt Tinas Lust erneut auf und verebbt erst, als dieser sein Spiel ausklingen lässt. Für Tinas Empfinden ist das Stück viel zu schnell vorbei. Unter tosendem Applaus steht der junge Musiker auf und verneigt sich, dann verlässt er mit seinem Cello die Bühne.

Lottie dreht sich mit leuchtenden Augen zu ihr um.

»War das nicht unglaublich?«, ruft sie.

Sie wollen gerade aufstehen und gehen, als sich ein Mann an Tina vorbei in die Reihe drängt, bei Rudolf stehenbleibt und sich mit ihm unterhält. Brav warten die Frauen mit ihren Taschen in den Händen, bis die Männer ihr Gespräch beendet haben.

»Das war der Kulturminister«, wendet sich Rudolf an Lottie und Tina, nachdem der Mann sich entfernt hat, um mit ein paar anderen Leuten zu sprechen. »Er hat uns anlässlich des Konzerts zu einer Feier eingeladen.«

»Sollen wir hingehen?«, fragt Lottie.

»Natürlich«, antwortet Rudolf. »Nicht hinzugehen wäre ein Affront. Außerdem«, fügt er freundlich hinzu, und seine frühere Feindseligkeit Lottie gegenüber scheint vergessen, »hast du dort die Gelegenheit, Karel Slavik zu begegnen. Es ist eine Feier zu seinen Ehren.«

Sabine klatscht in die Hände.

»Wie aufregend! Auf so einer Party bin ich noch nie gewesen.«

Eine halbe Stunde später fragt Tina sich, was an einer so langweiligen Feier aufregend sein soll. Sie findet in einem schäbigen Raum des Konzerthauses statt, der mit Neonröhren, Resopaltischen und Plastikstühlen eingerichtet ist. Eine Band spielt langsamen Walzer. Alles wirkt sehr gesetzt und gestrig. Ist westliche Popmusik in der DDR denn ganz verboten? Darf man Jazz hören? Vermutlich nicht. Und keine Spur vom Star des Abends, Karel Slavik. Ein Großteil der Gäste besteht aus untersetzten Männern mittleren Alters, offenbar hohe Parteibonzen. An ihrem Arm hängen schöne junge Frauen, bei denen es sich ganz offensichtlich nicht um ihre Ehefrauen handelt. Rudolf und Sabine tanzen zu den Walzerklängen. Lottie stopft sich am Buffet ein ziemlich trocken wirkendes Brot mit einer Art Wurstaufschnitt in den Mund. Wie sie Tina berichtet, schmeckt es furchtbar. Weshalb isst sie dann weiter? Das junge Model hat bereits eine Menge Wodka getrunken, und Tina denkt langsam an Aufbruch. Sie sorgt sich, dass Lottie sich diesen ganzen hohen Tieren gegenüber zu freimütig äußern und Sabine in Schwierigkeiten bringen könnte. Wie um alles in der Welt sind sie nur hierher geraten?

Tina schlängelt sich durch die Tanzenden, um Sabine und Rudolf zu sagen, dass sie losmüssen. Sie ist sich nicht sicher, wie sie von hier zum Grenzübergang kommt, und braucht ihre Hilfe. Hinter ihrem Rücken geht plötzlich ein Raunen durch die Menge, dann eine Welle des Applauses, ein Mann jubelt sogar. Tina dreht sich um. Vor ihr steht der Cellist Karel Slavik und verneigt sich vor den Gästen. Tina hat noch nie erlebt, dass ein klassischer Musiker wie ein Rockstar gefeiert wird. Er verneigt sich erneut, und als er sich wieder aufrichtet, fängt er ihren Blick auf. Auch aus der Nähe ist er eine umwerfende Erscheinung. Es spielt keine Rolle, dass seine Kleidung billig und aus der Mode ist. Er würde selbst in Sackleinen gehüllt göttlich aussehen. Am meisten fühlt sich Tina von seinen dichten ausdrucksstarken Brauen angezogen. Seine dunklen Augen mit den langen geschwungenen Wimpern sind die einer Katze, auch sein Teint ist dunkel. Seine ganze Art hat etwas Katzenhaftes an sich. Er ist hochgewachsen, mit langen geschmeidigen Beinen und kraftvollen Armen, und bewegt sich auf eine lässige, laszive Art. Gegen ihn wirkt jeder andere Mann im Raum verklemmt. Tina betrachtet ihn voller Bewunderung – wie ein schönes Objekt, das sie nicht berühren darf. Er ist mindestens zehn Jahre jünger als sie. Doch zu ihrer Überraschung wendet der junge Mann sich ihr zu.

»Hallo. Darf ich fragen, wer Sie sind?«, fragt er auf Deutsch.

»Tut mir leid, ich spreche kein Deutsch«, antwortet sie auf Englisch.

Er scheint überrascht.

»Sind Sie Engländerin?«, fragt er.

»Nein, Italienerin. Ich heiße Tina Rosselli. Ich bin mit Freunden hier.« Sie deutet auf Sabine und Rudolf, die noch immer tanzen. »Sie haben mich zu dem Konzert mitgenommen. Es war unglaublich. Ich …«

Er legt seine Hand auf ihren Arm, und Tina spürt seine Berührung wie einen elektrischen Stromschlag durch ihren Körper fahren.

»Bitte, sprechen wir nicht über mein Konzert.«

»Natürlich«, erwidert sie und weiß nicht, was sie dann sagen soll.

Er tritt einen Schritt auf sie zu.

»Haben Sie Lust zu tanzen?«

»Oh.« Sie merkt, wie sie rot wird. »Ich … Sie meinen wirklich?«

»Natürlich.« Lächelnd bietet er ihr seine Hand an, und Tina ergreift sie.

Tina kann sich nicht erinnern, wann sie das letzte Mal einen Walzer getanzt hat. Jetzt ist sie froh, dass die Musik so langsam und langweilig ist. Zunächst befürchtet sie, Karel auf die Zehen zu treten oder zu stolpern, aber er ist ein geschickter Tänzer und führt sie so gut, dass sie geradezu über die Tanzfläche schwebt.

Sie drehen sich und drehen sich, und sie kann nicht den Blick von ihm wenden. Noch immer lächelt er sie an, verschwunden ist der ernsthafte, konzentrierte Musiker aus dem Konzert. Jetzt ist er einfach nur ein Junge, der mit einem Mädchen tanzt. Doch Tina ist kein Mädchen, sie ist eine Frau, die deutlich älter ist als er. Warum tanzt er mit ihr, wenn doch diverse hübsche junge Frauen nur darauf warten, dass er ihnen etwas Aufmerksamkeit schenkt? Doch Karel Slavik scheint nur Augen für sie zu haben. Vielleicht kommt es daher, dass sie Ausländerin ist, eine aus dem Westen. Vielleicht ist das neu für ihn. Rudolf hat gesagt, er sei ein überzeugter Sozialist, ein Anhänger der DDR. Warum interessiert er sich dann für jemand wie sie, eine aus dem dekadenten Westen?

Jemand klirrt mit einem Löffel gegen ein Glas, und die Musik verstummt. Eine Weile hält Karel sie noch in seinem Arm, und sie sehen einander an, dann rückt Tina von ihm ab, um zu sehen, was geschieht. Der Minister für Kultur steht mit vom Wodka geröteten Gesicht in der Mitte des Raums und möchte offensichtlich eine Rede halten. Tina merkt, dass Karel und sie sich noch immer an der Hand halten, vielmehr hält Karel nicht nur ihre Hand, sondern streichelt ihre Finger. Es ist eine kaum merkliche Bewegung, doch sie löst ein Kribbeln in ihrem gesamten Körper aus.

»Wir sind heute Abend hier, um das Talent unseres jungen Musikers Karel Slavik zu feiern«, beginnt der Minister für Kultur und wendet sich ihm zu. »Ihre Interpretation der Cello-Sonate in d-Moll unseres großen sowjetischen Komponisten Schostakowitsch war brillant.« An dieser Stelle klatschen alle, und Karel verneigt sich erneut, wobei er noch immer Tinas Hand in seiner hält. Ob es jemand bemerkt? Tina entdeckt

Lottie, die auf einem Stuhl im hinteren Teil des Raums sitzt, ihr Kopf schwankt bedrohlich. Tina muss sie nach Westberlin zurückbringen. Sie ist offensichtlich ziemlich betrunken. Tina kann Sabine oder Rudolf nirgends entdecken und fragt sich, wohin sie verschwunden sind.

»Ich möchte bei dieser Gelegenheit zum Ausdruck bringen, wie glücklich die Genossen und ich und natürlich die Partei sind, dass Karel sein neues Werk mit dem Titel ›Wir-Gefühl‹ vollendet hat. Es steht für den Geist unseres Volkes – unsere Kraft, unseren Fleiß und unsere sozialistische Ethik. Ich freue mich umso mehr bekanntzugeben, dass wir Karel gestattet haben, sein Werk auf einer internationalen Tournee vorzustellen. Wir präsentieren dem Rest der Welt eine Perle der ostdeutschen Kultur und ein Talent der Deutschen Demokratischen Republik.«

Der Minister erhebt sein Glas, und alle anderen tun es ihm gleich und klatschen. Tina entzieht Karel ihre Hand, um ebenfalls zu applaudieren. Sie spürt sein Unbehagen. Obwohl er freundlich lächelt, ist ihm die ganze Aufmerksamkeit unangenehm. Er ist anders als sie. Er möchte einfach nur seine Kunst ausüben, ohne das ganze Drumherum. Doch er steht unwillkürlich im Mittelpunkt. Schön wie er ist, ist er kaum zu übersehen.

Eine Gruppe schart sich um Karel, um ihm zu gratulieren, und so werden er und Tina voneinander getrennt. Auch gut. So kann sie sich Lottie schnappen und von hier verschwinden. Tina blickt auf ihre Armbanduhr. Es ist zehn Minuten nach Mitternacht. Ihnen bleiben noch fast zwei Stunden, bis ihr Tagesvisum ausläuft.

»Komm, Lottie«, sagt sie, fasst das junge Mädchen am Arm

und hilft ihr auf. Lottie stolpert über die offenen Schnürsenkel ihrer Doc-Martens. Diese verdammten Stiefel. Tina versucht, das Mädchen aus dem Raum zu bugsieren, ohne zu viel Aufmerksamkeit zu erregen. Tina sucht in der Menge nach Sabine und Rudolf, kann sie aber nicht entdecken.

»Ich muss auf die Toilette«, murmelt Lottie.

»Okay«, meint Tina. »Ich bin sicher, dass es dort draußen eine gibt.«

Sie führt Lottie durch die Tür und hinaus in den mit Linoleumplatten ausgelegten kalten Korridor. Sie wanken ihn hinunter, und tatsächlich findet sich dort eine kleine Toilette. Tina schiebt Lottie hinein.

»Okay, ich bin gleich zurück«, sagt sie. »Ich suche nur schnell Sabine und Rudolf, damit sie uns sagen, wie wir zurück zum Grenzübergang kommen.«

»Ich kenne den Weg«, nuschelt Lottie in ihrer Kabine.

»Ja, aber ich glaube, heute Nacht kannst du ein bisschen Hilfe gebrauchen.«

Tina vernimmt Stimmen. Sie huscht den Korridor hinunter und späht durch einen Türspalt in einen leeren Raum. Es brennt kein Licht, und ihre Augen brauchen einen Augenblick, um sich an die Dunkelheit zu gewöhnen. Bei dem, was sie dann sieht, bleibt ihr vor Schreck der Mund offen stehen. Sabine lehnt mit fest geschlossenen Augen über einem Tisch, während Rudolf sie von hinten nimmt. Es sieht nicht sehr liebevoll aus. Rudolf spricht in harschem Ton auf sie ein. Tina versteht nicht, was er sagt, aber Sabine wiederholt immer wieder: »*Ja, Ja, Ja*«.

Mit pochendem Herzen zieht Tina die Tür zu und tritt zurück in den Flur. Rudolfs Freundlichkeit ist vorgetäuscht, doch Sabine scheint das nicht zu stören. Tina geht zurück zur Toilette. Vermutlich lässt sie die beiden lieber in Ruhe. Lottie und sie sollten versuchen, ein Taxi zu bekommen, das sie zurück zum Grenzübergang bringt.

Während sie vor der Toilette auf Lottie wartet, geht die Tür zu dem Raum auf, in dem gefeiert wird, und Tina steht erneut vor Karel. Sie spürt, wie ihr die Röte den Hals hinauf in die Wangen kriecht, vor allem wenn sie daran denkt, was Sabine und Rudolf am anderen Ende des Flurs treiben.

»Hallo«, sagt er. »Ich habe Sie gesucht. Was machen Sie?«

»Ich warte auf meine Freundin«, antwortet sie. »Wir müssen gehen.«

»Wohin?«, fragt er.

»Wir haben nur ein Tagesvisum. Wir müssen zurück nach Westberlin.«

Er runzelt die Stirn.

»Dann waren Sie nur heute hier?«, fragt er. »Sie kommen nicht wieder?«

Sie schüttelt den Kopf.

»Nein«, sagt sie und ist aus irgendeinem lächerlichen Grund traurig. »Ich wohne in Mailand. Ich fliege morgen nach Italien zurück.«

»Ah«, sagt er. »Italien ist mein Traum.«

»Sind Sie schon dort gewesen?«

Er legt den Kopf schief und lächelt sie an, als sei sie verrückt.

»Natürlich nicht«, sagt er. »Ich bin in der Tschechoslowakei geboren. Als ich drei war, ist meine Familie nach Ostberlin gezogen. Ich bin ein bisschen im Ostblock gereist, zum Beispiel nach Prag und Budapest, aber ich bin noch nie im Westen gewesen.«

»Aber jetzt werden Sie ihn kennenlernen«, sagt Tina. »Wann beginnt Ihre Tournee?«

»Ich kann es kaum erwarten«, flüstert er und tritt einen Schritt auf sie zu. Sein warmer Atem treibt ein Schaudern über ihren Rücken.

»Am meisten freue ich mich auf Italien«, fährt Karel fort. »Ich möchte sehen, ob Florenz so wunderschön ist wie in meinen Träumen.«

»Das ist es!«

»Woher wollen Sie wissen, wie Florenz in meinen Träumen aussieht?« Er grinst.

»Ich weiß es, weil die Toskana schöner ist, als Sie es sich vorstellen können«, entgegnet sie lächelnd.

Sie hört die Toilettenspülung, dann kämpft Lottie mit der Tür.

»Alles okay?«, ruft Tina ihr zu.

»Die Tür klemmt, aber ich hab's gleich.«

Die Tür springt auf und Lottie fällt praktisch in Karels Arme. Sie stößt einen kleinen Schrei aus.

»Oh, mein Gott, Sie!« Dann brabbelt sie auf Deutsch los, aber Karel unterbricht sie:

»Ich glaube, wir sollten Englisch sprechen, damit Tina uns versteht.«

»Ach, natürlich … Sie sind unglaublich!«, schwärmt Lottie.

»Danke.« Doch Tina spürt, dass ihm das Lob unangenehm ist. Sie beschließt, Karel vor Lottie zu retten, die jetzt an seinem Ärmel zupft und ihn um ein Autogramm bittet.

»Nun, wir sollten lieber gehen«, sagt Tina. »Es war nett, Sie kennenzulernen.«

»Wir müssen gehen? Jetzt?«, fragt Lottie schmollend.

»Ja«, entgegnet Tina mit Nachdruck.

»Wo sind Sie über die Grenze gekommen?«, fragt Karel.

»Am Bahnhof Friedrichstraße. Ist das weit von hier?«

»Das ist ein ganzes Stück …« Er zögert und befeuchtet seine Lippen. »Ach, wissen Sie was? Diese Feier ist ganz schön langweilig, und es fällt niemand auf, wenn ich eine Weile verschwinde. Ich fahre Sie eben zum Grenzübergang.«

»Sie haben ein Auto?«, fragt Tina.

»Ja, man hat mir für heute Abend einen Wagen zur Verfügung gestellt«, erklärt er. »Ich habe einen Fahrer.«

Als Tina auf der Rückbank des schwarzen Volvo sitzt, überlegt sie, dass Karel ziemlich wichtig sein muss, wenn er einen Chauffeur bekommt. Kaum, dass sie losgefahren sind, schläft Lottie ein und sinkt gegen das Autofenster. Tina sitzt zwischen Lottie und Karel. Er hat den Arm um ihre Schultern gelegt, und Tina spürt seinen Körper an ihrem. So dicht neben ihm wird ihr heiß. Das verwirrt sie. Warum hat er diese Wirkung auf sie?

»Ich wünschte, wir hätten länger tanzen können«, sagt Karel und blickt sie in dem dunklen Wagen an. Sein Gesicht verschwindet in den Schatten, aber Tina sieht seine funkelnden Augen. Sie bildet es sich nicht ein, er *flirtet* mit ihr.

»Ich auch«, hört sie sich sagen.

»Tina«, fragt Karel, »meinen Sie, Sie können noch einmal wiederkommen und mich besuchen?«

»In Berlin?«

»Ja.«

»Ich weiß nicht«, antwortet sie wahrheitsgemäß.

Sie sollte diesen schönen jungen Mann vergessen, sobald sie wieder zu Hause ist. Er lebt in einer völlig anderen Welt.

»Bitte«, flüstert er, neigt sich vor und küsst sie auf die Lippen. Unwillkürlich erwidert Tina seinen Kuss. Er ist unwiderstehlich. Karel zieht sie weg von der schlafenden Lottie zu sich, und Tina wendet sich ihm mit dem ganzen Körper zu. Er zieht ihr Bein auf seinen Schoß, und sie spürt seine Hand, die unter ihrem schwarzen Kleid ihren Schenkel streichelt. Sie weiß nicht, wie viel Zeit sie haben. Sie könnten jeden Augenblick am Grenzübergang sein oder Lottie könnte aufwachen, ganz zu schweigen davon, dass der Fahrer sie beobachtet. Was soll er denken? Aber die Macht der Leidenschaft spült all diese Gedanken fort. Tina fühlt sich wie trockenes Reisig, das Karel in Sekunden in Flammen setzt. Sie brennt, und nichts kann dieses Feuer löschen. Während sie sich wilder und leidenschaftlicher küssen, schiebt Karel seine Hand immer weiter ihren Schenkel hinauf, bis seine Finger den Rand ihrer Strümpfe erreichen, und dann noch weiter bis unter ihren Slip. Er streichelt ihre Klitoris, und Tina spürt tief in ihrem Innersten ein Pulsieren, als ob ihr ursprünglichstes Ich erwacht. So hat sie schon lange nicht mehr empfunden. Es ist nicht nur das Gefühl der Erregung, sondern die pure Sinnlichkeit, die ihren Körper erfüllt, das Bewusstsein, dass der Mann, den sie küsst, sie in diesem Augenblick mehr begehrt als alles andere. Sie kann fühlen, wie Karels Erektion sich gegen ihre Hüfte presst, und stellt sich vor, wie er sich in ihr anfühlen würde. Doch solange er mit seinen Fingern auf ihr spielt, kann Tina sich nicht rühren. Er hält sie gefangen und streicht fest über ihre Scham, die Lippen, spreizt sie und lässt sie schmelzen. Er zieht sie zwischen seine Beine, sodass sie mit dem Rücken zu ihm sitzt. Ihr Rock ist bis über die Hüften hochgeschoben und durch den Stoff seiner Hose spürt sie seinen harten Schwanz an ihrem Rücken. Karel küsst ihren Nacken, öffnet ihr Oberteil, schiebt die Hände in ihren BH und streichelt ihre Brüste. Dann legt er wieder eine Hand zwischen ihre Beine und streichelt sie erneut. Jetzt lässt er zwei Finger in sie hineingleiten und berührt sie an einer Stelle, die Tina lange vergessen hat. Er liebkost sie in sanften kreisförmigen Bewegungen und führt seine andere Hand zu ihrer Klitoris. Er hält Tina zwischen den Beinen wie sein Cello und beherrscht sie. Obwohl sie praktisch Fremde sind, scheint er ihren Körper genau zu kennen und treibt sie zum Höhepunkt. Tina öffnet den Mund, stöhnt vor Lust und wirft den Kopf in den Nacken. Als sie kommt, versetzen seine eleganten Finger ihren ganzen Körper in Schwingungen. Es ist, als würde in ihrem Innern eine fest verschlossene Tür geöffnet und die Anspannung und der Stress der letzten zwei Jahre aus ihr herausströmen. Sie könnte lachen und weinen zugleich.

Als ob er ihre starken Gefühle spüren würde, legt Karel die Arme um sie, zieht sie auf seinen Schoß, streicht ihren Rock glatt und hält sie schützend fest. Sie legt den Kopf an seine Schulter und atmet seinen Geruch ein. Sie weiß nicht, was sie sagen soll, sie ist überwältigt. Wortlos fahren sie durch die dunklen verlassenen Straßen Ostberlins.

Schließlich sieht Tina die Wachtürme und die Mauer im Schein der grellen Flutlichter vor sich. Der Wagen hält vor dem Eingang des Grenzübergangs am Bahnhof Friedrichstraße. Tina gleitet von Karels Schoß, dreht sich um und sieht ihm in die Augen. Zu ihrer Überraschung wirkt er ebenso benommen wie sie. Sie hatte gedacht, dass er so etwas vielleicht ständig macht.

»Komm morgen wieder«, flüstert er ihr mit glänzenden Augen zu.

»Ich fliege morgen zurück nach Mailand«, sagt sie.

»Schenk mir nur einen Tag. Bitte«, raunt er.

Tina ist verwirrt, sie denkt tatsächlich darüber nach.

»Ich … ich kann nicht«, stottert sie.

»Nur du und ich, nur für einen Tag. Spürst du nicht die Verbindung zwischen uns?«

Sie möchte es leugnen, ihn fragen, wovon er spricht. Aber sie weiß genau, was er meint. Diese unglaubliche Chemie zwischen ihnen, die in ihr den Wunsch auslöst, sich an seine Brust zu werfen und ihn tief in sich zu fühlen.

»Okay«, sagt sie heiser. »Ich versuche es.«

Seine Miene hellt sich auf.

»Triff mich um 14 Uhr am Palasthotel.«

Sie beugt sich vor, um ihn zu küssen, aber er legt seine Finger auf ihre Lippen und hält sie zurück.

»Morgen«, verspricht er.

Valentina

Russell sitzt auf dem oberen Treppenabsatz im Foyer der Neuen Galerie und sieht durch und durch wie ein männliches Fotomodel aus. Er lehnt sich zurück und streckt seine langen Beine aus, die in einer Jeans stecken. Sein weißes T-Shirt spannt sich um den muskulösen Oberkörper, und seine kastanienbraunen Haare locken sich verführerisch um sein vollkommen ebenmäßiges Gesicht. Er grinst Valentina an. Russell erinnert sich ganz genau, wer sie ist. Valentina fühlt sich unsicher und befangen. Hat er jemand von ihrem One-Night-Stand erzählt? Wissen die anderen Models und das Team Bescheid? Der Gedanke, dass ihr Privatleben womöglich derart zur Schau gestellt wird, beunruhigt sie. Als Valentina über die Treppenstufen zu ihm hinaufgeht, mustert Russell sie frech, und irgendwie hofft Valentina insgeheim, dass er sie noch attraktiv findet. Sie hat eines ihrer aufreizendsten Kleider angezogen: ein schwarz-weiß gestreiftes Minikleid mit geometrischen Formen, das einst ihrer Mutter gehört hat. Dazu trägt sie Stiefel, die bis zu den Oberschenkeln reichen. Sie kann nicht leugnen, dass sie beim Anziehen heute Morgen an Russell gedacht hat. Das ist die neue Valentina, und die möchte wieder begehrt werden.

»Guten Morgen, Valentina«, begrüßt Russell sie gut gelaunt, steht auf und begleitet sie in den Hauptausstellungsraum des Museums, in dem die ersten Aufnahmen stattfinden sollen.

Valentina wirft ihm von unten einen Seitenblick zu.

»Du hast mir nicht erzählt, dass du Fotomodel bist.«

Er zuckt die Schultern. »Es schreckt die Frauen ab«, sagt er und fährt sich mit der Hand durch die Locken. »Sie meinen, ich würde mich mehr für *mein* als für *ihr* Aussehen interessieren.«

»Darf ich dich etwas fragen?« Valentina dreht sich zu ihm um und versucht, so cool und gleichgültig wie möglich zu wirken. »Hast du gewusst, wer ich bin, als du mich neulich Abend angesprochen hast?«

Er legt den Kopf schief. »Klar. Als du gesagt hast, dass du aus Mailand kommst, habe ich mir gedacht, dass du die Fotografin von dem *Harper's*-Shooting bist.«

»Und warum hast du mir nicht gesagt, dass wir zusammen arbeiten werden?«

»Weil ich dachte, dass es den Moment zerstören würde. Dass du abspringen würdest, wenn du wüsstest, dass ich eines deiner Models bin.«

Valentina bleibt neben dem Bild der Frau mit dem schwarzen Federhut stehen und betrachtet ihren missbilligenden Blick.

»Du hast recht. Normalerweise schlafe ich nicht mit meinen Models«, erklärt sie mit ironischem Unterton.

Russell beugt sich vor und legt eine Hand auf ihren Arm. Die Berührung jagt gegen Valentinas Willen einen Schauder durch ihren Körper.

»Na, siehst du, dann habe ich ja das Richtige getan, stimmt's?«, flüstert er. »Vielleicht machst du ja noch einmal eine Ausnahme, nur für mich?«

Valentina errötet und schüttelt den Kopf, spürt jedoch bereits, wie ihr Widerstand schmilzt.

Nach einer anfänglichen Auseinandersetzung mit Taylor über die endgültige Auswahl der Locations verlaufen die eigentlichen Aufnahmen überraschend glatt. Sie haben beschlossen, vor dem Bild der Tänzerin in dem Raum mit den Klimt-Bildern zu fotografieren, auf dem Treppenabsatz, am Fuß der geschwungenen Treppe und im Buchladen. Sie benutzen die Buchregale als Hintergrund und werden eines der Models davor auf eine Leiter setzen. Dann wollen sie noch zwei Aufnahmen von Russell mit einem der Mädchen im Café machen. Valentina hat sich entschieden, die beiden doch als Liebespaar zu inszenieren.

Obwohl Valentina ganz auf ihre Arbeit konzentriert ist, ist sie etwas nervös. Was, wenn sie dem Kerl wiederbegegnet, der wie Glen aussieht? Wird sie auf ihn zugehen und ihn fragen, wer er ist? Sie schüttelt verärgert den Kopf. Sie muss diesen rätselhaften Mann vergessen. Es *kann* nicht Glen sein. Und wie wahrscheinlich ist es, dass sie ihm in einer so großen Stadt wie New York noch einmal begegnet?

Nachdem sie mit den Bildern in der oberen Etage und auf dem Treppenabsatz fertig sind, ist das Team vollauf beschäftigt: Die Models ziehen sich um, Marco kümmert sich um ihr Styling, Lori ums Make-up und Shannon um die Frisuren. Da Russell bei den letzten Aufnahmen nicht dabei war, ist er bereits für die Café-Szene angekleidet. Valentina sitzt auf dem obersten Treppenabsatz und sieht sich in der Kamera die bisherigen Bilder an, als Russell ihr einen Kaffee bringt.

»Danke«, sagt sie. »Woher weißt du, dass ich ihn am liebsten schwarz trinke?«

»Von neulich Abend … in meiner Wohnung.«

»Natürlich.« Valentina versucht, gelassen zu wirken. Schließlich arbeitet er heute für sie. Sie muss einen professionellen Abstand wahren. Doch als Russell sich zu ihr auf den Boden hockt, hat seine Nähe eine nicht zu leugnende Wirkung auf sie. Valentina spürt ein leichtes Flattern in ihrem Magen, und als sie das Objektiv der Kamera wechselt, zittern ihre Hände. Sie kauert am Rand der obersten Treppenstufe, und als sie von der Kamera aufblickt, sieht sie, dass sie von hier einen perfekten Blick durch das hübsche Gitter der schmiedeeisernen Balustrade auf die geschwungene Treppe hat. Es sieht aus, als würde sie aus einem Käfig blicken. Wie so oft kommt ihr eine spontane Idee. Wie wäre es, wenn sie ein Bild von diesem gut aussehenden jungen Mann durch das Gitter aufnimmt? Ist er eingesperrt wie ein Tiger, aber unbezähmbar? Oder ist der Betrachter derjenige, der in einem Käfig gefangen ist? Die zweideutige Aussage gefällt ihr.

»Russell, würdest du auf der Treppe für mich posieren?«, fragt sie.

»Mit einem der Mädchen?«

»Nein, allein.«

»Ich wusste nicht, dass wir auch Aufnahmen von mir allein machen«, antwortet er und sieht sie neugierig an. »Bin ich nicht nur ein Accessoire für die Mädchen? Meine Kleidung bringt ihre Kleider nur noch besser zur Geltung.«

»Es geht nicht nur um die Kleider«, erklärt sie.

»Cool.« Er stellt keine weiteren Fragen und steht auf. »Sag mir, wo du mich haben willst.«

Sie macht Schwarz-Weiß-Aufnahmen. Russell geht die Treppe hinunter, dreht sich um und blickt zu ihr nach oben.

»Sieh mich an, als würdest du mich für immer verlassen, aber selbst darunter leiden«, ruft sie zu ihm hinunter. »Wie Rhett

Butler in *Vom Winde verweht*. Du weißt schon, als er sagt *Offen gesagt, pfeif ich drauf …*«

Russell wirft ihr einen flammenden Blick zu. Er könnte Schauspieler sein.

Valentina ist so in ihre Arbeit vertieft, dass sie erst bemerkt, dass das ganze Team sich um sie versammelt hat und ihnen zusieht, als Taylor auf sie zustürmt.

»Was machen Sie da?«, fragt sie.

»Ich improvisiere ein bisschen«, erwidert Valentina und bemüht sich bestmöglich, die Furie zu ignorieren.

»Aber die Aufnahme ist nicht vorgesehen. Wir wollen vor allem die Frauenkleider präsentieren.«

Valentina dreht sich zu Taylor um.

»Bitte, vertrauen Sie mir.«

Doch als sie in die strengen grauen Augen der Art-Direktorin blickt, wird sie von etwas anderem abgelenkt: Mit dem Rücken zu ihr steht ein großer Mann mit Baseballkappe und Jeans, der sich mit Lori, der Visagistin, unterhält.

»Wer ist der Mann?«, zischt sie Taylor zu, ihre Kehle ist vor Angst wie zugeschnürt.

Taylor blickt über ihre Schulter zu dem Mann.

»Der? Ich glaube, das ist Loris Freund. Er macht ein Praktikum in der Neuen Galerie. Der Vorschlag, das Museum für die Aufnahmen zu nutzen, kam von Lori.«

»Ist er nicht etwas alt für einen Praktikanten?«, bemerkt Marco, während sie alle zu dem Fremden starren.

»Wie heißt er?«, fragt Valentina mit klopfendem Herzen. Von hinten sieht er tatsächlich aus wie Glen.

»Ich weiß nicht«, antwortet Taylor gereizt. »Peter irgendwas. Er ist Engländer. Können wir jetzt weitermachen? Seid ihr fertig mit der Szene?« Sie deutet auf Russell, der noch immer auf den Stufen posiert. Aber Valentina hört nicht zu. Mit klopfendem Herzen geht sie zu Lori und ihrem Freund.

Als er sich umdreht, verliert Valentina beinahe die Beherrschung. Am liebsten würde sie eines der unbezahlbaren Bilder von der Wand reißen und ihm über den Kopf schlagen. Sie möchte ihn vernichten, genau wie er sie vernichtet hat. Trotz der braunen Haare und der Freizeitkleidung hat Valentina keinen Zweifel, dass das Glen ist. Sie kocht vor Zorn und zittert vor Angst, doch obwohl sie ihn sofort erkennt, sieht Glen sie mit gleichgültigem Blick und ohne jede Gefühlsregung an.

»Ach, Valentina, das ist mein Freund Peter«, stellt Lori ihn vor und sieht sie neugierig an. Es ist offensichtlich, dass etwas nicht stimmt.

»Peter?«, stößt Valentina hervor. »Ich dachte, du heißt Glen.« Sie ignoriert Lori und richtet ihre Aufmerksamkeit auf Glen.

Peter oder Glen schüttelt den Kopf.

»Ich fürchte, Sie verwechseln mich. Ich heiße Peter Clarke.« Er spricht deutlich mit englischem Akzent.

Jetzt ist Valentina sich ganz sicher. Nie wird sie diese Stimme vergessen, die sich nachts in ihre Träume schleicht. Die dunklen Dinge, die er zu ihr gesagt hat.

Ich werde dich nehmen.

»Ich weiß, wer du wirklich bist«, zischt sie und ballt die Hände zu Fäusten. Sie möchte ihm in sein blasiertes Gesicht schlagen, aber mehr noch möchte sie wissen, was passiert ist. Doch sie steckt inmitten eines großen Shootings. Sie *darf* hier nicht die Fassung verlieren.«

»Was ist los?«, will Taylor wissen, als sie zu ihnen tritt und Valentinas deutliche Feindseligkeit Peter gegenüber bemerkt.

»Verlassen Sie das Set«, befiehlt sie Peter. Sie wendet sich an Lori. »Ich habe dir doch gesagt, dass Fremde …«

»Ja, aber Peter arbeitet hier«, widerspricht Lori und sieht Valentina noch immer etwas beunruhigt an. »Und er hat uns Törtchen aus der Bäckerei mitgebracht.« Sie deutet auf einen Karton.

Valentina kann sich nicht bewegen, sie steht wie angewurzelt da und starrt Glen an.

»Wo ist er?«, zischt sie.

Glen mimt geschickt den Ahnungslosen.

»Wie bitte? Von wem sprechen Sie?«

»Das weißt du ganz genau«, sagt Valentina leise. »Was ist in der Blauen Grotte passiert?«

»Der blauen was?« Er sieht zu Lori und zuckt entschuldigend mit den Schultern, als wolle er sagen: Ich weiß wirklich nicht, wovon diese Verrückte spricht. In Valentina steigt Wut auf. Sie kann sich nicht mehr beherrschen, packt Glen am Arm und vergräbt ihre Nägel in seiner Haut.

»Hältst du mich für dumm, Glen?«

»He«, sagt er und tut verlegen, weicht zurück und versucht, mit seinen kalten Fingern ihre Hand wegzuschieben. Valentina erinnert sich an seinen eisernen Griff, wie ihre Haut gekribbelt hat. Jetzt ist sie ihm so nah, dass sie ihn riechen kann. Nie wird sie seinen Geruch vergessen, diesen starken maskulinen Moschusduft, der sie mit Angst erfüllt. Doch sie reißt sich zusammen. Was kann er ihr jetzt schon antun? Er hat ihr das Wertvollste genommen, das sie besaß. Thomas. Valentina hat nichts mehr zu verlieren. Sie verstärkt ihren Griff.

»Würden Sie mich bitte loslassen. Ich bin nicht der, für den Sie mich halten«, sagt er. »Sie tun mir weh.«

»Valentina.« Marco tritt neben sie und legt sanft eine Hand auf ihre Schulter. »Lass ihn los.«

Alle starren sie an. Es herrscht betretenes Schweigen.

»Nein«, stößt sie hervor. »Er soll die Wahrheit sagen.«

Sie spürt, wie Glen sich unter ihrem Griff windet, während sie die Nägel in seinen Arm gräbt. Er versucht, sich wie Peter zu verhalten, wie ein englischer Gentleman, der einer Frau nie ein Haar krümmen würde. Valentina jedoch sieht, dass Glen am liebsten ausholen und sie rücklings gegen die Wand stoßen würde. Sie will ihn dazu bringen, sich bloßzustellen.

»Lassen Sie mich los«, fordert Peter noch einmal und versucht erneut, ihre Finger wegzubiegen, aber Valentina klammert sich verbissen an ihn.

»Lass los!« Lori hebt die Stimme und hat vor Aufregung rote Flecken auf den Wangen. »Du tust ihm weh.«

Aber stattdessen stürzt sich Valentina auf ihn.

»Was zum Teufel!«, ruft Taylor, während Marco sein Bestes tut, um sie von Glen wegzuziehen, doch Valentina ist nicht aufzuhalten. Glen ist am Leben, und es gibt nur einen Grund, weshalb Thomas tot ist … weil er ihn umgebracht hat. Sie will ihm an die Kehle gehen, sie fühlt sich wie ein Tier, voll ursprünglicher Wut und Kraft. Doch da merkt sie, wie sie jemand zurückreißt und von hinten seine starken Arme um sie schlingt. Es ist Russell. Er drückt ihre Arme nach unten, hält sie fest und zieht sie an seine Brust. Valentina versucht, sich von ihm loszumachen.

»Verschwinde von hier«, herrscht sie Peter an.

Peter reibt sich den Arm.

»Herrgott, ich habe euch doch nur ein bisschen Kuchen vorbeigebracht. Ich habe eigentlich etwas anderes erwartet!«

Aber als er sich zum Gehen wendet, fängt Valentina kurz seinen Blick auf und sieht ein triumphierendes Funkeln in seinen Augen. Es ist Glen.

Taylor ordnet eine fünfminütige Pause an, bevor sie unten weitermachen. Valentina kann nicht aufhören zu zittern. Alle sehen sie befremdet an, vor allem Lori. Offenbar meinen alle, sie sei verrückt. Russell besorgt ihr einen weiteren Kaffee, während Marco sich mit ihr in eine Ecke setzt.

»Was war denn das?«, flüstert er.

»Das ist Glen. Er war mit Thomas und mir auf dem Boot in der Blauen Grotte.« Ihre Stimme bricht. »Marco, er hat Thomas umgebracht. Ich weiß es. Ich muss zur Polizei gehen.« Sie umklammert seine Hand.

»Valentina, bist du sicher, dass es sich um dieselbe Person handelt?« Marco sieht sie mit besorgtem Blick an. »Lori hat erzählt, dass der Kerl seit zwei Jahren in New York lebt. Sie sind seit über einem Jahr zusammen. Meinst du nicht, dass er Glen vielleicht nur ähnlich sieht?«

Valentina schüttelt den Kopf, schluckt ihre Gefühle hinunter und versucht, ruhig zu bleiben.

»Er ist es, Marco. Ich bin mir ganz sicher.«

Russell erscheint mit dem Kaffee.

»Wahrscheinlich könntest du etwas Stärkeres vertragen«, meint er, als er ihr den Becher reicht.

Valentina trinkt einen Schluck von dem heißen bitteren Kaffee.

»Wer war der Kerl?«, fragt Russell. »Ein Exfreund?«

Marco mustert Russell mit abfälligem Blick.

»So etwas in der Art«, murmelt Valentina. Sie ist jetzt nicht in der Stimmung für Erklärungen. Es müssen sie ja alle für übergeschnappt halten. Das ist ihr erster Job in New York und sie hat es vermasselt. Wird sie nach ihrem kleinen Ausraster je wieder einen Auftrag von *Harper's* bekommen? Doch zu ihrer Überraschung ist Taylor freundlich und besorgt, als sie zurückkommt, um nach ihr zu sehen.

»Meinen Sie, dass wir weitermachen können?«, fragt sie und tippt Valentina sanft auf den Arm.

»Natürlich.«

Valentina schaltet ihre Gefühle aus und unterdrückt ihre Verwirrung und ihre Wut auf Glen. Sie wird ihn finden und sich später mit ihm auseinandersetzen. Jetzt muss sie erst ihre Arbeit erledigen. Sie macht unten im Buchladen ein paar Aufnahmen mit einem der Mädchen, dann wechseln sie ins Café, wo Valentina Bilder von Russell mit dem anderen Model macht. Ihr Lieblingsmotiv ist eine Szene, in der Russell aus dem Fenster sieht. Das Mädchen lehnt von hinten den Kopf an seine Schulter und blickt in die Kamera. Es vermittelt das Bild von Liebe und Geborgenheit.

So etwas gibt es nicht, möchte Valentina schreien. Doch mit verträumten Bildern von der vollkommenen Liebe zwischen zwei schönen Menschen verkauft man Mode. Wie oft musste Valentina ihre Arbeit nicht nur vor Fremden, sondern auch vor Freunden wie beispielsweise ihrer Künstlerfreundin Antonella verteidigen? Ständig will sie Valentina überreden, die Modefotografie aufzugeben. Sie meint, damit würde Valentina den Konsumterror in der Gesellschaft fördern. Valentina hat allerdings einen anderen Blick auf die Modeindustrie. Dort kann sie ihre Kreativität ausleben, manchmal sogar auf eine subversive

Weise, und dafür wird sie auch noch gut bezahlt. Marco und sie teilen diese Leidenschaft, sie haben beide einen Blick für Feinheiten – bei Bildern und bei Kleidung. Wenn sie Marco bei der Arbeit beobachtet, wie er die Roben an den Models feststeckt, damit sie bei jeder Aufnahme genau richtig sitzen, und darauf achtet, dass jedes noch so winzige Detail höchsten Ansprüchen genügt, ist ihr klar, dass manche sich über ihren Freund lustig machen würden. Sie meinen, er sei besessen von dieser oberflächlichen Welt, in der es nur darum geht, wie man aussieht und was man trägt. Valentina sieht in ihm einen Mann mit einem Blick für das Wesentliche, er ist wie ein begabter Maler oder ein herausragender Handwerker. Genau wie die Fotografie ist auch Styling ein Handwerk.

Als sie zusammenpacken, fasst Russell ihre Hand. Valentina ist einen Moment verwirrt, als sie ihn wieder in seiner privaten Kleidung sieht. In den Café-Szenen hat er Brokatanzüge und reich verzierte Westen getragen, und seine Haare waren glatt zurückgekämmt. Er sah aus wie ein russischer Aristokrat. So hatte Valentina ihn gut von dem Mann trennen können, mit dem sie geschlafen hat. Er war einfach ein Teil ihrer Komposition. Sie hatte sich auf den Bildausschnitt konzentriert, ohne sich darüber Gedanken zu machen, was er oder jemand anders über sie dachte. Doch jetzt wird sie schlagartig in die Gegenwart zurückgeholt. Als er ihre Hand berührt, laufen Schauder über ihren Rücken.

»He«, sagt er, »hast du Lust noch etwas trinken zu gehen? Nach der Begegnung von vorhin kannst du das sicher gut vertragen.«

Valentina schüttelt den Kopf.

»Nein, ich bin müde«, antwortet sie. »Ich fahre mit Marco

nach Hause.« Eigentlich will sie warten, bis alle gegangen sind, und dann herausfinden, wo Glen steckt.

»Ah, okay.« Er scheint nicht wirklich enttäuscht zu sein, doch Valentina sieht ihm an, dass er noch immer scharf auf sie ist.

»Wie wäre es dann mit Sonntag?«

»Sonntag?«, wiederholt sie. »So weit habe ich noch gar nicht gedacht. Ich werde die nächsten Tage damit beschäftigt sein, die Bilder zu bearbeiten.«

»Dann machen wir also einen Termin aus«, sagt er. »Ich möchte dir eine Ausstellung im MoMa zeigen.«

Sie hört sich »Ja« sagen, weil ihr schlichtweg keine Ausrede einfällt. Etwas an Russell zieht sie an. Auf einmal hat sie eine Vision ihrer nackten Körper, die sich im Bett umeinander winden.

Russell wird erwarten, dass sie wieder mit ihm schläft, und Valentina ist nicht sicher, ob sie das auch will. Sie hat gesehen, wie er mit all den anderen Frauen am Set geflirtet hat. Marco hat recht. Man kann Russell nicht trauen. Und doch war es Russell gewesen, der sie bei ihrem Angriff auf Glen wieder beruhigt hat. Als er sie in seine Arme gezogen und festgehalten hatte, empfand sie zum ersten Mal seit Monaten einen gewissen Frieden.

Als alle zusammengepackt haben und gegangen sind, ist die Galerie leer. Nur der Sicherheitsbeamte ist noch da und wartet darauf, dass auch Valentina geht. Keine Spur von Glen. Lori ist bereits weg. Seit dem Vorfall mit ihrem Freund hat sie Valentina mit ihren Blicken erdolcht. Wahrscheinlich glaubt sie, Valentina hätte eine Affäre mit ihm, aber das ist Valentina ziemlich egal. Wenn sie deshalb mit Glen Schluss macht, umso besser für sie. Marco meint sicher, Valentina würde sich nur einbilden, dass es Glen ist, aber Marco ist ihm auch noch nie begegnet. Wenn er ihn schon einmal gesehen hätte, wüsste er, dass sie recht hat.

»Kennen Sie den Praktikanten Peter Clarke?«, fragt Valentina den Sicherheitsbeamten.

»Nicht wirklich«, antwortet er und meidet ihren Blick. »Er ist erst seit ein paar Monaten hier. Ganz schön alt für einen Praktikanten …«

Obwohl es ziemlich kühl in der Galerie ist, bilden sich Schweißperlen auf der Stirn des Mannes.

»Ja, das habe ich auch gedacht«, sagt Valentina.

»Ich glaube, er ist ein reicher Kerl, der Lust auf eine Veränderung hat. Ich habe gehört, dass er an der Wall Street einen Haufen Geld gemacht hat.« Der Wachmann zuckt die Schultern. Er scheint ungeduldig darauf zu warten, dass Valentina geht.

»Aber das können auch Gerüchte sein«, fügt er hinzu, als sie aus der Tür geht.

Draußen auf der Straße spürt Valentina erst, wie sehr ihr das Ganze zugesetzt hat. Sie blickt sich um und rechnet damit, jeden Moment Glen wiederzubegegnen. Sie entdeckt jedoch kein bekanntes Gesicht zwischen den geschäftigen New Yorkern, die auf dem Weg von der Arbeit nach Hause sind. Sie versucht, ihre neue Entdeckung zu deuten. Sie ist sich sicher, dass Peter Glen ist, oder täuscht sie sich? Irgendwie hofft sie es fast, denn was kann sie schon tun, wenn dieser Mann der Mörder von Thomas ist? Wie soll sie es beweisen? Sie weiß nur, dass sie sich nach Rache sehnt. Morgen wird sie mit Lori sprechen und herausfinden, wo Glen wohnt. Dann wird sie weitersehen.

Als Marco und Valentina am nächsten Morgen ins Büro von *Harpers' Bazaar* kommen, herrscht dort Aufruhr.

»Habt ihr es schon gehört?«, kreischt Jilly, die Empfangssekretärin ihnen entgegen, kaum dass sie aus dem Aufzug treten.

»Was gehört?«, fragt Marco zurück.

»Gestern Nacht ist in die Neue Galerie eingebrochen worden«, erklärt Jilly außer Atem. »Man hat eines der Klimt-Gemälde gestohlen.«

Marco und Valentina blicken sich an, und Valentina merkt, wie ihr das Blut aus dem Gesicht weicht.

Das muss Glen gewesen sein. Sie hatte recht gehabt.

»Du lieber Gott!«, ruft Marco und legt eine Hand auf seine Brust. »Das ist wie in diesem Film *Die Thomas Crown Affäre*. Hat man den Einbrecher gefasst?«

»Noch nicht, aber Sie hatten recht, Valentina«, wendet sich Jilly an sie, »Peter ist nicht Peter.«

Valentina dreht sich überrascht zu ihr um. Woher weiß das Mädchen von dem Vorfall mit Glen? Sie war doch gestern gar nicht dabei. Anscheinend hat sich die Geschichte inzwischen in der gesamten Redaktion herumgesprochen.

»Es sieht so aus, als würde er hinter dem Einbruch stecken«, plaudert Jilly weiter. »Aber er ist verschwunden. Genau wie der Mann vom Sicherheitsdienst.«

Marco sieht Valentina mit großen Augen an.

»Es tut mir leid, dass ich dir nicht geglaubt habe, Valentina.«

Sie schüttelt den Kopf. Das ist okay. Wahrscheinlich hätte sie im umgekehrten Fall auch geglaubt, dass er sich täuscht.

»Die Cops sind hier, um alle zu befragen. Arme Lori.« Jilly

seufzt dramatisch. »Er hat ihr das Herz gebrochen.« Sie senkt die Stimme zu einem Flüstern. Aber trotzdem … ich frage mich, ob sie etwas gewusst hat.« Sie nickt vielsagend.

Valentinas Blick fällt auf eine Zeitung, die auf dem Couchtisch im Empfangsbereich liegt.

Millionenschwerer Klimt aus der Neuen Galerie gestohlen.

Wie hatten Marco und sie diese Schlagzeile auf dem Herweg übersehen können? Marco nimmt die Zeitung und liest laut vor:

»Die New Yorker Polizei ist auf der Jagd nach den Drahtziehern eines unglaublichen Kunstraubs. Gestern Nacht wurde das Gemälde *Der schwarze Federhut* des österreichischen Malers Gustav Klimt aus der Neuen Galerie in New York entwendet.« Er hebt den Blick zu Valentina. »Erinnerst du dich an das Bild, Valentina?«, fragt er.

Valentina nickt. Es gehört zu ihren Lieblingsbildern. Doch seine düsteren Farben sind untypisch für Klimt. Sie ist überrascht, dass die Diebe sich für dieses Bild entschieden haben. Marco liest weiter:

»Die Polizei vermutet, dass mindestens zwei Einbrecher hinter dem Raub stecken. Derzeit wird das Umfeld des Sicherheitsbeamten Wayne Datcher überprüft, der zuletzt beim Verlassen der Galerie gestern Abend gegen 21 Uhr gesehen wurde. Gefahndet wird auch nach Peter Clarke, einem Praktikanten des Museums, den man zuletzt ungefähr um dieselbe Zeit in Begleitung von Datcher gesehen hat.«

Dann ist Glen also noch immer in der Galerie gewesen, als Valentina ging. Der Wachmann hatte sie belogen. Valentina kaut auf ihrer Lippe. Sie versucht, sich daran zu erinnern, wie der Sicherheitsbeamte ausgesehen hat, aber sie erinnert sich nur, dass er ziemlich verschwitzt war und dunkle Haare sowie einen Bartschatten hatte.

»Die Cops wollen alle befragen«, verkündet Jilly. »Vor allem Sie, Valentina. Wegen des Zwischenfalls gestern bei dem Shooting, als Sie auf diesen Peter losgegangen sind.«

»Sie ist nicht auf ihn losgegangen«, sagt Marco scharf. »Es gab lediglich eine kleine Auseinandersetzung. Würdest du bitte aufhören, solchen Unsinn im Büro zu verbreiten, Jilly?«

Das Mädchen errötet.

»Oh, tut mir leid. Es ist nur … alle reden darüber.« Sie blickt nervös zu Valentina, als könne sie dasselbe Schicksal ereilen wie Peter. Aber die hört gar nicht zu. Ihre Gedanken überschlagen sich. Was soll sie der Polizei sagen? Dass Glen ihrer Meinung nach ein Mörder ist?

Das Empfangstelefon klingelt. Jilly nimmt ab.

»Ja, sie ist gerade eingetroffen«, sagt sie und legt den Hörer auf.

»Das war Taylor«, teilt sie ihnen mit. »Die Polizei möchte mit Ihnen sprechen. Sie erwartet Sie in Taylors Büro.«

Marco klopft Valentina aufmunternd auf den Rücken.

»Sag ihnen einfach die Wahrheit, Valentina«, rät er.

Valentina erzählt den Cops alles. Nachdem Thomas tot ist, kann sie ihm schließlich nicht mehr damit schaden. Sie sagt ihnen, dass Peter ihrer Meinung nach Glen heißt und ein international agierender Kunstdieb ist, der in Konkurrenz zu ihrem Ex-Verlobten Thomas Steen gearbeitet hat. Sie waren ihm in Mailand und in London begegnet. Die Polizisten nicken aufmerksam und machen sich Notizen.

»Sieht aus, als hätten Sie recht«, sagt der Beamte namens Delaney. Er hat eine dröhnende Stimme und rote Haare. »Wir haben keine Informationen über einen Peter Clarke aus Cambridge, aber es gibt einen Glen Clarke in unserem System. Er ist vor ein paar Jahren nach New York gekommen, seither aber viel gereist. Er hat keine Vorstrafen, aber ich habe in einschlägigen Kreisen einiges über ihn gehört. Er ist ein schlüpfriger Gauner.«

»Sie meinen, er hat diesen Raub über Jahre geplant?«

»Vermutlich. Diebe dieses Genres sind Perfektionisten. Sie lassen sich Zeit bei der Vorbereitung eines Coups«, erklärt der andere Polizist, Detective Balducci. Ein Italiener, denkt Valentina, obwohl er nicht italienisch aussieht oder klingt.

»Aber warum sollte jemand ein so bekanntes Gemälde stehlen?«, fragt Valentina und weiß genau, dass das Bild von Klimt nichts mit der Beutekunst der Nazis zu tun hat. Bislang hatte Glen diese Art von Kunst gestohlen. »Wie kann man es je verkaufen, ohne erwischt zu werden?«

»Viele dieser Kerle tun das aus Prestigegründen. Um *uns* zu beweisen, dass sie dazu in der Lage sind«, sagt Delaney.

»Es gefällt ihnen, uns herumzuscheuchen«, fügt Balducci hinzu. »Sie verkaufen die Bilder nicht. Es ist ein Spiel für sie.«

»Für Glen ist es kein Spiel«, widerspricht Valentina und erinnert sich an Glens Forderung nach Wiedergutmachung, als Thomas ihm ein Gemälde direkt vor der Nase weggestohlen und dem rechtmäßigen Besitzer zurückgegeben hatte. Glen war ziemlich viel Geld entgangen. Das war der Grund, warum er sie an jenem Tag in der Blauen Grotte angegriffen hat.

»Er ist ein Mörder«, stellt Valentina fest.

»Können Sie das genauer erklären, Miss?«, bittet Delaney.

Sie erzählt ihm mehr von Thomas.

»Damit wir das richtig verstehen«, vergewissert sich Balducci,

»Ihr Freund hat Bilder gestohlen und sie Familien wiedergegeben, die diese im Zweiten Weltkrieg an die Nazis verloren hatten?«

»Ja, aber eigentlich war es kein Diebstahl«, betont Valentina. »Nachdem er mit den Besitzern der Bilder gesprochen und ihnen die wahre Geschichte über ihre Herkunft erzählt hat, haben die meisten keine Probleme gemacht. Sie haben sich geschämt und mögliche Anzeigen zurückgezogen. Nicht alle Bilder haben die Nazis mitgenommen, einige sind am Ende des Krieges auch von alliierten Soldaten gestohlen worden.«

»Wie passt dieser Glen ins Bild?«, will Delaney wissen.

»Wie gesagt, er war ein Konkurrent. Der Unterschied war allerdings, dass er sich teuer bezahlen ließ, manchmal mit Millionen. Dafür beschaffte er den Familien die Bilder, die sie unbedingt wiederhaben wollten.«

»Was ich nicht verstehe, warum haben diese Menschen es nicht auf legalem Weg versucht? Sie hätten die Bilder doch bei Gericht einklagen können«, fragt Balducci.

»Nicht in allen Fällen. Und außerdem dauert so etwas Jahre. Viele der ursprünglichen Besitzer haben den Krieg überlebt und sind sehr alt. Sie wollten einfach ihre Sachen zurückhaben.«

»Aber warum hat Ihr Thomas das getan, wenn er dafür kein Geld erhalten hat?«, drängt Delaney.

»Weil er versucht hat, ein Unrecht wiedergutzumachen.« Valentina zögert und holt tief Luft. »Seine Familie stammt ursprünglich aus Amsterdam. Sein Großvater hat in den Dreißigerjahren für den jüdischen Kunstsammler Albert Goldstein gearbeitet. Zu Beginn des Krieges haben viele jüdische Familien und andere Flüchtlinge ihre Werke bei Goldstein gelassen, damit er auf sie aufpasst. Als die Nazis in Holland einmarschiert sind, musste Goldstein dann selbst fliehen. Er hat die Gemälde bei Thomas' Großvater gelassen, damit er sie schützt. Doch der Einsatzstab Hermann Görings hat ihn schließlich gezwungen, die Bilder für einen lächerlichen Betrag zu verkaufen.«

Valentina hält inne und ballt die Hände in ihrem Schoß. Sie kann nicht glauben, dass sie der Polizei von der privaten Suche der Steens erzählt. Einen Augenblick sieht sie das Gesicht von Mrs. Steen vor sich. Die durchdringenden blauen Augen, das weiche Kinn, das mütterliche Lächeln. Bringt Valentina sie in Schwierigkeiten? Sie ist schon schuld am Verlust ihres Sohnes. Wie kann sie ihnen noch weiter wehtun? Doch ihr Bedürfnis nach Rache an Glen ist stärker, und wenn sie mit der Polizei zusammenarbeiten muss, um ihn zu fassen, wird sie ihnen alles sagen, was sie weiß.

»Thomas' Großvater hat sein gesamtes Leben daran gearbeitet, diese Bilder ihren rechtmäßigen Besitzern wiederzubringen. Thomas hat versucht, ihm zu helfen.«

Balducci pfeift.

»Wow, ich wusste gar nicht, dass es solche Männer noch gibt.«

»Was meinst du?«, fragt Delaney.

»Na ja, die etwas Gutes für andere tun und dabei ihre Freiheit aufs Spiel setzen. Klingt, als sei dieser Thomas ein ganzer Kerl.«

»Ja, das war er …«, flüstert Valentina und atmet noch einmal tief ein. Beide Cops blicken sie fragend an.

»Er ist tot. Glen hat ihn umgebracht.«

Delaney hebt die Brauen.

»Wir haben diesen Ganoven bislang nicht für einen Mörder gehalten«, bemerkt Balducci.

»Glauben Sie mir, das ist er. Ich war dabei.« Sie holt noch einmal tief Luft und erzählt ihnen von der Blauen Grotte. Wie Thomas und sie in die kleine Höhle gerudert sind, Glen ihnen gefolgt ist, sie angegriffen und Valentina ins Meer gezerrt hat. Thomas hatte sie gerettet, und er hatte darauf bestanden, dass Valentina allein zu dem Fischerboot zurückruderte, mit dem sie gekommen waren, um den Skipper um Hilfe zu bitten. Thomas hatte versprochen, ihr mit Glen in dem anderen Ruderboot zu folgen.

Ich lasse dich nicht im Stich, Valentina.

Aber das hatte er. Denn weder Thomas noch Glen waren an jenem Tag aus der Blauen Grotte zurückgekehrt.

»Die italienische Polizei glaubt, dass es zu einem weiteren Kampf gekommen ist und beide dabei ertrunken sind. Ihre Leichen hat man jedoch nie gefunden. Wenn Glen in New York herumläuft, kann das nur eins bedeuten: Er hat Thomas umgebracht«, sagt Valentina mit zittriger Stimme.

»Es gibt noch eine andere Möglichkeit«, überlegt Delaney so leise, dass Valentina ihn kaum hört.

»Was meinen Sie?«, fragt Valentina und spürt, wie sie kalte Angst beschleicht.

»Sie sagen, man hat keine Leichen in der Blauen Grotte gefunden? Vielleicht haben sie einen Deal gemacht.« Delaney spricht jetzt lauter. »Dieser Klimt-Raub war eine große Sache. Um das Alarmsystem dort auszutricksen, benötigt man Experten. Was, wenn Glen und Ihr Thomas zusammenarbeiten?«

Valentina springt auf und wirft dabei ihren Kaffeebecher zu Boden.

»Auf keinen Fall!«, widerspricht sie vehement. »Er hat versucht, mich umzubringen. Thomas hat ihn gehasst …«

»Okay, beruhigen Sie sich.« Delaney beobachtet sie gelassen.

»Es ist nur ein Gedanke.« Balducci wirft seinem Partner einen warnenden Blick zu. »Nehmen Sie es ihm nicht übel«, sagt er an Valentina gewandt. »Er denkt sich immer so verrückte Theorien aus.«

Aber sie sieht, wie Balducci und Delaney Blicke tauschen. Sie halten es für möglich, dass Thomas an dem Raub beteiligt ist.

»Nein, das ist unmöglich«, wiederholt Valentina. »Thomas wäre nicht einfach so verschwunden, ohne Kontakt zu mir aufzunehmen. Er hat mich geliebt.« Ihre Stimme ist nur noch ein Flüstern, und sie schämt sich, vor diesen Männern so bloßgestellt zu werden. Sie weiß, was sie denken. Das passiert ständig. Menschen laufen voreinander davon, auch wenn sie sich lieben.

Tina
1984

Tina fühlt sich wie achtzehn. Sie hat eine schlaflose Nacht in ihrem Westberliner Hotelzimmer verbracht, mit klopfendem Herzen und rauschendem Kopf. Die Stimme der Vernunft ruft ihr zu: *Geh heim.* Heim zu Phil, ihrem Leben in Mailand, zurück in ihre sichere Welt. Aber Tina kann keinen klaren Gedanken fassen. Es ist, als hätte Karel Slavik in ihr einen Schalter umgelegt und als seien nach zwei Jahren plötzlich ihre Geister aus einem tiefen Schlaf erwacht. Sie möchte Phil auf keinen Fall wehtun, und doch kann sie nicht anders. Alles, woran sie denken kann, ist Karel wiederzusehen. Sie stellt sich vor, wie sie dieses Hotel in Ostberlin betritt und er auf sie wartet, und sie begehrt. Sie muss wissen, ob dieser schöne junge Mann sie wirklich will. Sie redet sich ein, dass es ihr eine Lehre sein wird, da Karel natürlich nicht auftauchen wird. Dann wird sie gedemütigt den Rückweg antreten müssen und Phil umso mehr schätzen. Und doch kann sie Karels Blick beim Abschied gestern Nacht nicht vergessen. Darin lag ein Versprechen.

Hastig kleidet sie sich an: eine mitternachtsblaue Korsage mit schwarzem Spitzensaum und einem dazu passenden winzigen schwarzen Slip. Sie ist sich bewusst, dass diese Dessous dazu gemacht sind, enthüllt zu werden. Darüber trägt sie ein Wickelkleid von Diane von Fürstenberg. Es ist aus einem schlichten fließenden Jersey-Stoff mit einem Muster aus smaragdgrünen und blauen Wirbeln. Sobald sie es anzieht, fühlt sie sich weiblich und sexy. Während sie ihr Make-up aufträgt, rügt sie sich. Was ist in sie gefahren? Ein junger Mann zeigt Interesse an ihr, und schon führt sie sich auf wie ein liebestolles Schulmädchen. Sie muss sich zusammenreißen. Noch ist es nicht zu spät für einen Rückzieher, noch könnte sie ihren Flieger erwischen. Stattdessen greift sie zum Telefonhörer.

»Ach, das ist ja schade«, sagt Phil.

»Es tut mir leid, aber wir müssen einen Teil der Aufnahmen wiederholen, die gestern nichts geworden sind.«

Kurz begegnet Tina im Spiegel ihrem Lügengesicht, schnell wendet sie den Blick ab.

»Okay, gut, mach dich nicht verrückt. Ich weiß doch, was für eine Perfektionistin du bist. Versuch, dich heute Abend zu entspannen.«

Bei der Ironie seiner Worte zuckt sie zusammen.

»Phil, es tut mir wirklich leid.«

»Es ist okay, Schatz, es ist schließlich nicht das Ende der Welt. Bis morgen.«

Nachdem sie den Hörer aufgelegt hat, starrt sie sich im Spiegel an.

Du verlogenes Miststück.

Doch eine andere Stimme in ihrem Kopf flüstert, dass Phil mit keinem Wort gesagt hat, dass er sie liebt. Eigentlich klang er nicht sonderlich betroffen, dass sie nicht nach Hause kommt. Was hat er vor? Sie haben seit Monaten keinen Sex mehr gehabt. Wie lange kann ein Mann es ohne Sex aushalten? Vielleicht ist er froh, dass sie noch eine weitere Nacht fortbleibt, vielleicht betrügt er sie. Tina weiß, dass das Unsinn ist. Auch, wenn sie *sich* selbst nicht traut, *Phil* vertraut sie bedingungslos.

Der Moment der Wahrheit ist gekommen. Tina steht vor dem Palasthotel, hinter ihr rauscht die Spree. In ihrem Fürstenbergkleid ist sie sofort als Westlerin zu erkennen. Noch kann sie sich umdrehen und gehen, aber ihr Trieb obsiegt, und ohne noch einmal zu zögern, tritt sie durch die Tür in die Lobby.

Karel erwartet sie schon. Als er sie sieht, steht er auf, und Tina bemerkt, dass sich sein Gesichtszüge entspannen. Offenbar hat er ernsthaft befürchtet, dass sie nicht kommt. Er ist eleganter gekleidet als gestern. Er trägt schmale dunkle Hosen und ein strahlendweißes Hemd, aber seine Kleidung interessiert sie nicht, er sieht einfach unglaublich gut aus. Noch besser als Tina es in Erinnerung hatte. Sein Gesicht gleicht dem eines russischen Prinzen: hohe Wangenknochen und funkelnde Katzenaugen. Das fand sie bei Männern schon immer unglaublich sexy. Er wirkt exotisch und gefährlich.

»Du siehst wunderschön aus«, begrüßt er sie, fasst ihre Hände und gibt ihr einen unschuldigen Kuss auf die Wange. »Ich dachte, wir essen etwas in der Domklause. Das ist das beste Restaurant der DDR. Hast du Lust?«

Tina hat überhaupt keinen Hunger, aber sie könnte einen Drink vertragen.

»Ja, gerne.«

In dem holzvertäfelten Restaurant herrscht eine gedämpfte Atmosphäre. Man führt sie an einen Ecktisch. Tina ist froh, dass das Licht gedimmt ist. Sie fragt sich, ob sie heute älter auf Karel wirkt.

Tina liest die Karte und versteht kein Wort.

»Was willst du?«, fragt er.

»Ich weiß nicht. Was empfiehlst du?«

»Das Jägerschnitzel ist sehr gut«, rät er. »Das sind panierte

Wurstscheiben mit Tomatensauce, oder du isst Broiler, das ist Hähnchen.«

»Ich nehme das Jägerschnitzel«, beschließt Tina.

»Und was hältst du von einem Bier? Berliner Bürgerfrau ist ziemlich gut.«

»Ich bin eigentlich keine Biertrinkerin, aber ich versuche es.«

»Heute machst du eine echte ostdeutsche Erfahrung«, bemerkt er, und die Zweideutigkeit seiner Worte lässt Tina erröten.

Nachdem der Kellner ihre Bestellungen aufgenommen hat, schweigen sie einen Moment. Tina fragt sich, ob es wirklich eine gute Idee war herzukommen, doch in dem Augenblick nimmt Karel ihre Hand und sieht ihr mit verträumtem Blick in die Augen.

»Du bist die schönste Frau, die ich je gesehen habe«, sagt er.

Sie spürt, wie sie erneut errötet.

»Das kann nicht sein«, widerspricht sie.

»Als du gestern Abend vor mir gestanden hast, wollte ich dich sofort in den Armen halten. Ich hätte die ganze Nacht mit dir tanzen können.«

»Ich habe seit Ewigkeiten nicht mehr getanzt.« Ihr Mund ist trocken, und sie nippt an ihrem Bier, das überraschend frisch schmeckt.

»Aber dann musstest du ja wie Aschenputtel in der Nacht verschwinden, ohne mir etwas zu hinterlassen, noch nicht einmal einen gläsernen Pantoffel …«

»Ich habe dir ein Versprechen hinterlassen.«

»Allerdings.« Er schenkt ihr ein atemberaubendes Lächeln, und sie spürt, wie in ihr die Lust erwacht.

Das Essen kommt. Geruch und Aussehen wirken nicht gerade verlockend auf Tina, aber sie pickt höflich darin herum und trinkt einen Schluck Bier.

»Das Bier schmeckt gut«, bemerkt sie.

»Habe ich doch gesagt.« Karel schneidet beherzt ein Stück von seinem Jägerschnitzel ab. Er isst wie ein Mann, der seit Wochen nichts Anständiges mehr gegessen hat.

»Bist du in Ostberlin aufgewachsen?«

Karel nickt. »Überwiegend. Mein Vater kommt aus Prag. Meine Mutter ist Ostdeutsche, ihre Familie hat in den Fünfzigerjahren eine Weile in Prag gelebt. Sie haben sich dort an der Universität kennengelernt und blieben in Prag wohnen, bis ich drei Jahre alt war, dann sind wir nach Ostberlin umgezogen.«

»Stand die Mauer damals schon?«

»Ja, als wir nach Ostberlin gezogen sind, gab es sie gerade ein Jahr.«

»Was haben deine Eltern davon gehalten?«

Er hört auf zu essen und sieht sie entgeistert an.

»Weißt du, wo wir hier sind?«, flüstert er und zieht die Augenbrauen hoch. »Meinst du, dass der durchschnittliche DDR-Bürger in diesem Laden isst?«

Sie errötet, ihr Gesicht ist heiß vor Scham.

»Tut mir leid, wie dumm von mir.«

»Ich glaube, wir sprechen ohnehin lieber von dir. Mein Leben ist langweilig. Es besteht nur aus mir, meinem Cello und der Musik. Ich glaube an die DDR. Das ist alles. Ganz einfach. Aber du … Ich nehme an, dass du ein äußerst komplexes und kompliziertes Wesen bist. Wie die meisten Westfrauen.«

»Kennst du andere Frauen aus dem Westen?«, fragt sie und überlegt, wie oft er so etwas macht.

»Nein«, erwidert er. »Du bist die erste. Ich fand Frauen aus dem Westen bislang immer ziemlich blasiert und oberflächlich. Bis ich dir begegnet bin.«

Sie erkennt an seinem Blick, dass er es ernst meint.

»Ich bin Modefotografin«, sagt sie. »Ich arbeite hart und reise viel.«

»Dann hast du schon viel von der Welt gesehen.« Er sieht sie voller Sehnsucht an. »Erzähl mir, in welchen Ländern du gewesen bist.«

»Nun, ich lebe in Italien, und ich war in Frankreich, Spanien, Portugal, Amerika, Hongkong, Singapur, Indien, Jugoslawien …« Sie hält inne.

»Da kommt noch mehr?«, ruft er aus.

»Ja. In Holland natürlich, und in Belgien, Griechenland, Österreich, Ägypten, Marokko …«

»Sind die alle sehr unterschiedlich?«, fragt er.

»Ja, sehr.«

»Und reist du immer allein?«, fragt er.

Sie zögert und blickt auf ihr Jägerschnitzel, in dem sie herumgestochert hat, ohne wirklich davon zu essen.

»Nein.« Sie holt Luft. »Manchmal nehme ich meinen Freund mit … und meinen Sohn.«

Sie sieht auf und hält seinem Blick stand. Er wirkt überhaupt nicht überrascht.

»Das habe ich mir gedacht. Du trägst zwar keinen Ehering, aber wie kann eine Frau wie du allein sein?«

»Wir sind schon ziemlich lange zusammen.«

»Und wie alt ist dein Sohn?«

»Zwölf.«

»Das kann nicht sein, du wirkst noch so jung!«

»Du bist süß«, sagt sie, »aber das glaube ich nicht.«

Karel mustert sie einen Augenblick.

»Warum bist du hier bei mir, wenn du einen Partner hast?«

»Ehrlich gesagt, weiß ich das nicht«, erwidert sie heiser. »Ich musste dich einfach wiedersehen.«

Er schiebt unter dem Tisch langsam sein Knie zwischen ihre Schenkel und weckt ihre Lust.

»Willst du sehen, wo ich wohne?«, fragt er.

Sie nickt.

»Es ist nicht gerade schick«, meint er.

»Das ist mir egal.«

Karel führt sie durch die Straßen Berlins. Zu ihrer Rechten steht der riesige Fernsehturm, den Tina gestern fotografiert hat. Der hochmoderne, futuristische Turm, der in den Himmel aufragt, steht im Gegensatz zu den grauen Straßen. Tina erkennt die Gegend von gestern wieder. Sie befinden sich in der Nähe des Hauses, in dem Lotties Punkfreunde wohnen, doch Karels Viertel wirkt etwas weniger heruntergekommen. Während sie nebeneinanderhergehen, nimmt er ihre Hand und eine Welle der Energie durchströmt Tinas Körper. Sie fühlt sich nicht wie eine fünfunddreißig Jahre alte Mutter und Ehefrau, sie fühlt sich wieder jung – voller Neugierde auf die Abenteuer, die die Welt ihr zu bieten hat.

In Karels Wohnung fühlt sich Tina gleich zu Hause. Sie ist ganz anders als der funktionalistische Plattenbau, in dem Sabine und Rudolf wohnen, aber auch anders als die schäbige Bude von Lotties Punks. Die Wohnung erinnert sie an ihre eigene Wohnung in Mailand. An den Wänden stehen volle Bücherregale. Wenn sie die Bücher in Ruhe studieren würde, würde sie sicher einige als zu bürgerlich eingestufte Klassiker vermissen. Neben dem Fenster stehen Schallplatten und ein Plattenspieler. Als Tina sie durchsieht, bemerkt sie, dass es sich ausschließlich um Klassik handelt, und zwar nur von den Lieblingskomponisten des Ostblocks: Schostakowitsch, Beethoven, Bartok, Hans Eisler. Karel besitzt ein umfassendes Repertoire, doch Tina ist sicher, dass auch hier einige verpönte Komponisten fehlen. Karel tritt neben sie und reicht ihr ein kleines Glas Wodka, dann legt er eine Platte auf. Der zweite Satz von Beethovens Kaiserkonzert schallt durchs Zimmer.

»Woher wusstest du, dass mir das gefällt?«, fragt sie.

»Welcher romantischen Frau gefällt das nicht?«

Einen kurzen Augenblick überlegt sie, das Ganze zu lassen, ihr Glas abzustellen und zu gehen. Doch dann führt Karel sein Glas an ihre Lippen, sie öffnet den Mund und lässt die Flüssigkeit ihre Kehle hinunterrinnen. Der brennende Wodka lässt sie mutiger werden. Karel nimmt ihr das andere Glas aus der Hand, kippt es mit einem Schluck hinunter und stellt es ab. Er legt seine Hände auf ihre Taille, zieht sie an sich, beugt sich hinunter und küsst sie. Es ist ein langer, ausgiebiger Kuss. Sie haben ihm entgegengefiebert, seit sie gestern Abend gegangen ist. Karel teilt Tinas Lippen und streicht mit der Zunge über ihre Unterlippe und ihre Zähne. Dann über die Oberlippe. Tina fühlt sich an einen großen Panther erinnert, der seine Beute leckt, bis sie sich ihm vollkommen ausliefert. Seine Zunge drängt tiefer in ihren Mund und streicht über ihren Gaumen. Ihre Knie werden weich, und Tina spürt erneut, wie die Lust pulsierend in ihr erwacht. Während Karel sie küsst und mit seiner Zunge ihren Mund liebkost, stellt sie sich vor, wie es sich anfühlen würde, wenn er das an einer anderen Stelle ihres

Körpers täte. Der Gedanke erschreckt sie. Noch nie hat sie zugelassen, dass Phil so etwas bei ihr macht, und in letzter Zeit hat sie es auch vermieden, ihn mit dem Mund zu befriedigen.

Und jetzt sehnt sie sich danach, ihre Lippen um Karels Schaft zu schließen, ihn tief in den Mund zu nehmen und fest und lange an ihm zu saugen. Was geschieht mit ihr?

»Dein Kleid gefällt mir«, bemerkt Karel.

Er hat aufgehört, sie zu küssen, und löst nun die Schleife an ihrem Wickelkleid, das sich daraufhin öffnet und ihre Spitzenwäsche enthüllt.

»Oh, mein Gott«, keucht er heiser »Tragen *alle* West-Frauen so etwas?«

Sie grinst. »Nein, nur ich.«

Er nimmt sie in die Arme und vergräbt sein Gesicht an ihrem Hals.

»Du riechst so gut«, bemerkt er, dann küsst er sie erneut. Die Leidenschaft zwischen ihnen wächst. Das Feuer, das gestern Abend zwischen ihnen entfacht ist, ist nicht erloschen, es hat die Nacht über geschwelt und entflammt nun aufs Neue. Sie können sich nicht länger beherrschen. Ohne erst die Knöpfe zu öffnen, reißt Tina Karel das Hemd vom Leib, zugleich befreit er sich von seinen Hosen. Sie stolpern zum Wohnzimmerteppich und sinken auf den Boden, während die Musik passenderweise an Dramatik gewinnt. Karel öffnet Tinas Spitzen-Korsage, während Tina zugleich ihr Höschen abstreift. Dann greift sie nach Karels Unterhose, zieht sie kühn herunter und befreit sein Glied. Sie beugt sich hinab und streicht mit der Zunge über die Spitze. Er schmeckt bittersüß. Tina sehnt sich danach, ihn tief in sich zu fühlen. Plötzlich beugt Karel sich vor, schiebt die Arme unter ihre Knie und hebt ihre Hüften vom Boden.

Er kniet zwischen ihren Beinen, und Tina spürt seinen wundervollen Schwanz an ihren weichen Pobacken. Sie greift nach unten und umfasst sein Glied. Sie wird es tun. Zum ersten Mal seit fünfzehn Jahren wird Tina mit einem anderen Mann schlafen. Sie zerstört, was sie mit Phil hat. Doch obwohl es ein zerstörerischer Akt ist, hat Tina sich noch nie so lebendig gefühlt, so sexy und so jung. Ohne an Verhütung zu denken, lässt sie Karels Glied in sich hineingleiten. Bei Phil achtet sie penibel darauf, sich zu schützen, damit sie nicht noch einmal schwanger wird. Was ist in sie gefahren?

Fasziniert betrachtet sie Karels muskulöse Arme, mit denen er bei jedem Stoß ihre Hüften hebt. Er dringt kraftvoll in sie ein und berührt sie an einer Stelle, die sie längst vergessen hatte. Ganz tief in ihrem Innern beginnt ihr Körper zu pulsieren. Sie hätte nie gedacht, dass sie noch einmal so empfinden würde. Karel setzt ihre Hüften auf dem Boden ab, beugt sich über sie und drängt seinen Körper gegen ihren. Sie küssen sich erneut. Er stößt wilder zu. Sein Atem beschleunigt sich, und auch Tina spürt, wie ihre Erregung wächst. Als sie gleichzeitig zum Höhepunkt kommen, schreit und lacht sie und verliert jegliche Zurückhaltung. Tina hat das Gefühl, als sei sie zweigeteilt, als werde sie nie wieder ganz werden.

Das ist nur das Vorspiel. Erschöpft bleiben sie einen Moment auf dem Teppich liegen. Nach einer Weile nimmt Karel sie in die Arme und trägt sie mit der Leichtigkeit und Anmut eines starken jungen Mannes ins Bad. Er dreht das Wasser auf, und während sich die Wanne füllt, bedeckt er ihren Hals und ihre Schultern mit zarten Küssen. Sie steigen gemeinsam in die Wanne und waschen sich gegenseitig. Während Karel Tinas Brüste einschäumt und sie sanft massiert, richtet sich sein Glied auf. Tina fühlt sich an eine magische Schlange erinnert, deren Samen sie mit Leben und Jugend erfüllt. Sie schiebt ihre Hüften vor, Karel legt seine Beine um ihre und gleitet geschmeidig in sie hinein. Sie vögeln in der Wanne, und als das Wasser über den Rand auf die Fliesen schwappt, lachen sie wie übermütige Kinder.

Vom Bad wechseln sie ins Schlafzimmer. Dort lassen sie sich Zeit. Nachdem das erste Verlangen befriedigt ist, fangen sie an, ihre Körper ausführlich zu erkunden und einander auf sinnliche Weise zu verwöhnen.

Tina küsst Karels Lippen, seinen Hals und seine Brust. Sie leckt seine Nippel und bewegt sich weiter hinunter zu seinem flachen festen Bauch. Als sein zuckender Penis ihre Wange streift, nimmt sie ihn in den Mund und lässt die Zunge um die Eichel kreisen. Indessen spielt Karel mit seinen geschickten Cellistenfingern mit ihren Schamlippen und drückt sanft den Daumen gegen ihre Klitoris. Tina legt sich auf ihn, als könne sie in ihm versinken. Sie streicht mit der Zunge an seinem Penis entlang, massiert ihn in gleichmäßigem Rhythmus mit ihren Lippen. Bevor sie weiß, was geschieht, hebt er ihre Hüften, sodass sie praktisch auf seinem Gesicht sitzt. Tina erstarrt. Karel ahnt nicht, dass sie das nicht mag. Doch als er beginnt, sie zu lecken, entspannt Tina sich und vergisst, wie ausgeliefert sie ihm in dieser Position ist. Sie verwöhnen einander mit ihren Lippen. Sie sind wild und zugleich unschuldig. Es ist pure Leidenschaft, an die sich keine Erwartungen knüpfen. Sie sind einfach nur zusammen und teilen göttlichen Sex. Tina versteht langsam, weshalb so viele Frauen es toll finden, wenn ein Mann sie leckt. Noch nie hat sie so intensive und doch zugleich zarte Schwingungen in sich gespürt.

Nachdem sie beide gekommen sind, klammern sie sich aneinander wie zwei Ertrinkende auf offener See. Und tatsächlich ist es, als wären sie vor der Aussichtslosigkeit ihrer Situation in Karels Bett geflohen. Ohne es auszusprechen, wissen beide, dass sie nur diese eine Nacht miteinander haben, und es ist noch nicht einmal eine ganze Nacht. Morgen muss Tina nach Italien zurückkehren, und Karel wird hinter der Mauer zurückbleiben.

Sie schlafen, sie lieben sich, sie erzählen einander Kindheitsgeschichten und lieben sich erneut. Tina erzählt Karel von ihrer Großmutter Belle in Venedig, von ihrem Doppelleben als Kurtisane und ihrer dramatischen Affäre mit dem Abenteurer Santos Devine.

»Ist das eine wahre Geschichte?«, fragt er ungläubig. »Ist das wirklich passiert?«

»Natürlich.«

»Warum sind alle großen Liebesgeschichten so traurig?«, fragt Karel. »Hat keine ein Happy End?«

»Natürlich gibt es auch Liebesgeschichten mit Happy End, tonnenweise: Aschenputtel, Dornröschen, Rapunzel, Schneewittchen …«

»Das sind alles Märchen«, unterbricht Karel sie. »Ich spreche von wahren Liebesgeschichten. Kennst du zwei Menschen, die sich ihr ganzes Leben lang wirklich geliebt haben? Die immer zusammen waren. Denen keine äußeren Umstände oder Eifersucht oder Missverständnisse etwas anhaben konnten? Kannst du dir vorstellen, dass es ein Paar gibt, das von Anfang bis Ende ehrlich und loyal zueinander ist?«

Einen Augenblick denkt Tina an Phil und sich, aber das hat sie an diesem Tag zerstört.

»Meine Eltern«, antwortet sie schließlich.

»Bist du sicher? Ich habe auch gedacht, meine Eltern wären das glücklichste Paar auf der Welt, aber dann habe ich eines Tages herausgefunden, dass mein Vater eine Affäre mit einer Arbeitskollegin hatte. Als ich fünfzehn war, haben meine Eltern sich scheiden lassen. Ich stand ungefähr zwei Jahre lang unter Schock.«

»Ich schwöre dir, mein Vater war meiner Mutter völlig ergeben.«

Kurz sieht Tina das sanfte Gesicht ihres Vaters vor sich. Seine Augen leuchteten jedes Mal auf, wenn ihre Mutter das Zimmer betrat.

»Und deine Mutter?«

»Oh, Gott, sie hätte meinen Vater niemals betrogen. Sie war vor allem sehr gläubig.«

»Dann sind deine Eltern nach all den Jahren noch immer zusammen?«, fragt Karel neugierig.

»Nein, sie sind tot ... Nun, vermutlich sind sie in gewisser Weise noch zusammen. Sie sind beide vor neun Jahren bei einem Flugzeugunglück ums Leben gekommen.«

Karel sieht sie voller Mitgefühl an.

»Das tut mir leid, das muss schrecklich für dich gewesen sein. Du warst noch ganz jung, als du sie verloren hast.«

Tina legt sich auf den Rücken und starrt an die Decke, ihre Wangen brennen.

»Ich war so alt wie du jetzt«, sagt sie.

Karel beugt sich über sie und küsst zärtlich ihre Lippen.

»Siehst du, noch so eine tragische Liebesgeschichte«, bemerkt er zwischen den Küssen, »deine Eltern waren nicht für immer glücklich.«

Viel zu schnell naht der Abend. Auf der Uhr auf dem Nachtschrank sieht Tina, wie die Stunden vergehen. Sie lieben sich auf jede erdenkliche Weise. Tina sitzt auf Karel und bewegt sich auf ihm, während sie sich an den Bettpfosten festhält. Dann dreht sie sich um und sitzt mit dem Rücken zu Karel, drückt sich gegen ihn und schiebt bei jedem Stoß die Hüften vor und zurück. Als er so heftig kommt, dass er sie beinahe vom Bett wirft, muss sie sich an seinen Beinen festkrallen

Ihre Bewegungen werden langsamer, sie liegen einander gegenüber. Tina legt ihr Bein über Karels, zieht ihn zu sich und lässt ihn sanft in sich hineingleiten. Ganz ruhig hält sie einfach nur die Spitze seines Glieds in sich. Sie spielen gegenseitig mit ihren Füßen, Tina streichelt Karels Hoden und im Gegenzug spielt Karel mit ihrer Klitoris, lässt die Finger um sie kreisen und zupft an ihr wie an einer Saite seines Cellos. Lange liegen sie so beieinander, bis in Tina die Sehnsucht danach wächst, ihn ganz in sich zu spüren, und sie ihn in sich hineinschiebt. Plötzlich wirft Karel sie auf den Rücken und richtet sich auf, sodass er über ihr kniet und sich tief in sie hineinbohrt. Sie hebt die Knie, streckt ihm ihr Becken entgegen und öffnet sich noch weiter für ihn. Während sie sich an seinem Nacken festhält, sehen sie sich tief in die Augen. Keiner von beiden wendet den Blick ab oder schließt die Lider. In diesem Augenblick sind ihre Körper, ihre Herzen und ihre Seelen eins.

Tina liegt in Karels Armen, während er mit ihren Haaren spielt, träge und genussvoll wie eine schnurrende Katze. Sie fühlt sich wunderbar, offen und selbstsicher, und in ihrem Körper vernimmt sie noch das Pochen der abklingenden Leidenschaft. So hat sie sich seit Jahren nicht gefühlt. Sie blickt auf die Uhr. Es ist ein Uhr morgens, Zeit für sie zu gehen.

»Karel«, flüstert sie. »Ich muss gehen.«

Er zieht sie fester an sich.

»Ich wünschte, du könntest bleiben«, sagt er heiser.

Sie spürt, dass er es ernst meint.

»Was würde passieren, wenn ich bis morgen bliebe? Würde ich in Schwierigkeiten geraten?«

»Ja«, erwidert er ernst. »Große Schwierigkeiten. Du musst bis zwei Uhr die Grenze passiert haben.«

»Muss ich sonst ins Gefängnis?«, wispert sie.

»Ehrlich gesagt, weiß ich das nicht«, sagt er, »aber du musst auf jeden Fall rechtzeitig an der Grenze sein.«

Sie seufzt. »Reicht die Zeit noch, um zu duschen?«

Sie lieben sich ein letztes Mal unter der Dusche, und während das Wasser an ihren Körpern hinabrinnt, beugt Karel sich zu ihrem Ohr.

»Versprich mir, dass du noch einmal wiederkommst.«

»Ich kann nicht, ich muss morgen zurück nach Italien. Mein Sohn kommt aus dem Internat. Sein Vater erwartet mich.«

»Bitte sprich nicht von deinem Mann«, unterbricht sie Karel und hält das Gesicht unter den Wasserstrahl. Sie stellt sich auf die Zehenspitzen und küsst seinen Nacken.

»Er ist nicht mein Mann, er ist mein Freund. Und ich habe noch bei niemandem, noch nicht einmal bei ihm, das empfunden, was ich bei dir empfunden habe, Karel.«

Er sieht ihr in die Augen.

»Ich liebe dich«, sagt er.

Seine Worte erschüttern und berühren sie.

»Aber wir sind uns doch gerade erst begegnet«, widerspricht sie.

»Ich weiß, aber ich habe das Gefühl, dass ich dich schon immer geliebt habe.«

»Als seien wir uns bereits in einem anderen Leben begegnet?«

»Daran glaube ich nicht. Ich glaube nicht an Gott. Ich finde Religion schrecklich …« Er schüttelt sich, und Tina fängt die Wassertropfen mit der Zunge auf.

»Woran glaubst du dann?«, fragt sie, während Karel ihr Bein um seine Taille legt, sie gegen die gekachelte Wand drückt und in sie hineinstößt.

»An das Wohl der Gesellschaft«, presst er mit zusammengebissenen Zähnen hervor, »an den Sozialismus.«

»Glaubst du an eine Wand, die dich davon abhält, mich zu sehen?«

»Ja«, entgegnet er, »sie schützt uns vor dem verkommenen, oberflächlichen, korrupten Westen. Das Leben auf dieser Seite der Mauer ist besser für alle.«

Sie nimmt sein Gesicht in ihre Hände und schlingt ihr Bein um seinen festen Po.

»Du lügst«, stöhnt sie. »Das denkst du nicht wirklich.«

Er schüttelt den Kopf und sagt nichts mehr, aber sie bemerkt in seinen Augen dasselbe Verlangen, mit dem er sie angesehen hat, als sie ihm von fremden Ländern erzählt hat.

Sie legt ihre Wange an seine, und während das Wasser über ihre Körper strömt, flüstert sie ihm ins Ohr:

»Ich komme, wenn du in Wien spielst. Ich helfe dir, die DDR zu verlassen.«

Während sie Hand in Hand durch die einsamen dunklen Straßen von Prenzlauer Berg zur Grenze laufen, bildet Tina sich ein, die Schatten der Punks Hermann und Simone zu sehen. Ihre Bilder befinden sich auf dem Film in ihrer Kamera. Was für eine Zukunft erwartet die beiden? Wenigstens hat Karel eine Chance auf Freiheit. Er müsste alles aufgeben, was er in Ostberlin hat, aber Tina ist sicher, dass er es mit seinem Talent im Westen schaffen würde. Sie weiß nicht, was sie antreibt, ihm zu helfen. Will sie sich von Phil trennen und ein neues Leben mit Karel beginnen? Die Vorstellung, Phil aus ihrem Leben zu verbannen, schreckt sie, doch an der Seite von Karel ist sie wieder jung und verliebt. Obwohl die unerbittlichen Gesetze des Regimes sie gleich erneut trennen werden, fühlt Tina sich frei. Als schwebte sie, als funkelten Sterne in ihren Haaren. Sie ist so von ihrem Glück berauscht, dass sie nicht den dunklen Wagen bemerkt, der ihnen den ganzen Weg bis zur grell erleuchteten Mauer folgt.

Valentina

»Bist du sicher, dass du dich mit diesem Russell treffen willst?«, fragt Marco, während sie vor dem Badezimmerspiegel um den Platz rangeln.

»*Du* hast doch gesagt, ich soll Sex haben«, entgegnet Valentina, während sie sich im Spiegel betrachten.

»Ja, ich weiß, dass ich gesagt habe, du bräuchtest Sex. Ein One-Night-Stand ist ja auch okay, aber ich glaube nicht, dass du schon bereit für eine richtige Verabredung bist«, entgegnet Marco und steckt Valentina die Haare hinter die Ohren.

»Wo ist da der Unterschied?«, will sie wissen.

»Das ist ein großer Unterschied. Der Kerl ist ein vollkommener Fremder, Valentina. Niemand darf dich jetzt enttäuschen oder dir weh tun. Du bist noch zu labil.«

Ob er recht hat? Nun, jetzt ist es zu spät. Es ist Sonntag, und Valentina wartet in der Halle des MoMa auf Russell. Was soll hier schon passieren? Sie sehen sich das Museum an und verbringen ein bisschen Zeit miteinander. Alles ist besser, als zu Hause zu warten. Seit ihrem Gespräch mit Delaney und Balducci am Mittwoch hat Valentina nichts mehr von der Polizei gehört. Marco und sie haben aufmerksam die Nachrichten verfolgt, während Valentina ihre Aufnahmen für *Harper's Bazaar* nachbearbeitet hat, aber anscheinend gibt es keine neuen Entwicklungen bei den Ermittlungen um dem Kunstraub. Keine

Spur von Glen. Valentina muss aufhören, daran zu denken. Die Sache macht sie langsam mürbe.

Da es Sonntag ist, ist das Museum überfüllt. Russell und Valentina bahnen sich einen Weg durch die Menge hinauf in den dritten Stock, wo sich die Abteilung für Fotografie befindet.

»Ich dachte, wir sehen uns die Aktaufnahmen von Bill Brandt an«, schlägt Russell vor und führt Valentina in eine Ausstellung mit dem Titel *Licht und Schatten*. »Ich liebe seine Porträts«, fügt er begeistert hinzu.

Valentina ist überrascht, dass ein männliches Model sich auf diese Weise für Fotografie interessiert, aber bei ihrem ersten Treffen hatte Russell ihr erzählt, dass er Künstler sei. Sie folgt Russell durch die Ausstellung, die Brandts Arbeiten aus dem England der Dreißigerjahre und dem Zweiten Weltkrieg zeigt. Valentina kennt ein paar bekannte Bilder der Bombenangriffe auf London. Außerdem sind einige seiner Porträts und eine Reihe faszinierender Aktfotografie mit starken Kontrasten aus den Fünfzigerjahren zu sehen. Die Akte sind nicht sehr erotisch. Vielmehr sind einzelne Körperteile auf eine Weise dargestellt, dass sie wie wunderschöne Momentaufnahmen der Natur wirken. Besonders gefallen Valentina die Bilder mit den abstrakten Körperteilen, die Brandt an der Küste von East Sussex aufgenommen hat. Einige der Frauenkörper sind verzerrt dargestellt, und Russell erklärt ihr, dass Brandt häufig Weitwinkel mit Fixfokus-Objektiv benutzt hat, wie es an Tatorten von Verbrechen üblich ist. Es verleiht den Bildern eine gewisse Dramatik, wie dem der Frau, die mit nacktem Oberkörper an einem Tisch sitzt und dem Betrachter ihre Hand entgegenstreckt, oder die Aufnahme von einem Frauenrücken, der wie ein Cello geschwungen ist.

Sie verbringen Stunden in der Fotoausstellung, und als sie fertig sind, sind sie hungrig und durstig.

»Darf ich dich zum Mittagessen ins The Modern einladen?«, fragt Russell.

»Gern«, antwortet Valentina und lässt auf dem Weg zur Treppe ihre Hand in seine gleiten. Die Aufregung über ihre kühne Geste beschleunigt ihren Herzschlag.

Russell lässt den Wein in seinem riesigen Glas kreisen. Er schimmert honigfarben, ebenso wie die Schattierungen in Russells braunen Augen. Sie haben köstlich gegessen, diverse Gläser Wein getrunken und intensiv über Kunst diskutiert. Valentina erfährt, dass Russell neben seiner Arbeit als Model tatsächlich versucht, als Künstler Fuß zu fassen. Er erzählt, dass er Porträts malt.

»Deshalb gefallen mir Brandts Porträts so gut. Obwohl es Fotografien sind, sind es keine bloßen Abbildungen.«

»Ich habe etwas über ihn gelesen«, sagt Valentina. »Er war der Meinung, der Fotograf müsse warten, bis sich ein Ausdruck zwischen Träumen und Handeln im Gesicht eines Modells zeigt.«

»Ja, genau«, stimmt Russell ihr zu. »Genau das versuche ich bei meinen Bildern auch zu erreichen.«

Plötzlich beugt Russell sich über den Tisch zu ihr, nimmt Valentinas Hand und studiert ihre Finger.

»Kräftige Hände«, flüstert er und blickt schelmisch zu ihr auf. »Na, wer war der Kerl, den du bei dem Shooting am Dienstag angesprungen hast? Es ist derselbe Typ, hinter dem die Polizei wegen des Kunstraubs her ist, stimmt's?«

Valentina versteift sich.

»Das ist eine lange Geschichte«, antwortet sie.

»Ist er ein Exfreund? Bist du mehr der eifersüchtige Typ?«

Valentina kann Russell ansehen, dass er das wirklich vermutet, und ist geneigt, es dabei zu belassen. Aber irgendwie will sie nicht, dass er sie für eine besitzergreifende Geliebte hält, die von einem Typen sitzengelassen wurde.

»Gott, nein«, sagt sie. »Ich bin ihm in Italien begegnet. Er ist ... nun, er ist ein ziemlich widerlicher Kerl.«

»Hat er dir etwas angetan?« Russell hat den Kopf schiefgelegt. Er sieht eher neugierig als besorgt aus.

Valentina schüttelt den Kopf.

»Er hat mich nur einmal angegriffen, aber Thomas ...«

»Dein Ex? Thomas?«

»Ja, Thomas ...« Ihre Stimme bricht. Sie schluckt. »Thomas ist tot, und ich glaube, dass dieser Mann, dass Glen für seinen Tod verantwortlich ist.«

Russell hebt überrascht die Brauen. Er gibt keine der üblichen Beileidsbekundungen von sich, sondern sagt nur: »Erzähl weiter.«

Valentina erzählt ihm nicht alles, was sie der Polizei erzählt hat, aber sie berichtet ihm von Glens Rachefeldzug gegen sie und was in der Blauen Grotte passiert ist. Als Valentina fertig ist, bemerkt sie, dass sie noch immer Russells Hand hält, dass sie sich förmlich an sie klammert. Verlegen zieht sie rasch ihre Hand zurück.

»Nun, jetzt weißt du über mich Bescheid«, sagt sie kühl. »Vielleicht willst du es dir lieber noch einmal überlegen. Ich schätze, ich bin ziemlich am Ende.«

Valentina erwartet, dass Russell so etwas sagt wie, dass sie offensichtlich noch nicht so weit sei, sich wieder mit jemandem zu treffen, und sich dann höflich verabschiedet. Zu ihrer Überraschung fasst er jedoch erneut ihre Hände und sieht sie aus seinen dunklen Augen an.

»Ich mag kaputte Mädchen«, sagt er.

Dann führt er ihre Hand an seine Lippen und sagt das Letzte, womit Valentina in diesem Augenblick rechnet: »Und? Würdest du jetzt gern Sex haben?«

Valentina bleibt vor Überraschung der Mund offen stehen.

»Es wird … ich werde dafür sorgen, dass du dich besser fühlst«, meint er und sieht ihr unverwandt in die Augen.

»Es ist mitten am Tag«, widerspricht sie. »Außerdem befinden wir uns in einem Museum!«

»Umso besser«, flüstert er. »Illegaler Sex ist noch viel schärfer.«

Er sieht sie mit funkelnden Augen an, Valentina ist wie gebannt.

»Und wie genau willst du das anstellen, ohne dass wir verhaftet werden?«

»Vertrau mir.« Russell zwinkert ihr zu. »Mach genau, was ich dir sage. Ich verrate nur so viel: Ich bin froh, dass du heute ein Kleid trägst.«

Sie kann nicht glauben, dass er es ernst meint. Vor allem nicht, nachdem sie ihm ihre lange dramatische Leidensgeschichte erzählt hat. Doch anscheinend findet er sie dadurch nur noch interessanter. Nachdem er die Rechnung bezahlt hat, steht Russell auf und reicht ihr seine Hand.

»Bereit?«, fragt er mit einem anzüglichen Grinsen.

Hand in Hand verlassen sie das Restaurant und gehen über den Flur in den Hauptbereich des Museums. Er ist voller Touristen.

»Willst du, dass ich dir sage, was du tun sollst, Valentina?«, flüstert Russell ihr ins Ohr, und seine Stimme klingt etwas verändert.

»Ja«, flüstert sie zurück und ist von sich selbst überrascht. Russells selbstbewusste fordernde Art in diesem Moment erinnert sie an Thomas. Russell führt Valentina zum Aufzug, zwinkert ihr zu und drückt, ohne sie loszulassen, mit der freien Hand den Knopf.

»Wohin fahren wir?«

Er legt einen Finger auf seine Lippen und schweigt.

Sie betreten den Fahrstuhl, und als es voller wird, gehen sie nach hinten durch. Russell steht hinter Valentina, legt die Arme um ihre Taille und zieht sie rücklings an sich. Sie spürt seine Erektion an ihrem Rücken. Das Gefühl beschleunigt ihren Herzschlag und weckt ihr Verlangen. Valentina ist verwirrt. Wenn sie Thomas wirklich geliebt hat, wie kann sie dann dieser Mann derart erregen?

Sie fahren bis ganz nach oben. Russell sagt nichts, küsst sie nur zärtlich auf den Nacken, hält inne und leckt verstohlen über ihre Schulter. Es scheint niemand aufzufallen, und wenn doch, lässt derjenige es sich nicht anmerken. Valentinas Nippel richten sich auf, sie ist voller Lust. Russell umfasst ihre Taille und der Stoff ihres Seidenkleids gleitet über ihre Haut.

Den Arm noch immer um ihre Taille gelegt, führt Russell sie in der obersten Etage aus dem Fahrstuhl. Sie gehen langsam durch die Ausstellungsräume, doch Valentina achtet nicht auf die Gemälde. Sie spürt, wie Russell unter ihrer Jacke die Finger über ihr Rückgrat gleiten lässt und ein Schaudern durch ihren Körper treibt. Ihr Gefühl konzentriert sich ganz auf ihren Rücken, dann bewegt Russell die Hand nach unten auf ihre

Hüften und ihren Po zu. Valentina denkt an die Bilder von Bill Brandt, die ebenfalls einen Körperteil in den Fokus rücken.

Im dritten Raum befindet sich eine große Blackbox. Russell führt sie hinein. Auf die gegenüberliegende Wand wird ein Film projiziert. In einer Schleife werden Schwarz-Weiß-Bilder von jungen laufenden Männern gezeigt. Außer ihnen ist niemand dort. Valentina will sich setzen, doch Russell legt ihr seine Hand auf die Schulter und hält sie zurück.

»Warte«, flüstert er, setzt sich zuerst und legt seine Hand auf den Platz neben sich. Doch anstatt darauf zu klopfen, was Valentina erwartet hat, lässt er sie mit der Handfläche nach oben dort liegen und reckt den Daumen. Als Valentina ihm in die Augen sieht, funkeln diese erwartungsfroh. Seine Freude steckt sie an. Valentina lässt sich auf seine Hand nieder und achtet darauf, dass sie sorgfältig den Rock darüber breitet. Sofort spürt sie, wie Russell den Daumen unter ihr Höschen schiebt und auf ihre Klitoris legt. Sie wendet den Kopf zur Seite und sieht ihn an, doch er betrachtet mit interessiertem Blick die Videoinstallation. Valentina dreht sich ebenfalls zur Leinwand. Das Bild hat gewechselt und zeigt jetzt die Schwarz-Weiß-Aufnahme einer nackten Frau, die unter Wasser schwimmt. Doch Valentina kann sich nicht wirklich darauf konzentrieren, sie spürt, wie Russells Daumen sanft ihre Klitoris reibt. Es fühlt sich angenehm an, und es reizt sie. Es ist verrucht, aber nicht gefährlich. Valentina vertraut Russell, dass er die Kontrolle behält. Doch kurz darauf spürt sie, wie Russell mit zwei anderen Fingern vorsichtig ihre Schamlippen erforscht. Als er plötzlich beide Finger in sie hineinschiebt und gleichzeitig weiter ihre Klitoris stimuliert, muss Valentina ein Keuchen unterdrücken. Ihre Lust wächst, während zugleich die Bilder auf der Leinwand verschwimmen. Sie legt ihre Hand auf Russells Schoß. In der Dunkelheit kann sie ihn nicht sehen, aber sie spürt die feste Form seines Glieds. Sie stellt sich vor, wie er tief in sie eindringt. Russells Finger sind zu der Stelle in ihr vorgedrungen, die sie jegliche Kontrolle verlieren lässt. Valentina atmet tief und gleichmäßig ein und aus und versucht, ruhig zu bleiben, aber ohne Erfolg. Russell lässt die Finger in ihr kreisen und reibt weiter mit dem Daumen über ihre Klitoris. Sie drückt sich gegen seine Hand. Sie kann doch hier nicht zum Höhepunkt kommen, doch nicht in einem öffentlichen Museum. Aber Valentina kann sich kaum noch beherrschen. Irgendwie ist sie deshalb fast wütend auf Russell, sie ist ihm völlig ausgeliefert. Wenn er jetzt aufhörte, wüsste sie allerdings nicht, ob sie erleichtert wäre oder vor unerfüllter Lust winseln würde.

Doch Russell hört nicht auf. Er reizt sie immer weiter und versetzt sie in einen Zustand wachsender Verzückung. Valentina sieht ein neues Bild auf der Leinwand, diesmal in Farbe. Eine weitere nackte Frau schwimmt in einem azurblauen Swimmingpool, es folgt eine Nahaufnahme des sich kräuselnden Wassers. Valentina schließt die Augen, sie sieht einen anderen Swimmingpool vor sich. Das Wasser schwappt um die kräftigen Beine und den festen Hintern ihres Geliebten, während er in sie eindringt. Valentina sieht vor sich, wie Thomas und sie sich nachts im Swimmingpool in Sorrento geliebt haben. Sie hört das Zirpen der Grillen und spürt die milde frühsommerliche Mittelmeerluft auf ihrer seidigen nackten Haut, die mit der von Thomas verschmilzt. Sie spürt Thomas in sich. Sie schließt sich fest um seinen kraftvollen Schwanz und hält ihn fest, bis sie kommt und in tausend Stücke zerbirst. Sie presst fest die Lippen zusammen, denn es erfordert ihre ganze Kraft, nicht laut aufzuschreien.

Russell zieht seine Hand zurück und nimmt Valentina wortlos in den Arm. Valentina fragt sich, ob er weiß, dass sie an Thomas gedacht hat, als sie gekommen ist. Ob er ihren Herzschmerz durch die Erschütterungen ihres Körpers spürt?

Nichts hält ewig. Jedes Mal wenn Valentina sich mit Russell trifft, denkt sie an die Worte ihrer Mutter. Sie sagt sich, dass sie heute zum letzten Mal miteinander Sex haben werden. Dass sie aufhören muss, sich mit ihm zu treffen, bevor sie sich in ihn verliebt. Doch wenn er anruft, misslingt es ihr jeden Tag aufs Neue Nein zu sagen. Sex mit Russell ist kein normaler Sex. Das erste Mal, als sie zusammen geschlafen haben, war das einzige Mal, dass sie »Blümchensex« hatten, wie Russell es nennt. Er behauptet, dass er es ihr gleich bei ihrer ersten Begegnung angesehen hat: ihre Verletzung. Er ist offen und ehrlich. Glückliche Frauen interessieren ihn nicht, er mag die traurigen. Ruhige Frauen, in deren Gesichtern er Gefühle beobachten kann wie Wolken, die am Himmel vorbeiziehen. Diese Frauen möchte er malen. Russell sagt Valentina, dass sie ihn inspiriert. Dass das, was sie gebrochen hat, sie auch stark macht, und dass er risikofreudige Frauen mag. Er will sie fesseln. Und jedes Mal wenn er sie am Bett festbindet und sie vögelt, sagt er ihr, dass sie sich hinterher besser fühlen werde. Seltsamerweise stimmt das. Genau wie in der Neuen Galerie, als er ihre Arme festgehalten und sie davon abgehalten hat, sich auf Glen zu stürzen. Wenn Russell sie fesselt, überkommt Valentina ein ähnlich friedvolles Gefühl. Sie beginnt, sich nach ihren SM-Treffen zu verzehren. Natürlich empfindet sie dabei mehr Lust als Schmerz, aber manchmal geht Russell ein bisschen zu weit. Das muss Valentina ihm sagen. Sie haben ein Sicherheitswort vereinbart, aber sie benutzt es nie. Es ist eine Herausforderung für sie, sie will sehen, wie weit sie gehen kann. Valentina fühlt sich zerrissen, und auf eine seltsame Weise glaubt sie, dass Russell sie heilen wird. Wenn sie Schmerz empfindet, fühlt sie zumindest überhaupt etwas.

Am Fuß von Russells Bett steht eine Art Schatzkiste, allerdings aus schwarzem Lack und mit roten chinesischen Drachen. Sie ist mit einem großen Vorhängeschloss gesichert und manchmal trägt Russell den Schlüssel an einer Kette um den Hals. Russell nennt sie seine Spielkiste. In ihrer zweiten gemeinsamen Nacht hat er ihr den Inhalt gezeigt: eine Auswahl an Handschellen, Augenbinden, Knebeln, Schlägeln und kleinen Peitschen mit Lederquasten an den Enden, sowie weiche schwarze Federn. Ein weißes Seil, das unschuldig inmitten des dunklen Zubehörs lag, zog Valentinas Aufmerksamkeit an. Nichts von alldem ist neu für sie. In Leonardos ehemaligem Mailänder Fetisch-Club hat sie fast alles an SM-Spielzeug kennengelernt, was es gibt. Sie fragt sich, was ihr Freund mit seinem Schatz gemacht hat, als er den Club aufgegeben hat. Leonardo scheint sich derzeit nicht für SM zu interessieren. Nach seinen sporadischen E-Mail-Berichten zu urteilen, hat er sich in eine Art Yoga-Guru verwandelt.

In jener Nacht haben Russell und Valentina ihre erste SM-Fantasie ausgelebt. Russell hatte ihr erklärt, dass er gern dominant sei, und so waren sie leicht in die Rollen von Herrscher und Sklavin geschlüpft. Er hatte sie mit gespreizten Armen und Beinen mit dem weichen Seil ans Bett gefesselt. Das Gefühl des Stricks, wie es sich um ihre Haut spannte, erregte sie. Valentina lag auf dem Rücken und war ihm ausgeliefert. Sie gehörte ganz ihm, Erleichterung durchströmte sie. Sie musste lediglich nehmen, was er ihr gab.

Als Russell sich über sie beugte und ihr in die Augen sah, war der jungenhafte Schalk aus dem MoMa verschwunden, stattdessen musterte er sie mit strengem Blick.

»Ich werde dich heute Nacht benutzen«, sagte er, und seine braunen Augen verdunkelten sich, dann hielt er einen Moment inne, bevor er ihr die Augen mit einem schwarzen Tuch verband. »Wie du mich heute benutzt hast«, fügte er hinzu.

»Ich …« Aber bevor sie etwas sagen konnte, legte er einen Finger auf ihre Lippen.

»Willst du dieses Spiel spielen, Valentina?«, fragte er.

Sie nickte. »Nun, dann musst du schweigen. Du darfst nur im Notfall das Sicherheitswort sagen. Okay?«

Sie hatte nicht vor, ihn aufzuhalten, sie wollte, dass er sie um den Verstand brachte.

Dann hatte Russell sie allein gelassen. Sie lag mit ausgestreckten Armen und Beinen und verbundenen Augen auf dem Bett, und langsam beschlich sie Angst. Wie gut kannte sie diesen Kerl eigentlich? Aber gerade als sie überlegte zu schreien, spürte sie Russell neben sich auf der Matratze. Er streichelte die Innenseiten ihrer Schenkel, schob seine Hände weiter nach oben und strich über ihre Scham.

»Ah, das Warten hat dich weich und gefügig gemacht«, flüsterte er. Es stimmte, sie war feucht vor Verlangen. Was würde er mit ihr anstellen? Würde er sie grob nehmen oder sie langsam reizen?

»Ich habe einen kleine köstliche Überraschung für dich, Valentina«, sagte Russell.

Sie spürte, dass er sich kurz nach hinten lehnte und sich dann über sie beugte. Sie fuhr zusammen, als er etwas Heißes auf ihren linken Nippel presste. Es war so heiß, dass er sie beinahe versengte. Es fühlte sich an wie ein Gegenstand aus Glas und brannte auf ihrer Haut, als er ihn zunächst um den einen, dann um den anderen Nippel drehte. Genauso schnell entfernte er ihn wieder. Als er dann eine eiskalte Glasspitze auf ihre heißen Brüste presste, schrie Valentina auf. Russell rollte das kühle Glas über ihre Nippel. Zugleich merkte sie, dass er sich erneut zurücklehnte, dann spürte sie einen heißen Gegenstand zwischen ihren Beinen. Ihr erster Impuls war, die Beine zusammenzupressen, aber sie war ans Bett gefesselt. Ihr blieb keine Wahl, sie musste Russell vertrauen, obwohl sie ihn erst seit einigen Tagen kannte.

Immer wieder gingen ihr Marcos warnende Worte durch den Kopf.

Dieser Kerl ist ein vollkommen Fremder, Valentina. Niemand darf dich jetzt enttäuschen oder dir weh tun. Du bist noch zu labil.

Doch es gab noch eine andere Stimme in Valentina, eine wilde Seite, die wollte, dass Russell weitermachte. Sie wollte die Hitze in sich spüren. Langsam ließ er den heißen Glasgegenstand um ihre Klitoris kreisen, Valentina stellte sich einen gläsernen Stab vor. Zugleich entfernte Russell das kalte Glas von ihren Brüsten und bewegte sich nach unten. Er konzentrierte sich auf ihren empfindlichsten und verletzlichsten Teil, nahm den heißen Stab fort und strich nun mit dem kalten Stab um ihre Klitoris. Plötzlich schoss eine brennende Hitze ihren Körper hinauf. Jegliche Zärtlichkeit war verschwunden. Russell bohrte den heißen Stab in sie. Verbrannte er sie? Verletzte er sie? Sie rang um Atem, sagte aber noch immer nicht das Sicherheitswort. Mit dem eiskalten Stab stimulierte Russell ihre Klitoris, während er zugleich mit dem heißen Stab in sie hineinstieß. Valentina fühlte sich fiebrig, durch die wechselhaften Empfindungen von Hitze und Kälte schwitzte und zitterte sie gleichzeitig. Es war kaum zu ertragen, und dennoch steigerte es ihre Lust. Als sie kurz vor dem Höhepunkt war, nahm Russell die Glasstäbe plötzlich fort.

»Nicht so hastig, Valentina. Ich will dich doch *benutzen.*«

Sie keuchte und lechzte nach Erlösung, doch Russell kam zu ihr, setzte sich auf sie und presste sein Glied gegen ihre Lippen. Reflexartig öffnete Valentina den Mund.

»So ist es gut, Baby«, sagte er leise.

Valentina wollte ihm die beste Befriedigung seines Lebens geben, doch ihre Hände waren gefesselt. Sie konnte nur ihre Zunge, ihre Lippen und ihre Zähne benutzen. Sie konnte noch nicht einmal den Kopf mehr als ein oder zwei Zentimeter anheben oder den Oberkörper bewegen. Russell musste sich selbst in ihren Mund schieben, und nachdem sie ihn zwischen ihren Lippen spürte, konnte sie ihn nicht mehr hinausdrängen. Die Lust zwischen ihren Schenkeln pulsierte im Einklang mit dem Schwanz in ihrem Mund. Vorsichtig nahm sie seinen Penis zwischen die Zähne, ließ ihre Zunge um die Eichel kreisen und reizte die samtene Haut. Jedes Mal wenn eine Welle der Lust Russells Körper erzittern ließ, reagierte Valentinas Körper ebenfalls mit einem Beben. Während sie ihn leckte und liebkoste, lehnte er sich zurück und schob, wie schon zuvor in der Galerie, seine Finger tief in sie hinein. Jetzt war sie bereit für ihn. Es dauerte nicht lange, bis beide kamen. Valentina wand sich und trank, von ihrer eigenen Lust überwältigt, genüsslich seinen Saft.

Nachdem er sie losgebunden und alles Spielzeug sorgfältig in der schwarzen Kiste verstaut und verschlossen hatte, lagen sie sich in den Armen. Valentina war erschöpft. Am liebsten würde sie den ganzen nächsten Tag in Russells Armen verbringen. Sie wollte sich nicht der Welt dort draußen stellen und nicht darüber nachdenken, dass es keine Neuigkeiten von Glen oder dem Kunstraub gab. In Russells Schlafzimmer konnte sie all das vergessen. Allein aus diesem Grund ignorierte sie alle Warnzeichen.

Denn Russell ist ein fordernder Liebhaber. Er sagt Valentina, dass es ihn erst richtig scharf machen würde, wenn sie ihr Rollenspiel außerhalb des Schlafzimmers fortsetzten.

»Wie meinst du das?«, fragt Valentina, als sie sich im Bett eine »Zigarette danach« teilen. Von dem heftigen Sex spürt Valentina ein Pochen zwischen ihren Beinen, und ihr Hinterteil schmerzt. »Wie im Museum?«

»Oh, nein, mehr als das, Süße«, erwidert er. »Das war nur ein kleiner Vorgeschmack.«

Valentina nimmt einen tiefen Zug und reicht die Zigarette dann Russell.

»Ich spreche von etwas, das wir Grenzspiel nennen«, erklärt er, rollt sich auf die Seite und sieht sie an.

Wir, denkt Valentina. Wer ist wir? Aber stattdessen fragt sie: »Was ist ein Grenzspiel?«

»Es sprengt die Grenzen unserer bisherigen SM-Spiele, Valentina.« Er beugt sich vor und streicht sanft über ihre Stirn, während er ihr die Zigarette zurückgibt. Es ist schwer vorstellbar, dass dieselben Hände vor gerade einmal einer Stunde noch ihren Hintern versohlt haben.

»Wie zum Beispiel?«

»Wir vereinbaren, dass du dich meinen erotischen Forderungen überall fügen musst.«

»Überall?«

Er nickt und grinst. »Das macht es ja so scharf … die Gefahr. Es kann passieren, dass ich dich bitte zu masturbieren, während wir mit Freunden zum Abendessen verabredet sind. Oder mit mir in der Toilette an der Grand Central Station zu vögeln, oder den ganzen Tag ohne Slip durch Manhattan zu laufen. Es kann alles sein, aber die Vereinbarung lautet, dass du zustimmen musst, bevor du überhaupt weißt, worum ich dich bitten werde. Das macht es so reizvoll.«

Jetzt drängt er sich an ihren Körper, und Valentina spürt seine Erektion an der Seite ihres Beins. Unwillentlich erregt die Vorstellung von diesen riskanten exhibitionistischen Handlungen sie ein bisschen.

»Allein der Gedanke, dass du diese Dinge tust, macht mich an«, sagt Russell.

Es ist genau eine Woche her, seit das Klimt-Gemälde gestohlen wurde, und es gibt keine Spur von Glen oder dem Wachmann. Laut Delaney und Balducci haben sie keine neuen Hinweise. Valentina unterdrückt den Impuls sie anzurufen. Sie will nicht, dass die Polizisten zu viel über Thomas' Familie nachdenken. Stattdessen versucht sie, mit Lori über Glen zu sprechen, aber Lori meint, sie hätte ihr nicht mehr zu sagen. Sie behauptet, sie hätte der Polizei alles erzählt. Doch Valentina ist sicher, dass sie lügt. Sie sieht Loris rot unterlaufene Augen. Aus irgendeinem verdammten Grund liebt Lori Glen, und wenn man jemanden liebt, versucht man, ihn zu schützen, egal, was er getan hat. Valentina weiß, wovon sie spricht.

Heute ist ihr erster freier Tag seit dem Shooting. Valentina hat gerade ihre Bildauswahl eingepackt. Morgen hat sie ein Treffen mit Taylor, um mit ihr die endgültige Auswahl der Fotografien zu diskutieren. Nächste Woche hat Valentina dann einen neuen Job, sie macht zusammen mit Marco eine Serie für die *Elle*. Sie kann es kaum erwarten, wieder zu fotografieren.

Marco und Jake sind ein paar Tage weggefahren, und so trinkt Valentina allein in der leeren Wohnung einen Morgenkaffee. Da klingelt ihr Telefon. Es ist Russell.

»Sei in einer Stunde vor der Metropolitan Opera«, instruiert er Valentina. »Zieh etwas Langes, Wallendes an.«

Valentina trägt keine wallenden Kleider, und sie hätte auch nicht erwartet, dass Russell als SM-Anhänger auf so etwas steht. Schließlich findet sie in einem billigen Geschäft in der 18th Street einen langen roten Satinrock. Dazu trägt sie ein kleines schwarzes Oberteil, das sie gestern in Chinatown erstanden hat. Es hat rote Knöpfe und ist am Kragen rot abgesetzt. Dazu wählt sie schwarze Sandalen mit Keilabsatz. Valentina bürstet ihre Haare, bis sie wie das schwarze Federkleid einer Krähe glänzen. Genau wie ihre Heldin, Louise Brooks, trägt sie das Haar in einem akkuraten Bob. Zum Schluss schminkt sie sich die Lippen rot.

Zum ersten Mal seit ihrer Ankunft in New York spürt Valentina die optimistische Stimmung eines Sommertags. Sie setzt ihre Sonnenbrille auf und genießt das Gefühl der Sonne, die angenehm ihre nackten Arme wärmt. Vielleicht kann die Sache mit Russell wirklich etwas werden, und sie bleibt in New York. Sie könnte mit ihm zusammenziehen. *Bist du verrückt?*, hört sie ihre Mutter sagen. *Mach dich nie von einem Mann abhängig, das ist der beste Weg in die Verzweiflung.* Etwas zu dramatisch formuliert, aber irgendwo hat sie recht.

Die gesamte vordere Fassade der Metropolitan Opera ist von einem Gerüst verdeckt. Russell winkt Valentina vom anderen Ende aus zu. Er trägt etwas bei sich, das wie ein Picknick-Korb aussieht. Offenbar hat er auch eine romantische Seite. Valentina sieht vor ihrem geistigen Auge, wie sie sich im Schatten einer Weide gegenseitig mit Erdbeeren füttern und Champagner trinken. Wie ein Paar auf einem impressionistischen Gemälde. Doch es ist schnell klar, dass Russells Pläne nicht romantischer Natur sind. Als Erstes überprüft er ihren Rock und reibt den seidigen Stoff zwischen den Fingern.

»Perfekt«, stellt er fest und fasst sie am Arm. »Ich wollte dir noch sagen, dass du keinen Slip tragen sollst.«

Valentina hebt eine Braue.

»Nun, ich trage aber Unterwäsche«, antwortet sie.

»Dann musst du sie ausziehen. Komm.« Er sagt das derart sachlich, dass Valentina etwas eingeschnappt ist. Dann erinnert sie sich daran, dass es ein Spiel ist. *Lass dich gehen, amüsiere dich.*

Sie betreten den Park, in dem Russell sich anscheinend gut auskennt. Er führt sie zu den öffentlichen Toiletten.

»Geh da rein und zieh dein Höschen aus, ja? Pack es in deine Tasche.«

Valentina betrachtet das heruntergekommene Gebäude.

»Muss ich wirklich?«, fragt sie.

Er sieht sie überrascht an.

»Ich dachte, du wärst dabei, Valentina?« Er sagt das, als sei sie eine Spielverderberin. »Wenn du keine Lust auf das Spiel hast, kannst du nach Hause gehen. Kein Problem.«

Doch sein Blick sagt etwas anderes. Wenn Valentina sich weigert, wird sie ihn nie mehr wiedersehen, und aus irgendeinem Grund braucht Valentina Russell. Sie weiß nicht genau, warum.

Valentina zuckt die Schultern und geht auf ein paar Büsche zu. »Ich gehe schnell dahinter und ziehe es dort aus.« Sie dreht sich um und zwinkert ihm zu.

»So will ich dich.« Er grinst.

Sie laufen ewig, weichen vom Hauptweg ab und dringen in das Innere des Parks vor. Es fühlt sich tatsächlich gut an, keinen Slip unter dem roten Satinrock zu tragen, den ein leichter Wind um ihre Beine weht. Im Park sind jede Menge Leute, doch Russell findet eine ruhige, von Bäumen umgrenzte Ecke mit Blick auf einen der Seen. Er setzt den Korb ab, holt eine Decke heraus und breitet sie auf dem Gras aus.

»Bist du hungrig?«, fragt er.

»Ja.«

»Jetzt gibt es aber noch nichts zu essen«, erklärt er streng. »Hast du Durst?«

Valentina nickt.

Er holt eine Eismanschette aus dem Korb.

»Ich habe eisgekühlten Champagner dabei, aber den gibt es auch erst später. Ich will, dass du stocknüchtern bist.«

Er lässt sich auf der Decke nieder, streckt die Beine aus und sieht zu ihr hoch. Er sieht aus, als würde er am Strand ein Sonnenbad nehmen. Unter dem Stoff seiner Hose zeichnet sich bereits eine Erektion ab.

»Setzt dich auf mich«, befiehlt er.

Valentina weiß, was das bedeutet. Deshalb hat er sie also gebeten, einen langen wallenden Rock zu tragen. Nicht etwa, weil er eine romantische Ader hat oder sie als viktorianische Romanheldin sehen will. Sie setzt sich mit nach hinten abgewinkelten Beinen auf seinen Schoß. Er rückt sich unter ihr zurecht, setzt sich auf und arrangiert ihren Rock um sich. Der Stoff bläht sich wie ein rotes Segel und breitet sich dann wie eine Blutlache auf dem grünen Gras aus. Valentina reibt mit den Schamlippen über den Reißverschluss von Russells Hose. Das kühle Metall fühlt sich gefährlich an ihrer zarten Haut an.

»Hol ihn raus«, weist er sie an. Valentina ist überrascht, wie sehr sein Befehl sie erregt.

Sie schiebt die Hände unter den Rock, öffnet den Reißverschluss, zieht den Hosenbund nach unten und befreit sein Glied. Es schnellt augenblicklich gegen ihre Spalte, als würde es sie suchen.

Ohne zu lächeln, starrt Russell sie mit großen Augen an. Er muss nichts sagen. Sie führt ihn in sich hinein, zieht die Hände unter ihrem Rock hervor und streicht ihn um sich herum erneut glatt, damit sie anständig bedeckt sind. So sitzen sie eine Weile – Valentina umschließt ihn, und er wächst in ihr.

»Langsam«, flüstert Russell und schließt die Augen.

Valentina zieht dreimal langsam und kontrolliert ihre Beckenmuskeln um ihn zusammen, dann flüstert er: »Schnell.« Valentina drückt dreimal kurz zu. »Jetzt wieder langsam«, weist er sie an. Es folgen drei langsame Bewegungen. »Jetzt vor und zurück«, zischt Russell mit zusammengebissenen Zähnen. Valentina wiegt sich sanft vor und zurück, es ist nur eine ganz leichte Bewegung, dann zieht sie sich erneut dreimal kurz und fest um ihn zusammen. Sie spürt Russells Ständer in sich, der tiefer in sie eindringt. Ihr Herz rast, dieses Picknick ist gefährlich und ungehörig. Doch ihr Körper will nur noch eins: diesen Mann vögeln und von ihm gevögelt werden.

Plötzlich vernimmt Valentina Stimmen auf der anderen Seite der Büsche. Sie erwacht aus ihrer Trance und ist augenblicklich zurück in der Realität. Was zum Teufel tut sie hier? Nicht nur, dass sie in aller Öffentlichkeit Sex haben, Valentina tut einfach alles, was Russell ihr sagt. Was ist los mit ihr? Trotz ihrer Angst, entdeckt zu werden, hört sie nicht auf, weil Russell ihr befiehlt, weiterzumachen.

»Noch einmal«, zischt Russell und hat die Augen zu schmalen dunklen Schlitzen zusammengezogen. »Dreimal langsam.«

Valentina zieht sich fest um ihn zusammen. Einmal, zweimal, dreimal. Ganz langsam.

»Schnell«, treibt er sie leise an, schließt die Augen und genießt das Gefühl, warm von ihrem Geschlecht umschlossen zu werden. Einmal, zweimal, dreimal – Valentina zieht sich kurz um Russell zusammen. Eins. Zwei. Drei – langsam.

Die Stimmen kommen näher, und Panik erfasst Valentina.

»Ich glaube, wir sollten aufhören«, wispert sie. »Da kommt jemand.«

»Nein.« Russell öffnet die Augen und sieht sie verärgert an. »Du darfst nicht aufhören. Du musst tun, was ich sage.«

»Aber …«

»Sei still!«, herrscht er sie an. »Fick mich, wenn ich es dir sage.«

Warum hört sie nicht auf? Sie müsste nur aufstehen und Russell sagen, dass er verschwinden soll. Sie würde ihn nie mehr wiedersehen. Doch sie kann nicht. Es ist, als würde sie an ihm kleben. Sein Glied pulsiert in ihr, als würde es sie beherrschen, als habe sie keine Kontrolle mehr über sich.

»Schnell«, befiehlt Russell ihr, und Valentina beschleunigt erneut den Rhythmus. Ihr Herz klopft wie wild bei der Vorstellung, dass sie jeden Augenblick entdeckt werden könnten. Sie spürt, wie Russell sich nach hinten bäumt und die Beherrschung verliert. Sie schließt die Augen und stellt sich vor, Thomas wäre hier. Er ist auf der Suche nach ihr und schiebt die Äste der Sträucher auseinander. So lange sucht er schon nach ihr. Er zieht Valentina von Russell herunter und schließt sie in seine Arme. Er läuft mit ihr durch die Bäume des Central Park davon und wie ein Gott über das Wasser. Valentina folgt ihm, leicht wie ein Kind. Er ist ihr Retter. Kein Wasser der Welt kann ihre Liebe ertränken.

»Oh, mein Gott, Valentina!«

Russell kommt in ihr, sein warmer Saft rinnt ihre Schenkel hinunter. Im selben Moment löst sich das Bild von Thomas vor Valentinas innerem Auge auf. Sie lässt den Kopf sinken und schämt sich so, dass sie kaum noch Luft bekommt. Nicht, weil Russell und sie gerade Sex in aller Öffentlichkeit hatten, sondern weil sie etwas getan hat, das sie eigentlich nicht wirklich wollte. In all den Jahren hat sie *nie* Sex gehabt, wenn sie es nicht wollte. Sie fühlt sich klein und verloren, und sie ist verwirrt.

»Ist alles okay, Valentina?«, fragt Russell sanft, er hat sein dominantes Ich vorübergehend abgelegt. Sie sagt nichts und kann ihm nicht in die Augen sehen. Er zieht sie hinunter an seine Brust und schließt sie in die Arme. Als Valentina auf seinem Bauch liegt, seine Wärme und seinen Herzschlag spürt, fühlt sie sich langsam ein bisschen besser.

Als Russell sie an diesem Abend mit japanischen Seilen fesselt, gleitet sie zurück in ihre Fantasiewelt mit Thomas. Sie kniet am Fußende von Russells Bett, er steht vor ihr. Ihre Arme und Beine sind auf dem Rücken zusammengebunden. Das Seil ist lose genug, dass die Stellung nicht schmerzt, doch Valentina fühlt sich gefangen. Russell geht um sie herum und mustert jeden Zentimeter ihres nackten Körpers. Er trägt einen eleganten Nadelstreifenanzug, nur seine Füße sind nackt. Jetzt steht er hinter ihr, Valentina wartet gespannt. Er schiebt sie nach vorn, sodass ihr Kinn das Schaffell auf dem Boden streift und ihr Hinterteil in die Luft ragt. Russell beugt sich hinab, streicht mit dem Finger über ihre Klitoris und lässt ihn dann in ihre Spalte hineingleiten. Er sucht nach ihrem empfindlichsten Punkt, der Pforte zu ihrer Ekstase.

»Ich nehme mir jetzt, was ich will«, sagt er kalt. »So, wie ich es will und so viel ich will.«

Er drückt sie auf ihren Bauch, ihre Beine hängen in der Luft, ihre Hände sind noch immer an ihre Füße gebunden. Es ist nicht gerade bequem, doch noch lässt sie ihn gewähren. Seine dominante Art erregt sie, und außerdem erinnert es sie an Thomas und ein Spiel, das sie einst gespielt haben. Russell zieht sich noch nicht einmal aus. Als er in sie eindringt, spürt sie den Stoff seines Anzugs an der Rückseite ihrer Beine. Valentina schließt fest die Augen, während Russell mit den Hüften kreist und sich heftig in ihr bewegt. Er drückt sich gegen ihre Schenkel und dringt dann kraftvoll in sie ein. Valentina stellt sich erneut vor, dass Thomas tief in ihr ist. Plötzlich zieht sich Russell zurück. Valentina keucht auf, und bevor sie sich beschweren kann, ist er erneut in ihr und stößt zu. Wieder zieht er sich zurück und stößt dann hart zu. Immer wieder dringt er in sie ein und zieht sich zurück, bis Valentina sich vor Verzweiflung windet. Jedes Mal wenn sie versucht, ihn mit ihren Beckenmuskeln zu umschließen und ihn festzuhalten, zieht er sich zurück und lässt sie hängen. Schließlich hat Russell Erbarmen, drückt seine Schenkel erneut gegen ihre, bohrt sich tief in sie hinein und lässt zu, dass sie ihn einen Moment umschließt, aber nicht lange, dann entzieht er sich ihr erneut. Jetzt nimmt er sie in einem anderen Rhythmus, mit kurzen harten Stößen. Valentina spürt die Begierde in Russells Bewegungen und stellt sich vor, es sei Thomas, der zurückgekehrt ist. Er ist an jenem Tag nicht ertrunken. Er ist nur mit dem Kopf gegen einen Felsen geschlagen und hinaus aufs Meer getrieben worden, wo ihn ein Schiff aufgenommen hat. Es hat sein Gedächtnis verloren und weiß nicht, wer er ist. Aber eines Tages findet Valentina ihn, und als sie sich lieben, erinnert er sich an sie. Denn seine Liebe für sie ist nie erloschen. Sie entflammt von Neuem und brennt für immer lichterloh.

Valentina ist heiß, so heiß, als hätte sie Fieber. Sie umschließt sein Glied, und als sie ihn laut aufstöhnen hört, drängt sie ihm ihren Hintern entgegen. Die Hitze ihrer Leidenschaft reißt ihn mit. Oh, komm in mir, Geliebter, schreit sie im Geiste und merkt, dass Thomas sich in dem Augenblick in ihr ergießt. Valentina muss nicht selbst zum Höhepunkt kommen, seine Erfüllung ist auch ihre, und dieses Mal ist sie so vollkommen, dass Valentina sicher ist, empfangen zu haben. Vor ihrem inneren Auge laufen die kommenden Jahre vorbei. Thomas und sie mit einem Baby. Und noch ein Baby. Was für eine wunderschöne Familie sie wären, Thomas und sie mit einer lachenden Schar Kinder, dunkelhaarig und mit blauen Augen. Sie durchlebt ihre gemeinsame Zukunft: als Eltern, in den zweiten Flitterwochen, als älteres Ehepaar, im hohen Alter, selbst im Tod sind sie für immer vereint.

Später, als Valentina aus ihrer Fantasiewelt wieder in Russells Bett und in seine Wohnung zurückgekehrt ist und sich in seinen Armen wiederfindet, während er schläft, lässt sie sich erneut von ihrem Kummer überwältigen. Während sie schlaflos neben ihrem Liebhaber liegt, weichen die Schatten der Nacht Stück für Stück zurück, und langsam dämmert es im Zimmer. Valentinas Welt ist grau. Tränen laufen ihre Wangen hinunter und versickern lautlos im Kissen. Stets achtet sie sorgfältig darauf, dass es niemand sieht. Am nächsten Morgen sind die Laken feucht, doch Russell glaubt, es sei der Schweiß der letzten Nacht. Nur Valentina weiß, dass es die Spuren ihrer Trauer sind. Sie hat nicht nur Thomas verloren, sondern auch sich selbst.

Und doch, ganz tief in ihr drin spürt sie das Flackern ihres alten Ichs, befüttert von den Worten ihrer Mutter.

Du musst dich beschäftigen.

Und dieses eine Mal befolgt sie Tinas Rat. Jeden Tag steht Valentina auf und geht hinaus, um zu fotografieren. Ihr Ruf eilt ihr voraus, und sie wird mit Aufträgen der renommiertesten Magazine überhäuft. Sie sind wie Geier, die über sie herfallen: *Valentina Rosselli ist in der Stadt, nehmt euch ein Stück, solange ihr könnte!*

Genauso fühlt sie sich, in Stücke gerissen. Dennoch ist es besser weiterzugehen, als stehenzubleiben. Und in den Nächten, wenn es am schwersten ist, geht sie zu Russell und lässt ihn die Stücke zusammenfügen, so wie er es will.

Tina
1984

In den Wochen nach ihrer Rückkehr aus Berlin betrachtete Tina ihr dortiges Erlebnis als eine Art Fieber. Es war, als hätten Leidenschaft und Lust ihren Körper überwältigt. Sie hatte Phil schrecklich hintergangen, doch auf eine absurde Weise hatte die Sache mit Karel ihrer Beziehung zu Phil gutgetan. Jedes Mal wenn sie Phil ansah, quälten sie Schuldgefühle, doch gleichzeitig hatte sie auch wieder Lust auf Sex. War es also ein gutes Fieber gewesen, eines, das heilen konnte? Ist das herzlos von ihr? Karel hatte gesagt, dass er sie liebte. Tina konnte das nicht wirklich glauben. Er war ein leidenschaftlicher, sinnlicher Mann Mitte zwanzig. Zwischen ihnen bestand eine erstaunliche Nähe und eine unglaubliche sexuelle Chemie, aber Liebe? Vielleicht hatten sie sich tatsächlich in einem vorigen Leben geliebt, aber jetzt zählte nur die Gegenwart, und jetzt liebte Tina Phil.

Am Abend nach Tinas Rückkehr aus Berlin waren Phil und sie in ein schickes Mailänder Restaurant gegangen, um ihren Jahrestag nachzufeiern. Es war ein romantischer Abend gewesen, der Tina an ihre Anfänge erinnerte. Phil war so aufmerksam gewesen. Er sagte ihr, wie gut sie aussähe, dass sie der Mittelpunkt seines Universums sei. Das Essen blieb ihr beinahe im Hals stecken. Sie fühlte sich so mies. Wenn sie bloß nicht getan hätte, was sie getan hat! Wie sollte sie ihm jemals wieder in die Augen sehen? Am Ende des Abends schenkte Phil ihr einen Ring. Es war ein wunderschöner, in Gold gefasster Rubin, der von winzigen Diamanten umkränzt war.

»Oh, mein Gott, Phil!«, rief Tina aus, und Schuldgefühle durchbohrten ihr Herz.

»Du verdienst ihn«, meinte er. »Schließlich sind wir nicht verheiratet, und ich finde, dass du nach all den Jahren einen solchen Ring verdienst.«

»Er ist wunderschön.« Gerührt schob sie den Ring auf ihren Finger und ließ ihn im Kerzenschein funkeln.

Tinas Körper glühte noch von Berlin. Sie fühlte sich so sinnlich, sie konnte es kaum abwarten, berührt zu werden und zu berühren. Sie spürte, wie das Begehren für ihre alte Liebe erneut in ihr erblühte.

Wieder zu Hause ging Tina in die Küche, holte eine Flasche Champagner aus dem Kühlschrank und führte Phil an seiner Krawatte ins Schlafzimmer. Er sah sie erwartungsvoll an, und als er begriff, was sie vorhatte, weiteten sich seine Augen vor Freude. Tina setzte ihn aufs Bett, ließ den Champagnerkorken knallen und füllte zwei Gläser, die sie zuvor auf dem Nachttisch platziert hatte.

»Das ist mein Geschenk für dich«, verkündete sie, nahm einen Schluck und ließ die perlende Flüssigkeit ihre Kehle hinunterrinnen.

Ihr Körper gehörte wieder ihr. Es war, als wäre sie nach dem Zusammensein mit Karel wieder die alte Tina geworden. Sie fühlte sich erotisch, verführerisch und begehrenswert.

»Du darfst gucken, aber du darfst mich nicht berühren«, erklärte sie. »Jedenfalls noch nicht.«

Tina trat zum Schrank und machte Musik an. Jimi Hendrix' Gitarrenklänge schallten aus den Lautsprechern: *Foxy Lady*. Als Phil das Lied erkannte, grinste er von einem Ohr zum anderen. Er erinnerte sich. Bei ihrer ersten Begegnung, als Tina mit Phil wie eine Verrückte durch den Mailänder Feierabendverkehr gerast war, hatten sie dieses Stück im Autoradio gehört.

Tina schwang die Hüften zur Musik, blickte Phil in die Augen und strich mit den Händen über ihr Kleid. Sie zog den Rock langsam die Schenkel hinauf, sodass Phil einen Blick auf ihre Strapse erhaschen konnte. Dann schob sie die Träger von ihren Schultern, öffnete langsam den Reißverschluss ihres Kleids, ließ es an ihrem Körper hinunter auf den Boden gleiten und trat aus ihm heraus. In Phils Blick lag so viel Verlangen, dass Tina sich am liebsten sofort auf ihn geworfen hätte, doch sie wollte ihn noch ein bisschen länger reizen und dies zu etwas ganz Besonderem machen. Sie trug Dessous, wie er sie am liebsten mochte: einen schwarzen Spitzen-BH und einen schmalen Slip mit Strapsen, Strümpfen und hochhackigen Pumps. Einen Augenblick tanzte sie in ihrer erotischen Wäsche vor Phil und präsentierte ihm ihre Brüste und ihren Po. Sie ging auf ihn zu und wandte ihm den Rücken zu.

»Öffne meinen BH«, befahl sie.

Mit feuchten Fingern löste er die Haken.

Tina drehte sich um, hielt den BH einen Augenblick oben, dann ließ sie ihn fallen und reckte ihre nackten Brüste vor Phils Gesicht. Er hob die Hand, aber sie wich zurück.

»Nicht anfassen!«, rügte sie ihn.

Sie tanzte ein paar Schritte zurück, dann schob sie die Finger in den Bund ihres Slips und zog ihn mit jedem Hüftschwung ein winziges Stück weiter nach unten, sodass Phil jedes Mal etwas mehr von ihr sah. Sie blickte hinunter auf den Boden und gab sich schüchtern. Tina stellte sich vor, sie wären zum ersten Mal zusammen. Sie drehte sich erneut um, wandte Phil den Rücken zu, beugte sich vor, streckte ihr Hinterteil in die Luft und zog mit derselben Bewegung ihren Slip aus. Tina bot sich ihm dar. Phil stöhnte auf. Als sich Tina wieder zu ihm herumdrehte, hatte er seine Hosen heruntergezogen und sein Glied befreit, das sich ihr lüstern entgegenstreckte. Tina lächelte scheu und tanzte nur mit Strümpfen und Pumps bekleidet zu ihm. Endlich ließ sie zu, dass er sie berührte. Phil zog ihr Gesicht zu sich herunter und küsste sie. Sein Verlangen strömte durch seine Lippen zu ihr, und Tina begriff, dass sie viel zu lange auf die Liebe ihres Mannes verzichtet hatte. Sie wusste nicht, weshalb. Sie saß rittlings auf seinem Schoß, sodass sein Penis sich an ihren Bauch schmiegte, und ließ sich von ihm berühren. Seine Umarmung drückte so tiefe Gefühle aus, dass ihr beinahe der Atem stockte. Phil hielt sie eine Weile, dann wich Tina zurück und glitt von seinem Schoß. Einen Augenblick sah er sie etwas panisch an. Wer wollte es ihm verübeln? Wie oft hatte sie ihn in den letzten Jahren im Bett abgewiesen? Sie lächelte ihm beruhigend zu, nahm ihr Glas und trank einen Schluck Champagner. Dann kniete sie nieder und nahm seinen Penis in den Mund, sodass der Champagner an seinem Schaft kribbelte, während sie ihn leckte und liebkoste. Phil rang um Atem, und als sie sich zurückzog und zu ihm aufblickte, war sein Blick voller Hingabe. Tina erhob sich, umfasste seinen Penis, glitt mit einer Hand geschmeidig daran entlang, beugte sich zugleich vor und nahm mit der anderen Hand ein Kondom vom Nachttisch. Sie küsste erneut seinen Schaft, riss die Packung auf und streifte ihm das Kondom sanft über. Dann setzte sie sich auf

Phil und ließ ihn in sich hineingleiten. Als sie ihn ansah, bemerkte sie Tränen in seinen Augen.

»Oh, Tina«, flüsterte er, »du hast mir so gefehlt.«

Seine Liebe und sein Begehren entfachten erneut ihre Liebe für ihn. Sie wusste nicht, warum sie ihn die letzten zwei Jahre abgewiesen hatte, jetzt wollte sie es wiedergutmachen. In Gedanken dankte sie ihrem jungen Berliner Freund. Das hatte *er* bewirkt. Er hatte ihren Körper wiedererweckt und ihr Selbstvertrauen geschenkt. Sie fühlte sich wieder sexy und attraktiv für Phil. Tina begriff, wie wichtig es war, mit ihrem Mann zu schlafen. Dadurch zeigte sie ihm, wie sehr sie ihn liebte.

Sie fielen zurück aufs Bett, und Phil drang tiefer in sie ein. Während sie einen Rhythmus fanden, glitten sie zurück in die erste Zeit ihrer Liebe, als ihre Herzen vor Hoffnung und Erwartung überliefen, und dann in die Zukunft, in einen himmlischen flüchtigen Traum, den alle Paare träumten. Würden sie für immer zusammenbleiben?

Im Rückblick bezeichnet Tina diese wenigen glücklichen Wochen nach ihrer Rückkehr aus Berlin als ihre zweiten Flitterwochen. Phil und sie liebten sich jeden Tag, manchmal gleich am Morgen, manchmal nachts, manchmal am Tag, wenn sie beide zu Hause waren. Er schien über Nacht ein neuer Mensch geworden zu sein. Morgens lachte er, anstatt in seinem Büro zu verschwinden, um zu rauchen. Und an den Wochenenden machte er Pause vom Schreiben, um mit Mattia und Tina Ausflüge zu unternehmen. Einmal waren sie in Venedig, einmal in Florenz und einmal fuhren sie sogar übers Wochenende nach Rom. Phil war aufmerksam, kaufte Blumen und schenkte Tina sexy Dessous. Ständig sagte er, wie schön sie sei und wie sehr er sie liebte. Tina erlebte einen Rausch, sie konnte nicht genug von Phil bekommen. Gelegentlich dachte sie an Karel und sah nach, wann sein Konzert in Wien stattfinden würde. Sie hatte ihr Versprechen nicht vergessen. Sie würde Phil noch zum rechten Zeitpunkt erzählen, dass sie einen jungen Freund aus Ostberlin hatte, der ihre Hilfe brauchte, um im Westen zu bleiben. Sie war sicher, dass Phil ihm helfen würde. Sie wollte nicht darüber nachdenken, wie es weitergehen sollte, wenn Karel tatsächlich blieb. Aber sie konnte ihm zumindest zur Freiheit verhelfen, das war sie ihm schuldig.

Und dann wird ihre Harmonie von einem Tag auf den anderen zerstört. Es ist etwas über einen Monat her, dass Tina in Berlin gewesen ist. Als sie die Morgenzeitung durchblättert, fällt ihr Blick auf eine Schlagzeile, bei der sich ihr Magen verkrampft.

DDR-Cellist wird Ausreise verweigert. Tournee abgesagt

Tina weiß sofort, dass es um Karel geht, und sie liest weiter. Der Artikel ist kurz und berichtet, dass die DDR eines ihrer bekanntesten sozialistischen Wunderkinder, Karel Slavik, mit einem Reiseverbot belegt hat. Er sollte am 17. Oktober in Wien spielen. Das Reiseverbot gilt für sieben Jahre. Man vermutet, dass die DDR-Regierung ihn verdächtigt, im Westen bleiben zu wollen.

Tina fühlt sich elend. Natürlich hat sie mit niemand darüber gesprochen, dass sie Karel helfen wollte. Und als sie mit ihm darüber gesprochen hat, lief das Wasser in der Dusche. Selbst wenn er abgehört wurde, konnte doch niemand verstanden haben, was sie ihm unter dem Wasserstrahl zugeraunt hatte?

Langsam rührt Tina in ihrem Kaffee und überlegt, wie sie Karel helfen könnte, aber es ist aussichtslos. Armer Karel. Tina hatte genau gesehen, wie sehr er sich nach der Freiheit sehnte, auch wenn er vorgab, ein treuer Anhänger des DDR-Regimes zu sein. Sie beißt ein Stück von ihrem Brioche ab und trinkt einen Schluck Kaffee. Plötzlich kommt ihr beides wieder hoch. Sie schluckt, aber zu ihrem Erschrecken muss sie würgen. Gerade noch rechtzeitig erreicht sie das Bad und übergibt sich. Tina setzt sich auf die Fersen und tastet nach ihrer Stirn. Sie hat kein Fieber. Ihr ist nur übel. Vermutlich ist es der Schock wegen Karel. Warum sollte ihr sonst auf einmal schlecht werden? Plötzlich schlägt sie sich erschrocken die Hand vor den Mund und lässt sich schwer auf den Badezimmerboden fallen. Tina versucht, sich zu erinnern, wann sie das letzte Mal ihre Periode hatte, und rechnet. Sie muss noch nicht einmal zum Arzt gehen. Sie weiß, dass sie schwanger ist. Sie fühlt sich genau wie damals, als sie mit Mattia schwanger war – ihr ist übel, und sie hat schmerzende, geschwollene Brüste. Das Baby muss von Karel sein, denn Phil und sie haben immer verhütet, seit sie aus Berlin zurück ist. Und vor Berlin hatten sie monatelang keinen Sex. Tina beginnt zu zittern. Was soll sie tun? Wie wird Phil reagieren, wenn sie es ihm sagt? Wie kann sie erwarten, dass er sie nicht zurückweist? Könnte sie es heimlich abtreiben? Nein, auch wenn sie dadurch vermutlich ihre Familie zerstört, kann Tina sich nicht vorstellen, das Baby abzutreiben. Sie merkt, dass sie die Kleine haben will … sie spürt bereits, dass es ein Mädchen wird. Sie hofft nur, dass Phil das Baby und das, was es bedeutet, akzeptieren kann. Dass Tina nicht die Frau ist, die sie vorgibt zu sein: eine hingebungsvolle Partnerin und Geliebte. Nein, sie ist eine Frau, die Dinge zerstört und die Menschen verletzt, die sie liebt. Tina hofft, dass Phil ihr vergeben kann, denn ein Leben ohne ihn kann sie sich nicht vorstellen.

Valentina

Sie spielen eines von Russells Lieblingsspielen. Er fesselt Valentina an einen Stuhl. Dabei spreizt er ihre Beine, bindet die Knöchel an den Stuhlbeinen fest und die Arme auf ihrem Rücken. Dann steckt er ihr einen Knebel in den Mund. Das bedeutet: Valentina kann das Sicherheitswort nicht sagen und muss Russell völlig vertrauen. Valentina spürt Panik in sich aufsteigen, als Russell nur mit einer Jeans bekleidet barfuß durchs Zimmer geht und sie beobachtet. Sie sind in der Wohnung von Marco und Jake. Die beiden sind noch verreist, und Russel hat darauf bestanden, dass sie die Wohnung »einweihen«.

Valentina war nicht erpicht darauf. In Russells Appartement fällt es ihr leichter, sich zu unterwerfen und bei wilden Sexspielen in ihre Fantasiewelt abzutauchen, in der sie Thomas nah ist. Hier in Marcos und Jakes gemütlichem Zuhause mit Tierfiguren und Nippes fühlt sich das falsch an. Das hat Valentina versucht, Russell zu erklären, aber er meinte, dass er genau deshalb in ihrer Wohnung harten Sex haben will.

»Je unangemessener es sich anfühlt, Valentina«, sagt er, »desto besser ist es.«

Sie hatten zunächst bekleidet auf dem Sofa gesessen und eine Flasche Wein getrunken. Valentina wäre zu gern zurück in Russells glattes Designer-Appartement gegangen – es war schön, aber seelenlos.

»Wie kannst du dir die Wohnung in Chelsea leisten?«, hatte Valentina plötzlich neugierig gefragt. »Gehört sie deiner Familie?«

»Nein.« Er schüttelte den Kopf. »Es gehört …«, er stockte und befeuchtete seine Lippen, »… einer Freundin von mir.«

»Ach, dann ist es also gar nicht deins.«

»Doch. Sie hat es mir geschenkt.«

Valentina stellt ihr Weinglas ab und dreht sich zu ihm um.

»*Was?*«

Russell seufzte und rollte mit den Augen.

»Ich habe immer deutlich gemacht, Valentina, dass ich nicht nur mit dir zusammen bin, oder etwa nicht?«

»Klar«, antwortete Valentina so leichthin wie möglich. »Wenn du mich fragst, sind wir gar nicht *zusammen*. Ich würde nur gern wissen, wer sie ist?«

»Sie ist eine Geliebte, eine reiche Geliebte.« Russell zögerte. »Sie ist verheiratet, aber ihr Mann weiß Bescheid.«

Er trank einen Schluck Wein und grinste Valentina anzüglich an.

»Er sieht uns gern zu.«

»Und wo sind sie jetzt?«, fragte Valentina und überlegte, ob diese reiche Frau womöglich verlangen würde, dass Valentina an einem Dreier mit ihrem jungen Gigolo teilnahm.

»Sie leben den Großteil des Jahres in L.A. Sie sind richtig reich, Valentina. Ich kümmere mich um ihre New Yorker Wohnung. Sie überlassen sie mir quasi so lange, wie ich mitspiele. Es ist eine Win-Win-Situation.«

Er lehnte sich auf dem Sofa zurück. Russell war ein Gauner, das musste sie ihm lassen. Er erwiderte ihren Blick und schenkte ihr ein anziehendes Model-Lächeln. Er schien alles zu haben: gutes Aussehen, Erfolg, Geld, Talent, eine coole Wohnung mitten in Manhattan. Was wollte man mehr? Und doch erkannte Valentina hinter seinem künstlichen Lächeln, dass Russell ebenso verletzt war wie sie. Sie merkte es an einem Zucken in seinem Augenwinkel und daran, dass er ihr nicht direkt in die Augen sah, als er ihr von seinen Gönnern erzählte. Sein Körper war angespannt, und Valentina spürte, dass er irgendwie Gefühle für dieses reiche Paar hegte. Liebte er diese Frau? Konnte er nicht bekommen, wonach er sich wirklich sehnte, und war nur ihr Sklave? Russell sehnte sich nach Valentinas Leid, weil er sich dann besser fühlte. Auf einmal begriff Valentina, dass ihre Spiele nicht ihr, sondern ihm nutzten. Zu ihrer eigenen Überraschung war sie nicht wütend auf ihn. Stattdessen empfand sie eine Art Mitleid. In dem Moment hätte sie aufstehen und ihm die Tür weisen sollen. Als er jedoch einen Stuhl griff und ihn mit einer dramatischen Geste mitten in den Raum stellte, die Arme ausbereitete und ihr einen Platz anbot, wies sie ihn nicht zurück. Valentina ließ sich von ihm fesseln.

Jetzt kniet Russell vor ihr und streicht über die Innenseiten ihrer Schenkel. Heute Morgen hatte er Valentina bereits angewiesen, keinen Slip zu tragen. Sie hatte den ganzen Tag bei Modeaufnahmen auf Long Island verbracht und dabei keine Unterwäsche getragen. Valentina hatte das Gefühl gehabt, ein Tabu zu brechen, und musste zugeben, dass es sie scharf gemacht hatte. Russell berührt sie. Er lässt seinen Zeige- und Mittelfinger über ihre Vulva gleiten, einen auf jeder Seite. Er führt seine Fingerspitzen zusammen, und Valentina spürt, wie ihre Knospe anschwillt. Valentina ist so erregt, dass sie willenlos auf den Boden sinken würde, wäre sie nicht an den Stuhl gefesselt. Russell zieht seine Finger zurück und leckt sie ab, dann massiert er ihre Klitoris. Sie spürt, wie er einen Finger auf jede Seite ihrer Knospe legt und sie dreht. Das Gefühl ist unglaublich intensiv und erregend. Russell hebt Valentina auf dem Stuhl nach vorn, sodass ihr Hinterteil völlig entblößt ist. Während er sie mit einer Hand hält, streichelt er sie mit der anderen weiter. Er legt den Daumen auf ihre Klitoris und massiert sie, dann lässt er einen Finger in sie hineingleiten und erhitzt sie noch stärker. Jetzt berührt er mit einem weiteren Finger ihren Po, übt leichten Druck aus und stimuliert sie dort. Valentina ist außer sich. Sie kann sich nicht länger beherrschen und kommt zum Höhepunkt. Ihr ganzer Körper stemmt sich gegen die Seile. Grinsend massiert Russell sie weiter, sodass sie ein zweites Mal kommt. Schließlich lässt er von ihr ab, setzt sie zurück auf den Stuhl, steht auf und löst ihre Fesseln.

»Willst du eine Jungfrau für mich sein, Valentina?«, fragt Russell mit pechschwarzen Augen.

Valentina ist nicht ganz sicher, was er damit meint. Möchte er, dass sie ein weißes Spitzennachthemd anzieht und sich von ihm missbrauchen lässt?

Er nimmt ihr den Knebel aus dem Mund.

»Was meinst du damit?«, fragt sie atemlos.

»Habe ich dir bei unserer ersten Begegnung nicht gesagt, dass ich dich heilen würde?«, fragt er.

Sie nickt.

»Das heißt, dass du mich in jeden noch so kleinen Teil von dir lassen musst, Valentina.« Er zögert und beobachtet ihr Gesicht wie ein Raubvogel.

»Ich schätze, dass dich noch niemand hier genommen hat«, sagt er und streicht mit der Hand über ihr Gesäß.

Valentina errötet.

»Ich glaube nicht, dass ich das will«, sagt sie. »Das fühlt sich nicht richtig an. Hier bei Marco und Jake.«

»Warum nicht?«, fordert Russell sie heraus. Er nimmt ihre Hand, führt sie aus dem Wohnzimmer und in Marcos und Jakes Schlafzimmer. »Vielmehr sollten wir es auf ihrem Bett tun.«

»Nein«, sagt Valentina. »Ich will das wirklich nicht.«

»Widersetzt du dich mir etwa, Valentina?«, fragt Russell.

Sie beißt sich auf die Lippe und weiß nicht, was sie antworten soll. Es kommt ihr falsch vor, diese Dinge in Marcos und Jakes Wohnung zu tun, insbesondere in ihrem Schlafzimmer. Doch ein Teil von ihr möchte gegen die Regeln verstoßen. Genau wie Russell. Sie will wissen, wie es sich für ihn anfühlt, sie so zu vögeln. Antonella hat ihr erzählt, dass Mikhail und sie ständig Analsex hätten, und dass beide es großartig fänden. Valentina stellt sich ihre extravagante Künstlerfreundin in einem ihrer verrückten SM-Outfits vor, mit hochgeschnürten Brüsten, in Netzstrumpfhosen, mit Peitsche und einem knallrot geschminkten Schmollmund. Was würde Antonella zu ihrer Affäre mit Russell sagen? Valentina weiß nicht genau warum, aber sie glaubt, dass Antonella Russell nicht mögen würde.

Russell zieht Valentina mit sich zum Bett, und sie will gerade nachgeben, als es an der Tür klingelt.

»Geh nicht hin.« Russell drückt fest ihre Hand.

Valentina zögert, und die Klingel geht erneut.

»Ich glaube, ich sollte hingehen«, sagt sie und befreit ihre Hand.

Russell lässt sich rücklings aufs Bett fallen.

»Okay, wer auch immer es ist, sag ihm, er soll wieder gehen. Lass niemand rein. Ich warte …«

Als Valentina ins Wohnzimmer geht, klopft es an der Tür. Wer auch immer unten geklingelt hat, steht jetzt direkt vor der Wohnung. Jemand anders muss denjenigen hereingelassen haben. Hastig zieht Valentina ihr Kleid über, dann sieht sie durch den Spion und traut ihren Augen nicht. Vor der Tür steht Leonardo. Valentina zögert nicht eine Sekunde, die Tür zu öffnen.

»Leonardo.«

Er sieht verändert aus. Schlanker und älter, die Haare sind kürzer und dunkler. Er ist nicht mehr der genießerische südländische Typ, stattdessen steht ein schlanker, gebräunter, durchtrainierter Mann vor ihr. Er sieht aus, als wäre er nicht nur einmal, sondern gleich mehrmals um die Welt gereist.

»Du bist da!« Er strahlt sie an.

Sein Lächeln ist dasselbe geblieben. Noch immer umfängt er sie mit seinem warmen Blick und gibt ihr ein Gefühl von Geborgenheit.

Valentina zieht ihn in die Wohnung, und sie umarmen sich. Sie verspürt den Impuls, ihn auf die Lippen zu küssen, tut es aber nicht.

»Was machst du hier in New York?«, fragt sie.

»Ich dachte, ich sehe es mir mal an …« Er zögert und befeuchtet seine Lippen. »Der Vorschlag kam von Marco.«

»Davon hat er mir gar nichts erzählt!«, antwortet Valentina. Sie ist überrascht, dass Marco und Leonardo Kontakt haben.

»He, Valentina, was dauert das so lange?«, ruft Russell aus Marcos und Jakes Schlafzimmer.

Leonardo hebt die Brauen und sieht Valentina mit fragendem Blick an.

»Offensichtlich ist der Zeitpunkt etwas ungünstig. Ich komme später wieder.«

Valentina merkt, dass sie dunkelrot anläuft. Sie weiß nicht, was sie sagen soll.

»Ich habe gesagt, du sollst herkommen, du Miststück!«, ruft Russell im gemeinsten Herrscherton.

Leonardo sagt nichts, er sieht sie nur an. Valentina kann ihm nicht in die Augen sehen.

»Es tut mir leid. Du hast recht, es ist gerade etwas ungünstig …«, stammelt sie. Jetzt hat sie Angst, sie *muss* zurück zu Russell.

Leonardo bemerkt den Stuhl mitten im Raum, die Fesseln auf dem Boden, den Knebel. Dann sieht er wieder Valentina an. Plötzlich ergreift er ihren Arm und untersucht ihn. Er ist von blauen Flecken übersät, und ihr Handgelenk ist aufgescheuert. Das hat Valentina noch gar nicht bemerkt. Vielleicht hat Russell sie etwas zu stark gefesselt. Leonardo nimmt ihren anderen Arm, der ähnlich aussieht.

»Was ist mit dir passiert, Valentina?«, fragt Leonardo sanft, doch der Ausdruck in seinen braunen Augen ist bitter und voller Wut.

»Ach, nichts«, versucht Valentina ihn abzuwimmeln. »Ich meine, das musst du gerade fragen«, fügt sie verteidigend hinzu.

Warum tut Leonardo so? Schließlich hat er sie überhaupt erst in die SM-Welt eingeführt. Warum tut er jetzt so scheinheilig?

»Du wolltest es nie so hart, Valentina«, bemerkt er und sieht sie forschend an.

»Valentina! Ich habe dir gesagt, du sollst herkommen!«, brüllt Russell.

»Du solltest jetzt lieber gehen.« Valentina versucht, Leonardo zur Tür zu schieben, sie fühlt sich unendlich gedemütigt. »Sag mir, wo du wohnst, und ich komme sobald ich kann.«

»Nein«, entgegnet Leonardo fest. »Ich glaube, *er* sollte gehen.«

»Was?«

Sie ist bestürzt und versucht, sich zu sammeln.

»Es ist wirklich schön, dich zu sehen, Leonardo, aber es tut mir leid, ich bin gerade beschäftigt.«

Leonardo holt Luft.

»Valentina«, sagt er. »Ich bin nicht zufällig in New York. Ich bin *deinetwegen* hier.«

»Wie meinst du das?«

»Marco hat mir geschrieben, dass er sich Sorgen um dich macht. Er meinte, du seist nicht mehr du selbst. Der ganze Stress und die Sache mit diesem Glen hätten dich stark mitgenommen. Und ich finde, er hat recht.«

»Mir geht es bestens«, sagt Valentina und ist gereizt, weil ihre Freunde hinter ihrem Rücken über sie reden. Sie weiß, dass Marco Russell nicht mag, aber dass er sich deshalb an Leo wendet, geht zu weit.

»Du kannst froh sein, dass er nicht Antonella gebeten hat herzukommen!«, meint Leonardo.

»Ich bin kein Kind, auf das man aufpassen muss«, entgegnet Valentina, doch es klingt jämmerlich.

»Wo zum Teufel bleibst du?« Russell steht in seiner ganzen Größe mit zerzausten Haaren, in Jeans und mit freiem Oberkörper im Türrahmen von Marcos und Jakes Schlafzimmer.

»Wer ist das?«, fragt er Valentina.

»Ich heiße Leonardo«, antwortet ihr Freund in eisigem Ton.

»Alles klar. Macht's dir etwas aus, später wiederzukommen,

Kumpel?« Russell tritt zu Valentina und legt besitzergreifend den Arm um sie.

»Ich gehe nirgends hin«, erwidert Leonardo ruhig. »Es sei denn, Valentina möchte, dass ich gehe.«

Beide Männer sehen Valentina an. Sie spürt den Druck von Russells Arm auf ihrer Schulter, seine Finger graben sich in ihre Haut. Er tut ihr weh. *Er tyrannisiert mich.* Es liegt ihr auf der Zunge, Leonardo zu sagen, dass er gehen soll. Doch als Valentina Leonardo ansieht, erinnert sie sich an all die Male, die er für sie da war. Wie er sich in der Woche, nachdem Thomas verschwunden war, um sie gekümmert hat. Wie er immer an ihrer Seite gewesen ist, wenn sie ihn wirklich gebraucht hat. Genau wie jetzt.

Sie stößt Russells Arm von ihrer Schulter.

»Ich glaube, du solltest jetzt gehen, Russell«, sagt sie, ohne ihm dabei in die Augen zu sehen.

»Bist du sicher, Valentina?«, fragt er, und es klingt wie eine Drohung. »Wenn du mir sagst, dass ich jetzt gehen soll, war's das. Du weißt, was ich will.«

»Ja, ich weiß, was du willst. Du willst kaputte Mädchen. Das hast du doch gesagt, oder?«

Leonardo betrachtet den anderen Mann voller Abscheu.

»Ich bin nicht dein Spielzeug, Russell …« Valentina bemüht sich, ihr altes Ich wiederzufinden, ihren Stolz und ihre Würde.

Russell greift sein T-Shirt und zieht es sich über den Kopf. Er ist wütend.

»Tu nicht so, als hätte es dir keinen Spaß gemacht«, zischt er. »Du hast mich genauso benutzt wie ich dich.«

Er hebt drohend den Finger.

»Ich weiß, dass du von deinem toten Freund geträumt hast,

wenn du mit mir gevögelt hast. Tu nicht so«, wirft er ihr vor. »Du hast voller *Inbrunst* seinen Namen geschrien!« Er wendet sich an Leonardo und grinst ihn böse an. »Sex ist am besten mit Frauen wie Valentina. Mit denen, die ein bisschen fertig sind. Viel Spaß!«

Mit diesen Worten verlässt er die Wohnung und knallt die Tür hinter sich zu. Valentina ist wie gelähmt. Sie schwankt vor Entsetzen, denn was Russell eben gesagt hat, stimmt. Es hat ihr gefallen, weil sie das Gefühl hatte, durch ihre sexuellen Fantasien Thomas nahe zu sein. Jetzt ist Russell für immer gegangen, und das heißt, dass sie Thomas endgültig loslassen muss.

»Es ist okay, Valentina.« Leonardo ist neben ihr und drückt ihre Hand. »Du kannst ihn gehen lassen«, sagt er, und Valentina ist nicht sicher, ob er Russell oder Thomas meint.

Tina
1984

Sobald Tina den Grenzübergang Heinrich-Heine-Straße überquert hat, fängt es an zu schneien. Es ist wie ein Zeichen, dass sie jetzt eine kühlere, härtere Welt betritt. Tina weiß, dass nicht alle Bewohner der DDR so denken. Sie halten vielmehr den Westen für einen gnadenlosen Ort, für eine Gesellschaft, in der jeder gegen jeden kämpft. Hier in der DDR werden sie vom Staat beschützt, sie haben immer Arbeit und ein Zuhause. Man kümmert sich um sie, aber für Tina ist das eine Form der Kontrolle. Und wenn man anders sein will, seine Gedanken ausdrücken, seine Zweifel frei äußern will, kümmert sich niemand mehr um einen. Dann steht man allein im Regen.

Tina hofft, dass es Karel gut geht. Sie macht sich Sorgen, warum seine Tournee abgesagt wurde und man ihn mit einem siebenjährigen Reiseverbot belegt hat. Bei ihrem letzten Besuch ist er noch der Liebling der DDR gewesen. Er war begehrt – der Wagen mit Chauffeur, die Feier nach dem Konzert – und wurde gefördert. Hatte der Kontakt zu ihr ihn ermutigt, offener zu sprechen? Sitzt er womöglich sogar im Stasigefängnis? Bei der Vorstellung ist Tina ganz elend zumute. Sie hat nichts von ihm gehört, und sie kann auch nichts über ihn herausfinden. Über die Modelagentur, mit der die *Vogue* in Berlin zusammengearbeitet hat, hat Tina Lotties Adresse erhalten und ihr geschrieben. Sie hat Lottie gebeten, Sabine nach Karels Adresse zu fragen, aber Lottie schrieb zurück, dass sie keinen Kontakt mehr zu ihrer Cousine habe und sie nicht mehr in Ostberlin besuche. Sie führte die Gründe nicht weiter aus, aber die Nachricht war klar: Sabine und Lottie haben sich entzweit, Lottie kann ihr nicht helfen.

Tina ist im vierten Monat schwanger. Man sieht es noch nicht, aber dennoch ist es Zeit, Karel zu sagen, dass sie ein Kind von ihm erwartet. Als Tina gemerkt hat, dass sie schwanger ist, dachte sie im ersten Moment, es wäre besser, Karel wüsste es nicht. Schließlich hat Phil sie überredet, es Karel zu erzählen. Tina kann nicht fassen, wie wunderbar Phil sich in Bezug auf die Schwangerschaft verhalten hat. Er war bereit, das Kind eines anderen Mannes aufzunehmen und wie sein eigenes großzuziehen. Nicht ein einziges Mal hatte er eine andere Möglichkeit auch nur erwähnt.

Natürlich war Phil im ersten Moment wütend gewesen. Tina hatte es ihm eine Woche, nachdem sie es selbst gemerkt hatte, gestanden. Sie ertrug es nicht länger, die Wahrheit vor ihm zu verbergen. Phil hatte sie mit allen möglichen Schimpfwörtern bedacht: Hure, Schlampe, Miststück. Er war aus der Wohnung gestürmt, und Tina hatte geglaubt, ihn nie mehr wiederzusehen. So schlecht hatte sie sich noch nie in ihrem Leben gefühlt. Sie war ins Bett gekrochen und hatte sich schluchzend unter der Decke zusammengerollt.

Aber Phil war zurückgekommen. Fünf Stunden später. Blass und aufgewühlt setzte er sich an das Bettende und gestand, auch er habe einen Fehler gemacht. Nur einmal. Es war im vorigen Jahr gewesen, als sie schon so lange nicht miteinander geschlafen hatten und er wirklich frustriert gewesen war. Eines Abends hatte er sich mit einer amerikanischen Doktorandin, die zu einem Austausch hier war, betrunken, und eins hatte zum anderen geführt. Er war verzweifelt gewesen, dass er Tina betrogen hatte, und quälte sich seither mit Schuldgefühlen.

»Bist du wütend auf mich, weil ich so ein Heuchler bin?«, fragte er besorgt. Tina hatte ihn fest in die Arme geschlossen.

»Überhaupt nicht, ich bin erleichtert. Dann bin ich nicht die einzige Sünderin!«

Sie lächelte schief und küsste ihn auf die Lippen.

»Wie kann ich dir Vorwürfe machen, nachdem ich dich die ganze Zeit abgewiesen habe? Du hattest Bedürfnisse.«

Er sah sie verlegen an.

»Das hört sich an, als sei ich ziemlich primitiv«, meinte er.

»Wenn es um Sex geht, sind wir alle ziemlich primitiv«, entgegnete sie.

»Nun, zumindest habe ich niemand geschwängert«, stellte er etwas säuerlich fest. »Ich fasse es nicht, Tina, du bist immer so vorsichtig gewesen.«

Sie schlang die Arme um ihre Knie und sah ihn traurig an.

»Ich weiß nicht, wie ich so dumm sein konnte … Es tut mir wirklich leid, Phil.«

Er legte einen Arm um sie.

»Es tut mir auch leid, dass ich dich betrogen habe«, flüsterte er.

Nachdem Phil die ganze Geschichte mit Karel kannte, hatte Tina das Gefühl, dass ihr Geliebter eher Mitleid als Eifersucht für seinen Rivalen empfand.

»Armer Kerl, ganz offensichtlich wusste er nicht, worauf er sich einlässt, als er dir begegnet ist.«

»Wie meinst du das?«

»Du hast wirklich keine Ahnung, welche Wirkung du auf Männer hast, oder?«

»Komm schon, Phil, ich bin doch keine Femme fatale. Ich bin eine ganz normale Frau.«

Er hatte sie zu sich herangezogen, fest die Arme um sie gelegt und sie mit ernsthafter Miene angesehen.

»Tina Rosselli, du bist anders als jede andere Frau, der ich je begegnet bin.«

Er küsste sie auf die Stirn und wirkte einen Augenblick nachdenklich.

»Tina, du solltest ihm sagen, dass er Vater wird. Er hat das Recht, es zu erfahren.«

Tina hatte gewollt, dass Phil sie zu Karel begleitete, aber Phil weigerte sich. Er sagte, es sei nicht fair von ihm, einfach dort aufzukreuzen.

»Vertraust du mir denn?«, fragte sie. Tina war verwirrt, dass Phil ihrer Reise zu Karel so entspannt entgegensah.

»Wie sollte ich dich lieben, wenn ich dir nicht vertraue?«, entgegnete er.

Tina kennt Karels Adresse nicht, aber sie meint, sich an den Weg erinnern zu können. Wenn sie erst am Alexanderplatz ist, kann sie sich von dort aus orientieren. Doch als sie nun vor der Weltzeituhr steht, ist Tina sich nicht mehr so sicher. Sie holt Luft und schließt die Augen. Schneeflocken fallen auf ihr kaltes Gesicht und setzen sich auf ihre Wimpern. Als sie die Augen wieder öffnet, hinterlassen sie eisige Tränen auf ihren Wangen. Tina ruft sich den goldenen Septembertag in Erinnerung und stellt sich vor, wie die Straßen ohne Schnee ausgesehen haben. Sie blickt zum Fernsehturm und erinnert sich, dass er auf dem

Weg zur Wohnung rechts hinter ihr lag. Sie geht los und ist zuversichtlich, dass sie richtig ist. Der Schnee macht den Boden rutschig. Tina geht vorsichtig, um nicht zu fallen, und zieht den Mantel fester um sich. Die Morgenübelkeit ist jetzt vorbei, aber Tina fühlt sich nicht mehr so kräftig wie davor. Sie stapft durch die trostlosen Straßen. Es kommt ihr vor, als würde sie doppelt so lange zu Karels Wohnung brauchen wie beim letzten Mal. Schließlich gelangt sie in eine Straße, die ihr bekannt vorkommt. Das ist sie. Ganz bestimmt. Es ist das Haus an der Ecke. Tina bleibt an der Pforte stehen und umklammert ihre Hände, die in Handschuhen stecken. Ist es richtig, dass sie hier ist? Doch es ist zu spät, sie muss es jetzt durchziehen.

Tina geht zur Eingangstür, öffnet sie und tritt in den Hausflur. Hier ist es nicht viel wärmer als draußen. Sie steigt die Treppe in den ersten Stock hinauf. Wenn sie sich recht erinnert, lag seine Tür auf der linken Seite. Erleichtert liest sie seinen Namen an der Klingel. Er ist noch da. Sie läutet und wartet. Was, wenn er nicht zu Hause ist? Daran hatte sie nicht gedacht. Es ist zu kalt, um im Treppenhaus zu warten. Doch er kommt mit schlurfenden Schritten zur Tür, und noch bevor Tina überhaupt Panik empfinden kann, öffnet er.

Karel ist sprachlos und starrt sie mit offenem Mund an. Tina hatte sich Sorgen gemacht, dass er sie vergessen haben könnte, aber an seiner Reaktion sieht sie, dass er genau weiß, wer sie ist.

»Tina! Oh mein Gott.« Er fasst sie und zieht sie in die Wohnung. »Leg den Mantel ab, komm ans Feuer, du musst doch frieren.«

Sie zittert, aber das ist nicht nur die Kälte. Tina hat Angst vor dem, was sie Karel sagen muss, vor seiner Reaktion. Sie will ihn nicht verletzen. Kaum dass er die Tür geöffnet hat, weiß Tina wieder, wovon sie sich angezogen gefühlt hatte. Es war nicht nur sein schönes slawisches Gesicht, seine Größe, seine Männlichkeit, es war auch seine unbekümmerte, sorglose Art, in die sich eine unwiderstehliche Verletzlichkeit mischte. In der Öffentlichkeit bemüht er sich, das nicht zu zeigen, aber privat tritt es ganz deutlich hervor: Er ist ein Romantiker.

Karel nimmt Tina den schweren nassen Wollmantel ab, hängt ihn auf und führt sie ins Wohnzimmer, wo ein Feuer im Kamin brennt. Draußen fallen die Flocken jetzt dichter, es tobt ein richtiger Schneesturm. Tina hat das Gefühl, von der Außenwelt abgeschottet zu sein.

»Möchtest du etwas trinken? Einen Kaffee?«

Seit sie schwanger ist, verträgt Tina keinen Kaffee mehr.

»Hast du einen Tee?«

»Ja klar, natürlich. Ich mache dir einen.«

Er verschwindet in der Küche.

»Es ist so schön, dass du da bist«, ruft er aus der Küche.

Sie quetscht sich an das Ende des Sofas, auf dem Partituren und Notenhefte verstreut liegen. Im Zimmer herrscht ein ziemliches Durcheinander, aber es ist gemütlich. Wie beim ersten Mal fühlt Tina sich zu Hause. Als sie daran denkt, dass sie sich auf diesem Teppich geliebt haben, steigt ihr die Hitze in die Wangen. Wahrscheinlich ist sie dabei schwanger geworden. Unglaublich, da schläft sie das erste Mal mit jemandem und wird gleich schwanger.

Karel kommt mit einer dampfenden Teekanne aus der Küche zurück und stellt sie auf dem Couchtisch ab, dann geht er noch einmal zurück und bringt Tassen und Untertassen.

»Ich fürchte, ich habe keine Milch«, sagt er.

»Das ist nicht schlimm.«

»Aber jede Menge Zucker.« Er reicht ihr die Dose. Tina nimmt sich drei Löffel und rührt sie in den Tee, dann trinkt sie einen Schluck.

»Wie geht es dir?«, erkundigt er sich fröhlich, als hätten sie sich kürzlich noch gesehen.

»Gut.« Tina schlägt die Beine übereinander und beugt sich vor. »Aber Karel, warum hat man deine Tournee abgesagt? Warum darfst du sieben Jahre nicht reisen?«

Ihre Worte alarmieren ihn.

»Das ist ein Missverständnis«, erklärt er angespannt.

Dann nimmt er ein Notenheft und einen Stift vom Sofa, schreibt etwas auf und reicht es ihr.

Sprich nicht von der Tournee, ich werde abgehört.

Sie nimmt ihm den Stift ab.

Warum?, schreibt sie zurück.

Lass uns nach dem Tee etwas spazieren gehen, okay?

Sie blickt hinaus in den Schneesturm. Ein Spaziergang scheint nicht gerade verlockend, aber vermutlich haben sie keine Wahl, wenn sie etwas Privatsphäre wollen.

Karel führt sie in den Park. Während sie über die verschneiten Wege gehen, nimmt er mit seiner Hand, die in einem Handschuh steckt, die ihre. Bis auf ein paar Kinder, die im Schnee toben, sind nur wenige Menschen unterwegs. Sobald sie außer Reich- und Hörweite sind, sagt Karel:

»Jetzt können wir frei reden.«

»Mein Gott, Karel. Was ist passiert? Bist du in Gefahr?«

»Nein, nein«, beruhigt er sie. »Ich stehe nur unter Beobachtung.«

»Aber was hast du getan?«

Er steckt die Hände in die Taschen und sieht sie an.

»Ich habe den Fehler begangen, ein Liebeslied zu komponieren«, erzählt er und wirkt ein bisschen stolz.

»Was?« Tina ist verwirrt. »Was ist gefährlich an einem Liebeslied?«

»Ich habe ein paar ziemlich romantische Stücke komponiert. Das hat ihnen nicht gefallen.«

»Was ist verkehrt an romantischer Musik?«

»Sie ist schwärmerisch, sentimental und bürgerlich … ich könnte noch mehr aufzählen. Man hat mir in den Worten des großen Lenins erklärt, dass die Kunst dem Volk gehört. Meine Musik gehört nicht mir. Deshalb muss ich schreiben, was sie wollen.«

»Was ist passiert?«

»Sie haben gesagt, ich dürfte es nicht aufführen. Das habe ich abgelehnt.«

»Oh, Karel, es war doch nur ein Musikstück.«

Jetzt sieht sie wieder dieses leichtsinnige Funkeln in seinen Augen.

»Für mich nicht. Es war für dich.«

Tina schweigt und sieht ihn fassungslos an. Noch nie hat jemand ein Musikstück für sie komponiert.

»Ich hätte nicht gedacht, dass es eine so große Sache ist«, sagt er etwas bedauernd. »Aber offensichtlich war es das, denn daraufhin haben sie die Tournee gestrichen und mir die Ausreise verboten. Ich glaube, der wahre Grund hat nichts mit der Musik zu tun. Ich glaube, sie haben einen Anflug von Unzufriedenheit bei mir gespürt und befürchtet, wenn ich erst einmal im Ausland bin, gerate ich in Versuchung, dort zu bleiben.

Und dann hätten sie einen wertvollen Musiker an den Feind verloren.«

»Hättest du es getan?«

Er blickt sich flüchtig um, aber es ist nur das Knarren der Baumkronen zu hören.

»Ja, natürlich«, seufzt er und fasst ihre Hände. Vor dem weißen Schnee strahlen seine Augen wie Onyx.

»Ich bin so froh, dich zu sehen«, sagt er. »Ich habe so oft an dich gedacht. Ich habe gehofft, dass du zurückkommen würdest.« Er will sie an sich ziehen und sie küssen, aber Tina weicht zurück.

»Was ist los, Tina?«

Sie schüttelt den Kopf, sie weiß nicht, wie sie anfangen soll.

»Warum bist du gekommen, wenn du nicht mit mir zusammen sein willst?«

»Du hast das Stück für mich geschrieben?«, flüstert sie und weicht seiner Frage aus. »Das kann ich nicht glauben.«

»Warum nicht?«, entgegnet er. »Ich habe dir gesagt, dass ich dich liebe.«

»Ich habe gedacht, das hättest du nur in der Leidenschaft des Augenblicks gesagt.«

Er sieht sie mit schiefgelegtem Kopf an.

»Ich habe das noch keiner Frau gesagt.«

Die Bedeutung seiner Worte trifft Tina mit voller Macht. Sie hätte nicht kommen sollen, sie macht ihm falsche Hoffnungen.

»Du kannst doch nicht leugnen, dass diese Nacht überirdisch war?«, fährt er fort und wirkt jetzt besorgt.

Tina schließt die Augen und atmet ein. Sie wird ihn nicht anlügen.

»Es war die unglaublichste Nacht meines Lebens, Karel«, bestätigt sie.

Seine Miene entspannt sich, und erneut greift er nach ihrer Hand.

»Warum gehen wir nicht zu mir zurück und holen die verlorenen Wochen nach?«, fragt er.

»Hören die uns denn nicht?«

»Sollen sie uns doch hören. Das ist mir egal.«

Karel will sie einen verschneiten Hang hinunterziehen und eine Abkürzung zum Parkausgang nehmen, aber Tina stemmt die Fersen in den Boden und zwingt ihn zum Stehenbleiben.

»Bitte, warte … ich … ich muss dir etwas sagen«, stammelt Tina, sie muss es jetzt hinter sich bringen.

Karel dreht sich um und blickt sie erwartungsvoll an.

Tina zögert und sucht nach den richtigen Worten, doch sie muss gar nichts sagen. Karel muss sie nur ansehen, schon weiß er Bescheid. Mit fragender Miene blickt er erst auf ihren Bauch und dann in ihre Augen. Sie nickt. Er stolpert durch den Schnee zurück zu ihr, er strahlt überglücklich. Er schließt sie in die Arme und hält sie fest, dann schiebt er sie von sich und legt sanft seine Hand auf ihren Bauch.

»Du bekommst ein Baby«, flüstert er. »Ein Kind unserer Liebe!«

Mit dieser Reaktion hat Tina nicht gerechnet. Sie dachte, Karel würde bezweifeln, dass das Kind von ihm ist. Dass er nichts mit dem Kind zu tun haben wollte, vor allem wenn er erfuhr, dass Phil und sie weiter zusammenbleiben wollen. Sie hatte sich eingeredet, es sei ihre Pflicht, herzukommen, um den Vater des Kindes in Kenntnis zu setzen. Sie hatte nicht mit dieser Freude und dieser Begeisterung gerechnet.

»Ich dachte, du solltest es wissen«, stößt sie hervor.

Er tritt zurück, langsam begreift er. Die Schneekristalle bleiben in seinen dunklen Haaren hängen.

»Ich dachte, du solltest wissen, dass ich dein Kind bekommen werde«, fährt sie fort und weiß nicht, wie sie es anders ausdrücken soll.

»Bist du deshalb gekommen?«

»Ja, und weil ich mir Sorgen um dich gemacht habe.«

Er sieht sie einen Augenblick nachdenklich an.

»Und dieses Kind, von dem ich unbedingt erfahren sollte, werde ich nie sehen, geschweige denn, dass es ein Teil meines Leben sein wird?«

Seine Stimme verrät, wie getroffen er ist. Sie hätte nicht auf Phil hören sollen. Sie hätte nicht herkommen sollen. Phil dachte wahrscheinlich, dass Karel ein junger Kerl sei, der keine Verantwortung übernehmen möchte und erleichtert wäre, wenn sich jemand anders dieses Problems annehmen würde. Aber Karel ist ganz anders.

»Natürlich wirst du es sehen«, sagt sie schwach.

»Und wie soll ich das machen, Tina? Erinnerst du dich, dass ich die DDR sieben Jahre lang nicht verlassen darf? Ich glaube kaum, dass du hier leben willst. Also, worauf läuft das hinaus?«

»Ich könnte dich mit dem Baby besuchen, und du könntest schreiben und aus familiären Gründen um eine Reiseerlaubnis bitten. Ich würde dir nie deine Rechte als Vater verweigern.«

Karel schüttelt den Kopf. Er dreht sich mit funkelnden Augen zu ihr um.

»Warum hast du mir das erzählt? Hast du dir nicht denken können, dass du mich damit quälst?«

»Es tut mir leid. Ich dachte, dass du es wissen …«

Er ballt die Hände zu Fäusten und drückt sie auf seine Augen.

»Ich ertrage das nicht, Tina. Ich habe das Gefühl zu ersticken. Ich bin ein Gefangener in meinem eigenen Haus.«

Eine Welle des Mitleids durchströmt Tina. Sie geht zu ihm und nimmt die Fäuste von seinen Augen. »Gib die Hoffnung nicht auf«, flüstert sie, während sie jeden einzelnen seiner Finger aufbiegt und darüberstreicht. »Die Mauer wird nicht für immer stehen.«

»Sie steht schon seit 23 Jahren. Warum bist du so sicher, dass sie nicht noch 23 weitere Jahre steht? Wie alt ist mein Kind dann?«

»Karel, ich werde deinem Kind alles über dich erzählen. Wir werden dich besuchen.«

Er schüttelt den Kopf, und Tina ist sich nicht sicher, ob die Nässe in seinem Gesicht von dem geschmolzenen Schnee oder von seinen Tränen rührt.

»Nein«, widerspricht er. »Erzähl dem Kind nichts von mir. Komm nicht her. Versprich es mir. Das macht es nur noch schlimmer.«

»Aber …«

»Bist du noch mit deinem Freund zusammen?«, unterbricht er sie plötzlich mit roten Wangen.

Sie blickt auf den Schnee hinunter und fährt mit der Stiefelsitze darüber.

»Ja«, gesteht sie leise.

»Und er weiß es?«

»Ja.« Sie räuspert sich und muss husten. »Es ist okay für ihn.«

»Gut. Dann weiß ich zumindest, dass unser Kind einen Vater haben wird, auch wenn ich es nicht bin.«

Er dreht sich auf dem Absatz um und stapft durch den Schnee davon.

»Halt, Karel! Warte!«

Tina schlittert hinter ihm her und verliert in der Eile den Halt. Sie schreit auf und landet dumpf auf dem Rücken, den ein heftiger Schmerz hinaufschießt. Sie schreit erneut auf. Sofort ist Karel bei ihr.

»Ist alles in Ordnung?« Er beugt sich über sie.

»Mein Rücken tut weh, aber ich glaube, es geht«, stöhnt sie und setzt sich auf.

Er hebt sie auf seine Arme hoch.

»Es ist okay, ich kann gehen«, protestiert sie.

»Du gehst nirgends hin. Ich bringe dich in die Wohnung, und dann sehen wir nach, ob alles in Ordnung ist. Du trägst jetzt etwas Kostbares in dir. Wir dürfen kein Risiko eingehen.«

Während er sie durch den Park trägt, betrachtet sie sein schönes ernstes Gesicht. Er konzentriert sich ganz darauf, nicht auf dem Schnee auszurutschen. Ihn so zu sehen, stimmt Tina traurig. Nicht um ihrer selbst willen, sondern weil sie sieht, dass Karel ein fabelhafter Vater wäre – wie ihr eigener Vater, wie Phil. Tina vergräbt das Gesicht an Karels Brust und versucht, seinen Geruch in ihr Gedächtnis aufzunehmen.

Als sie wieder in seiner Wohnung sind, schiebt Karel alle Partituren vom Sofa, legt Tina darauf ab, breitet eine Decke über sie und steckt sie um sie herum fest. Er legt Holz im Kamin nach, dann geht er in die Küche und kocht noch einmal Tee. Als er wiederkommt, ist Tina warm, und sie fühlt sich geborgen.

»Ich glaube, mir geht es gut«, sagt sie.

Er setzt sich neben sie, tastet ihren Rücken ab und fragt, ob es ihr irgendwo wehtut.

»Nein, alles in Ordnung.« Sie fängt an zu kichern, er kitzelt sie.

»Gut, ich möchte nicht, dass mein kleiner Wutanfall irgendeinen Schaden hinterlässt.«

»Es war kein Wutanfall, verteidigt sie ihn, du warst aufgelöst.«

Sie blicken einander einen Moment in die Augen.

»Bevor du gehst«, bricht Karel das Schweigen, »möchtest du das Stück hören, das ich für dich komponiert habe?«

»Kannst du es jetzt für mich spielen?«

»Na, klar.«

Karel nimmt das Cello aus dem Ständer, setzt sich auf einen Stuhl und klemmt es zwischen seine Beine. Tina denkt daran, wie er sie zwischen seinen Beinen gehalten hat und wie diese Finger auf ihr gespielt haben. Es kommt ihr vor wie ein Traum, als wäre es nicht erst vor vier Monaten, sondern in einem anderen Leben passiert. Karel streicht über die Saiten und stimmt das Cello.

Plötzlich verspürt Tina den Wunsch, diesen Augenblick festzuhalten. Sie möchte unbedingt ein Bild von Karel haben. Sie beugt sich über das Sofa, zieht ihre Tasche zu sich und holt ihre Kamera heraus.

»Darf ich ein Bild von dir machen?«, fragt sie.

Karel hört auf zu stimmen und sieht überrascht auf.

»Natürlich.«

»Tu so, als sei ich nicht da. Mach einfach weiter.«

Karel fährt mit dem Stimmen fort, dann sitzt er still und holt ein paar Mal tief Luft, als bereite er sich darauf vor, einen Berg hinaufzulaufen. Tina fängt seinen Ausdruck ein, als er noch einmal zu ihr aufsieht, bevor er den Bogen an die Saiten legt. Auch ohne das Bild entwickelt zu haben, weiß Tina, dass dies eines ihrer besten Porträts ist. Sobald Karel zu spielen beginnt, legt Tina die Kamera beiseite. Zunächst achtet sie nicht so sehr auf die Musik, sie ist ganz von Karels Anblick gefesselt. Wie er mit ganzem Körpereinsatz spielt, welche Leidenschaft der Schwung seiner Arme ausdrückt und wie konzentriert er aussieht. Er wirkt erhaben und so wunderschön, dass Tina unwillkürlich Angst um ihn hat wie um ein seltenes, kostbares Wesen. Dann beginnt sie zuzuhören. Die Klänge seiner Liebe dringen in ihr Herz und rufen ihr den Moment in Erinnerung, als sie sich zum ersten Mal begegnet sind. Es *war* Liebe auf den ersten Blick. Und egal, wie sehr sie es leugnet, auch sie liebt ihn, wie er sie liebt. Diese Einsicht verwirrt sie, denn sie liebt auch Phil. Ist es möglich, dies für zwei Männer gleichzeitig zu empfinden?

Die Töne des Cellos reißen sie aus ihren Gedanken und wecken, kraftvoll wie ein Paarungsruf, ihre Lust. Während Tina vom Sofa aufsteht, sieht sie in ihrem Geist, wie das Kind die Arme nach Karel ausstreckt. Sie tritt zu ihm und entkleidet sich, während er weiter für sie spielt. Sie zieht ihren Pullover aus und lässt ihn auf den Boden fallen, dann knöpft sie ihre Bluse auf. Sie öffnet den Reißverschluss ihres Rocks und lässt ihn hinabgleiten, sodass sie nur noch in Stiefeln, Strumpfhose und Unterwäsche dasteht. Karel hört nicht auf zu spielen und sieht ihr mit unverhohlenem Verlangen in die Augen. Er kennt das Stück auswendig. Tina fragt sich, wie oft er es gespielt hat, in der Hoffnung, dass sie zurückkommt. Jetzt ist sie hier, und sie möchte ihm noch einmal nah sein, eins mit ihm werden …

sie, er und das Baby. Sie öffnet den BH und lässt ihn von ihren Brüsten gleiten, dann befreit sie sich von Stiefeln und Strumpfhosen und zieht zuletzt den Slip aus. Im Zimmer ist es heiß vom Feuer, dennoch zittert sie.

Tina wird das Ende des Stücks nicht erleben, denn als Karel sie nackt vor sich stehen sieht, lässt er den Bogen zu Boden fallen und stellt das Cello mit einem harschen Kratzen zur Seite. Er hebt Tina hoch und trägt sie ins Schlafzimmer.

Erneut entschwinden Karel und Tina in ein anderes Leben. Hier existieren nur sie beide, und beide sind frei. Karel versinkt so tief in ihr, er berührt sie an einer so empfindlichen, verborgenen Stelle, dass Tina mit ihm gemeinsam schreit, als er kommt.

Anschließend liegen sie Arm in Arm und betrachten die Schneeflocken vor dem Fenster. Von diesem Mal wird Tina Phil nicht erzählen. Das ist das Mindeste, was sie für Karel tun kann.

»Wenn die Mauer fällt …«, flüstert sie.

»*Wenn*«, wispert Karel und malt mit dem Finger Muster auf ihren Arm.

»Wenn die Mauer fällt, komme ich mit ihr zu dir.«

»Du denkst, dass es ein Mädchen ist?«

»Ja.«

»Wie werden wir uns finden?«

Sie beugt sich ganz nah an sein Ohr. »Wenn sie die Grenzen öffnen, treffen wir uns fünf Tage danach an dem Grenzposten, der zuerst geöffnet wurde. Und zwar mittags um zwölf. Ich werde da sein und mit unserer Tochter dort auf dich warten.«

»Ich habe dir gesagt, du sollst ihr nichts über mich erzählen …« Seine Stimme bricht, und er wendet den Blick ab.

»Das werde ich auch nicht. Wenn ihr euch begegnet, kannst du ihr alles selbst erzählen.«

»Du weißt, dass es vielleicht nie dazu kommt«, sagt er und sieht sie mit traurigem Blick an.

»Ja, aber gib die Hoffnung nicht auf.«

»Ich finde einen Weg«, hört sie ihn flüstern, während sie in den Schlaf hinübergleitet. Später weiß sie nicht, ob er es wirklich gesagt oder ob sie es sich eingebildet hat.

»Ich werde meine Tochter finden …«

Valentina

Sie ist früh wach, ihr Körper noch immer nicht ganz an den Zeitunterschied in New York gewöhnt. Sie schlüpft aus dem Bett und wirft einen Blick auf die Uhr auf dem Nachttisch. Es ist sechs Uhr früh. Ein plötzlicher Blitz draußen vor dem Fenster lässt ihr Herz zusammenzucken, und ein paar Sekunden später hört sie ein Donnergrollen. Regen ergießt sich vom Himmel, ein dichter schwerer Vorhang aus Wasser. Sie sieht zu Leonardo, der trotz des Gewitters weiterschläft. Sie streckt ihre Hand aus und streicht sanft über seine Stirn. Sie kann nicht glauben, dass er wirklich hier ist und in ihrem Bett schläft. Letzte Nacht sind sie gemeinsam eingeschlafen, wie schon oft zuvor. Sie teilen sich das Bett wie gute alte Freunde. Kein Sex und keine Pflichten. Es war so befreiend, nach all den Forderungen, die Russell an sie gestellt hatte.

Die Affäre mit Russell ist bereits in weite Ferne gerückt. Wenn sie daran denkt, hat sie das Gefühl, sich an ein anderes Mädchen zu erinnern. Während sie Leonardo betrachtet, wird ihr klar, dass sie ihn braucht. Sie beschließt, ihn nicht wieder nach Indien entschwinden zu lassen.

Valentina schleicht auf Zehenspitzen aus dem Zimmer, schnappt sich ihren Seidenkimono und schlüpft hinein. In der Küche schenkt sie sich ein großes Glas Wasser aus dem Krug im Kühlschrank ein. Das eisgekühlte Wasser schmeckt süß, während es durch ihren Körper strömt. Sie gähnt und streckt sich. Heute fühlt sie sich so gut wie schon lange nicht mehr.

»Guten Morgen!«

Vor Schreck lässt sie beinahe ihr Glas fallen. Leonardo steht in der Küche und sieht verdammt sexy aus in seiner knappen Shorts und sonst nichts.

»Gott, ich dachte, du schläfst tief und fest«, sagt sie.

Er schnappt sich ihr halb leeres Glas Wasser und nimmt einen kräftigen Schluck.

»Zeit für meine Morgenübung«, sagt er.

»Yoga?«

»Willst du mitmachen?«

Noch ein Blitz zuckt draußen über den Himmel, während der Regen heftiger wird.

»Also, ich weiß nicht so recht …«, sagt Valentina.

»Wie du wünschst«, erwidert er und schlendert ins Wohnzimmer, um die Räucherstäbchen anzuzünden, die er aus einer seiner Taschen im Flur hervorzaubert.

Sie folgt ihm und sieht zu, wie er seine Yogamatte auf dem türkischen Kelim ausrollt. Unwillkürlich bemerkt sie seine sonnengebräunte Haut. Er ist schmaler und sehniger geworden seit ihrem letzten Treffen, sie kann die Kraft in seinen Beinen und seinem muskulösen Rücken sehen, als er sich bückt.

Spontan streift sie ihren Kimono ab und schnappt sich eins von Leonardos T-Shirts aus seiner Tasche, das sie sich überzieht. Leonardo blickt erfreut auf. »Du kannst meine Matte benutzen, wenn du willst, ich werde den Teppich nehmen. Hast du schon einmal einen vollständigen Sonnengruß gemacht?«

Sie schüttelt den Kopf.

»Dann mach es mir einfach nach.«

Er spricht leise, gibt ihr Anweisungen, betont die Notwendigkeit, tief und langsam aus dem Bauch zu atmen. Er erwähnt Schlösser: das Wurzelschloss, das Beckenschloss … aber sie versteht nicht recht, was er meint. Yoga ist weitaus physischer, als sie sich vorgestellt hat. Er macht einen Sonnengruß nach dem anderen, und schon bald bricht ihr der Schweiß aus. Aber trotz der Anstrengung, ihm zu folgen, fühlt es sich gut an, und sie ist so damit beschäftigt, sich auf das zu konzentrieren, was sie tut, dass sie keine Gelegenheit hat, ihre Gedanken abschweifen zu lassen … zu Russell, Thomas oder der rätselhaften Sache mit Glen. Sie muss in der Gegenwart bleiben.

Er führt sie durch eine Stellung nach der anderen, fast ohne dazwischen innezuhalten. Sie dachte, Yoga sei etwas Langsames und Sanftes … jedenfalls nicht dieses Yoga. Schließlich legt er sich auf den Rücken und fordert sie auf, es ihm gleichzutun. Er sagt ihr, dass sie die Augen schließen und ihren ganzen Körper entspannen soll, Gliedmaß für Gliedmaß, Knochen für Knochen. Sie fühlt sich, als würde sie in den Boden der Wohnung sinken, als wäre ihr Körper ohne feste Materie, sondern pure Flüssigkeit. Sie driftet weg.

Valentina ist sich nicht sicher, wie lange sie auf dem Rücken gelegen hat, aber als sie wieder zu sich kommt, hört sie Musik, eine Art sanften spirituellen Gesang. Sie richtet sich auf und dreht sich zu Leonardo um, der in der Lotosposition auf der Couch sitzt, eine Orange isst und sie betrachtet. »Fühlst du dich jetzt besser?«, fragt er, während er ihr eine Orangenspalte anbietet.

Sie nickt, steht auf und nimmt die Orange, saugt an ihr, bis ihr süßer Saft in ihrem Mund explodiert.

»Du bist sehr angespannt«, bemerkt er. »So habe ich dich noch nie gesehen.

»Wie?«, will sie wissen.

»So …«, er sucht nach dem richtigen Wort, »… verschlossen.«

Sie verspürt eine Welle der Erleichterung, als er es ausspricht. Vielleicht kann endlich jemand ihre tiefe Angst vor Nähe verstehen.

»Du hast recht«, sagt sie, nimmt ihren Morgenmantel und wickelt sich wieder darin ein. »Ich dachte, indem ich extreme Dinge mit Russell tue … wie zum Beispiel, in der Öffentlichkeit Sex zu haben und mich von ihm fesseln zu lassen, könnte ich mich befreien.«

»Und, hast du?«, fragt Leonardo sie.

»Ich glaube, die Antwort darauf kennst du … natürlich nicht.« Sie seufzt. »Dadurch habe ich nur noch mehr Angst vor Nähe bekommen.« Sie hält einen Moment inne, leckt sich die Lippen. »Danke, dass du mich gestern Abend gerettet hast.«

»Gern geschehen«, sagt er und zieht sie an seine Seite, sodass sie beide aneinandergekuschelt auf der Couch sitzen.

»Erzähl mal, wie geht es dir?«, fragt sie Leonardo. »Wie war Indien?«

»Fantastisch«, sagt Leonardo. »Ich fühle mich wie ein anderer Mensch.«

»Hast du viel Yoga gemacht?«

»Ja, ich meine, ich bin jetzt ein ausgebildeter Lehrer für Vinyasa-Yoga, und für Tantra.«

»Was ist Tantra?«, fragt sie interessiert.

»Neben vielem anderen kann es eine Art sein, sich zu lieben«, erklärt er ihr. »Es geht nicht nur um den sexuellen Akt an sich, es geht darum, dein Herz wieder zu öffnen, und das tust du, indem du deinen Körper aufschließt, sinnlich.«

Er bietet ihr noch eine Orangenspalte an.

»Wenn du tantrischen Sex erlebst, dann ist das vermutlich die intensivste Ekstase, die du je erfahren wirst. SM kommt da nicht annähernd heran.«

Sie lehnt den Kopf an seine Brust. Er riecht nach Orangen, und nach dem exotischen, würzigen Duft der Räucherstäbchen.

»Wirst du mich aufschließen?«, flüstert sie an seine Brust. »Wirst du mir die Schlüssel zum tantrischen Sex zeigen?«

Leonardo weicht ein Stück zurück und sieht sie an.

»Ich bin nicht hierhergekommen, um mit dir zu schlafen, Valentina. Ich bin hierhergekommen, weil ich mir als dein Freund Sorgen um dich mache. Alle machen sich Sorgen um dich.«

»Ich weiß«, nickt sie. »Aber, Leonardo, du musst mir helfen, zu lernen, wieder zu lieben … bitte.«

Er sieht sie schweigend an, und seine Augen weiten sich. Sie kann seine Zuneigung zu ihr in ihnen sehen, Liebe sogar, die von innen strahlt. Sie braucht diese Liebe. Sie will wieder fühlen.

»Okay«, erwidert er langsam. »Wenn du das wirklich willst.«

Sie drückt ihm einen Kuss auf die Wange.

»Okay«, sagt sie und schmiegt sich wieder an ihn.

»Und was werden wir jetzt tun?«

Er lacht.

»Na ja, wir hüpfen nicht einfach ins Bett und haben schnell ein bisschen Sex, wenn uns danach ist … wir fangen ganz am Anfang an. Ich will dich in deinen Körper zurückführen, damit du dir deiner selbst bewusst wirst, damit du dich selbst liebst, denn das ist die beste Art, Liebe zu geben und Liebe von einem anderen zu empfangen.«

»Gut«, sagt sie. »Und wie fangen wir nun an?«

»Wir fangen an«, sagt Leonardo, während er sie sanft von seiner Brust löst, »indem wir einen Spaziergang unternehmen.«

»Wir gehen raus?«, fragt sie ihn verblüfft.

Valentina sieht aus dem Fenster. Der Sturm hat sich gelegt, und der Regen hat aufgehört. Die Sonne bricht durch die Wolken. Sie kann fast sehen, wie der Dampf von den Straßen aufsteigt, und sie kann einen intensiven Geruch nasser Blätter und voller Blüten wahrnehmen.

»Ja«, sagt Leonardo mit Nachdruck. »Bist du heute frei?«

»Ja, Marco ist bis morgen verreist. Am Donnerstag haben wir noch ein Shooting für die *Vogue*.« Sie dreht sich wieder zu Leonardo um, hebt die Orangenschalen von der Couch auf. »Das Shooting ist auf der High Line. Ich wollte mich heute schon einmal dort umsehen.«

»Perfekt«, sagt Leonardo. »Dann lass uns dorthin gehen.«

»Hast du von dem großen Bankraub gehört?«, fragt Leonardo sie, während er sich auf einen der breiten hölzernen Liegestühle auf der High Line setzt.

»Nein«, sagt sie und rutscht neben ihn.

Sein Körper ist warm neben ihrem, und er duftet noch immer nach Orangen.

»Offenbar steht er im Zusammenhang mit dem Kunstdiebstahl in der Neuen Galerie«, sagt Leonardo.

Es ist das erste Mal seit seiner Ankunft, dass er das Thema direkt anschneidet.

Sie spürt, wie sie sich versteift. Sie hat nichts mehr von Delaney und Balducci gehört. Es ist, als ob die Spur zu dem gestohlenen Klimt-Gemälde im Sande verlaufen ist.

»In welcher Hinsicht?«, fragt sie ihn.

»Na ja, die Bande hat sich in mehrere Bankensysteme eingehackt. In der Stunde unmittelbar nach dem Diebstahl des Klimt-Gemäldes sind die Bandenmitglieder in aller Eile durch die Stadt gezogen und haben an Geldautomaten Bargeld in Höhe von insgesamt 4 Millionen Dollar abgehoben«, erzählt Leonardo.

»Das heißt, es war eine Finte, um die Polizei vom Bankraub abzulenken?«

»Genau«, sagt Leonardo. »Sie hatten es nie auf das Gemälde selbst abgesehen. Vermutlich wird es noch vor Ende der Woche in irgendeiner Seitengasse in Soho in einem Müllcontainer gefunden werden. Es ist wertlos für sie. Sie könnten es niemals verkaufen.«

Sie runzelt die Stirn.

»Das erscheint mir alles ein bisschen übertrieben«, sagt sie. Sie muss an Glen denken. Sie wundert sich nicht, dass er in irgendeine Verbrecherbande verstrickt ist. Trotz seiner aalglatten Art hatte sie immer das Gefühl, dass sich darunter ein Schurke verbirgt.

»Ja, aber überleg einmal …«, sagt Leonardo. »Sie haben an diesem Tag mehrere Millionen gestohlen, und die ganzen Cops sind durch die Stadt gelaufen und haben versucht, das Gemälde zu finden. Es hat geklappt.«

Sie sieht auf das Grün der High Line. Sie kann nicht anders, als sich in ihrer Fantasie ein Foto auszumalen. Sie stellt sich eines der Models vor, ein zierliches Mädchen aus Vietnam, das zwischen den alten Bahngleisen steht, umgeben von dem sprießenden Grün, mit den leicht verschwommenen Wolkenkratzern im Hintergrund.

»Was hast du gefühlt, als du Glen wiedergesehen hast?«, fragt Leonardo sie leise.

Ihr Magen verkrampft sich.

»Ich wollte ihn umbringen«, presst sie hervor. Ihre Vision der Fotografien ist prompt verflogen.

»Das kann ich gut verstehen«, sagt Leonardo. »Aber, Valentina, du musst versuchen, ihn zu vergessen.«

»Das habe ich schon getan«, sagt sie wegwerfend, aber sie lügt.

Sie schmiegt sich an ihn, kann seine Hüften spüren, die gegen ihr weiches Fleisch drücken. Sie fühlt sich träge und sinnlich, während sie dort in der Sonne liegt. Es tut gut, den Körper eines Mannes neben ihrem zu spüren. Jetzt wäre die Zeit, zu der sie bei Russell vorbeischauen würde. Sie ist so nah bei seiner Wohnung. Er ist nur ein, zwei Blocks von ihr entfernt. Zum Glück ist Leonardo bei ihr. Sie ist sich nicht sicher, ob sie andernfalls ihrer Versuchung erliegen würde oder nicht.

Daher wendet sie sich jetzt an Leonardo: »Wirst du mir Tantra-Geheimnisse verraten? Werden wir den ganzen Tag und die ganze Nacht und wieder den ganzen Tag vögeln, ohne zu kommen?«

Leonardo lächelt.

»Ich liebe es, wenn du schmutzige Ausdrücke benutzt, Valentina«, sagt er augenzwinkernd. »Aber im Ernst, Tantra bedeutet so viel mehr als nur langsamen Sex … wenn du Tantra praktizierst, kann der Sex ein Mittel für dich werden, um deinen Kern, deine innere Welt und dein stilles Selbst zu kontaktieren.«

Valentina gähnt gekünstelt.

»Klingt ein bisschen langweilig, Darling.«

Leonardo beugt sich über sie und kneift sie in die Taille. Valentina kreischt überrascht auf, und dann beginnt er, sie unter den Armen zu kitzeln.

»Hör auf ... hör auf ...«

»Ich werde dich lehren, nicht so respektlos zu sein, du ungezogenes Mädchen.«

Sie windet sich unter ihm, aber er hört nicht auf, sie zu kitzeln. Passanten sehen zu ihnen herüber, aber Valentina kümmert es nicht, denn Leonardo bringt sie zum Lachen. Es ist ein berauschendes Gefühl, wie sich die Anspannung in ihrem Körper löst. Auf einmal hört er auf, sie zu kitzeln, beugt sich herunter und küsst sie ganz kurz auf die Lippen. Sie sieht zu ihm hoch, und auf einmal ist Leonardo wieder ernst.

»Ich werde mich um dich kümmern, Valentina.«

»Du weißt, dass ich niemanden brauche, der sich um mich kümmert, Leonardo.«

»Und du weißt, dass ich es nicht wörtlich meine.«

Sie setzt sich auf, rutscht auf dem Liegestuhl nach hinten und schlingt ihre Beine um seine.

»Na los, dann gib mir den ersten Schlüssel, um mein tantrisches Selbst aufzuschließen.«

»Zuerst muss ich dir das Geheimnis des Tantra verraten.«

Er verschränkt die Arme vor der Brust, und sie mustert seine Haut, so braun und glänzend wie poliertes Walnussholz nach all den Monaten in Indien.

»Das Geheimnis des Tantra ist, dass die sexuelle Energie darin bestärkt wird, in deinem Körper zu bleiben. Sie wird nicht im Orgasmus freigesetzt, wie es normalerweise der Fall ist.«

»Aber besteht darin nicht das ganze Vergnügen des Sex? Zum Höhepunkt zu kommen?«

»Lass es mich erklären. Diese sexuelle Energie bleibt im Körper und wird revitalisiert, und dadurch erreichen wir eine intensivere Ekstase.«

»Ich verstehe noch immer nicht. Du sprichst in Rätseln.«

»Sieh mal, beim Tantra können wir die sexuelle Energie natürlich auch auf die übliche Weise – durch den Orgasmus – leiten, wir können sie aber auch umleiten, sodass sie uns mehr Energie, mehr Liebe gibt. Es geht um das Sein, nicht um das Tun. Das heißt, durch Entspannung, nicht durch Anspannung, öffnen und erweitern wir uns. Sex kann zu einem allumfassenden Rausch werden, einer völligen körperlichen, geistigen und spirituellen Ekstase, während sich der gewöhnliche Sex im Allgemeinen auf einen einzigen Punkt der Erleichterung konzentriert.«

Jetzt ist ihre Neugier geweckt.

Sie gehen die High Line hinunter, zwischen den duftenden Frühjahrsblüten und dem jungen Gras, an den Holzplanken entlang und über dem unaufhörlichen Verkehr unter ihnen. Es erscheint ihr fast wie eine Analogie zu dem, was Leonardo ihr sagt. Diese ganze Hektik unter ihnen, um an einen Ort zu gelangen, ist wie der zielorientierte Sex der heutigen Zeit. Sex ist kein richtiger Sex, wenn wir nicht »kommen«. Aber wer sagt das eigentlich? Gibt es andere Wege zu zügelloser Leidenschaft? Die High Line symbolisiert Leonardos Tantra: ein Ort inneren Friedens und äußerer Bewegung, Energie, die auf alten

Straßenbahnschienen den Körper von Manhattan hochfließt, etwas Altes, Einfaches und Urbanes, in etwas Neues verwandelt, eine Fülle von üppigem Grün.

Leonardo nimmt ihre Hand und verschränkt seine Finger mit ihren.

»Dies ist der erste Schlüssel«, beginnt Leonardo. »Wenn du auf Tantra-Art liebst, behältst du die Augen im Allgemeinen offen. Die Augen sind ein starker Kanal für sexuelle Energie.«

»Ich finde es schwerer, in Fahrt zu kommen, wenn ich die Augen offen habe«, gesteht Valentina ihm. »Es fällt mir leichter, mich zu verlieren, wenn ich sie schließe.«

»Du hast es selbst gesagt ... du verlierst dich. Aber beim Tantra ist das das Letzte, was du willst. Du willst bewusster sein, gegenwärtiger für dich selbst und für deinen Liebhaber.«

Valentina denkt an ihre Sessions mit Russell, wie sie fast immer die Augen verbunden haben wollte, sodass sie sein Gesicht nicht sehen musste, sondern sich Thomas vorstellen konnte, damit sie sich in Fantasien von ihrem toten Geliebten verlieren konnte.

»Blickkontakt mit deinem Liebhaber aufzunehmen ist eine Kunst für sich«, erklärt Leonardo. »Du musst die Art und Weise ändern, wie du siehst. Normalerweise sehen wir von innen nach außen, aber beim Tantra versuchst du, von außen nach innen zu sehen, deine Augen sind wie Fenster, offen und empfänglich. Wenn du deinen Liebhaber auf diese Weise ansiehst, gestattest du dir, selbst gesehen zu werden.«

Leonardo hält inne. Sie stehen vor einem jungen Baum mit hellgrünen saftigen Blättern.

»Sieh dir diesen Baum an«, sagt Leonardo. »Sieh ihn dir genau an, das frische Grün seiner Blätter und seine Lebenskraft. Und jetzt schließ die Augen.«

Valentina sieht den Baum an, der sich in der leichten Brise auf der High Line sanft wiegt. Sie schließt die Augen.

»Wenn du die Augen wieder aufschlägst«, sagt Leonardo, »dann stell dir vor, dass nicht mehr du den Baum ansiehst, sondern der Baum dich ansieht.«

Valentina schlägt die Augen auf und stellt sich prompt vor, dass der Baum sie ansieht. Die Vorstellung ist lächerlich, und doch hat Leonardo recht, alles fühlt sich anders an, sieht anders aus. Sie spürt, wie seine grüne vitale Energie sie füllt, und sie stellt sich vor, seinen süßen Lebenssaft in sich aufzunehmen.

»Das ist erstaunlich«, flüstert sie.

Leonardo grinst.

Er stellt sich vor sie hin, sodass er ihr die Sicht auf den Baum nimmt, und legt ihr die Hände auf die Schultern. Sie sieht zu ihm hoch.

»Und jetzt sieh mir auf dieselbe Weise in die Augen, ganz weich. Gestatte dir, zu ›sein‹ und gesehen zu werden. Lade mich in dich ein, durch deine Augen.«

Valentina sieht Leonardo in die Augen. Zuerst achtet sie mehr auf sein linkes Auge, konzentriert sich darauf, seine warmen nussbraunen Schattierungen in sich aufzunehmen, dann sieht sie zu seinem rechten, wobei ihr auffällt, dass es einen etwas anderen Braunton hat, blasser, mit dunkelgrünen Flecken darin. Dieses Auge blickt nicht so freundlich wie das andere, und doch stellt sie fest, dass es eine stärkere Wirkung auf sie hat. Sie stehen gemeinsam da, nur wenige Zentimeter voneinander entfernt, als wären sie aus Stein, während das Meer von Menschen um sie herum rauscht und vorbeiströmt, und doch fühlt sich Valentina, als würden sie auf ihrer eigenen winzigen Wolke an einem Himmel des Verlangens stehen. Sie hat oft mit Leonardo geschlafen. Er war immer ihr guter Freund, mit dem sie vögeln konnte, aber sie hatte noch nie ein solches Verlangen nach ihm wie jetzt, während sie ihm nur in die Augen sieht. Sie muss ihm nicht sagen, wie sehr sie ihn begehrt. Er kann es an ihren Augen ablesen. Wie lange sie sich schon so ansehen, kann Valentina nicht sagen. Sie befinden sich in ihrem eigenen Lichtkreis. Schließlich nimmt Leonardo seine Hände von ihren Schultern und lässt den Kopf sinken, bricht die Verbindung zwischen ihnen ab.

»Kannst du jetzt sehen, Valentina, wie man dadurch, dass man sich mit offenen Augen liebt, eine unglaubliche Sinnlichkeit in den Sex bringt?«

Sie nickt, leicht verblüfft von der plötzlichen erotischen Spannung zwischen ihnen. Wie kann es sein, dass sie allein dadurch, dass sie Leonardo in die Augen sieht, auf einmal unbedingt Sex mit ihm haben will?

»Was hat das alles damit zu tun, mich aufzuschließen, Leonardo?«

»Weil du bisher mit deinem Verstand geliebt hast, und das ist der Grund, weshalb du im Moment so leidest. Ich will dich in deinen Körper zurückführen, Valentina, denn das ist die beste Art, dein Herz zu heilen.«

»Das heißt, das ist der erste Schlüssel … die Augen?«

»Ja, genau. Einfach und doch erotischer, als wir ihnen zugestehen. Sieh deinem Liebhaber in die Augen.«

Sie nehmen ein Taxi zurück zu Leonardos Wohnung. Er erzählt ihr, dass sie seinem Onkel gehört, der zurzeit in Dubai lebt und der sie ihm mehr oder weniger zur freien Verfügung gestellt hat. Valentina freut sich zu sehen, dass sie zu Fuß kaum fünf Minuten von Marcos Wohnung entfernt ist, in der Nähe des Gramercy Parks.

Das Appartement ist spärlich möbliert. Leonardo erklärt ihr, sein Onkel habe die Wohnung ausgeräumt, um Platz für seinen Neffen zu schaffen.

Im Moment liegt in einem Zimmer eine Futonmatratze auf dem Boden, und vor den Fenstern hängen orangefarbene, golden bestickte Seidenvorhänge. Der Futon ist mit einem roten Laken bezogen, und darüber liegen rote Handtücher. Daneben stehen zwei große schwarze Straußenfedern in einer Vase, wie die Federn auf dem Klimt-Gemälde.

»Nun, Valentina«, fragt Leonardo sie, »ich werde uns einen Tee kochen, und hättest du danach gern eine Yoni-Massage?«

Er bedeutet ihr, auf der Futonmatratze Platz zu nehmen.

»Was ist denn eine Yoni-Massage?«

»Yoni ist das Hindi-Wort für die Vagina, daher nehme ich an, es erklärt sich von selbst.«

»Oh … ich weiß nicht …«, stammelt sie.

»Es ist sehr heilsam«, versichert er ihr. »Und sanft, es wird nicht weh tun.«

»Das ist es nicht, es ist nur, na ja, ich fühle mich ein bisschen entblößt …«

»Aber wir haben uns doch schon so oft geliebt? Ich habe *alles* gesehen, meine liebe Freundin.«

»Aber du wirst gar nichts davon haben. Deine ganze Aufmerksamkeit wird auf mich gerichtet sein. Dabei komme ich mir ein bisschen egoistisch vor.«

»Glaub mir, ich werde etwas davon haben, Valentina. Wenn

ich eine Massage gebe, denke ich nicht an die Technik, ich konzentriere mich auf mich selbst und auf das Vergnügen, zu berühren und zu geben. Es ist für mich ebenso angenehm wie für dich.«

Sie sieht in seinem Blick, dass er nicht lügt. Er liebt mich, fährt es ihr durch den Kopf. Doch anstatt, dass diese Feststellung sie mit Sorge erfüllt, gibt sie ihr Kraft. Sie braucht Leonardos Liebe.

»Nun«, sagt er einige Minuten später und reicht ihr eine Tasse Minztee. »Bist du bereit?«

Die Frühlingssonne flutet durch die offenen Fenster in Leonardos Tantra-Höhle. Er sitzt mitten in ihrem Strahl und streckt sich wie eine Katze. Das Gefühl, das sie vorhin auf der High Line hatte, kehrt wieder. Sie begehrt ihn. Nicht, um sich besser zu fühlen, oder um in eine Fantasiewelt zu Thomas zu flüchten, sondern nur um seinetwillen.

»Ich bin bereit.«

Sie liegt auf dem Rücken ausgestreckt auf Leonardos rotem Bett. Die Vorhänge sind zugezogen, aber ein paar Sonnenstrahlen stehlen sich dennoch durch die Ritzen hinein. Leonardo hat ringsum an den Wänden des Zimmers Kerzen entzündet. Neben dem Bett steht ein Gefäß mit Duftöl auf einer kleinen Lampe. Sein exotischer, würziger Geruch erfüllt das Zimmer und lässt sie tiefer entspannen.

Sie ist in einen roten Seidensarong gewickelt, unter dem sie nackt ist. Leonardo kniet neben ihr auf dem Bett. Auch er trägt einen roten Sarong, der um seine schlanke Taille gebunden ist. Sie sieht zu ihm hoch, ein wenig nervös, da sie sich fragt, was genau eine Yoni-Massage beinhalten wird. Sie ist besorgt, dass sie sich nicht beherrschen können wird, dass sie zu früh zum Höhepunkt kommen und dieses ganze Tantra-Ding ruinieren wird.

»Soll ich die Augen offen behalten und dich ansehen?«, fragt sie ihn.

»Das liegt ganz bei dir, aber vielleicht solltest du sie dieses erste Mal schließen und dich nur auf dich konzentrieren und sonst nichts. Öffne die Empfindungen in deinem eigenen Körper, und mach dir keine Gedanken um mich.«

Sie schließt die Augen, und Leonardo beginnt. Er streift den Sarong von ihren Schultern, als würde er sie auswickeln, zieht ihn unter ihrem Körper hervor und legt ihn beiseite. Jetzt liegt sie völlig nackt vor ihm. Er massiert ihre Schultern. Seine Hände sind schlüpfrig von dem heißen Öl. Er arbeitet sich an ihren beiden Armen nach unten, zieht Finger für Finger die Anspannung aus ihren Händen. Er massiert ihre Schenkel, ihre Beine und ihre Füße und gleitet dann hoch zu ihrem Bauch, über ihren Beckenbereich und weiter nach oben zu ihren Brüsten. Sie stellt sich vor, dass er sich immer wieder eine Handvoll aromatischer Flüssigkeit in die Hände gießt, denn ihre Brüste sind schwer von Öl, und sie spürt, wie sie sich öffnet, vom Herzen her, während er seine Hände über ihre Brüste gleiten lässt. Für einen Moment beginnt sie sich einer Fantasie hinzugeben, einem Traum von ihr und Thomas auf Hochzeitsreise in Marokko, wo ihr frisch angetrauter Ehemann sie mit Ölen verwöhnt, aber dann reißt sie sich zusammen. Bleib im Augenblick, mit deinem Körper, Valentina, ermahnt sie sich. Nimm all die Empfindungen in dich auf.

Sie weiß nicht, wie lange Leonardo ihre Brüste massiert, aber als er sie auffordert, sich auf den Bauch zu legen, ist ihr ganzer

Körper entspannt. Seine sanften, gleichmäßigen Bewegungen haben ihre Einsamkeit mehr durchdrungen als ihre ganzen SM-Sessions mit Russell.

Leonardo knetet ihren Rücken, arbeitet sich an ihrem Rückgrat nach unten, vom Nacken bis zum oberen Ende ihres Gesäßes. Sie spürt, wie er sich kurz abwendet, und im nächsten Augenblick fühlt sie absolut köstliche schmeichelnde Berührungen. Er muss sie mit den beiden großen Straußenfedern streicheln. Sie hätte sich nie vorgestellt, dass sich Federn auf ihrer Haut so intensiv, so kraftvoll anfühlen könnten. Er streicht abwechselnd mit beiden Federn über ihren Rücken, wird allmählich schneller, sodass ihre Haut unter dem Gefühl der flatternden Federn kribbelt, als würden Tausende Schmetterlingsküsse ihren nackten Körper überziehen.

Er legt die Federn beiseite, gießt noch mehr Öl auf ihren Rücken und beginnt es in ihre Haut einzuarbeiten. Das hier ist keine gewöhnliche Massage. Es ist, als ob sie und ihr Masseur, Leonardo, eine Einheit bilden, als ob alle Empfindungen ihres Körpers durch ihn hindurch und in einem Kreis wieder zu ihr zurückkommen. Er presst seine Hände auf ihre Schulterblätter, und dann legt er sich mit seinem ganzen Körper auf ihren Rücken, leicht, um sie nicht zu erdrücken. Es fühlt sich wundervoll an, seine nackte Haut auf ihrer zu spüren, die Schwere seines Körpers, der sich an ihren schmiegt, die unglaubliche Weichheit seiner Haut.

Langsam löst er seinen Körper von ihrem, und jede Spur von Anspannung in ihr ist jetzt verschwunden.

»Dreh dich wieder um, bitte«, sagt Leonardo leise.

Sie schlägt für einen Moment die Augen auf, und als sie sich wieder auf den Rücken dreht, bemerkt sie, wie er auf eine Art auf sie hinuntersieht, die sie noch nie bei ihm gesehen hat. Es ist ein Blick von tiefer Liebe und Verständnis. Sie schließt die Augen, ein wenig verwirrt von seiner Miene. Leonardo kniet neben ihr. Er streichelt wieder zärtlich ihre Brüste, ihren Bauch. Er nimmt ihr linkes Bein und hebt es am Knie an, sodass es leicht angewinkelt ist, und stützt es auf seinem Schoß ab. Jetzt liegt sie völlig entblößt vor ihm. Er badet ihr Becken in der kostbaren, heißen Flüssigkeit, gießt sie auf ihr Geschlecht, sodass ihre Angst, wie sie für ihn aussieht, zerrinnt. Das schlüpfrige Öl und ihre eigenen warmen Säfte verschmelzen zu einem einzigen köstlichen Gefühl.

Sie kann spüren, wie er den Hügel und die äußeren Lippen ihrer Yoni massiert. Er lässt sich Zeit, drückt sie sanft wie Blütenblätter und gleitet dann an ihrem Rand entlang. Er wiederholt den Vorgang mit den inneren Lippen ihrer Yoni. Es ist ein unbeschreibliches Gefühl. Streicheln, gleiten, auf und ab, immer und immer wieder. Die Erfahrung ist völlig neu für sie.

Während er ihre Knospe mit sanft spiralförmigen Bewegungen im und gegen den Uhrzeigersinn streichelt, drückt er sie zart, genau wie er es mit ihren Lippen getan hat. Sie entschwebt, aber nicht in eine zusammenhangslose Fantasie, sie entschwebt in ihre eigene Wonne, ihren eigenen Rausch. Sie fühlt sich göttlich. Er lässt noch mehr Öl über sie rinnen, und dann kann sie spüren, wie er ganz sanft und behutsam seinen Finger in ihre Yoni einführt. Es ist, als ob er sie von innen erkundet, jeden Winkel in ihr löst. Bei dieser Massage scheint es kein Ende zu geben, kein Ziel, keinen Höhepunkt. Er lässt sich Zeit, tastet in ihr auf und ab, seitlich, variiert dabei Tiefe, Geschwindigkeit und Druck. Ihr ganzer Körper schwingt wie ein Lied aus ihrer Seele, das sie nie zuvor gehört hat. Und jetzt weiß sie, dass er die Stelle erreicht haben muss, die Leonardo ihren heiligen Ort nennt, ihren G-Punkt. Er lässt seinen Finger darauf tanzen, und gleichzeitig kann sie spüren, wie er wieder ihre Knospe umkreist. Sie pulsiert tief drinnen, ihr Inneres bebt und flattert wie die schlagenden Flügel eines Kolibris. Sie kann sich nicht länger beherrschen, und sie kommt unter seiner Berührung zum Höhepunkt.

»Atme weiter«, flüstert Leonardo ihr zu.

Sie verspürt jetzt dieses Bedürfnis, aufzuhören, es ist genug, aber Leonardo liebkost sie immer weiter.

»Hör nicht auf«, sagt er, »atme weiter.«

Sie gibt sich wieder dem Gefühl seiner Berührung hin, verlangsamt ihren Atem. Er stimuliert weiter ihren heiligen Ort, und gleichzeitig ihre Klitoris. Sie stöhnt auf, ein tiefes, kehliges, lustvolles Stöhnen tief aus ihrem Bauch, und kommt erneut. Er hört noch immer nicht auf, sie zu massieren, und sie versucht, ihren Atem zu beruhigen, aber ihre Empfindungen und Emotionen sind in einem wilden Aufruhr. Sie kommt noch einmal, diesmal noch heftiger als die ersten beiden Male. Jetzt kann sie sich nicht mehr beherrschen, und jedes Mal wenn sie kommt, ist es noch ekstatischer als zuvor. Es fühlt sich an wie ein purer Orgasmus, der aus dem Kern ihrer eigenen Sexualität kommt, ohne ein Bedürfnis nach SM-Fantasien, um erregt zu werden, oder gar Gedanken an Thomas und ihre Liebe zu ihm. Hier geht es nur um Liebe und Akzeptanz ihrer selbst.

Allmählich zieht Leonardo seinen Finger aus ihr zurück, wobei er unentwegt ihre Schenkel und ihren Bauch streichelt. Tief in ihrem Inneren pulsiert sie noch immer. Sie schlägt die Augen auf, und er sieht mit einem sanften Lächeln zu ihr hinunter. Worte sind überflüssig. Sie setzt sich auf und umarmt ihn.

Es ist später. Die Sonne muss untergegangen sein, denn das Zimmer ist dämmrig und voller Schatten. Die Kerzen flackern, ein paar sind bereits erloschen. Das Zimmer ist erfüllt vom Geruch der Öle, die Leonardo auf ihrem Körper verwendet hat. Sie fühlt sich träge und zugleich zutiefst erregt. Sie liegen zusammen auf der Matratze, auf der Seite, einander zugewandt, mit einem kleinen Abstand zwischen ihren Körpern, ohne tatsächlichen physischen Kontakt.

»Willst du den zweiten Schlüssel wissen, Valentina?«, fragt Leonardo sie.

Sie nickt, fasziniert von dem dunklen Funkeln seiner obsidianfarbenen Augen.

»Der zweite Schlüssel ist der Atem. Atme langsam und tief, während du liebst, anstatt kürzer und schneller. Das hat eine entscheidende Wirkung auf deine sexuelle Energie.«

Sie hat noch nie darüber nachgedacht, wie sie atmet, nicht bis zu Leonardos Yogasitzung an diesem Morgen. Jetzt fühlt sie sich offen dafür, etwas Neues auszuprobieren.

»Ich will, dass du jetzt vergisst, dass ich hier liege und dich ansehe, und die Augen schließt. Ich will, dass du deine ganze Aufmerksamkeit nach innen und unten richtest, dass du deinen Atem spürst, ins Zwerchfell atmest.«

Valentina schließt die Augen. In Mailand hätte sie Leonardo damit aufgezogen, wenn er ihr sagte, sie solle »ihren Atem spüren«, aber die Yoni-Massage hatte eine tiefgreifende Wirkung auf sie. Sie hat das Gefühl, als habe sich ihr eine Tür zu einer völlig neuen Welt geöffnet. Ein geheimer Garten, erfüllt von den Wonnen des Liebesspiels, in den sie und Thomas manchmal gestolpert waren, aber nur zufällig. Sie wünschte, er wäre jetzt hier, um das mit ihr zu teilen.

Hör auf zu denken, atme einfach.

Sie leitet sich selbst an. Sie horcht in sich hinein, spürt, wie sich ihr Bauch dehnt und wieder zusammenzieht, den sanften Hauch ihres Atems, während sie sich vorstellt, wie er in ihrem Körper einen Kreis zieht, angefangen ganz unten, an ihrem Rückgrat entlang nach oben, über ihren Kopf und an ihrer Vorderseite wieder hinunter, zu ihrem Bauch und zwischen ihre Beine. Nach ein paar Minuten spürt sie, wie sie sich noch tiefer entspannt, ihre Gesichtszüge werden weich, ihr Kiefer wird locker, und ihr Mund öffnet sich zu einem sanften »o«.

»Öffne deine Augen, Valentina«, sagt Leonardo.

Sie sieht wieder zu Leonardo, und sie stellt sich vor, seinen Atem zu sehen, der durch ihn strömt, wie eine Rauchwolke, die sich durch das Innere seines Körpers ringelt. Instinktiv, ganz langsam, bewegen sie sich aufeinander zu. Sie sieht ihm die ganze Zeit in die Augen. Sie legen ihre Fingerspitzen aneinander, ganz leicht, bevor sie langsam ihre Handflächen aneinanderdrücken. Ihre Brüste berühren seinen Oberkörper, ihre Beine finden zueinander, ihre Stirn berührt seine Nase. Jetzt, wo sie einander so nahe sind, kann sie ihm nicht mehr in die Augen sehen, aber sie ist sich jedes Teils von ihrem und seinem Körper deutlich bewusst, während sie beginnen, einander zu umschlingen. Jetzt versteht sie, was Leonardo damit meinte, Sex zu »sein«, anstatt zu »tun«, denn sie müssen gar nichts »tun«. Wie durch eine Naturgewalt werden ihre Körper voneinander angezogen, als wären sie zwei Magneten. Sie kann sein straffes Glied an ihrem Körper spüren. Ihr Geschlecht pulsiert noch immer vor Empfindungen, weich und empfänglich. Sie öffnet sich ihm, und es ist, als ob er in sie hineingezogen würde.

Er hält sie fest, und sie rollen sich herum, sodass er jetzt auf dem Rücken liegt und sie über ihm ist. Sie setzt sich auf ihn und zieht ihn, ihre Finger noch immer in seinen verhakt, hoch, sodass er ebenfalls sitzt. Er zieht seine Beine in die Lotosposition, und sie umschlingt mit ihren Beinen seine Hüften. Sie sehen sich tief in die Augen, und Valentinas Blick wird weich, um ihn zu empfangen. Sie stellt sich vor, dass Leonardo durch sein Herz ein- und durch sein Glied ausatmet, während sie seinen Atem in ihrer geöffneten Blüte aufnimmt und durch ihr Herz wieder hinauslässt. Es ist, als ob ihr Atem ein goldenes Licht ist, das sich in einem Kreis bewegt. Er atmet ein, sie atmet aus, und sie bilden einen einzigen verzückten Körper. Es ist ein erhabenes Gefühl, zum ersten Mal, seit sie Thomas verloren hat, eine solche Intimität mit einem anderen Mann zu spüren. Aber trotz des Friedens, den dieses Liebesspiel ihr gibt, fehlt noch immer etwas, ein Gefühl, bei dem ihr bisweilen für eine Sekunde der Atem in der Kehle stecken bleibt, ein Gefühl, bei dem sie den Atem am liebsten wieder hinunterschlucken will.

Als sie Leonardos Wohnung verlässt, ist es dunkel. Sie lässt sich Zeit damit, die wenigen Blocks zurück zu Marcos und Jakes Wohnung zu gehen. Sie hält vor dem Zaun des Gramercy Park inne, um den Duft all der Frühlingsblumen in sich aufzunehmen. Die Yoni-Massage und das anschließende Liebesspiel haben sie verändert. Jetzt versteht sie, was Frauen meinen, wenn sie davon reden, beim Tantrasex »die Welle zu reiten« … sie hätte nie gedacht, dass sie solche multiplen Orgasmen erleben könnte.

Sie macht sich ein bisschen Sorgen um Leonardo. Das Letzte, was sie will, ist, ihn verletzen. Aber er hat ihr versichert, dass er beabsichtige, in seiner neuen Wohnung ein Tantra-Heilungszentrum einzurichten, und dass sie seine erste richtige Klientin sei. Er hat vor, anderen Frauen, die sexueller Heilung bedürfen, Yoni-Massagen anzubieten. Er hat ihr gesagt, die Yoni oder Vagina einer Frau könne viele Ängste und Traumata bergen, daher sei die Yoni-Massage äußerst heilsam für jede Frau, die Probleme mit ihrer Sexualität oder mit Beziehungen hat, vor allem für Frauen, die missbraucht oder vergewaltigt wurden.

»Aber viele dieser Frauen werden sich doch sicher nicht wohl damit fühlen, dass ein Mann ihre intimste Stelle massiert?«, fragte sie ihn herausfordernd.

»Du würdest dich wundern«, entgegnete er, während er ihr eine Erdbeere aus der Schale, die er zwischen ihnen aufs Bett gestellt hatte, in den Mund steckte. »Außerdem werde ich eine weibliche Therapeutin haben, die mit mir zusammenarbeitet, falls ihnen eine Frau lieber ist.«

Während Valentina die First Avenue überquert und in einer Schleife zurückspaziert, denkt sie weiter über ihren Freund Leonardo nach. Er hat sich verändert. Er ist nachdenklicher geworden, und doch ist er in gewisser Weise weniger ernst. Sie erinnert sich, wie er letztes Jahr in London war, kurz nachdem er sich von seiner Freundin, Raquel, getrennt hatte. Damals war er völlig aufgewühlt gewesen, hatte ihr gesagt, er wolle enthaltsam leben, bis er sich wieder gefangen hätte. Das war noch so ein Moment gewesen, in dem Leonardo einfach aufgetaucht war, als sie ihn am dringendsten brauchte. Obwohl sie ihn ein ganzes Jahr nicht gesehen hat, fühlt sich Valentina ihm jetzt näher als je zuvor. Vielleicht liegt es an diesem Tantra. Was immer es ist, es scheint eine wachsende Verbindung zwischen ihnen zu bestehen. Ist es möglich, dass sie und Leonardo ihre Freundschaft noch einen Schritt weiter führen könnten? Ist sie dabei, sich in ihn zu verlieben?

Es ist weit nach Mitternacht, als sie nach Hause kommt. Sie betritt die Wohnung so leise wie möglich und schleicht auf Zehenspitzen durch die Diele und in ihr Zimmer. Sie kann einen der Jungen schnarchen hören, und sie fragt sich, wer es ist. Beim Frühstück wird sie sie damit aufziehen müssen.

Auf ihrem Bett liegt ein Päckchen. Sie nimmt es in die Hand und mustert es. Es ist eine Rolle, wie man sie für den Versand von Postern oder Drucken verwendet. Sie sieht auf den Poststempel: Manhattan. Ihre Adresse ist getippt. Könnte es der Ausdruck einer Aufnahme von einem ihrer Modeshootings sein? Sie reißt das braune Packpapier herunter und entfernt den Deckel von der Röhre. Darin steckt ein zusammengerollter Bogen Papier. Sie zieht es heraus und rollt es auseinander. Was sie sieht, lässt sie vor Schreck fast aufschreien. Denn in ihren Händen hält sie die Klimt-Zeichnung des Kindes, die sie an jenem Nachmittag, an dem sie allein in die Neue Galerie gegangen ist, so bewundert hat. Es ist das Bildnis, das ihr so ähnlich sah, und genau die Zeichnung, die letzte Woche zusammen mit dem Gemälde des schwarzen Federhuts gestohlen wurde. Es kann nicht echt sein, denkt sie, während sie sich auf ihr Bett setzt und das Bild untersucht. Aber je länger sie es ansieht, desto sicherer weiß sie, dass es das sein muss. Ihr Verdacht bestätigt sich, als sie die Posterrolle umdreht und ein Zettel herausflattert. Sie hebt ihn auf. Jeder Buchstabe eines jeden Worts ist aus einer Zeitschrift oder Zeitung ausgeschnitten worden, um eine Collagen-Botschaft zu bilden:

DU BIST NICHT ALLEIN, VALENTINA.

Sie lässt den Zettel auf ihr Bett fallen. Ihr Herz hämmert wie wild. Glen. Er ist wieder da. Tief in ihrem Innern hatte sie immer gewusst, dass er sie niemals in Frieden lassen würde, nicht nach ihrer Konfrontation in der Neuen Galerie. Sie sind noch nicht fertig miteinander, und sie wissen es beide. Sie ballt die Fäuste. Er will sich an ihrem Unglück weiden, will ihr unter die Nase reiben, dass er Thomas getötet hat und dass es ihm gelungen ist, mit noch einem Verbrechen davonzukommen. Nun, sie wird ihn nicht damit davonkommen lassen. Sie ist sich nicht sicher, wie sie es anstellen wird, aber sie schwört, dass sie, egal wie, dafür sorgen wird, dass Glen bekommt, was er verdient. Ihre Wut lodert wild und selbstgerecht in ihr auf, und doch kann sie nicht umhin, unter diesem Aufruhr den Geschmack von Angst in ihrem Mund zu spüren. Denn sie hat keinen Zweifel, dass sie, wenn sie Glen nachjagt, ihr Leben riskiert.

Tina
1985

Mit Valentina ist es anders als mit Mattia. Sobald ihre Tochter auf der Welt ist, verändert sich Tina. Es ist nicht so, dass sie Valentina mehr liebt, natürlich nicht. Mattia ist ihr Erstgeborener, ihr Sohn. Er ist auch etwas Besonderes. Es ist nur so, dass sie mit Valentina von Anfang an diese unglaubliche Verbundenheit spürt. Sie versteht sie.

Valentina muss nie weinen, um ihr zu sagen, dass sie Hunger hat oder ihre Windel gewechselt werden muss. Tina weiß es einfach, instinktiv. Mattia war ein lachendes Baby, das immer geplappert und gelächelt hat. Valentina ist anders. Sie redet mit ihren Händen, verbringt Stunden damit, die Finger ihrer Mutter zu umklammern und wieder loszulassen, sie mit ernsten Augen anzustarren. Karels Augen. Sie ist vielleicht ein winziges Baby, aber ihr Griff ist entschlossen. Tina stellt sich vor, dass Valentina durch ihre Hände zu ihr spricht.

Ich brauche dich, sagt sie. Verlass mich nicht.

Zu jedermanns Verblüffung, einschließlich ihrer eigenen, verlängert Tina ihren Mutterschaftsurlaub von drei auf sechs Monate.

»Mit Mattia wolltest du dir nicht so viel Zeit freinehmen«, bemerkt Phil, während er sie nachdenklich ansieht.

»Ich war jünger, damals wusste ich diese Zeit mit dem Baby nicht zu schätzen«, verteidigt sich Tina.

Valentina murmelt in ihrem Bettchen, und Phil beugt sich vor und nimmt sie in die Arme. Ein Teil von Tina will sie ihm am liebsten abnehmen, aber sie beherrscht sich. Phil ist seit dem Augenblick ihrer Geburt so gut mit Valentina umgegangen. Nicht eine Minute hat er sie irgendwie anders behandelt, weil sie nicht sein Kind ist. Dafür liebt sie ihn nur noch mehr. Und doch ist er in letzter Zeit anders zu ihr.

Valentinas Geburt ist jetzt ein halbes Jahr her, und Phil und Tina haben noch immer nicht miteinander geschlafen. Anfangs war Tina ohnehin zu erschöpft und wund. Sie war so überwältigt von Valentinas Ankunft, dass sie ihn vielleicht vernachlässigt hat, aber nach ein paar Monaten begann sie seine Berührungen zu vermissen, sie sehnte sich danach, ihn in sich zu spüren, eins mit ihm zu sein. Doch während die Wochen verstrichen und Phil noch immer keinen Schritt unternahm, verletzte es sie allmählich, dass er sich jeden Abend im Bett von ihr abwandte. Jetzt ist er ins Gästezimmer gezogen. Er hat gesagt, es wäre besser, wenn sie und Valentina das Bett für sich hätten, damit er nachts durchschlafen könne.

»Schließlich«, erklärte er, »kann ich Valentina, solange du stillst, nachts nicht füttern. Was bringt es denn, wenn wir beide im Schlaf gestört werden? Vor allem, wenn ich morgens für die Arbeit aufstehen muss?«

Er hatte natürlich recht. Aber sie fühlte sich trotzdem zurückgewiesen, und das führte dazu, dass sie sich ein wenig von ihm zurückzog. Stattdessen schenkte sie all ihre Liebe Valentina.

Morgens ist Phil meist schon aus dem Haus, wenn sie und Valentina aus ihrem Zimmer kommen. Mattia ist im Internat, daher sind sie und ihre Tochter tagsüber nur zu zweit. Tina könnte ganze Stunden nur damit verbringen, mit Valentina auf der Couch zu liegen, ihr vorzusingen, mit ihr zu spielen, mit ihr auf ihrem Bauch zu schlafen, ihren kleinen Kopf unters Kinn gesteckt. Ihr früheres Leben als Modefotografin erscheint ihr wie eine verschwommene Erinnerung an Hektik, Stress, Lärm – und wofür das alles? Hier in der Zuflucht ihrer Mailänder Wohnung hat sie alles, was sie braucht. In dieser Zeit vermisst sie Phil nicht mehr, denn Valentina füllt ihr Herz und all ihre Sehnsüchte aus. Jedes Flattern ihrer winzigen Wimpern, jeden Seufzer und jedes Murmeln sammelt Tina und verwahrt sie. Sie bedauert, dass sie Mattia nie so viel Aufmerksamkeit geschenkt hat, als er ein Baby war. Sie war zu beschäftigt damit, ihre Karriere wiederaufzunehmen.

In diesen Stunden, allein in der Wohnung, stellt sie sich manchmal vor, den Geist ihrer Mutter, Maria, zu sehen. Zum ersten Mal in ihrem Leben ärgert sie sich nicht mehr darüber, wer ihre Mutter war. Sie fühlt sich fast, als könnte sie sie verstehen. Ihre Mutter hat ihre ganze Kreativität in die Fürsorge für ihre Familie gesteckt, und warum auch nicht? Tina hat sich immer gegen die Predigten ihrer Mutter zur Wehr gesetzt, aber letztendlich hatte sie recht. Nichts ist wichtiger als deine Kinder. Sie müssen immer an erster Stelle kommen. Jetzt wünscht sie, sie hätte mehr von den häuslichen Fähigkeiten ihrer Mutter gelernt, aber als Jugendliche hatte sie sich so dagegen gesträubt, hatte das alles als langweiligen Unsinn abgetan. Jetzt versucht Tina, ihrer Mutter nachzueifern, aber die Wahrheit ist, sie kann nicht ein bisschen stricken, nicht einmal einen Knopf an ein Hemd nähen, und sie ist eine erbärmliche Köchin. Was das Putzen angeht, so ist es ihr unmöglich, die

Wohnung sauber zu halten, obwohl sie jeden Tag zu Hause ist und ihre Putzfrau daher entlassen hat. Es ist doch sicher besser für Valentina, wenn Tina mit ihr spielt, anstatt dass sie sie in ihr Bettchen legt und weinen lässt, während sie die Teppiche staubsaugt oder den Dielenboden bohnert oder ähnlichen Quatsch macht? Außerdem, wenn Valentina schläft, muss Tina auch schlafen. Selbst das Wäschewaschen wird zu einer nicht zu bewältigenden Pflicht, sodass letztendlich Phil das alles erledigen muss, wenn er abends nach Hause kommt, was in letzter Zeit immer später der Fall ist.

Anfangs versuchte er, für sie zu kochen, aber Tina hat keine Lust, mit ihm zu essen.

»Du wirst zu dünn«, sagt er. »Das Stillen zehrt an dir, Tina. Du musst mehr essen.«

Aber sie hat keinen Appetit.

»Es ist gut, wenn ich meine ganzen Schwangerschaftspfunde loswerde«, erklärt sie ihm.

Er sagt nichts, aber sie kann an seinem Gesicht ablesen, was er denkt. Was ist mit dir los?

Wenn sie in den Spiegel sieht, erkennt sie sich selbst kaum wieder. Ihr bleiches, ungewaschenes, ungeschminktes Gesicht, ihr Haar, das in alle Richtungen absteht, und ihr ausgemergelter, hagerer Körper. Manchmal verbringt sie den ganzen Tag im Pyjama.

Eines Abends sitzt sie im Bett und stillt Valentina, als Phil ins Schlafzimmer kommt und sich ans Bettende setzt. Er schweigt einen Moment, sieht nur Valentina zu, die an der Brust ihrer Mutter saugt. Tina streicht ihrer Tochter sanft eine Strähne aus der Stirn.

»Ist sie nicht vollkommen?«, flüstert sie Phil zu, während sie zu ihm hochsieht.

»Ja, das ist sie«, sagt er, aber sie kann sehen, dass er die Stirn runzelt.

»Was ist los?«, fragt sie.

»Tina«, sagt er, »ich denke, du musst zum Arzt gehen.«

»Was um alles in der Welt soll ich da?«

»Du wirst zu dünn«, sagt er. »Du isst nicht. Ich glaube, du schaffst das nicht allein, Tina.«

Sie spürt Wut in sich aufflackern. Hält er sie für eine schlechte Mutter? Hat sie ihm nicht gezeigt, was für eine fürsorgliche und gewissenhafte Mutter sie ist?

»Es geht mir blendend«, entgegnet sie angespannt.

»Nein, das stimmt nicht«, sagt er seufzend. »Tina, du bist depressiv. Ich glaube, es ist nicht gut für dich, dass du nicht arbeitest und jeden Tag zu Hause bist. Das ist nicht deine Art.«

Er ist eifersüchtig auf Valentina, denkt sie. Er will nicht, dass ich Zeit mit ihr verbringe.

»Aber anfangs fandest du die Idee doch gut.«

»Ja, das gebe ich zu, aber jetzt kann ich sehen, dass es dir nicht guttut.«

»Es geht mir gut!«, erwidert sie hitzig. »Welche Mutter ist denn nicht manchmal ein bisschen erschöpft? Das ist ein Vollzeitjob … das Kind muss an erster Stelle kommen …«

»Tina, du hast die Wohnung seit Wochen nicht mehr verlassen. Das ist nicht normal.«

Seine Stimme bricht.

»Ich kann so nicht leben«, flüstert er. »Du hast dich verändert.«

»Es ist, weil sie nicht von dir ist, stimmt's? Du willst nicht, dass ich Valentina ebenso sehr liebe wie dich oder Mattia, habe ich recht?«

Er wirft ihr einen angewiderten Blick zu und steht auf. Sie kann sehen, dass er wütend ist, aber er sagt nichts, sondern stürmt nur aus dem Zimmer.

Sie hatte nicht vor, etwas so Verletzendes zu sagen oder die Tatsache zur Sprache zu bringen, dass Valentina nicht sein Kind ist. Die Worte waren ihr einfach so herausgerutscht. Die Wahrheit ist, sie hat Angst davor, wieder arbeiten zu gehen und sich der realen Welt zu stellen. Hier drinnen ist es sicherer, mit Valentina, diesem Bündelchen, das nur ihr gehört, das sie braucht.

Als Tina am nächsten Morgen in den Spiegel blickt, sieht sie sich mit Phils Augen, und sie ist entsetzt. Er hat recht. Sie muss sich mehr Mühe geben. Sie beschließt, sich und Valentina für den Tag hübsch zurechtzumachen. Sie werden Phil in der Universität überraschen. Sie werden zum Mittagessen in eines ihrer Lieblingsrestaurants gehen. Sie stellt sich vor, wie zufrieden er mit ihr sein wird. Sie wird sich zwingen, etwas zu essen, und sie wird sich entschuldigen. Er hat recht. Sie vermisst ihn, und sie will ihn wieder in ihrem Bett haben. Heute Nacht, schwört sie sich, wird Valentina in ihrem Bettchen schlafen, und sie und Phil werden sich lieben. Sie will endlich wieder seine Arme um sich spüren. Wie können zwei Menschen ein halbes Jahr lang zusammenleben und sich wie Fremde fühlen, wenn sie sich früher einmal so nahestanden?

Tina zieht eines von Phils Lieblingskleidern an, ein rotes Jerseykleid, das früher einmal eng anliegend war, ihr jetzt aber zu ihrem Entsetzen viel zu groß ist, sodass sie wie eine Vogelscheuche darin aussieht. Sie zieht es wieder aus, fühlt sich schon jetzt hundeelend, und schlüpft in eine schwarze Hose und ihre kleinste Bluse, die trotzdem schlaff an ihr herunterhängt. Ihr Gesicht besteht nur aus dunklen Schatten und bleicher Haut. Sie tut ihr Bestes, um ihre Müdigkeit zu übertünchen und ihrem Gesicht mehr Farbe zu verleihen, aber mit dem Rouge hat sie nur das Gefühl, wie eine angemalte Puppe auszusehen. Selbst ihr Haar, einst ihr krönender Stolz, ist stumpf und widerspenstig. Es braucht einen Schnitt und eine intensive Kur. Bedrückt erkennt sie, dass sie sich in den letzten sechs Monaten völlig vernachlässigt hat. Zum Ausgleich putzt sie Valentina besonders hübsch heraus. Sie zieht ihrem kleinen Töchterchen ein zitronengelbes Kleid mit weißer Spitzenborte, winzige weiße Söckchen und gelbe Schuhe an, dazu ein weißes Mützchen und eine gelbe Schleife auf dem Kopf.

Sie ist aufgeregt, als sie die Straße hinunterschlendert, Valentina im Kinderwagen unter Decken eingemummelt. Es ist ein warmer Tag für November, die Sonne dringt zwischen goldenen Blättern hindurch und eine frische Brise streift Tinas Wangen. Mailand scheint von Sonnenschein erfüllt zu sein, und die Leute lächeln und grüßen einander. Sie ist froh, wieder im Freien zu sein. Sie kann es kaum erwarten, Phils Freude zu sehen, wenn sie ihn überraschen.

Als sie das Universitätsgebäude schließlich erreicht, ist sie etwas später dran, als sie erwartet hatte. Sie hofft, dass er nicht schon zum Mittagessen gegangen ist. Sie biegt um die Ecke, wirft einen Blick auf ihre Armbanduhr, doch da sieht sie ihn bereits aus dem Gebäude der geisteswissenschaftlichen Fakultät treten. Er bemerkt sie nicht. Sie will eben schon nach ihm rufen, aber in dem Augenblick, in dem sie den Arm hebt, sieht sie, dass er nicht allein ist. Eine kurvenreiche junge Frau mit langen blonden Haaren geht neben ihm her, einen Stapel mit Büchern unter ihrem Arm. Vermutlich ist sie eine Studentin, versucht sich Tina einzureden, doch die Art, wie sich das Mädchen neben Phil bewegt – streift sie wirklich mit einer Hand seinen Arm, oder bildet Tina es sich nur ein? –, lässt sie etwas anderes vermuten. Sie zieht den Kinderwagen zurück und versteckt sich hinter einer Ecke, späht dahinter hervor, um den beiden nachzusehen, während sie sich zum anderen Ausgang der Universität und auf die Straße hinaus entfernen. Sie folgt ihnen langsam, in großem Abstand, denn sie weiß nicht, wie sie sich Phil gegenüber erklären würde, wenn er sich umdrehen und sie sehen sollte. Sie kommt sich albern und idiotisch vor, wie eine erbärmliche eifersüchtige Ehefrau.

An der Ecke bleiben Phil und das blonde Mädchen stehen, um die Straße zu überqueren. Tina beobachtet mit Argusaugen, wie sich das Mädchen umwendet und etwas zu Phil sagt, und sie bemerkt den Gesichtsausdruck ihres Geliebten. Er lächelt auf seine warme, sexy Art. Sie hat er seit Monaten nicht mehr so angesehen. Tina hat genug gesehen. Es ist ihr egal, ob er mit diesem Mädchen geschlafen hat oder nicht. Es reicht zu wissen, dass er sie begehrt. Sie wirft noch einmal einen Blick auf ihre Rivalin. Sie ist jung und weiblich, mit üppigen Brüsten und einem weichen, runden Hintern. Sie ist alles, was Tina nicht ist: jung, gesund und strahlend.

Als sie zurück in die Wohnung kommt, setzt Tina Valentina auf ihren Schoß, ihr zugewandt. Ihre kleine Tochter sieht mit weisen, seelenvollen Augen zu ihr hoch, die Lippen zu einer winzigen roten Rosenknospe verzogen.

Sie verspürt den ersten Schnitt, einen kleinen schmerzlichen Stich in ihrem Herzen. Ein Kind zu haben bedeutet eine Reihe von Trennungen, begreift sie. Bei Mattia war es ihr nicht so sehr bewusst, aber jetzt erkennt sie, dass sie bei Valentina versucht hat, die Monate nachzuholen, die sie getrennt von ihrem kleinen Sohn verloren hat, in ihre Arbeit vertieft, ohne sich ihrer Mutterschaft zu stellen. Und doch hat sie sich zu weit in die andere Richtung bewegt. Sie hat nicht nur den armen Mattia vernachlässigt, der weit weg in seinem Internat ist, sondern auch ihren Mann. Wenn sie nicht aufpasst, wird sie ihn verlieren.

Tina steht von der Couch auf, mit Valentina in ihren Armen. Sie muss ein bisschen Abstand zwischen sich und ihr Baby bringen, sonst wird sie es erdrücken, genau wie ihre Mutter sie erdrückt hat. Und dann wird Valentina denselben Groll gegen sie hegen wie sie als junge Frau gegen ihre eigene Mutter. Sie wünschte, sie könnte jetzt mit ihrer Mutter sprechen. Ihr sagen, dass sie sie versteht. Aber es ist zu spät. Maria Rosselli ist nicht mehr auf dieser Welt.

Zum ersten Mal beginnt Valentina zu plappern.

»Was denn, Liebes?« Tina verspürt eine Welle der Aufregung. »Was willst du sagen?«

Ihre Tochter sieht mit diesen großen, herzzerreißenden Augen zu ihr hoch.

»Papa«, sagt sie.

»Ja, Papa«, sagt Tina zu ihr, »Mama liebt Papa.«

Sie legt Valentina schlafen. Sie zieht das Uhrwerk an dem Mobile kleiner blauer Vögel über ihrem Bettchen auf und sieht einen Moment zu, wie ihre winzigen Flügel im Rhythmus zu der blechernen Musik auf und ab flattern. Zum ersten Mal seit ihrer Geburt wiegt Tina ihre Tochter nicht in den Schlaf. Sie wartet darauf, dass sie nach ihrer Mama ruft, aber das tut Valentina nie. Braves Mädchen, flüstert Tina.

In der Diele greift sie zum Telefon und tätigt drei Anrufe. Einen an die Redakteurin der *Vogue*, um ihr mitzuteilen, dass sie für das Shooting in Rom nächste Woche zur Verfügung steht, den zweiten an ihre Putzfrau, in dem sie sie anfleht, so bald wie möglich zurückzukommen, und den dritten an eine Au-pair-Agentur.

Als Phil an jenem Abend nach Hause kommt, wartet Tina auf ihn, eine offene Flasche Rotwein auf dem Tisch und zwei blutige Steaks, dafür reichen ihre Kochkünste gerade aus, schon auf den Tellern. Tina isst ihr Steak bis auf den letzten Bissen auf, während sie Phils Blick begegnet, der sie wohlwollend mustert. Und als ihr Bauch voll mit Fleisch und Wein ist, nimmt sie ihren Mann bei der Hand und führt ihn aus der Küche und in ihr Schlafzimmer.

»Wo ist denn Valentina?«, fragt Phil verdutzt.

»Sie schläft in ihrem Zimmer«, antwortet Tina und küsst Phil auf Hals und Schultern.

»Sie schläft nicht mehr bei dir?«, fragt er.

»Nein, aber du«, sagt Tina.

Valentina

Valentina wartet bis zum Morgen damit, die Polizei anzurufen. Genauer gesagt, verschiebt sie es bis nach ihrem Frühstück mit Marco und Jake.

»Wie war euer Ausflug?«, fragt sie.

»Einfach fabelhaft«, erwidert Marco und hält ihr die Kaffeekanne hin.

»Wir planen unser Haus in den Hamptons, sobald wir unsere erste Million gemacht haben«, sagt Jake grinsend.

»Wohl eher die ersten fünf Millionen«, seufzt Marco.

Sollte sie den beiden von dem Klimt-Druck erzählen? Dass in diesem Moment auf ihrem Bett ein Kunstwerk liegt, das vermutlich so viel wert ist wie ein Haus in den Hamptons? Nicht dass man es je verkaufen könnte, und das würde sie natürlich auch niemals tun. Aus irgendeinem Grund hält sie den Mund über das Bild. Sie will nicht, dass Marco ausflippt, weil Glen ihr Drohbriefe schickt. Besser ist es, einfach die Polizei zu verständigen und es dabei zu belassen.

»Marco, ich habe ein Hühnchen mit dir zu rupfen«, sagt sie stattdessen, beugt sich vor und stibitzt sich ein Toast-Dreieck von seinem Teller.

»Ach wirklich, Schätzchen?« Er blickt ein bisschen verschmitzt.

Er weiß, worum es geht, denkt Valentina.

»Warum hast du Leonardo gesagt, es ginge mir nicht gut …«

Jake beginnt taktvoll, den Tisch abzuräumen und die Teller zur Spüle zu tragen.

»Na ja, Süße … es geht dir nicht gut …«, beginnt Marco.

»Woher zum Teufel willst du das wissen?« Sie klingt wütender, als sie ist.

»Wegen deiner Geschichte mit diesem Russell«, sagt Marco.

Jake wirbelt herum, die Hände in Gummihandschuhe gesteckt.

»Russell hat einen gewissen Ruf, Valentina«, nimmt er Marco in Schutz. »Er nutzt verletzliche Frauen aus …«

»Na ja, warum hast du mich dann nicht einfach von Anfang an gewarnt?«

»Ich dachte, das hätte ich getan«, schnaubt Marco entnervt, »aber du wolltest ja nicht auf mich hören. Ich weiß doch, wie stur du bist. Der Einzige, bei dem ich dachte, dass du vielleicht auf ihn hören würdest, war Leonardo. Hat er dich angerufen?«

»Mehr als das. Er ist hier in deiner Wohnung aufgetaucht.«

Marco sieht sie verdutzt an.

»Im Ernst? Das kann ich kaum glauben. Als ich ihn kontaktiert habe, war er in Goa, in Indien. Er meinte, er sei mitten in irgendeiner Yoga-Ausbildung, die er nicht einfach so abbrechen könne.«

»Na ja«, sagt Jake, »offenbar hat er es doch getan. Er muss dich sehr gernhaben, Valentina.«

Er liebt mich, denkt sie, aber das sagt sie nicht zu ihren Freunden.

»Er ist hier aufgetaucht und hat Russell mehr oder weniger rausgeworfen.«

Marco klatscht in die Hände.

»Oh, wie wundervoll!«, ruft er aus. »Was für ein Held!«

Ja, ich schätze, das ist er, denkt Valentina, während sie an ihrer Lippe kaut. In diesem Augenblick entscheidet sie, dass sie Leonardo nicht von Glens Drohbrief erzählen kann. Das Letzte, was sie will, ist, dass noch ein Mann, den sie liebt, durch diesen gemeinen Dreckskerl zu Schaden kommt.

»Und dir geht es gut damit?«, fragt Marco, während er sie besorgt ansieht. »Hattest du dich in Russell verliebt?«

Valentina schüttelt den Kopf.

»Nein, es geht mir gut. Ich weiß eigentlich gar nicht, was ich an ihm gefunden habe …«

»Manche Affären sind so«, sagt Jake wissend. »Intensiv, aber kurzlebig. Sie sind eher eine Besessenheit als wahre Liebe.«

Er kommt an den Tisch und tupft mit einem seifigen Finger auf Marcos Nase. »So, wie du besessen von mir bist, Süßer.«

Marco lacht und schnippt die Hand seines Liebhabers weg.

»Träum weiter, Darling«, sagt er.

Aber Valentina sieht die Beschaffenheit ihrer Liebe. Sie ist für die Ewigkeit gemacht.

Nachdem ihre Freunde das Haus verlassen haben, nimmt Valentina Balduccis Visitenkarte aus ihrer Kameratasche, in die sie sie an dem Tag gesteckt hat, an dem sie von den beiden vernommen wurde. Er hebt beim ersten Klingeln ab.

»Mike Balducci.«

»Hi, hier spricht Valentina Rosselli«, sagt sie.

»Ja?« Sie kann heraushören, dass er sich nicht erinnern kann, wer sie ist.

»Sie haben mich wegen des Diebstahls des Klimt vernommen … ich kannte Glen Clarke, den Hauptverdächtigen.«

»Ach ja … dunkelhaariges Mädchen, Fotografin?«

»Ja, das bin ich.«

»Haben Sie noch mehr Informationen für uns?«

»Ehrlich gesagt, ist etwas sehr Seltsames passiert«, sagt sie. »Ich denke, Sie sollten zu mir nach Hause kommen.«

Balducci und Delaney sitzen auf der Couch, beide tragen schwarze Handschuhe. Delaney hat den Druck vor sich ausgerollt und untersucht ihn, während Balducci sich die Notiz ansieht.

»Und Sie meinen, das hier ist wirklich das Original?«, fragt Delaney sie. »Und nicht irgendein dummer Scherz?«

»Nun, ich kann es nicht mit Sicherheit sagen, ich bin kein Experte, aber ich kann mir vorstellen, dass Glen so etwas tun würde.«

»Sie kennen diesen Glen gut?« Delaney reißt den Kopf hoch.

»Nein, ich weiß nicht viel über ihn, nur dass er ein Perfektionist ist, und sehr gefährlich. Er würde mir niemals ein gefälschtes Bild schicken.«

»Wir werden das überprüfen lassen … mit etwas Glück werden ein paar Fingerabdrücke darauf sein …«

»Und diese Notiz, Miss Rosselli«, sagt Balducci. »Warum glauben Sie, dass es eine Drohung ist? Ich meine … *Du bist nicht allein* … das hat er geschrieben. Das erscheint mir ein bisschen zweideutig.«

»Das heißt, dass er mich beobachtet«, erwidert Valentina geduldig. Sind denn alle Cops dumm?, denkt sie.

»Er hat mich in Mailand und in London verfolgt. Irgendwie hatte er schon immer etwas gegen mich«, fügt sie widerwillig hinzu.

»Warum haben Sie uns das neulich nicht gesagt?«, fragt Delaney streng.

»Ich hielt es nicht für wichtig.«

Delaney schüttelt den Kopf und rollt den Druck zusammen.

»Na schön, wir werden einen Beamten mit Wagen vor Ihrer Wohnung stationieren, der alles im Auge behält. Wenn er Sie wirklich verfolgt, dann ist das unsere Chance, ihn zu schnappen, auch wenn ich bezweifle, dass er sich noch immer in New York aufhält.«

»Kennen Sie irgendwelche seiner Komplizen … irgendjemanden?«, fragt Balducci.

»Nein, niemanden außer Lori.«

»Oh, mit der haben wir schon gesprochen. Sie weiß nichts«, sagt Delaney.

»Und weshalb sind Sie sich so sicher, dass diese Notiz von Glen stammt und als Drohung gemeint ist?«

»Na ja, wer hätte dieses Bild denn sonst stehlen sollen?«, erwidert Valentina gereizt.

Die Cops sehen sich an.

»Wir müssen jede Möglichkeit in Betracht ziehen.«

Sie denken, dass Thomas dahintersteckt. Dass sie sich auch nur vorstellen können, dass Thomas so etwas tut, versetzt sie in Rage.

»Ich habe Ihnen doch schon mehrmals gesagt, dass Glen Thomas getötet hat.«

»Wir haben keine Anhaltspunkte, die diese These stützen, Miss Rosselli«, widerspricht Delaney.

Sie ballt die Fäuste.

»Wollen Sie mir nicht glauben?«

»Natürlich glauben wir Ihnen«, erwidert Balducci sanft. »Komm, Al«, sagt er und steht auf. »Wir nehmen dieses Ding besser mit aufs Revier und lassen es von den Experten untersuchen. Danke, dass Sie uns verständigt haben, Miss Rosselli. Wenn es noch irgendetwas gibt, rufen Sie uns einfach an.«

»Ich empfehle Ihnen, in der nächsten Zeit in der Nähe Ihrer Wohnung zu bleiben, bis wir ihn geschnappt haben«, ergänzt Delaney.

»Ich arbeite morgen bei einem Shooting«, sagt sie. »Im Central Park.«

»Okay, na schön, aber ziehen Sie nicht allein los … nur zur Sicherheit«, sagt Balducci und tätschelt ihren Arm.

Nachdem sie gegangen sind, setzt sie sich auf die Couch, zieht die Knie an die Brust und wiegt sich hin und her. Sie will unbedingt, dass Glen gefasst wird und diese ganze Geschichte endlich vorbei ist. Aber wie kann sie das anstellen? Sie muss ihn hervorlocken, und um das zu erreichen, muss sie genau das Gegenteil von dem tun, was die Polizei ihr geraten hat.

Die nächsten drei Stunden verbringt Valentina damit, durch Manhattan zu schlendern. Sie geht in Richtung Norden, genau ins Zentrum der Insel, wo es von Touristen wimmelt, den Blick zum Himmel gerichtet, während sie am Empire State Building und am Rockefeller Centre vorbeiläuft. Sie geht in Richtung Westen, zurück nach Chelsea und den Meatpacking District hinunter, bis sie in Greenwich Village ist. Sie schlendert zwischen den Boutiquen und Cafés umher, macht es jedem leicht, sie zu verfolgen. Aber Glen ist nirgends zu sehen. Letztendlich kommt sie zu dem Schluss, dass sie zumindest an diesem Tag tatsächlich allein ist. Sie vermisst Leonardo. Sie will bei ihm sein und alle Gedanken an Glen und ihre Rache vergessen. Spontan winkt sie sich ein Taxi und lässt sich zum Gramercy Park fahren. Sie will, dass Leonardo ihr noch mehr beibringt. Sie muss seine Liebe spüren.

Sie liegen auf Leonardos Bett. Diesmal ist es mit saphirblauen Seidenlaken bezogen, und Berge violetter Brokatkissen türmen sich darauf. Er zündet einige Nag-Champa-Räucherstäbchen an, und überall im Zimmer sind Kerzen aufgestellt. Die Atmosphäre ist beruhigend und dennoch sinnlich. Sie liegen auf der Seite, ein paar Zentimeter zwischen sich, und nehmen Blickkontakt auf.

»Ich will, dass du dich für einen Moment auf deinen Körper einstellst«, sagt Leonardo. »Setz deinen Atem so ein, wie ich es dir gestern gezeigt habe.«

Valentina schließt die Augen und beginnt tief und langsam aus dem Bauch zu atmen. Sie hört Leonardos Stimme in ihrem Ohr.

»Und jetzt werde dir meines Körpers bewusst, und wie nah er ist.«

Sie atmet weiter, aber auf der anderen Seite dieses Geräuschs kann sie die Wärme spüren, die von Leonardos Körper ausstrahlt. Sie schlägt die Augen wieder auf, und er sieht sie mit demselben Blick von Liebe und Verständnis an wie am Tag davor.

»Ich will, dass du bei den Empfindungen in deinem Körper bleibst und mir sagst, wie es sich anfühlt.«

Er fährt flüsternd fort: »Wir werden jetzt nur darüber reden, was mit unseren Körpern und Herzen passiert. Wir werden kein Gespräch anfangen oder einander Fragen stellen, wir werden uns nicht überlegen, warum wir uns so fühlen, wie wir uns fühlen. Wir werden es einfach fühlen. Verstehst du?«

Sie nickt.

»Okay, du fängst an. Wie fühlt sich dein Körper heute an?«

»Kalt. Mich fröstelt im Bauch, und ich kann es nicht abstellen«, sagt Valentina.

»Mein Herz hämmert«, sagt Leonardo. »Ich fühle Angst.«

Es liegt ihr auf der Zunge, ihn zu fragen, warum, aber Valentina zwingt sich zurück zu dem, was sie in ihrem eigenen Körper fühlt. Sie denkt an seine Anweisungen. Keine Fragen. Keine Analyse.

»Meine Zehen sind kalt, und trotzdem glüht mein Kopf. Ich fühle mich, als ob ich über Eis gelaufen wäre. Ich fühle mich allein.«

»In meinem Bauch brennt ein Feuer«, erwidert Leonardo. »Ich kann spüren, wie es sich in meinem Magen und in meiner Brust ausbreitet, und meine Haut kribbelt. Ich bin noch immer ängstlich, aber auch aufgeregt.«

»Ich fühle etwas von deiner Hitze«, sagt sie, während sie eine Hand auf ihre Brüste legt. »In meiner Brust ist mir nicht mehr so kalt.«

»Und du kühlst mich, verwandelst mein Feuer in Flüssigkeit, die sich über meine Lenden ausbreitet«, sagt Leonardo. »Meine Beine fühlen sich gelenkig an, kräftig, als könnte ich meilenweit laufen.«

»Deine Wärme macht mich geschmeidig, meine kalten, brüchigen Knochen werden weicher.«

All die Worte, die aus Valentina hervorsprudeln, sind rein instinktiv. Sie fühlt sich, als würde sie eine Art Gedicht der Freude aufsagen. Und während sie einander beschreiben, wie sich ihre Körper anfühlen, spürt sie, wie die Energie in ihrem Leib dynamisch wird, während sie sich körperlich immer stärker zu Leonardo hingezogen fühlt.

Instinktiv umarmen sie sich genau im selben Augenblick. Leonardo legt seine Hände über ihre Augen, und sie atmet seinen Duft ein. Er riecht nach den Räucherstäbchen, einer schweren, moschusartigen Würze. Er bedeckt ihr Gesicht mit winzigen, flüchtigen Küssen. Als Nächstes spürt sie, wie er ihre Lippen leckt, sie lockt, sie zu öffnen. Er beginnt an ihrer Unterlippe zu saugen, nimmt sie sanft in den Mund. Er gleitet noch einmal mit seiner Zunge darüber, und dann leckt er hoch zu ihrer Oberlippe und saugt auch an dieser sanft. Das Gefühl seiner leckenden, küssenden, saugenden Zunge an ihrem Mund schürt die Wärme, die sich zwischen ihren Schenkeln ausbreitet. Sie öffnet den Mund, und er saugt ihre Zunge ganz sanft in seinen Mund. Er nimmt seine Hände von ihren Augen und rollt sie beide auf dem Bett herum, sodass sie auf dem Rücken liegt und er über ihr ist, gegen ihren Körper gedrückt. Er hält ihren Kopf sanft in seinen Händen und küsst sie noch immer innig. Sie beginnt die Beine zu spreizen, sie will ihn in sich spüren, aber zu ihrer Verblüffung richtet Leonardo seinen Körper auf und schiebt sein Becken nach vorn, sodass sich die Wurzel seines Schafts gegen ihre Klitoris presst, anstatt in sie hineinzugleiten. Jetzt beginnt er sich in einem fort auf und ab zu bewegen, während sein Schwanz an ihrer Knospe verharrt. Ihr wird bewusst, dass Leonardo nichts weiter will, als ihr Lust zu bereiten. Er gleitet mit seinem Schwanz immer wieder über ihre Klitoris. Sie spürt, wie sie mit ihm verschmilzt, hört, wie sie im Einklang miteinander atmen. Mit offenen Augen, und mit einem Gefühl von Ehrfurcht vor all dem, was Leonardo geben will, spürt sie, wie sie an ihm zum Höhepunkt kommt. Es ist ein Gefühl, als habe sich irgendetwas in ihrem Kreuz geöffnet, als würde der ganze kalte Schmerz aus ihr hinausströmen und Leonardos Liebesspiel sie mit Sonnenschein erfüllen. Und trotz dieser Wonne, trotz der heilenden Berührung, die Leonardo ihr schenkt, kann sie die Worte nicht abschütteln, die immer wieder durch ihren Kopf schwirren: *Du bist nicht allein, Valentina.* Denn mit einem Mal begreift sie, dass es Worte sind, die auch Thomas ihr gesagt hat.

Tina
1988

Es ist April in Barcelona, und Tina ist bei einem Shooting für die *Elle*. Die Fotoserie ist von der Mode der Fünfzigerjahre inspiriert, und Tina hat sich darin vertieft, die Details der Zeit genau einzufangen. Sie hat entschieden, sich auf Europa anstatt Amerika in den Fünfzigern zu konzentrieren, daher spiegeln ihre beiden Models genau das wider. Eines sieht aus wie Sophia Loren, mit üppigen Kurven und gewelltem dunklen Haar, und das andere Model erinnert eher an Leslie Caron, die französische Tänzerin, mit kurzen schwarzen Haaren und einer niedlichen Stupsnase. Sie kleidet sie in einer Kombination aus eher klassischen Cocktailkleidern, Pillbox-Hüten und Handschuhen, die einen schönen Kontrast zu den farbenfrohen Pedal-Pusher-Hosen und Bolerojäckchen bilden.

Es ist der St.-Georgs-Tag in Barcelona, und auf den Straßen wimmelt es von Verkäufern, die rote Rosen oder Bücher feilbieten. Tina drückt ihren Models Rosensträuße in die Hände, schießt Fotos von ihrer Leslie-Caron-Doppelgängerin in niedlichen flaschengrünen Pedal-Pusher-Hosen und einem gestreiften Top, und lässt sie in Büchern blättern. Octavia erzählt Tina, dass der St.-Georgs-Tag die katalanische Version des Valentinstags sei, aber viel romantischer als kitschige Karten und dick machende Pralinen. Der Mann kauft der Frau eine rote Rose, und die Frau kauft dem Mann ein Buch.

»Ich hätte gern die Rose *und* das Buch«, bemerkt Tina.

»Na, das sieht dir ähnlich«, zieht Octavia sie auf. »Du willst immer alles.«

Das Shooting war richtig gut gelaufen. Sie hatte eindeutig das Gefühl, wieder in ihrem Element zu sein. Anfangs, als sie wieder arbeiten ging, war es hart gewesen. Es war eine solche Qual, Valentina bei dem Au-pair-Mädchen zurückzulassen, sodass sie bei den ersten paar Shootings das reinste Nervenbündel war und jedes Mal erschrocken zusammenzuckte, wenn ein Anruf für sie kam. Sie wollte immer möglichst schnell fertig werden, um wieder nach Hause gehen zu können. Jetzt hat sie endlich angefangen, sich ein bisschen zu entspannen.

Sie sind alle viel beschäftigt. Phil hat begonnen, seine Arbeit in Richtung Journalismus auszuweiten, daher ist er nicht oft zu Hause, und an den Wochenenden, an denen Mattia nach Hause kommt, ist er mit seinen Freunden in Mailand unterwegs, offenbar ebenso gesellig wie sein Vater. Tina selbst ist ständig ausgebucht. Ihre Arbeit führt sie immer öfter ins Ausland. Jedes Mal wenn sie wegfährt, hat sie ein schlechtes Gewissen dabei, Valentina allein zu lassen, aber andererseits weiß sie, dass ihre Tochter bald alt genug sein wird, um sie zu begleiten. Wir werden uns amüsieren, denkt sie. Sie und ihr kleines Mädchen werden die Metropolen Europas erkunden. Außerdem ist sie ein solch unkompliziertes Kind, dass jedes Au-pair, das sie bekommt, sich prompt in sie verliebt.

Ihre Freundinnen hatten sie davor gewarnt, sich ein Au-pair zu nehmen. Ein Kindermädchen ist besser, riet ihr Octavia, die seien im Allgemeinen älter. Isabella war noch aufgebrachter.

»Mamma Mia«, hatte sie ihr von London aus am Telefon

erklärt. »Bist du verrückt? Willst du wirklich, dass irgendeine heiße neunzehnjährige Schwedin vor deinem Mann mit ihren riesen Titten herumwackelt?«

»Phil ist nicht so«, protestierte Tina, auch wenn das Bild von ihm mit diesem blonden Mädchen vor der Universität sie noch immer verfolgte. Hatte er mit ihr geschlafen? Tina hatte entschieden, ihn nie zu fragen. Sie wollte es nicht wissen.

Tina ignorierte den Rat ihrer Freundin, und zwei Wochen später traf Inger aus Norwegen ein. Sie war alles andere als das skandinavische Klischee: klein und zierlich, mit dunklen Locken und fast olivfarbener Haut.

»Du siehst ja nicht sehr norwegisch aus«, lautete ihr Kommentar, als sie sie zum ersten Mal sah.

»Nicht alle Norweger sind blond. Ich bin aus Bergen, an der Westküste, das ist seit Jahrhunderten eine Hafenstadt. Matrosen aus der ganzen Welt haben ihre Gene mit denen der Frauen aus Bergen vermischt.«

Sie mag Inger. Sie ist tüchtig, aufmerksam und ausgezeichnet im Umgang mit Valentina.

Sie singt ihr oft vor – norwegische Volkslieder –, und beim Klang ihrer süßen Stimme ist Tina froh, dass sie auf ihr Kind aufpasst. Damit Valentina von ihr mit Süße und Hoffnung erfüllt wird, anstatt mit Tinas Enttäuschungen und Schuldgefühlen.

Phil war anfangs nicht begeistert von der Idee eines Au-pair-Mädchens. Er hatte erklärt, die Wohnung sei zu klein, aber bald nach Ingers Ankunft änderte er seine Meinung. Die Norwegerin nahm sich ein Jahr Auszeit von der Universität und ihrem Studium der Medienwissenschaften. Sie interessierte sich sehr für das aktuelle Weltgeschehen, und sie und Phil diskutierten nach dem Abendessen oft am Küchentisch über die Lage der Palästinenser oder Glasnost. Manchmal beobachtete Tina die beiden, suchte nach Anzeichen gegenseitiger Anziehung, aber sie hatte nie das Gefühl, dass da irgendetwas war. Inger war halb so alt wie Phil. Und doch fühlte sich Tina von ihren leidenschaftlichen Debatten manchmal ausgeschlossen. In letzter Zeit hat Phil begonnen, irgendwelche Mafiaverbrechen in Süditalien zu recherchieren. Sie hört, wie er mit Inger ein bisschen darüber plaudert. Wie er ihr von einigen der Gräueltaten berichtet, die diese Bandenmitglieder begingen, nur um den Drogenhandel zu kontrollieren. Es belastet sie, zu hören, wie er darüber redet, und wenn er anfängt, ihr davon zu erzählen, bittet sie ihn aufzuhören. Er behauptet, dass es sie nicht interessiere, aber das ist es nicht. Sie hat einfach schreckliche Angst, dass ihm etwas zustößt. Phil ist kein Italiener, und sie hat das Gefühl, dass ihm nicht bewusst ist, wie rachsüchtig diese Leute sein können. Sie will so wenig wie möglich darüber wissen. Je mehr sie weiß, desto beunruhigter ist sie.

An manchen Abenden verkriecht sie sich in ihre Dunkelkammer und sichtet länger als nötig Bilder. Sie erträgt es nicht, Inger in ihrem Tanktop und ihren knappen Shorts zu sehen, ihre schlanken braunen Beine und ihren flachen Bauch, und sie träumt davon, ihre eigene Figur aus der Zeit vor ihren Schwangerschaften zurückzubekommen. Als sie so alt war wie Inger, da trug sie winzige Miniröcke und Hot Pants, und sie hatte so viel Spaß mit Isabella. Sie bekamen viel männliche Aufmerksamkeit. Phil musste dieses Mädchen doch begehren?

Als sie nach dem Shooting zurück in ihr Hotel in Barcelona kommt, wartet eine Nachricht auf Tina. Sie ist von der französischen *Vogue*-Redakteurin, einer Vivienne Aury, die sie um ihren Rückruf bittet.

Vivienne Aury ist eine Legende in der Welt der Hochglanzmagazine. Einst als Redakteurin von *Harper's Bazaar* in New York tätig, zog sie in den Siebzigerjahren zurück nach Paris, wo sie seitdem die *Vogue* leitet. Tina verspürt ein winziges aufgeregtes Kribbeln. Dass die französische *Vogue*-Redakteurin eine Nachricht für sie hinterlässt, ist eine große Ehre. Sie muss inzwischen bestimmt fast siebzig Jahre alt sein? Sie fragt sich, ob sie einen aufregenden Job für sie hat.

Tina ruft sie an, sobald sie in ihr Zimmer kommt.

»Tina Rosselli?« Trotz all der Jahre in New York spricht die Französin ein stark akzentuiertes Englisch. »Ich bin ja so froh, dass Sie meine Nachricht erhalten haben.«

»Ich habe mich sehr gefreut, als ich sie bekommen habe«, erwidert Tina.

»Ich verfolge Sie schon seit vielen Jahren, meine Liebe«, sagt Vivienne Aury. »Ihr Stern ist beständig gestiegen. Ich bin sicher, Ihre Mutter wäre stolz auf Sie gewesen.«

Tina runzelt die Stirn. Ihre Mutter ist die letzte Person, von der sie sich vorstellen könnte, dass sie stolz auf Tinas Karriere als Fotografin wäre. Es ist seltsam, dass diese Frau das sagt.

»Nun ja«, fährt Vivienne fort. »Als ich festgestellt habe, dass wir beide zur selben Zeit in Barcelona sind, dachte ich, was für eine glückliche Fügung. Hätten Sie heute Abend vielleicht Zeit, um ein paar Tapas mit mir zu essen?«

Sie treffen sich eine gute Stunde später in einer schicken Tapas-Bar in der Nähe der Ramblas. Vivienne wartet bereits auf sie.

Sie ist eine hochgewachsene, elegante Dame mit schneeweißem Haar, das zu einem kurzen Pixie frisiert ist. Sie erhebt sich, als Tina die Bar betritt, und sie scheint tief bewegt von ihrem Erscheinen. Tina kann sich nicht denken, warum.

»Mon Dieu«, sagt sie, wobei sie Tina so gebannt anstarrt, dass es ihr ein wenig unangenehm ist. »Ich habe Fotos von Ihnen gesehen, aber nichts hat mich darauf vorbereitet, Sie persönlich zu sehen.«

Tina ist ein wenig verwirrt. Sie findet nicht, dass sie so außergewöhnlich aussieht.

Sie nehmen Platz und bestellen Wein und ein paar Tellerchen mit Tapas, auch wenn Tina keinen Hunger hat. Ihre Neugier ist geweckt. Sie hat das Gefühl, dass es bei diesem Treffen um mehr geht als ein Fotoshooting oder eine Diskussion über die Modebranche. Trotzdem plaudern sie freundlich über Gott und die Welt und ihrer beider Leben daheim. Vivienne ist, trotz ihres Alters, geistreich und scharfsinnig. Tina mag sie auf Anhieb. Vielleicht wird sie mir einen Job anbieten, denkt Tina, und wir könnten alle nach Paris ziehen? Die Vorstellung erscheint ihr auf einmal verlockend. Mehr als alles andere auf der Welt wünscht sie sich, dass Phil von diesen Mafiageschichten wegkommt.

»Nun, meine Liebe«, beginnt Vivienne, während sie sich die Mundwinkel mit ihrer Serviette abtupft. »Sie fragen sich bestimmt, weshalb ich Sie angerufen und um dieses Treffen gebeten habe. Es ist offensichtlich, dass Sie keine Ahnung haben, wer ich bin.«

Tina runzelt die Stirn. Natürlich weiß sie, wer sie ist. Vivienne Aury ist eine der Top-Zeitschriftenredakteurinnen der Welt.

»Lassen Sie es mich erklären«, sagt Vivienne, als sie Tinas Verwirrung sieht. »Ich bin eine alte Freundin Ihrer Mutter.«

»Meiner Mutter!«, ruft Tina, außerstande, ihr Erstaunen zu verbergen.

»Wir kannten uns, als sie in Paris lebte, zwar nicht sehr lange, aber wir standen uns dennoch sehr nahe.«

»Es tut mir wirklich leid, aber ich glaube, Sie müssen mich mit jemandem verwechseln. Meine Mutter war in ihrem ganzen Leben nie in Paris.«

Vivienne scheint verblüfft und sieht Tina durchdringend an.

»Ihre Mutter ist Maria Rosselli, Tochter von Belle Brzezinska aus Venedig?«, fragt sie Tina.

»Nun ja, das ist ihr Name, der Name meiner Großmutter, aber …«

»Sie hat in London Tanz studiert, und 1948 ist sie dann nach Paris gezogen«, unterbricht Vivienne sie.

»Nein, das kann nicht meine Mutter gewesen sein«, widerspricht Tina. »Sie war keine Tänzerin. Sie hat ihr ganzes Leben in Italien gelebt, bis sie …« Tina stockt. »Bis sie ein Flugzeug nach Amerika genommen hat … und …«

Vivienne beugt sich vor und legt eine Hand auf Tinas.

»Ich weiß«, sagt sie leise. »Sie kam bei einem Flugzeugabsturz ums Leben.« Sie hält einen Moment inne. »Sie wollte mich endlich in New York besuchen. Es tut mir so leid, Tina. Ich hätte Ihnen damals schreiben sollen, um Ihnen mein Beileid zu bekunden, aber ich war mir nicht sicher, ob Sie überhaupt von mir wussten, und von Marias Vergangenheit … Jetzt ist mir klar, dass Sie nichts darüber wissen.«

Tina nimmt einen Schluck von ihrem Rotwein. Sie will Vivienne sagen, dass es ein schrecklicher Irrtum ist. Die Frau, die sie für Maria Rosselli hält, kann nicht ihre Mutter sein. Doch dann wird sie auf einmal von einer Erinnerung durchzuckt, einem Moment, als sie ein kleines Mädchen war. Sie erinnert sich, wie sie eine Tür öffnete und ihre Mutter tanzen sah. Sie war allein, ein Staubtuch in der Hand, die Schürze umgebunden, das Haar unter einem Tuch zusammengefasst, und drehte sich in dem Sonnenlicht, das durch die staubigen Fenster hereinflutete, während Staubkörner wie glitzerndes Gold um sie herumwirbelten. Ihre Mutter war in diesem Augenblick eine Prinzessin gewesen. Bis zu diesem Moment hatte sie das alles völlig vergessen.

»Bitte«, presst sie hervor, »erzählen Sie mir, wer meine Mutter war.«

»Maria Rosselli war eine sehr begabte junge Tänzerin, auch wenn sie mir das zu der Zeit, als ich sie kannte, nie erzählt hat. Das erfuhr ich erst später«, beginnt Vivienne. »Was kann ich über Ihre Mutter sagen? Sie war ein echter Freigeist, eine Frau, die ihrer Zeit weit voraus war. Sie hat mich inspiriert, meinen Traum zu verfolgen und nach New York zu gehen und Zeitschriftenredakteurin zu werden.«

Tina bleibt vor Verblüffung der Mund offen stehen. Viviennes Beschreibung ihrer Mutter ist genau das Gegenteil davon, wie sie selbst sie beschrieben hätte.

»Als ich ein Kind war, war sie nicht so«, entgegnet Tina.

Sie denkt zurück. Sie erinnert sich, wie ihre Mutter ständig an ihr herumnörgelte oder auf dem Boden kniete und betete. Sie erschien ihr so alt und grau, aber jetzt wird ihr klar, warum.

»Sie war sehr traurig«, sagt Tina zu Vivienne. »Ehrlich gesagt, stand ich meinem Vater näher.«

Vivienne wendet den Blick ab, und eine leichte Röte überzieht ihre Wangen. Tina bemerkt es sofort.

»Was ist geschehen? Warum hat meine Mutter sich verändert?«

»Sie hatte einen Liebhaber in Paris. Deswegen ist sie dorthin gezogen«, erklärt Vivienne.

»Einen Liebhaber?«, wiederholt Tina ungläubig.

»Ja, wir gehörten alle zu dieser Szene in einem kleinen Viertel namens Saint-Germain-des-Prés in Paris. Wir tanzten die Nächte durch, hörten Jazz, hingen in Cafés herum und diskutierten über Kunst und Politik, wissen Sie, mit Leuten wie Jean-Paul Sartre, Simone de Beauvoir, Juliette Gréco, Albert Camus und Jean Cocteau.«

Tina ist sprachlos. Die Vorstellung, dass ihre Mutter in ihren Clogs und einem blauen Kleid, bei jedem Wetter mit ihrem schwarzen Kopftuch, in einem Café sitzt und mit Simone de Beauvoir über den Feminismus diskutiert, scheint absurd.

»Ihr Liebhaber, Felix Leduc, gehörte ebenfalls dieser Szene an. Er war Filmemacher, ein Surrealist wie Cocteau.«

»Ich kann es nicht glauben, das ist einfach unfassbar«, flüstert Tina.

»Es tut mir leid, es muss ein kleiner Schock für Sie sein«, sagt Vivienne. »Als ich nach New York zog, ließ ich mein altes Leben, mein Leben im Krieg, in dem ich so viel verlor, hinter mir.« Sie räuspert sich und nimmt einen Schluck Wasser, bevor sie fortfährt. »Aber seit ich nach Frankreich zurückgekehrt bin, habe ich einige alte Bekannte wiedergetroffen. Felix ist einer von ihnen.«

Tina hat von Felix Leduc gehört. Sie glaubt, vielleicht sogar einen seiner Filme gesehen zu haben. Und er soll der Liebhaber ihrer Mutter gewesen sein? Was war mit Maria Rosselli passiert, das sie so verändert hatte?

»Ehrlich gesagt, bin ich in Felix' Auftrag hier«, sagt Vivienne. Sie fängt Tinas Blick mit ihren eigenen grünen Augen auf, die noch immer strahlen, trotz ihres Alters.

»Wirklich?«, fragt Tina.

»Ja, er würde Sie sehr gern kennenlernen, aber er ist alt und gebrechlich. Wir hatten gehofft, Sie würden vielleicht Zeit haben, mich nach Paris zu begleiten und ihn zu besuchen.«

Die Bitte erscheint ihr etwas bizarr.

»Oh, das ist sehr rührend, aber verzeihen Sie, ich will nicht unhöflich sein, aber warum sollte er mich kennenlernen wollen? Er hat den Kontakt zu meiner Mutter offenbar schon vor Jahren verloren.«

Vivienne blickt unbehaglich zur Seite. Tina ist sich sicher, dass sie vermutlich die einzige Person ist, die die *Vogue*-Redakteurin je um Worte verlegen gesehen hat. Irgendetwas beginnt an Tina zu nagen. Sie spürt, wie ihr flau im Magen wird.

»Vielleicht, wenn ich Ihnen erklären würde, dass Ihre Mutter Paris im August 1948 verlassen hat, und … nun ja, vielleicht ist es am besten, wenn ich Ihnen das hier zeige.«

Sie öffnet ihre Tasche und entnimmt ihr ein altes Schwarz-Weiß-Foto. Tina starrt es an. Es zeigt eine Gruppe junger Leute im Halbkreis, die alle die Arme umeinandergelegt haben. »Das hier bin ich.« Vivienne zeigt auf ihr jüngeres Selbst, noch immer zu erkennen an derselben kurzen Frisur. »Und das hier ist Ihre Mutter.« Vivienne zeigt auf eine schöne junge Frau mit langen Locken, die ihr um die Schultern fallen. Tina ist erschüttert. Ihre Mutter sieht so glücklich aus. Sie hat sie in ihrer ganzen Kindheit nie so lächeln sehen. Sie lacht, nicht in die Kamera, sondern zu dem Mann hoch, der den Arm um sie gelegt hat. Er blickt in die Kamera. Ein fester, entschlossener Blick. »Das ist Felix«, sagt Vivienne leise. Tina sieht sein Gesicht an, und sie stöhnt auf. Das Foto fällt ihr aus der Hand auf den Tisch. Vivienne sagt nichts weiter. Tina holt einmal tief Luft. Sie nimmt das Foto wieder in die Hand und betrachtet Felix Leducs Gesicht. Jeder Irrtum ist ausgeschlossen. Sie muss nicht in einen Spiegel sehen. Kein Wunder, dass sie ihrem Vater, Guido, nicht ähnlich sah.

»Oh mein Gott«, stößt sie hervor.

»Felix ist Ihr Vater, Tina«, sagt Vivienne sanft. »Das ist offensichtlich. Er will Sie kennenlernen.«

»Nein«, erwidert Tina kopfschüttelnd. »Er ist vielleicht mein leiblicher Vater, aber mein richtiger Vater war Guido Rosselli.«

»Tina, denken Sie darüber nach«, drängt Vivienne sie. »Es ist vielleicht Ihre einzige Chance. Felix hat Krebs, er liegt im Sterben.«

Sie sieht noch einmal auf das Bild ihrer Mutter, Arm in Arm mit diesem Felix Leduc, und sie will vor Wut aufschreien. Aber sie beherrscht sich und holt noch einmal tief Luft. Sie erhebt sich steif.

»Es tut mir leid, Vivienne, ich kann ihn wirklich nicht kennenlernen.«

Sie macht auf dem Absatz kehrt und verlässt die Bar. Sie hat soeben eine der mächtigsten Frauen der Modewelt einfach sitzen lassen, aber es ist ihr egal.

Draußen läuft sie mit hämmerndem Herzen die Straße hinunter. Das hier muss irgendein Albtraum sein. Wie in aller Welt konnte ihre Mutter die Geliebte dieses Mannes gewesen sein?

Das hier ist nicht die Frau, die sie gekannt hat: schüchtern, zurückhaltend und fürsorglich auf das Wohl ihrer Familie bedacht … aber noch schlimmer, schlimmer als alles andere, ist die Tatsache, dass dieses Foto von ihrer Mutter mit diesem arroganten Filmemacher soeben ihren Vater geraubt hat. Ihren geliebten Vater: Guido Rosselli.

Wie kann Felix Leduc es wagen, sie kennenlernen zu wollen, jetzt, wo er im Sterben liegt? Er wollte sie sein Leben lang nicht sehen. Er hatte fast vierzig Jahre Zeit, ihre Bekanntschaft zu machen. Ihre Eltern sind jetzt seit fünfzehn Jahren tot. Selbst wenn ihre Mutter nicht wollte, dass er sie kennenlernte, hätte er sie nach dem Tod ihrer Eltern ausfindig machen können. Wenn Vivienne wusste, dass ihre Mutter gestorben war, dann muss sie es Leduc erzählt haben. Es ist unverzeihlich.

Zurück in ihrem Hotelzimmer fängt Tina zu ihrer Schande an zu weinen. Sie hat ihren Vater noch einmal verloren. Er war nicht ihrer, nie. Sie ist sich nicht sicher, um wen sie wirklich weint, um sich selbst oder um Guido. Sie muss Phil alles erzählen. Sie ruft in der Wohnung in Mailand an. Inger nimmt ab.

»Guten Abend, Tina, wie läuft's in Barcelona?«, fragt die Norwegerin sie.

»Gut.« Im Hintergrund kann sie Musik hören. »Wie geht es Valentina?«, fragt sie das Mädchen.

»Sie schläft jetzt, sie vermisst Sie. Ich habe ihr die Geschichte von Goldlöckchen und den drei Bären vorgelesen.«

»Die liebt sie.«

»Ja.« Inger hält einen Moment inne. »Wollen Sie Phil sprechen?«, fragt sie. »Er ist gerade hier.«

Was hat das zu bedeuten, gerade hier?, denkt Tina. Steht er genau hinter dir? Bist du nackt? Wird er dich gleich vögeln?

»Hi, Tina, wie ist es heute gelaufen?«, fragt Phil.

Sie will ihm alles erzählen, aber sie bringt kein Wort heraus. Sie tut ihr Bestes, um ihre Tränen hinunterzuschlucken.

»Tina, geht es dir gut?«

»Ja«, stößt sie heiser hervor.

»Ist alles in Ordnung?«, fragt er, aber er klingt abgelenkt, als ob er ihr nicht wirklich zuhört.

»Ich vermisse dich«, flüstert sie.

»Nein, nicht so, du drückst den Korken in die Flasche!«, ruft Phil auf einmal. »Entschuldige, Tina, dieses dumme norwegische Mädchen hätte eben um ein Haar eine gute Flasche Ripasso ruiniert. Was hast du eben gesagt?«

»Nichts«, erwidert Tina. Ihre Tränen sind auf einmal versiegt, aber ihr Herz verhärtet sich.

»Okay, na ja, dann lass uns Schluss machen«, sagt er. »Du hast bestimmt viel zu tun.«

Sie trinken Wein, denkt sie. Sie werden sich zusammen betrinken und dann vögeln.

»Tina.« Phil spricht noch immer zu ihr. »Pass auf dich auf, Schatz. Ich liebe dich.«

»Ich dich auch«, flüstert sie zurück, aber die Worte fühlen sich wie Krümel auf ihren Lippen an.

Tina sitzt allein an der Hotelbar, sieht zu, wie der Barkeeper die Gläser wegräumt, und leert ihren Gin Tonic. Er pfeift während seiner Arbeit zu der Flamenco-Gitarrenmusik. Ihr ist schwindelig von den ganzen Enthüllungen dieses Tages. Plötzlich ist sie einfach nur wütend. Warum haben ihre Eltern ihr nie die

Wahrheit gesagt? Sie hatte ein Recht zu erfahren, wer ihr richtiger Vater war. Aber dann muss sie auf einmal an Valentina denken, denn sie tut ihrer eigenen Tochter genau dasselbe an. Sie lässt sie in dem Glauben, dass Phil ihr richtiger Vater ist. Wird das eines Tages auch in Schmerz und Wut enden? Wenn Valentina die Wahrheit herausfindet? Ihre Wut flaut ab, sie fühlt sich allein und verlassen, und sie will irgendetwas tun, um sich wieder gut zu fühlen. Auf einmal verspürt sie den Drang, sich zu betrinken und sich gehen zu lassen.

»Kann man hier irgendwo gut tanzen gehen?«, fragt sie den Barkeeper.

»Gleich über der Straße ist eine Disco«, meint er. »Die lassen gute Musik laufen.«

Sie sagt sich, dass sie ohnehin nur auf einen einzigen Drink dorthin gehen wird. Die Disco liegt so nah beim Hotel, dass sie problemlos ins Bett kommt. Obwohl es ein Donnerstagabend ist, ist der Laden brechend voll, aber die Atmosphäre ist entspannt. Die Menge scheint jung, frei und ausgelassen zu sein. Die meisten sind vermutlich Studenten oder Künstler.

Sie bestellt sich an der Bar einen Drink, lehnt sich zurück und sieht den Leuten beim Tanzen zu. Sie fühlt sich schon jetzt ein bisschen besser. Die Musik ist mitreißend, ein bisschen zu populär für ihren Geschmack, aber trotzdem gut zum Tanzen. Dann kommt eines ihrer Lieblingslieder, *Kashmir* von Led Zeppelin. Dazu muss sie einfach tanzen. Sie leert ihr Glas in einem Zug. Sie fühlt sich so gut, so frei und ungebunden. Allein in einem Nachtclub voller Fremder zu tanzen, wo man niemanden kennt und sich nicht darum kümmert, was sie von einem halten, ist die beste Therapie, denkt Tina. Sie verbannt das Bild von Phil und Inger, wie sie sich die Flasche Wein teilen, aus ihrem Kopf und lässt völlig los, gibt sich der Musik hin. Junge Männer kommen und gehen, tanzen kurz mit ihr, bevor sie weiterziehen. Es fühlt sich wundervoll an, diese Freiheit zu haben, es einfach zu genießen, mit Fremden zu tanzen. Sie spürt, wie sie ihr Körpergefühl zurückgewinnt, wie sie sich sinnlich bewegt, wie die Musik in ihr vibriert.

Ein junger Mann kommt immer wieder, um mit ihr zu tanzen. Er hat schulterlanges, lockiges dunkles Haar, und er ist muskulös, aber nicht allzu groß, etwa so groß wie sie mit ihren Absätzen. Er nimmt sie bei der Hand und wirbelt sie über die Tanzfläche, sie schmiegt sich eng an ihn und genießt das Gefühl seines jungen, straffen Körpers an ihrem. Sie drehen sich gemeinsam, lassen die Hüften kreisen, befreit von allen Hemmungen. Sie fühlt sich begehrt und sexy. Ist es das, was das Tanzen mit ihrer Mutter Maria gemacht hat? Vivienne meinte, sie sei ein Freigeist gewesen. Vielleicht kann sie einfach nicht anders, als so zu sein, wie sie ist, denkt Tina, während sie sich von diesem jungen Mann eng an seinen Körper ziehen lässt, sodass sie das Spiel seiner Beinmuskeln an ihren weichen Schenkeln spüren kann.

Eine halbe Stunde später stolpern sie durch die Tür ihres Hotelzimmers. Sie hören nicht auf, sich zu küssen, während sie ihre Kleidung abstreifen. Sie kickt ihre Pumps von sich, während er sein Hemd herunterzerrt. Für einen jungen Mann hat er eine stark behaarte Brust, sie fährt mit ihren Fingern hinein und gräbt ihre Nägel in seine Haut, sodass sein Atem schneller geht. Sie reißen einander die Kleider vom Leib. Seine Augen funkeln dunkel, als er sich hinunterbeugt und ihren Nacken küsst. Sie reckt ihm ihren Hals entgegen, und er küsst ihre Kehle, gleitet an ihr hinunter und dann wieder zu den Seiten ihres Halses und bis hin zu ihrem Nacken. Er beginnt sie zu beißen, drückt und neckt die Haut unterhalb ihres Ohres sanft mit den Zähnen. Ein Kribbeln von Lust und Schmerz strömt durch ihren Körper, erfüllt sie mit Sehnsucht, durchsetzt mit Angst. Sie sollte ihm Einhalt gebieten, er könnte ihr wirklich wehtun, er hinterlässt mit Sicherheit Spuren auf ihr, und doch kann sie es nicht. Sie liebt, wie es sich anfühlt. Er schiebt sie rückwärts, und sie lässt sich nackt auf das Bett fallen, mit ihm auf ihr. Ihr junger Spanier küsst und knabbert und beißt sie abwechselnd, während er mit den Lippen über ihre Schultern und an den Seiten ihres Körpers nach unten gleitet. Er küsst und leckt sanft ihre Nippel. Das Gefühl seiner Zunge auf ihren Brüsten bringt sie fast um den Verstand. Sie wünscht sich so sehr, dass er sie nimmt. Auf einmal umklammert er ihren linken Nippel mit den Zähnen, und sie stöhnt auf, als er hineinbeißt, nicht zu fest, aber doch so fest, dass sie dieses doppelte Empfinden von Lust und Schmerz zugleich verspürt. Es ist gefährlich, dieser Mann könnte ihr wirklich wehtun, und doch, obwohl sie nicht einmal seinen Namen weiß, sehnt sie sich nach dieser erotischen Kombination aus Furcht und Verlangen. Damit fühlt sie sich so viel besser, denn der Schmerz seiner Bisse vertreibt den Schmerz in ihrem Herzen. Er gleitet an ihrem Körper nach unten, beißt sie in ihre Hüften, ihre Schenkel. Jetzt spreizt sie die Beine, will ihn tief in sich lassen. Sie spürt seine Lippen an ihrer Scham, und ihr Atem beschleunigt sich erwartungsvoll. Er leckt einmal, zweimal, und dann beißt er sie sanft, bewegt den Mund hoch zu ihrer Klitoris und knabbert zärtlich an ihr. Die Gefühle, die durch ihren Körper jagen, rauben ihr den Verstand, sie kann spüren, wie sie immer heftiger ihrem Höhepunkt entgegenstrebt. Auf einmal stößt er seine Zunge in sie. Mein Gott, dieser Mann ist ein Tier. Er bringt das Urtümliche in ihr hervor. Sie windet sich, ist kurz davor, zu kommen. Als könne er es spüren, zieht er sich zurück und erhebt sich. Er sieht sie lange an, während sie auf seinen pulsierenden Schwanz starrt, der erstaunlich groß ist für einen so kleinen Mann. Sie sagen kein Wort. Tina streckt sich wieder auf dem Bett aus, spreizt die Beine weiter, fleht darum, genommen zu werden.

Er hebt seine Jeans auf, reißt genüsslich eine Kondompackung auf. Sie findet, dass er irgendwie wie ein Matador aussieht, ein Mann voller Machostolz. Noch bevor er in sie eindringt, weiß sie, dass er sie hart und grob vögeln wird. Es ist das, was sie will, es ist das, was sie braucht.

Er liegt noch immer schlafend in ihrem Bett, als sie am nächsten Morgen aufsteht. Sie sammelt ihre Sachen ein, wobei sie versucht, keinen Lärm zu machen. Er schläft auf dem Bauch und sieht dabei so unschuldig und kindlich aus. Er ist sehr jung. Nach seiner Kleidung zu urteilen, schätzt sie, dass er Student ist. Sie hinterlässt ihm auf Spanisch eine Nachricht auf dem Nachttisch, in der sie erklärt, dass sie einen frühen Flug zurück nach Hause nehmen musste und dass er bis zum Check-out im Bett bleiben soll. Es ist alles geregelt. Dann lässt sie ihm etwas Geld da. Sie ist sich nicht sicher, warum sie das tut. Wird das, was sie getan hat, dadurch besser?

Sie überprüft ihr Aussehen im Spiegel des Kleiderschranks, bevor sie das Zimmer verlässt. Sie erträgt es nicht, ihr betrügerisches Gesicht zu sehen. Wie konnte sie Phil das antun? Was hat sie sich eigentlich dabei gedacht? Sie kann sich den Anfall von Eifersucht nicht erklären, der sie gestern Abend überkommen hat. Sie war sich so sicher, dass Phil und Inger in Mailand nichts Gutes im Schilde führten, aber jetzt erscheint ihr der Gedanke albern. Sie haben sich lediglich eine Flasche Wein geteilt, was sie alle gemeinsam an den meisten Abenden tun. Zu ihrem Entsetzen sieht sie, dass ihr Hals mit mehreren großen dunkelroten Bissspuren übersät ist. Wie in aller Welt soll sie die verstecken, wenn sie nach Hause kommt? Verzweifelt bemüht sie sich, die Flecken mit Grundierungscreme abzudecken, aber es klappt nicht. Sie spürt Panik in sich aufsteigen. Phil wird sie sehen. Wie soll sie ihm das erklären? Sie zieht einen Seidenschal aus ihrem Koffer und schlingt ihn sich mehrmals um den Hals, aber was soll sie später tun, wenn sie ihn ablegen muss?

Während Tina am Flughafen ihren Kaffee trinkt und versucht, wieder zur Ruhe zu kommen, kann sie den Blick nicht von der Abflugtafel abwenden. Sie sieht nicht auf den Flug nach Mailand, sondern auf den Flug nach Paris. Sie sieht zu, wie die Minuten langsam verstreichen, wie die Gelegenheit, ihren Vater kennenzulernen, allmählich schwindet.

Boarding. Gate schließt. Gate geschlossen.

In diesem Augenblick wird ihr eigener Flug nach Mailand aufgerufen. Sie nimmt ihre Tasche, schlingt sich den Schal fester um den Hals und steht auf. Ihr Körper ist noch immer wund von der letzten Nacht, und ihr Herz ist schwer. Trotzdem will sie nach Hause. Mehr als alles andere will sie die Nacht in Phils Armen verbringen. Er ist die eine wahre Liebe ihres Lebens.

Valentina

»Zieh bei mir ein«, bittet Leonardo sie.

Sie sitzen in seinem Wohnzimmer auf Kissen und essen Salat, den sie sich bei einem Imbiss mitgenommen haben. Valentina ist so erschrocken, dass sie sich fast an ihrer Falafel verschluckt.

»Was hast du da gesagt?«, fragt sie.

»Ich habe dich gebeten, bei mir einzuziehen«, erwidert Leonardo völlig gelassen, während er einen Schluck von seinem Gemüse-Saft nimmt. Sie kann an seiner Miene ablesen, dass er es ernst meint.

»Aber warum?« Sie weiß, dass ihre Antwort nicht sehr höflich ist, aber offen gestanden ist sie völlig überrumpelt von Leonardos Angebot.

»Weil du Marco und Jake etwas mehr Raum geben musst. Und …«, er schenkt ihr ein scheues Lächeln, »… weil ich es gern will.«

»Bist du dir sicher, dass du mich ständig um dich haben willst?«

Sie dippt mit ihrem Pitabrot etwas Hummus aus der Schachtel.

»Ich kann mir nichts Schöneres vorstellen, als dich ständig um mich zu haben«, sagt Leonardo gefühlvoll.

Seine Worte machen ihr ein bisschen Angst. Wenn sie bei

Leonardo einzieht, dann wird das keine flüchtige Affäre sein. Es könnte etwas Großes … vielleicht Dauerhaftes in ihrem Leben werden. Sie beißt sich auf die Lippe, während sie sich fragt, was sie ihm antworten soll.

»Du musst mir nicht sofort antworten«, sagt Leonardo. »Denk einfach darüber nach.«

»Das muss ich nicht«, entgegnet sie. »Ja. Ich werde bei dir einziehen.«

Eine Woge der Gefühle durchströmt sie, eine bittersüße Mischung aus Schmerz und Hoffnung. Endlich tut sie einen Schritt nach vorn, sie vertraut einem anderen Mann.

Das Essen ist weggeräumt, die Flasche Prosecco geleert. Das erste Mal seit Monaten fühlt Valentina sich wirklich gut, entspannt und aufgeregt zugleich. Ihr Leben ist dabei, sich zu verändern. Sie hat keine Ahnung, in welche Richtung, aber allein schon diese Tatsache hebt ihre Stimmung. Nichts ist schlimmer als Vorhersagbarkeit. Sie zieht bei Leonardo ein … was wird als Nächstes kommen?

Die beiden sitzen einander gegenüber auf dem Futon und hören Sigur Rós, die verträumten Melodien spinnen ein betörendes Netz um sie herum.

»Weißt du noch, wie du dich gefühlt hast, als ich dich berührt habe, deine Yoni massiert habe?«, wispert Leonardo.

Valentina hatte sich gefühlt, als würde sie unter Leonardos Händen dahinschmelzen. Es war eine der sinnlichsten Erfahrungen ihres Lebens gewesen.

»Ja«, sagt sie. »Es war wunderschön.«

»Ich wollte dir zeigen, dass es so viele Arten gibt, den schlichten Akt der Berührung zu nutzen, wenn man sich liebt.«

»Was meinst du damit?«, fragt sie ihn.

»Natürlich berühren wir einander, wenn wir uns lieben, aber oft experimentieren wir nicht genug mit den sinnlichen Auswirkungen der Berührung. Beim Tantra versucht man, sich liebevoll zu berühren, mit Bewusstsein in den Händen, sodass man sich, wenn man berührt wird, gestattet, die Berührung zu empfangen. Man nimmt die Wärme in den Körper auf.«

»Das heißt, in gewisser Weise hast du mit dieser Massage, die du mir gegeben hast, nicht nur für mich etwas getan?«, fragt sie.

»Genau, du bist nicht passiv … du empfängst aktiv meine Berührung, und das hat wiederum Auswirkungen auf mich.«

Jetzt versteht sie, was Leonardo sagt. Dass er sich gefühlt hatte, als seien sie in einer sinnlichen Interaktion miteinander verbunden gewesen, als er sie massiert hat.

»Valentina«, flüstert Leonardo, während er mit den Fingern über ihr Gesicht gleitet und sie mit einer solchen Hingabe betrachtet, dass ihr Herz zu rasen beginnt. »Wenn wir uns heute Abend lieben, dann will ich, dass du es für dich tust – nicht für mich, sondern für dich.«

Sie runzelt die Stirn. »Ich will dich lieben«, sagt sie. »Ich will dich glücklich machen.«

»Oh, Valentina, das tust du doch«, sagt er lächelnd. »Dafür musst du dich nicht so anstrengen.«

Er zieht sie in seine Arme, und sie küssen sich langsam. Während sie sich nach und nach aus ihren Kleidern schälen, wird sie sich jeder Stelle ihres Körpers bewusst, die einen Teil von Leonardo berührt. Ihrer Fingerspitzen an seinen Wangen, ihrer Brüste, die sich an seinen nackten Oberkörper pressen. Anstatt sich aufs Bett fallenzulassen, setzt sich Leonardo aufrecht hin und zieht sie auf seinen Schoß, während er die Lotosposition einnimmt.

Valentina schlingt die Beine um Leonardos Taille und die Arme um seinen Rücken, und Leonardo nimmt sie gleichzeitig in seine Arme. Sie richtet sich auf, sodass sie die Spitze seines Gliedes an den weichen Lippen ihres Geschlechts spüren kann. Ein Kribbeln, ein Beben durchzieht ihr tiefstes Inneres.

»Entspann dich einfach«, flüstert Leonardo, während er ihr noch immer in die Augen sieht.

Sie entspannt ihren Beckenboden bewusst, stellt sich vor, wie sie sich für Leonardo öffnet. Langsam, unendlich langsam dringt er in sie ein, und sie spürt, wie sie sich noch weiter für ihn öffnet, nachgibt, ihn in sich aufnimmt. Sie spürt, wie sein Schwanz in ihr zuckt, nicht hart zustößt, sondern sich vielmehr tiefer in ihr Inneres schlängelt. Es fühlt sich an, als habe Leonardos Schwanz einen eigenen Willen. Er hat die Kontrolle über ihr Liebesspiel, als würde er ihnen instinktiv sagen, wann und wie sehr sie sich bewegen sollen.

Während sie Leonardo in die Augen sieht, fühlt sie sich sicher und geliebt, beschützt. Und dennoch, trotz der tiefen Wonne, die sie empfindet, trotz der Lust, die in ihr emporsteigt, kann sie nicht anders, als sich zu wünschen, sie hätte diese Erfahrung mit Thomas geteilt.

Valentina und Leonardo sind eine atmende Einheit, sie wiegen sich vor und zurück, und dann schließlich explodiert etwas in Leonardo

Er schreit auf, mit heiserer Stimme, so anders als sein üblicher ruhiger Ton.

»Oh mein Schatz, Valentina!«, schreit er. »Ich liebe dich.«

Seine Worte durchdringen ihr Herz, als er mit einem tiefen,

schaudernden Atemzug zum Höhepunkt kommt. Sie hält seinem Blick stand, unfähig zu reagieren, zutiefst überwältigt von seinen Gefühlen. Sie hatte gewusst, hatte natürlich immer gewusst, dass er in sie verliebt war, zumindest in diesem letzten Jahr. Und doch schien Leonardo seine Emotionen immer so unter Kontrolle zu haben, mit seinem Yoga und den Tantra-Lehren. Aber jetzt zu hören, wie er ihren Namen schreit, wie er die Beherrschung verliert und ihr ins Gesicht sagt, dass er sie liebt, lässt sie taumeln. Sie kann nichts sagen, aber ihr Körper reagiert, beginnt zu pulsieren, als sie sich demselben Rausch hingibt wie er und immer und immer wieder kommt.

Tina
1989

Sie hatte gedacht, er sei tot. Als sie die Wohnungstür öffnete und Garelli, Phils Freund von der Polizei, mit düsterer Miene auf ihrer Schwelle stehen sah, da hatte sie gedacht, Phil sei getötet worden. Tina neigte nicht zu Hysterie, aber sie hatte instinktiv aufgeschrien. Es war ihr wie eine Strafe erschienen. Sie hatte es verdient, Phil zu verlieren.

Dann kam Inger angelaufen und fragte Garelli in ihrem gebrochenen Italienisch, was passiert war.

»Auf Signor Rembrandt ist geschossen worden«, erklärte Garelli. »Aber es geht ihm gut. Es ist nur eine Fleischwunde in der Schulter.«

»Es geht ihm gut?«, vergewisserte sich Inger, während Tina sprachlos und zitternd dastand.

»Er hat mir das Leben gerettet«, sagte Garelli. »Er ist ein Held.«

»Ich will keinen Helden«, hatte Tina gefaucht. »Ich will, dass mein Mann gesund und am Leben ist.«

Es war nur eine Frage der Zeit gewesen, bis irgendetwas passieren würde. Seit sie aus Barcelona zurück war, hatte Phil rund um die Uhr an diesem Artikel über die Gewaltverbrechen einer bestimmten Mafiabande mit Sitz in Sorrent gearbeitet. Anfangs hatte sie sich nicht beklagt. Sie hatte ein solch schlechtes

Gewissen wegen dem, was sie in Barcelona getan hatte, sie war einfach froh, dass er noch bei ihr war, dass er nichts von ihrem Seitensprung wusste. Doch im Laufe der Wochen bekam sie fast das Gefühl, dass Phil sie nicht mit einer anderen Frau betrog, sondern mit diesem Fall.

»Dir wird noch etwas zustoßen«, warnte sie ihn. »Phil, diese Leute sind sehr gefährlich.«

»Ich weiß«, sagte er. »Aber sie müssen aufgehalten werden. Ich versuche, Garelli und der Polizei zu helfen, eine Anklage aufzubauen.«

»Bitte, Phil, lass die Polizei einfach ihre Arbeit machen. Du hast nicht einmal eine Pistole.«

»Wofür sollte ich denn eine Pistole brauchen?«, hatte er gelacht. »Wenn ich die Macht meiner Feder habe.«

Sie fand es nicht witzig.

»Das ist nicht zum Lachen«, sagte Tina.

»Ich weiß«, erwiderte er, auf einmal ernst. »Nicht, wenn ein junges Mädchen brutal ermordet und ihre Leiche in Neapel in eine Mülltonne geworfen wird, nur weil sie zufällig zur falschen Zeit am falschen Ort war. Oder wenn ein Junge eine Überdosis Heroin nimmt, Drogen, die ihm diese Dreckskerle beschafft haben, womit genau dieselben Dreckskerle so reich geworden sind, dass sie so tun können, als wären sie feine Leute.«

Tina schüttelte den Kopf.

»Sie sind eine Macht für sich, Phil. Du allein kannst da nichts ausrichten.«

»Ich kann es versuchen«, entgegnete er. Sie hatte ihn noch nie so wütend gesehen. »Dieser Typ, Caruthers, hält sich für eine Art König. Er schickt seinen Sohn auf die teuerste Privatschule in England und erzieht ihn zu einer Art kleinem Lord, damit er sein Reich regieren kann. Und es geht nicht nur um Drogen, Tina. Es geht um alles. Prostitution. Raub. Mord. Es hört nicht auf.«

Als es September wurde, arbeitete Phil Tag und Nacht wie ein Besessener an dem Fall. Er sagte, sie stünden kurz vor einem Durchbruch. Eines Morgens, als Valentina im Kindergarten war, nahm er Inger mit und bat sie, ein paar Fotos von einem der Bandenmitglieder in einem Café zu machen, da sie alle wussten, wie Phil aussah. Tina war wütend, als sie es herausfand.

»Wie kannst du es wagen, dieses Mädchen in Lebensgefahr zu bringen?«, fuhr sie ihn an, erstaunt von ihrem eigenen Beschützerinstinkt gegenüber der jungen Norwegerin. »Sie ist völlig unschuldig.«

»Sie hat angeboten, mich zu begleiten«, erwiderte Phil. »Sie fand es aufregend.«

»Es ist mir egal, und wenn es das Spannendste ist, was sie je erlebt hat. Sie ist erst zwanzig. Du wirst sie NIE wieder mitnehmen.«

Aber jetzt ist auf ihn geschossen worden, und während Tina in ihrem Wagen zum Krankenhaus rast, ist ihr egal, ob er es sich selbst zuzuschreiben hat oder nicht. Sie will ihn nur sehen und sich vergewissern, dass es ihm gut geht.

»Da ist ja mein Mädchen«, sagt Phil. Er sitzt aufrecht im Bett, den Arm in einer Schlinge, die Schulter verbunden.

Sie bricht in Tränen aus. Sie kann nicht anders. Er sieht so verletzlich aus mit diesen ganzen Verbänden. Sie kann sehen, dass er Schmerzen hat, trotz seines Lächelns.

»Hey!«, raunt er. »Komm her, du dummes Ding.«

Sie wirft sich aufs Bett und vergräbt den Kopf an seiner Brust. Er streicht ihr über den Kopf.

»Es geht mir gut, es ist nur eine kleine Wunde«, sagt er zu ihr.

Sie richtet sich auf und sieht ihn an.

»Ich dachte, du wärst tot«, schluchzt sie. »Als ich Garelli sah, da dachte ich im ersten Augenblick, sie hätten dich getötet.«

»Nein, so leicht werden sie mich nicht los.«

»Mach keine Witze«, fleht sie.

»In Ordnung, Schatz«, murmelt er sanft. »Komm her.«

Sie legt sich zu ihm auf das Krankenhausbett und kuschelt sich an seine gesunde Seite. Er legt seinen nicht bandagierten Arm um sie. Ihr wird bewusst, dass es seit Wochen das erste Mal ist, dass sie sich richtig aneinanderkuscheln. Er war so mit seiner Arbeit beschäftigt.

Phil küsst sie auf den Kopf, und sie hebt das Gesicht zu ihm. Sie küssen sich sanft. Sie kann spüren, wie ihr Puls sich beschleunigt. Sie will am liebsten zu Phil unter die Decke schlüpfen und ihn lieben.

»Weißt du, ich hatte schon immer diese Krankenschwester-Fantasie«, neckt Phil sie.

»Und jetzt hast du keine Fantasien?«, neckt sie ihn ihrerseits.

»Es würde mir nicht im Traum einfallen. Du bist die einzige Frau für mich, Tina Rosselli.«

Sie zuckt zusammen, als sie daran zurückdenkt, wie sie ihn betrogen hat. Zweimal. Sie hat Phils Liebe nicht verdient. Sie will, dass alles wieder so wird wie früher, bevor Phil mit dem Mafiafall angefangen hat, als Valentina ein Baby war, und bevor Mattia nach Amerika ging.

»Ich habe Mattia angerufen«, sagt Tina. »Er nimmt morgen einen Flieger nach Hause.«

»Das ist doch nicht nötig«, erwidert Phil. »Das wird ihn ein Vermögen kosten.«

»Phil, du bist sein Vater. Natürlich kommt er nach Hause. Ich bezahle das Ticket.«

»Wie geht es ihm dort drüben?«

»Gut, er hat einen Job bei einem Umzugsunternehmen in New York. Und eine Freundin. Sie heißt Debbie.«

»Und wo ist unser kleines Mädchen?«

»Sie ist mit Inger im Park. Sie sind die Enten füttern gegangen. Sie will wissen, wo Papa ist.«

»Ich komme bald nach Hause. Sie haben gesagt, noch ein, zwei Tage, dann bin ich wieder gesund und munter, noch ein bisschen angeschlagen, aber …«

»Phil, du musst aufhören«, bittet Tina.

»Aber wir haben ihn fast, Tina.« Seine Augen blitzen vor Aufregung. »Ich werde Caruthers zur Strecke bringen.«

»Hör auf mich, Phil«, fleht sie. »Das ist zu gefährlich.«

»Es wird alles gutgehen«, versichert er ihr. »Jetzt haben wir es fast geschafft.«

»Ich mache mir Sorgen um Valentina, um Inger, um uns alle …«

»Du hast recht.« Phil nagt an seiner Lippe. »Warum gehst du mit Valentina nicht für eine Weile zu Mattia nach New York, bis die ganze Sache vorbei ist? Inger soll in ein paar Wochen sowieso nach Norwegen zurückkehren.«

»Aber was ist mit dir?«

»Ich werde hierbleiben«, beschließt er. »Ich muss das zu Ende bringen, Tina.«

»Nein«, flüstert sie. »Ich verlasse dich nicht.«

Phil streicht ihr das Haar aus der Stirn und küsst sie.

»Tina, ich liebe dich mehr als mein eigenes Leben, das weißt du doch, oder?«

Sie nickt.

»Du musst mir vertrauen«, sagt er sanft. »Ich kann da jetzt nicht aufhören. Das würde alles nur noch schlimmer machen. Wir müssen dafür sorgen, dass Caruthers hinter Schloss und Riegel kommt.«

Sie schüttelt den Kopf.

»Bitte, Phil …«

Er unterbricht sie.

»Ich will auch, dass ihr alle in Sicherheit seid. Das heißt, vielleicht sollte ich für eine Weile verschwinden, bis alles vorbei ist?«

»Nein.« Panik erfüllt ihr Herz. »Verlass mich nicht.«

Er grinst sie an.

»Sei nicht albern, natürlich verlasse ich dich nicht … es wird nur vorübergehend sein.«

»Nein«, flüstert sie. »Ich kann ohne dich nicht leben.«

Sie weiß, dass es genau das ist, was Liebende ständig zueinander sagen. Aber sie weiß auch, dass es die Wahrheit ist. In dem Augenblick, als sie Garelli auf ihrer Türschwelle sah, als sie dachte, sie hätte Phil verloren, da fühlte sie sich, als würde sie innerlich ebenfalls sterben, als würde ihr Körper sich von ihrem Herzen lösen, während es wie ein Stein herabfiel und unter ihr zersprang.

»Eines Tages wirst du das vielleicht müssen, Tina«, sagt Phil, während er mit einem Finger ihr Kinn anhebt. »Am Ende sind wir alle allein.«

Valentina

Valentina gießt die Aloe-vera-Pflanze auf Leonardos Fensterbrett in der Küche. Sie drückt die dicken saftigen Blätter zwischen ihren Fingern und testet die Erde, um zu sehen, ob sie feucht genug ist. Sonnenlicht flutet durch das offene Fenster herein, der Frühling ist fast zum Sommer geworden. Sie fragt sich, ob sie den ganzen Sommer über in New York bleiben wird. Marco hat ihr gesagt, dass es unerträglich heiß werden wird, aber das wird es in Mailand auch. Als sie ihm gesagt hat, dass sie bei Leonardo einzieht, hatte Marco sich für sie gefreut.

»Ich dachte, du hättest das Gefühl, ich sei noch nicht bereit, mit jemandem zusammen zu sein«, provozierte sie ihn, während sie ihre Sachen zusammenpackten, »geschweige denn, bei jemandem einzuziehen.«

»Leonardo ist anders«, sagte Marco, während er eine ihrer Blusen sorgfältiger zusammenlegte, als es Valentina je tun würde. »Er wird sich um dich kümmern.«

Sie lebt seit knapp einer Woche bei Leonardo, und bis jetzt ist es traumhaft. Sie hat es geschafft, alle Gedanken an Glen und seine unheimliche Nachricht zu verdrängen. Sie hat zu dem Kunstraub nichts mehr von der Polizei gehört, bis auf die Bestätigung, dass die Klimt-Zeichnung tatsächlich das Original war und leider keine Fingerabdrücke oder DNA-Spuren darauf gefunden werden konnten. Sie hatten die Rolle untersucht, in der es verschickt worden war, hatten das Postamt in Harlem gefunden und sich die Überwachungskameras angesehen, aber nichts davon brachte sie weiter.

Valentina hat endlich beschlossen, alles hinter sich zu lassen. Alles. Selbst ihre Rachegelüste an Glen. Es ist zu gefährlich. Es ist es nicht wert. Das wurde ihr durch Leonardo klar. Außerdem ist Glen aller Wahrscheinlichkeit nach gar nicht mehr in New York. Der Mann müsste verrückt sein, in einer Stadt zu bleiben, in der jeder Cop hinter ihm her ist.

Jeden Morgen wird sie von ihrem Liebhaber mit einer Tasse Kusmi-Detox-Kräutertee geweckt, und sie nippt an diesesm reinigende Trank, während Leonardo ihr die Füße massiert. Manchmal, wenn sie es nicht eilig haben, massiert Leonardo danach auch noch den Rest ihres Körpers, entfaltet sie, sodass sie den Morgen schließlich damit beginnen, sich zu lieben.

Heute, als sie zusammen im Bett lagen und ihre Zehen sich küssten, hatte Leonardo versucht, ihr noch ein bisschen mehr über Tantra zu erklären. »Beim Tantra ist der Orgasmus nicht mehr das oberste Ziel, das durch Anstrengung und Anspannung jedes Mal erreicht werden muss«, sagte er. »Wenn es passiert, ist es gut, und wenn es nicht passiert, ist es auch gut.«

»Es fällt mir schwer, das zu begreifen«, gab Valentina zu, während sie mit einem Finger über die Innenseite seines Arms glitt. »In der Vergangenheit hatte ich oft Sex, ohne zum Höhepunkt zu kommen, aber danach war ich immer ein bisschen unbefriedigt, und wenn mein Partner nicht kommt, fühle ich mich wie eine Versagerin.«

»Das liegt daran, dass du dir beim Sex eine Art Ziel setzt. Du konzentrierst dich auf die Lust, anstatt auf die Ekstase.«

Leonardo streichelt ihr Gesicht.

»Ich will dir zeigen, wie du Entspannung, im wahrsten Sinne des Wortes, in den Sex bringen kannst, sodass er eine magische Offenbarung wird, anstatt ein Muster zu sein, dem du jedes Mal folgst.«

»Was meinst du mit Entspannung?«

Leonardo streckt die Arme über den Kopf aus. Er sieht aus wie eine Katze, ruhig und wachsam zugleich.

»Ich meine keinen Zustand der Erschöpfung oder des Zusammenbruchs, ich meine echte Entspannung ... wenn du deine Aufmerksamkeit von außen nach innen richtest, von Aktivität zu Ruhe, weniger tust und mehr bist. Es geht darum, die Kontrolle darüber aufzugeben, *wie* wir lieben, sodass wir nicht einfach Gewohnheiten folgen ...«

Sie rollt sich auf die Seite und drückt ihm einen Kuss auf die Stirn.

»Im Moment fühle ich mich ziemlich entspannt.«

»Du würdest dich wundern, wie angespannt du tatsächlich bist. Du musst diese Blockaden bewusst lösen. Wenn wir uns das nächste Mal lieben, werden wir versuchen, diese Bereiche der Blockade in deinem Körper zu finden. Wenn du zum Beispiel den Kiefer entspannst, kannst du sofort spüren, wie besänftigend sich das auf deinen Beckenbereich auswirkt, oder wenn du deine Füße entspannst, die Zehen anziehst und wieder lockerlässt, kannst du deine Vagina entspannen.«

»Und wann *werden* wir uns das nächste Mal lieben?«, fragt ihn Valentina, auf einen Ellenbogen gestützt, ein freches Grinsen im Gesicht.

Er sieht sie lange an und lächelt fast unmerklich. Jetzt sieht er noch katzenhafter aus, als würde er gleich zu schnurren beginnen. Er zieht sie auf sich und küsst sie weich auf die Lippen. Sie erwidert seinen Kuss, legt ihm die Hände ums Gesicht, hält ihn wie einen kostbaren Schatz. Sie ist in Versuchung, die Lider zu schließen, sich in einer Fantasie zu verlieren, aber Leonardo hält ihren Blick gefangen, und während sie gegen diesen Drang ankämpft mit offenen Augen, stellt sie fest, dass ihr deutlicher bewusst ist, wie sich ihr Körper für ihn öffnet. Sie setzt sich auf ihn und lehnt sich zurück, und für einen Moment verharren sie in dieser Position, die Hände auf dem Herzen des anderen, und atmen im Einklang. Sie kann spüren, wie sein Glied unter ihr anschwillt und sich entfaltet, aber sie ruft sich all das in Erinnerung, was Leonardo ihr beigebracht hat. Sie muss sich ihres eigenen ebenso wie seines Körpers bewusst sein. Sie muss nicht nur ihn, sondern auch sich selbst lieben. Auf diese Weise kann sie ihn am besten lieben. Sie beugt sich hinunter, um ihn zu küssen, während sie spürt, wie sein Schwanz instinktiv langsam in ihr nach oben drängt. Sie hält ihn fest und öffnet sich weiter, sodass er tief in sie hineingezogen wird. Sie hat das Gefühl, dass seine Spitze jetzt ihre heiligste, empfindlichste Stelle berührt. Aber sie beschließt, nicht an das Ergebnis zu denken, sondern konzentriert sich stattdessen darauf, wie sich ihr Körper anfühlt. Sie entspannt ihren Kiefer, und prompt spürt sie, wie sich ihr Becken weiter öffnet, ihn noch tiefer hineinzieht. Zum ersten Mal in ihrem Leben denkt sie an die Macht und Kraft, die sie in sich hat. Sie stellt sich einen gelben Diamanten unterhalb ihrer Brust vor, er leuchtet hell und strahlend. Sie beschwört dieses Licht, herauszuströmen, sich zu entspannen.

Zu ihrer Verblüffung verspürt sie eine plötzliche Welle von Übelkeit, einen Knoten in ihrem Magen, als das ganze Leid, der ganze Herzschmerz des vergangenen Jahres allmählich an die

Oberfläche dringt. Einen Moment lang hat sie Angst, aber Leonardo hält sie fest, sieht ihr in die Augen und heilt sie schweigend mit seiner Liebe. Sie lieben sich ohne Anstrengung, ohne Anspannung. Es wird zu einem Tanz, einem sinnlichen Winden ihrer Körper, als wären sie zwei Schlangen, die sich umeinander ranken.

Sie lieben sich zwei Stunden lang. Wenn ihr jemand davor gesagt hätte, sie würde zwei Stunden hintereinander Sex haben, ohne einen Orgasmus zu haben, hätte sie es nicht geglaubt. Sie hätte es als frustrierend, ja sogar peinlich empfunden. Doch während ihr leidenschaftlicher Tanz sich verlangsamt und sie sich auf dem Bett wieder voneinander lösen, fühlt sie sich euphorisch, ihr Körper strahlt vor Wonne, und alle Gedanken an vergangenen Schmerz und künftige Unsicherheiten sind hinweggefegt von der Ekstase des Augenblicks. Sie fühlt sich, als nähme sie Leonardo ganz in sich auf, all seine heilende Liebe und positive Ausstrahlung. Sie fühlt sich geschätzt und geachtet, und erstaunlicherweise frei von Angst. All diese tantrischen Schlüssel helfen ihr, ihre Ängste vor Nähe zu lösen.

Sie will dieses Gefühl für den Rest des Tages bewahren, aber sobald Leonardo zu seinem Yogakurs aufbricht, spürt sie, wie sie wieder ein wenig nervös wird. Alles wäre perfekt, wären da nicht Glen und die Klimt-Zeichnung. Sie versucht, diese Gedanken aus ihrem Kopf zu verbannen. Sie hat diesen Nachmittag einen Auftrag für ein kleines Shooting. Ein Model namens Sophie hatte sie gebeten, einige experimentellere Bilder für ihre Portfolio-Mappe zu machen. Sie haben sich für mehrere Locations in New York entschieden: Central Park, das Guggenheim, Times Square und die Spitze des Rockefeller Centre. Valentina freut sich auf das Projekt, sie will einige neue digitale Processing-Techniken ausprobieren.

Gerade als sie das Zubehör für die Aufnahmen diesen Nachmittag eingepackt hat, klingelt ihr Handy.

»Hallo, Schatz, hier ist Tina.«

Warum nennt ihre Mama sich nicht einfach Mama, so wie andere Mütter? Sie hasst die Tatsache, dass sie von Valentina ständig Tina genannt werden will. Vor allem auch weil sie mehr oder weniger denselben Namen haben.

»Oh, hi.«

»Wie läuft's?«, fragt ihre Mutter. »Hast du viele Aufträge?«

Bei ihrer Mutter dreht sich alles immer um die Arbeit, denkt Valentina.

»Ja, ich bin ziemlich beschäftigt.«

»Gut«, sagt ihre Mutter. Ausnahmsweise folgt kein Ratschlag.

Eine Weile herrscht Stille in der Leitung.

»Nun, ich bin in New York«, verkündet ihre Mutter auf einmal.

»Tatsächlich?«, fragt Valentina vorsichtig. Was will ihre Mutter?

»Ja, weißt du …« Wieder entsteht eine betretene Pause. Es sieht Tina nicht ähnlich, um Worte verlegen zu sein.

»Was ist los, Mama?«

»Ich würde dich gern sehen, so bald wie möglich«, platzt sie heraus. »Wir müssen reden.«

»Worüber?«

Für Valentina kommt das ungefähr zehn Jahre zu spät. Sie hat lange genug versucht, mit ihrer Mutter auszukommen. Sie wird sie ertragen, aber sie werden sich nie nahestehen.

»Ich habe mit Phil gesprochen«, sagt ihre Mutter.

Valentina erwidert nichts. Ihre Stimmung verdüstert sich. Sie hatte gehofft, ein solches Gespräch mit ihrer Mutter vermeiden zu können. Sie hatte das Gespenst ihres abwesenden Vaters zu Grabe getragen, als sie sich mit Phil Rembrandt traf und er ihr eröffnete, dass er gar nicht ihr richtiger Vater war. Als sie mit Thomas in Sorrent war, hatte sie entschieden, dass sie nichts weiter über ihren richtigen Vater wissen wollte, und dass sie das Thema ihrer Mutter oder Mattia gegenüber nie zur Sprache bringen würde. Sie war wütend auf die beiden gewesen, weil sie sie belogen hatten, aber was hatte es für einen Sinn, jetzt noch darüber zu reden? Sie wollte nicht noch mehr Kummer in ihrem Leben. Nachdem sie Thomas verloren hatte, verglichen mit diesem Schmerz, erschien es Valentina bedeutungslos, ihren richtigen Vater zu finden.

»Warum hast du mir nicht gesagt, dass du das ... mit Karel wusstest?«, fragt ihre Mutter.

»Ich habe keinen Sinn darin gesehen ... ich habe darauf gewartet, dass du es mir sagst.«

»Ich hätte es dir nie gesagt«, erwidert Tina nüchtern.

»Eben«, sagt Valentina kühl. »Wozu auch?«

»Aber jetzt, wo du es weißt, muss ich dir von ihm erzählen.«

»Warum?«

»Weil Phil mir klargemacht hat, dass es falsch von mir war. Es tut mir leid, Valentina.«

Valentina ist verblüfft. Sie kann sich nicht erinnern, dass ihre Mutter sich je bei ihr entschuldigt hat.

»Hör zu«, fährt ihre Mutter fort, »ich will dieses Gespräch nicht am Telefon führen. Können wir uns irgendwo treffen?«

Valentina sieht auf ihre Uhr, sie hat mit Sophie ausgemacht, dass sie sich um 16 Uhr in einem Restaurant namens Steak Frites treffen. Jetzt ist es Mittag.

»Okay, treffen wir uns zum Mittagessen in einem Lokal namens Steak Frites? Das ist ein französisches Restaurant, Ecke 18th Street und 5th Avenue.«

»Wir sehen uns dort um eins«, sagt ihre Mutter.

Das Steak Frites ist im Stil einer Pariser Bar der Zwanzigerjahre eingerichtet, mit einer dekorativen Tapete, Spiegeln und altmodischen Hüten, die die Regale zieren. Es ist eines von Valentinas Lieblingslokalen geworden, weil es sie an diese Epoche erinnert. Sie hat auch Sophie vorgeschlagen, hier eine der Aufnahmen zu machen. Es ist ein schrulliger Ort. Die Lampenschirme, die von der Decke hängen, sind aus Bowlerhüten gemacht. Das ganze Restaurant ist voller theatralischer Details und Vintage-Spielereien.

Valentina betritt das Restaurant nur wenige Minuten vor ihrer Mutter. Letztes Jahr, nach Thomas' Verschwinden, hat sie ihre Mutter nach neun Jahren zum ersten Mal wiedergesehen. Sie war erstaunt, wie wenig sie sich verändert hatte. Wenn überhaupt, sah sie sogar besser aus. Auch jetzt hat sie noch immer pechschwarzes Haar, zu einem Bob geschnitten, und ihre Haut ist blass und zart. Sie hat für ihr Alter relativ wenig Falten, vermutlich da sie immer so sorgfältig darauf geachtet hat, ihre Haut zu schützen. Für Tina Rosselli ist Körperpflege eine vorrangige Aufgabe in ihrem Leben. Sie ist so schlank wie immer, nicht ganz so dünn wie früher, aber noch immer schmal, schlicht gekleidet, in hautenge Jeans, eine weißen Bluse und schwarze hochhackige Stiefel. Valentina fühlt sich neben ihr wie ein plumper Sack in ihrem kurzen Rock und ihren Ankle

Boots. Warum hat sie sich für ihre Mutter überhaupt in Schale geschmissen?

Sie nehmen an einem Fenstertisch Platz und bestellen sich beide einen Steak-Frites-Salat, dazu einen kleinen Teller Pommes frites, den sie sich teilen. Ihre Mutter wählt eine Flasche Rotwein aus.

»Du siehst besser aus«, bemerkt ihre Mutter. »Du hast zugenommen, aber es steht dir.«

Valentina ist sich nicht sicher, ob sie das als Kompliment oder als Beleidigung auffassen soll.

»Und du siehst hinreißend aus, wie immer«, meint Valentina.

Ihre Mutter nickt, als wüsste sie das bereits, und Valentina wünscht sogleich, sie hätte ihr kein Kompliment gemacht. Sie ärgert sich schon jetzt über sie. Sie holt einmal tief Luft. Sie muss versuchen, nicht allzu gereizt und wütend zu werden.

»Und, wie fühlst du dich?«, fragt ihre Mutter. »Hat dir der Umzug nach New York geholfen, über diesen Typen hinwegzukommen?«

Valentina nimmt einen Schluck Rotwein. Sie spürt Wut in sich aufsteigen.

»Er war nicht einfach *dieser Typ*, Mama. Sein Name war Thomas, und er war mein Verlobter.« Sie kann hören, wie ihre Stimme lauter wird. »Wir wollten heiraten.«

Ihre Mutter sieht sie bestürzt an.

»Okay, beruhige dich, mir war nicht klar, dass es so ernst war. Du hast letztes Jahr etwas von einer Heirat erwähnt, aber ich dachte, das sei nur eine Träumerei … weißt du, du hast mir nie gesagt, dass du heiraten wolltest, oder dass du überhaupt wieder mit Thomas zusammen warst. Und dann höre ich auf einmal von diesem Unfall …«

»Er war die Liebe meines Lebens, Mama«, platzt es aus Valentina heraus, und die Wahrheit dieser Feststellung versengt sie. Es ist wahr, und allein dadurch, dass sie es ausgesprochen hat, fühlt es sich an, als hätte sie Leonardo auf irgendeine Weise betrogen. Ihre Mutter blickt bestürzt. Für einen Moment ist sie sprachlos. Sie beugt sich vor und nimmt Valentinas Hand.

»Ich weiß, wie sich das anfühlt. Die Liebe deines Lebens zu verlieren.«

Ihre Mutter schafft es immer, dass es bei allem, was Valentina sagt, egal, wie persönlich es ist, letztendlich um sie selbst geht. Valentina sieht ihre Mutter an, während sie sich fragt, wer ihre große Liebe war: Phil oder ihr Vater, dieser mysteriöse Karel, oder ob es vielleicht noch irgendeinen anderen Mann im Leben ihrer Mutter gab, von dem sie nie wusste.

»Ich dachte, du glaubst nicht an solche Dinge, Mutter.«

»Jedes Mädchen glaubt an *den Einen,* Valentina. Tief in uns, insgeheim, warten wir alle darauf, dass unser Prinz kommt.«

Sie lacht traurig auf und nimmt einen Schluck von ihrem Wein.

»Ich weiß, dass meine Mutter eine heimliche Liebe hatte, bevor sie meinen Vater kennenlernte«, fährt sie fort. »Und meine Großmutter Belle hatte natürlich Santos. Für jeden gibt es jemanden. Manche von uns haben das Glück, ihn zu behalten, und manche haben eben etwas weniger Glück.« Ihre Mutter hält einen Moment inne und nimmt noch einen Schluck von ihrem Wein. »Aber wir sollten dankbar für diese Zeit sein, die wir mit ihnen hatten, und uns niemals wegen eines gebrochenen Herzens davor verschließen, wieder zu lieben. Es ist vielleicht nicht dasselbe, aber es ist trotzdem Liebe.«

Ihre Mutter klingt allmählich wie Leonardo. Das Essen

kommt. Auf einmal hat Valentina einen Bärenhunger. Sie nimmt sich ein paar Pommes frites und dippt sie in das Schälchen mit Ketchup.

»Bist du den ganzen Weg hierhergekommen, nur um mit mir über meinen Vater zu reden?«, fragt sie rundheraus.

»Ehrlich gesagt, bin ich auf dem Weg, um Mattia und seine Familie zu besuchen«, sagt sie, »aber ich wollte zuerst mit dir reden.«

Natürlich würde ihre Mutter nicht nach New York kommen, nur um sie zu sehen. Es musste noch einen anderen Grund geben.

»Warum kommst du nicht mit, um Mattia zu sehen?«, schlägt sie vor.

Valentina schüttelt den Kopf.

»Ich habe zu tun.«

Sie will hinzufügen, damit, mich zu verlieben, aber sie beherrscht sich. So wie sie ihre Mutter kennt, würde sie, wenn sie Leonardo trifft, darauf bestehen, dass er ihr eine seiner heilenden Yoni-Massagen gibt. Alleine die Vorstellung erfüllt sie mit Grauen.

»Komm schon, Valentina, du weißt doch, dass Debbie und ich uns nicht allzu gut verstehen. Du kannst mein Puffer sein. Und die Kinder hast du auch noch nicht kennengelernt. Mattia ist sehr verletzt.«

»Er kann mich in New York besuchen, warum kommt er nicht hierher?«

»Du weißt, dass das schwerer für ihn ist, seit sein Arbeitsplatz in den Norden verlegt wurde. Warum machst du dir für ihn nicht die Mühe? Er hat sich immer um dich gekümmert.«

Sie zuckt die Schultern, versucht, sich ihre wahren Gefühle

nicht anmerken zu lassen, aber ihre Mutter ist nicht auf den Kopf gefallen.

»Bist du wütend auf ihn?«, fragt sie.

»Er wusste das mit Phil und Karel, und er hat es mir nie gesagt.«

»Das ist nicht seine Schuld, es ist meine Schuld, Valentina. Ich war diejenige, die es geheim halten wollte. Ich habe ihm das Versprechen abgenommen, es dir nicht zu sagen.«

»Aber warum denn bloß? Warum hast du mich in dem Glauben aufwachsen lassen, Phil wäre mein Vater, und dass er mich nicht kennenlernen wollte? Siehst du denn nicht, was du damit angerichtet hast?«

»Jetzt sehe ich es. Phil ist auch sehr aufgelöst, weil ich dich in diesem Glauben gelassen habe. Er hat ein schlechtes Gewissen, weil er keine größere Rolle in deinem Leben gespielt hat.« Ihre Mutter hält einen Moment inne und nimmt einen kleinen Schluck von ihrem Rotwein.

»Aber, Valentina, die Schuld liegt ganz allein bei mir. Ich habe dich Phil weggenommen. Ich wollte ihn nicht wieder in mein Leben lassen. Er hat mich so sehr *verletzt.*«

»Aber warum? Warum solltest du denn verletzt sein? Du warst es doch, die losgezogen ist und ein Kind von einem anderen Mann bekommen hat … in meinen Augen ist Phil derjenige, dem Unrecht getan wurde.«

Ihre Mutter seufzt.

»Es ist so viel komplizierter als das, Valentina. Wenn du älter bist und vielleicht ein paar Jahre mit jemandem verheiratet warst, dann wirst du verstehen, wie es zwischen Phil und mir war, als ich nach Berlin gefahren bin.«

Valentina schiebt sich einen Bissen Steak in den Mund. Es

ist zart und blutig. Sie spült es mit einem Schluck Rotwein hinunter, versucht die Bitterkeit und die Wut zu ertränken, die sie in ihrem Mund schmeckt. Ihre Mutter nimmt sich ein Stück Pommes frites aus der Schale, aber anstatt es zu essen, hält sie es zwischen Daumen und Zeigefinger.

»Als ich Phil kennenlernte, war ich noch so jung, Valentina. Ich war sehr unerfahren«, sagt Tina, während sie mit ihrem Kartoffelstäbchen herumfuchtelt. »Wir waren insgesamt zwanzig Jahre zusammen. Phil war sehr beschäftigt mit seiner Arbeit, als ich nach Berlin ging … ich war sehr einsam … ich …« Sie lässt das Pommes-Stückchen auf ihren Teller fallen.

»Ich will die Gründe dafür nicht hören«, faucht Valentina. Sie weiß, dass sie hart zu ihrer Mutter ist, aber sie hatte Phil gemocht, als sie ihn in London traf. In gewisser Weise ist sie wütend darüber, dass er nicht ihr richtiger Vater ist. Ihr geht der Gedanke durch den Kopf, dass einer der Gründe, weshalb sie Mattia nicht sehen will, Eifersucht ist. Ihr Bruder hat einen Vater, und eine Beziehung zu ihm, während sie nichts von beidem hat.

Tina senkt betreten ihren Blick und stochert in dem Salat auf ihrem Teller. Zu ihrer Verärgerung bemerkt Valentina, dass sie gar nichts isst. Dieses Spiel mit dem Essen, das ihre Mutter immer gespielt hat, macht sie rasend. Große, aufwendige Mahlzeiten zu bestellen und sie dann nicht anzurühren. Valentina würde deswegen am liebsten jeden einzelnen dieser fettigen Pommes frites in sich hineinstopfen.

»Erzähl mir einfach von meinem Vater. Wer ist er?«

Ihre Mutter räuspert sich, blickt ein wenig unbehaglich.

»Er war ein sehr begabter Musiker. Im Ostblock war er ein berühmter Cellist. Sein Name war Karel Slavik. Seine Mutter war Deutsche und sein Vater Tscheche. Er lebte in Ostberlin. Er hatte wunderschöne Hände, solch unglaublich kräftige Finger …«

Ihre Mutter wendet den Blick von ihr ab, sieht aus dem Restaurant auf den belebten Gehsteig draußen.

»Er war jünger als ich«, sagt sie.

»Wie viel jünger?«

»Zehn Jahre. Er war fünfundzwanzig. In der DDR galt er als Wunderkind. Als ich ihn kennenlernte, hatte er bereits mehrere berühmte Aufnahmen gemacht. Er war ein überzeugter Verfechter des Sozialismus.«

»Und wie hast du ihn kennengelernt?«

»Ich habe ein Konzert von ihm in Ostberlin besucht. Ich war für ein Modeshooting in Westberlin, und eines der Models hatte eine Cousine, die auf der anderen Seite der Mauer lebte. Ich wollte gern sehen, wie es dort war, na ja, eher, wie die Leute waren.«

Valentina versucht, sich ihre glamouröse, konsumorientierte Mutter mit diesem kommunistischen, zehn Jahre jüngeren Musiker in Ostberlin vorzustellen. Vielleicht liegt es an dem Film *Der Himmel über Berlin*, den sie so gern mag, aber sie hat sich Ostberlin immer in Schwarz-Weiß vorgestellt. Dieser junge Mann muss ein so völlig anderes Leben geführt haben als ihre Mutter. Er muss unverdorben von der Korruption des Westens gewesen sein. Und doch war Tina Rosselli einfach dort angerauscht und hatte sich von diesem armen Karel Slavik genommen, was sie wollte. Allmählich wird ihr das Bild klarer.

»Wie konntest du nur so verantwortungslos sein?«, fragt sie ihre Mutter.

Ihre Mutter zuckt zusammen, als wäre sie das Kind, das von einem Elternteil gescholten wird.

»Wie konntest du dich von einem Ostdeutschen schwängern lassen, jemandem, von dem du wusstest, dass er sein Kind nie würde aufwachsen sehen können … es sei denn natürlich, du würdest auf einmal eine Kommunistin werden und zu ihm ziehen«, bemerkt sie sarkastisch, denn die Vorstellung, dass ihre Mutter je eine ihrer Freiheiten aufgeben könnte, ist absurd.

»So war es nicht, Valentina. Es war ungeplant. So etwas kommt vor.«

Ich weiß, meldet sich eine Stimme in Valentina zu Wort, und auf einmal wird sie überwältigt von dem Bedürfnis, ihrer Mutter zu erzählen, wie sie ungeplant schwanger wurde, wie sie eine Fehlgeburt hatte, und wie Thomas ihr darüber hinweghalf. Seine Liebe hatte sie gerettet und am Leben erhalten. Wenn sie ihr das erzählen könnte, dann würde ihre Mutter vielleicht verstehen, was Thomas ihr bedeutet hatte. Aber jetzt ist nicht der richtige Augenblick dafür. Ihre Mutter ist endlich bereit, ihr die Wahrheit über ihren Vater zu sagen. Sie muss es sich bis zum Schluss anhören.

»Er wollte fliehen«, erzählt ihre Mutter. »Er stand kurz vor einer internationalen Tournee, alles schon von der Partei genehmigt. Das erste Konzert sollte in Wien stattfinden. Ich hatte versprochen, dorthin zu fahren und ihm zu helfen, sich abzusetzen. Aber dann zog der Kulturminister seine Reiseerlaubnis auf einmal zurück. Es hieß, ein Musikstück, das er komponiert hatte, sei antisozialistisch und schwärmerisch, aber Karel vermutete, dass irgendjemand von seinem Plan Wind bekommen hatte … dass ihn irgendjemand verraten hatte …«

Die Stimme ihrer Mutter schwankt. Sie hält einen Moment

inne und nimmt einen Schluck von ihrem Wein. Valentina betrachtet sie voller Neugier. Sie hat ihre Mutter noch nie so emotional gesehen.

»Ich habe erst herausgefunden, dass ich schwanger war, nachdem seine Tournee abgesagt wurde …«

»Hast du ihn je wiedergesehen?«, fragt Valentina, während sie sich vorbeugt.

Ihre Mutter nickt.

»Ein einziges Mal. Ich fand, er sollte wissen, dass ich ein Kind von ihm erwartete. Ich war ungefähr im vierten Monat schwanger, als ich noch einmal hinfuhr, um ihn in seiner Wohnung in Ostberlin zu besuchen. Zu dieser Zeit wurde er überwacht, aber das war mir egal. Ich sagte ihm, dass ich ein Kind von ihm erwartete. Das hätte ich nicht tun sollen … es war dumm von mir …«

Die Stimme ihrer Mutter verliert sich. Sie nimmt die Flasche Wein und schenkt sich mit zitternder Hand noch einmal nach.

»Valentina, ich gebe zu, der Grund, weshalb ich dir diese Geschichte nie erzählt habe, ist, dass es mir sehr schwerfällt, darüber zu reden. Ich habe alles versucht, um es zu vergessen. Meine Affäre mit Karel endete in einer Tragödie, und nicht nur das, durch sie habe ich Phil verloren. Den einzigen Mann in meinem Leben, der mich bedingungslos geliebt hat, und doch habe ich ihn wegen Karel verstoßen. Es war eine einzige Tragödie.«

»Aber die Berliner Mauer ist 1989 gefallen«, sagt Valentina. »Hast du nie wieder von Karel gehört, oder hast du ihn gar nicht gesucht?«

»Natürlich habe ich ihn gesucht. Als ich ihn das letzte Mal

sah, versprach ich ihm, dich nach Berlin mitzunehmen, sobald die Mauer fallen würde, damit er dich kennenlernt. Er hat nie wirklich geglaubt, dass es dazu kommen würde, aber ich hegte immer die Hoffnung. Und dann, auf einmal, ist es passiert.« Ihre Mutter hält einen Moment inne, stochert mit ihrer Gabel zwischen den Salatblättern auf ihrem Teller. »Erinnerst du dich denn nicht?« Sie sieht zu Valentina hoch. »Du musst ungefähr fünf Jahre alt gewesen sein. Ich hatte dich mit nach Berlin genommen.«

Valentina legt die Stirn in Falten. Phil hat ihr erzählt, ihre Mutter habe sie nach Berlin mitgenommen, und sie habe gewollt, dass er auch mitkam. Aber Valentina kann sich wirklich nicht erinnern, wo genau sie mit ihrer Mutter gewesen war, nur an einem Ort, der nicht ihr Zuhause war, und sehr kalt.

»Hast du ihn gefunden?«, fragt sie.

War es möglich, dass Tina Karel gefunden und er ihnen beiden den Rücken gekehrt hatte? Dass er seine fünfjährige Tochter nicht kennenlernen wollte? Der Gedanke kränkt sie, sie versucht, ihn zu verbannen, aber sie fühlt sich um dieses kleinen Mädchens willen so verletzt.

Ihre Mutter sieht mit schmerzerfüllten Augen vom Tisch hoch.

»Ja, Valentina, in gewisser Weise habe ich ihn gefunden.«

Die Art, wie ihre Mutter diese Worte sagt, jagt ihr einen Schauder über den Rücken.

»Was meinst du damit?«

»Erinnerst du dich nicht mehr an meine Freundin Lottie, und wohin sie an jenem Tag mit uns gefahren ist?«

Valentina schüttelt den Kopf.

»Sie ist mit uns zu einem Friedhof gefahren … zum Grabstein deines Vaters. Ich habe herausgefunden, dass er tot war, mein Schatz. Und sein Tod war meine Schuld. Verstehst du jetzt, warum ich es dir nie erzählen wollte?«

Valentina starrt ihre Mutter entsetzt an, denn Tina Rosselli weint. Sie hat ihre Mutter noch nie weinen sehen. Der Anblick erfüllt sie mit Panik. Sie weiß nicht, was sie fühlen soll: Wut über die Erkenntnis, dass ihr Vater letztendlich ohnehin tot ist und sie ihn nie kennenlernen wird? Oder Mitleid mit ihrer Mutter, die sich die Schuld daran gibt?

Valentina sitzt wie gelähmt auf der anderen Seite des Tischs. Sie tröstet ihre Mutter nicht, berührt sie nicht einmal. Sie beginnt, sich zu erinnern. Eine Erinnerung, die sie tief in sich vergraben hat, taucht allmählich aus dem Nebel ihres Verstandes auf. Lottie. Ja. Sie sieht diese Frau vor sich, hochgewachsen, mit struppigen schwarzen Haaren, wie eine Hexe. Sie hatte sie unheimlich gefunden. Und jetzt erinnert sie sich an einen Friedhof. Wie kalt es gewesen war, und wie sie nicht dort hinein gehen wollte. Sie erinnert sich, wie Lottie ihre Hand fest umklammerte und sie wegdrehte, aber sie hatte bereits gesehen, wie sich ihre Mutter vor einem Grab auf die Knie fallen ließ. Ihre Mutter wimmerte so laut, dass sie schreckliche Angst bekam. Sie wusste, dass irgendjemand Wichtiges gestorben war. Sie wusste nur nicht, dass es ihr Vater war.

»Wie ist er gestorben?«, fragt sie unerbittlich weiter, die Hände auf dem Tisch zu Fäusten geballt.

»Er wurde getötet, als er versucht hat, über die Mauer zu fliehen«, stößt ihre Mutter hervor, während sie sie durch Tränen hindurch verzweifelt ansieht. »In den Rücken geschossen. Er versuchte, zu dir zu gelangen, Valentina. Er wollte seine kleine Tochter sehen.«

Valentinas Herz bricht auf. Sie hatte gedacht, sie hätte es für immer verschlossen. Dass ihre Mutter sie nicht mehr verletzen könnte. Doch jetzt taut es auf. Vor der Liebe, die sie für Thomas empfand, vor Leonardos heilender Gegenwart und all dem, was er getan hat, um sie aufzuschließen, hätte Valentina diese Neuigkeit vielleicht ruhig, fast zynisch aufgenommen.

Er wollte seine kleine Tochter sehen.

Konnte das wahr sein? War ihr Vater gestorben, weil er sie so unbedingt kennenlernen wollte? Sie starrt ihre Mutter an, die völlig aufgelöst vor ihr sitzt, und auf einmal passiert etwas. Plötzlich begreift sie. Ihre Mutter hatte ihr zuliebe ihr Bestes *versucht*. Beim Anblick ihrer weinenden Mutter brechen Valentinas eigene Gefühle heftig aus ihr hervor ... wie ein Vogel, der auf einmal aus seinem Käfig befreit wurde.

»Mama ...«

Ihre Stimme bricht, und sie kann spüren, wie ihr die Tränen in die Augen steigen. Tina Rosselli beugt sich vor und nimmt ihre Hände. Sie klammern sich aneinander, während Valentina endlich begreift, wer ihre Mutter ist. Es hat fast dreißig Jahre gebraucht, aber es ist nicht zu spät für einen Neuanfang.

»Verzeih mir, Valentina«, flüstert ihre Mutter.

»Das habe ich schon, Mama.«

Tina
1990

Seit sie am Montag für das Modeshooting für die französische *Marie-Claire*-Ausgabe in London angekommen ist, fällt es Tina schwer, sich zu konzentrieren. Die Serie will den Londoner Street-Style einfangen, um der französischen Leserschaft einen etwas wilderen Look zu präsentieren. Sie hat sich für das East End, rund um Bow, und den Kanal als Setting entschieden, aber auch bekanntere Orte, wie zum Beispiel einige der alten Wren-Kirchen, einbezogen. Trotz ihrer langen Arbeitszeiten nimmt sie jeden Abend die U-Bahn zur Finchley Road, wo sie es nie weiter als bis zum U-Bahn-Ausgang schafft, bevor sie kehrtmacht und zurück ins Stadtzentrum fährt.

Heute ist ihr letzter Abend. Ihre letzte Chance, Phil zu sehen. Sie weiß genau, wo er wohnt. Sie hat die Adresse vor Wochen von Mattia bekommen. Sie hat ihrem Sohn das Versprechen abgenommen, nichts zu sagen, hat so getan, als wollte sie Phil wegen irgendetwas schreiben, was mit Valentina zu tun hätte. Ehrlich gesagt, glaubt sie ohnehin nicht, dass Mattia sich viel darum kümmert, was sie im Schilde führt. Er hat sein eigenes Leben in Amerika mit seiner Freundin Debbie und ihrer Familie.

Er hat sich von Tina und Phil offenbar losgesagt und einen Neuanfang gemacht.

»Das ist einfach sein Alter«, sagt Isabella zu ihr.

»Woher willst du das wissen?«, fragt sie ihre Freundin. »Du hast keine Kinder.«

Isabella zuckt die Schultern. »Das weiß ich, aber ich weiß auch, dass du nichts daran ändern kannst.«

Sie wohnt bei Isabella und ihrem derzeitigen Liebhaber in ihrer schicken Wohnung in Kensington. Am Abend zuvor, bei ein paar Gläsern Wein, hatte sie ihre Freundin um Rat gefragt, ob sie Phil besuchen sollte. Sie hatte erwartet, dass Isabella ihr sagen würde, sie solle Phil vergessen, das Single-Dasein genießen und mit ihr an dem Abend auf Clubtour gehen, da ihr Liebhaber nicht in der Stadt war. Doch zu ihrer Verblüffung hatte Isabella sie ermutigt, ihn aufzusuchen.

»Ihr zwei seid füreinander geschaffen«, sagte sie.

Und so ist sie nun hier, auf halbem Weg die Finchley Road hoch, weiter, als sie sich an all den anderen Abenden vorgewagt hat. Wie hatte sie nur zulassen können, dass ihre Entfremdung so lange anhielt? Das hatte sie nie vor. Als sie aus Berlin zurückkam, am Boden zerstört von dem, was sie herausgefunden hatte, hätte sie Phil anrufen und ihm sagen sollen, dass sie wieder in Mailand waren. Aber sie war so verwirrt gewesen. Monatelang gab sie sich die Schuld an Karels Tod. Sie hatte Phil nicht verdient. Außerdem war ein Teil von ihr noch immer wütend darüber, dass er sie verlassen hatte, auch wenn sie im Grunde ihres Herzens wusste, dass er nur gegangen war, um seine Familie vor denselben Männern zu schützen, die auf ihn geschossen hatten. Er hatte immer vorgehabt, zurückzukommen, zumindest, bis sie ihm sagte, sie würde nach Berlin gehen, um mit Karel zusammenzuleben.

Und dann verschwand Phil vom Radar. Sie fragte Mattia

nach ihm, aber ihr Sohn erklärte ihr, Phil habe seine Nummer geändert, und nicht einmal er könne ihn erreichen. Und dann war es auf einmal überall in den Nachrichten. Caruthers war verhaftet worden. Garelli der Cop, der für die Festnahme verantwortlich war, und die riesen Enthüllungs-Story von Phil waren in allen großen Zeitungen. Er hatte seinen Job erledigt, wie er es sich geschworen hatte. Zu dem Zeitpunkt hatte sie sich längst in ihre Arbeit gestürzt. Jedes Mal wenn sie an Phil dachte, tat es nur weh, sodass es am besten war, einfach weiterzuarbeiten, bis er sich bei Mattia melden würde. Sie wusste, dass sie dabei war, besessen zu werden, als sie sogar begann, Valentina zu den meisten Shootings mitzunehmen, aber sie konnte nicht anders. Alles war besser, als allein zu Hause zu sitzen und sich ungewollt zu fühlen.

Aber jetzt, wo sie hier in Phils Heimatstadt ist, kann sie dem Drang nicht widerstehen, ihn zu sehen. Wenn auch nur, um ihn zu fragen, wie es ihm geht. Wenn auch nur, um ihm die Hand zu geben und ihm alles Gute zu wünschen. Sie waren so unschön auseinandergegangen.

Sie schlägt die Adresse in ihrem Notizbuch nach und überprüft den Straßennamen. Hier ist es. Sie biegt um die Ecke und zählt die Häuser ab. Es dämmert bereits, und während sie die Straße hinuntergeht, kann sie in die erhellten Häuser sehen. Es ist Abendessenszeit, sie sieht Paare und Familien, die um einen Tisch sitzen und essen oder fernsehen. Wir waren einmal eine Familie, denkt sie traurig. Sie, Phil, Mattia und Valentina. Jetzt ist das alles zerbrochen. Und wer trägt die Schuld daran? Sie oder Phil?

Da steht sie nun, eine Hand auf dem Gartentor, das zu Phils

Haustür führt. Es brennt kein Licht, und sie will sich eben schon abwenden, als im Wohnzimmer das Licht angeht. Am Fenster sind keine Vorhänge, sodass sie einen offenen Blick in das Zimmer hat. Sie kann sehen, dass es ein typisches Phil-Zimmer ist. Wände voller Bücherregale, alte Möbel und Topfpflanzen. Und dann, auf einmal, sieht sie ihn. Ihr stockt fast das Herz, als Phil das Zimmer betritt, eine Flasche Rotwein und einen Korkenzieher in der Hand. Er sieht noch hinreißender aus. Größer, das Haar grau meliert, aber das Gesicht noch immer jung. Sie tritt einen Schritt vor, drückt das Tor auf – und bleibt dann wie angewurzelt stehen. Denn Phil ist nicht allein. Ins Zimmer gefolgt ist ihm eine Frau, die zwei Weingläser trägt. Phil sagt irgendetwas zu ihr, und die Frau lacht. Sie ist schön, denkt Tina, während ihr Herz zu frösteln beginnt. Die Frau ist kurvenreich, fast mollig, mit lockigen roten Haaren, blauen Augen und einem breiten Lächeln. Sie ist völlig anders als Tina. Sie bringt Phil die Gläser, der den Wein geöffnet und auf dem Tisch vor der Couch abgestellt hat. Er dreht sich zu ihr um, und die Frau lehnt sich an ihn. Sie küssen sich. Der Anblick versengt ihr Herz. Tina wendet sich auf dem Absatz um und läuft die Straße zurück. Bei jedem Schritt, den sie tut, hat sie das Gefühl, auf glühenden Kohlen zu gehen. Ihr Herz gefriert, und ihr Körper brennt vor Reue, vor Selbstverachtung.

Du hast zu lange gewartet, sagt sie sich bitter. Du hast ihn für immer verloren.

Am nächsten Tag durchquert sie den Bahnhof King's Cross, um die U-Bahn zum Flughafen zu nehmen, als sie eine falsche Abzweigung nimmt. Anstatt den U-Bahn-Steig zu betreten, steht sie auf einmal auf einem Fernbahnhof. Sie hat noch jede Menge

Zeit vor ihrem Flug nach Mailand, daher beschließt sie, gemütlich eine letzte Tasse English-Breakfast-Tea im Bahnhofs-Café zu trinken, bevor sie England verlässt. Ein Land, in das sie nie wieder zurückkehren will, jetzt, wo sie alle Hoffnung für sich und Phil verloren hat.

Das Café ist leer bis auf eine andere Frau, die in der Ecke sitzt und Zeitung liest. Tina bemerkt unwillkürlich, wie auffallend das Mädchen ist. Sie verbringt ihr berufliches Leben damit, Fotos von schönen Frauen zu machen, und dieses Mädchen könnte niemals ein Model sein, und doch hat sie etwas an sich, das sehr anziehend ist. Sie ist etwas üppig, mit rosigen Wangen und glänzendem rotem Haar, das ihr wallend über die Schultern fällt. Je länger sie sie betrachtet, desto mehr erinnert sie sie an die Frau, die sie gestern Abend bei Phil gesehen hat. Ihre vollen hübsch geformten Lippen sind wie bei einem Da-Vinci-Engel, und sie hat absolut außergewöhnliche Augen. Denn als sie aufblickt und Tina ansieht, bemerkt sie, dass eines ihrer Augen braun und das andere blau ist, genau wie bei einer Katze, die sie als Kind einmal hatte. Der Blick, mit dem die junge Frau sie ansieht, verunsichert sie. Als würde sie sie mit den Augen ausziehen. Tina trinkt ihren Tee aus und schlendert hinaus auf den Vorplatz.

Auf dem Weg zum U-Bahn-Eingang blickt sie hoch zu der Abfahrtstafel. Sie sieht, dass der Orient-Express, der die ganze Strecke bis nach Venedig fährt, in nur fünf Minuten geht. Wie gern wäre sie jetzt in Venedig. Es hat sich stets mehr wie ein Zuhause angefühlt als Mailand, was logisch ist, da sowohl ihre Mutter als auch ihre Großmutter aus Venedig sind. Ein verrückter Gedanke ergreift von ihr Besitz. Und bevor sie sichs versieht, hat sie ihr ganzes Honorar von dem Shooting für eine

Fahrkarte für den Orient-Express verschleudert, und jetzt sitzt sie in einem der historischen Waggons aus den Zwanzigerjahren, ein kostenloses Glas Champagner zur Begrüßung vor sich, und sieht aus dem Fenster, während der Zug aus dem Bahnhof King's Cross ausfährt. Was in aller Welt tut sie da eigentlich? Sie muss heute zurück nach Mailand, zu Valentina. Sie kann ihre Tochter nicht im Stich lassen. Aber sie war sich ohnehin nicht sicher gewesen, wie lange der Auftrag dauern würde, als sie Italien verließ, und sie hatte Natalia, ihrem neuen Au-pair-Mädchen, gesagt, sie könnte womöglich bis zum Wochenende fort sein. Tina entscheidet, dass sie dieses kleine Zwischenspiel in ihrem Leben braucht. Sie wird erfrischt und voller positiver Energie zurückkommen. Sie wird Phil und seine neue Frau aus ihren Gedanken verdrängen. Das wird für ihre Tochter mit Sicherheit besser sein als so, wie sie sich im Moment fühlt, traurig und einsam.

Venedig. Die Vorstellung, morgen ihre Stadt der Träume zu erreichen, hebt ihre Stimmung schon jetzt. Bis dahin kann sie das Erlebnis genießen, im Orient-Express zu reisen. Ihr Abteil ist edel, ganz in dunklem Holz und antikem Dekor gehalten, mit einem kleinen Tisch und einer richtigen Tischlampe. Und was für ein Glück! In ihrem Koffer hat sie sogar ein paar der alten Kleider ihrer Großmutter aus den Zwanzigerjahren mitgebracht, für ihre Ausgehpläne mit Isabella und ihrem Liebhaber in London. Sie wird sich herausputzen und den Abend in vollen Zügen genießen.

Fast alle anderen Reisenden im Zug tragen Abendgarderobe aus den Zwanziger- und Dreißigerjahren. Als sie in einem von Belles seidenen Abendkleidern den Korridor hinuntergeht, das Haar so frisiert wie einst ihre Großmutter, mit einer weißen

Straußenfeder, die sich um ihren schwarzen Louise-Brooks-Bob ringelt, fühlt sich Tina ganz wie ein Glamourgirl. Es spielt keine Rolle, dass sie einundvierzig Jahre alt ist. Sie fühlt sich schlank und sinnlich, von Kopf bis Fuß, wie eine junge Sirene. Allmählich beginnt der Albtraum des gestrigen Abends zu verblassen.

Sie lässt sich auf einem Platz an einem freien Tisch nieder, während sie sich fragt, wer wohl beschließen könnte, sich zu ihr zu gesellen. Ein Kellner nimmt ihre Getränkebestellung entgegen: Champagner, was sonst?

Sie stößt im Stillen auf ihre Großmutter Belle an und nimmt einen kleinen Schluck. Der Champagner ist eiskalt und betörend spritzig. Das Zugrestaurant beginnt sich zu füllen, und dann entdeckt sie sie – die Rothaarige aus dem Bahnhofs-Café. Sie sieht Tina geradewegs an, mit ihren seltsamen braun-blauen Augen. Sie wundert sich nicht, als die Frau genau auf ihren Tisch zusteuert. Sie trägt ein saphirblaues Seidenkleid, und Diamanten baumeln an ihren Ohren.

»Darf ich mich zu Ihnen setzen?« Sie spricht mit einem englischen Upperclass-Akzent.

»Bitte, gern«, sagt Tina.

»Lucinda Green.« Die Dame streckt Tina die Hand entgegen.

»Tina Rosselli«, erwidert sie und ergreift ihre Hand, die so weich und zart wie die eines Neugeborenen ist.

»Ich hoffe, es stört Sie nicht, wenn mein Mann später noch zu uns stößt«, sagt sie zu Tina.

»Nein, keineswegs.«

Sie machen Smalltalk, während sie auf Lucindas Ehemann warten. Sie erzählt Tina, dass er der britische Botschafter in

Rom sei und dass sie auf dem Weg zurück in die Ewige Stadt über Venedig reisen.

»Es war schon immer mein Traum, einmal mit dem Orient-Express zu fahren, daher hat mich Rudi zu unserem ersten Hochzeitstag mit einem Wochenende in Venedig und diesen Fahrkarten überrascht.«

»Sie sind erst seit einem Jahr verheiratet?«

»Ja, frischgebacken«, antwortet sie lächelnd. »Und Sie, sind Sie verheiratet?«

»Nein«, meint Tina und wechselt dann rasch das Thema. »Ich lebe in Mailand. Ich arbeite als Fotografin.«

»Augenblick«, sagt Lucinda, »Sie sind Tina Rosselli, die Modefotografin?«

»Die bin ich.«

»Oh, ich habe ein Buch mit einigen Ihrer Fotografien darin. Ich bin ein großer Fan von Ihnen.«

»Danke«, murmelt Tina. Sie ist plötzlich abgelenkt, als einer der umwerfendsten Männer, die sie je gesehen hat, das Zugrestaurant betritt.

»Nach Ihrer Miene zu urteilen, gehe ich davon aus, dass eben mein Mann hereingekommen ist«, bemerkt Lucinda mit einem leichten Grinsen.

»Verzeihung.« Tina errötet. »Ich wollte nicht unhöflich sein.«

»Schon gut, ehrlich gesagt bin ich geschmeichelt, *und* ich bin es gewohnt. Sobald Rudi einen Raum betritt, drehen sich alle Köpfe nach ihm um.«

Er ist fast so schön wie Karel, denkt Tina, aber nicht ganz. Niemand hat die Schönheit ihres verlorenen Cellisten erreicht. Rudi schlendert durch das Zugrestaurant, hält offensichtlich Ausschau nach Lucinda. Er hat hohe Wangenknochen, große braune Augen, dunkle, olivfarbene Haut und ein sexy Dreitagebart. Er trägt einen Smoking, samt Fliege, und schafft es dennoch, lässig auszusehen.

»Ah, da bist du ja«, sagt Rudi, sobald er ihren Tisch erreicht. Von Nahem sieht er sogar noch hinreißender aus.

»Ich möchte dir gerne Tina Rosselli vorstellen, Rudi. Sie ist meine neue Freundin.«

Sie teilen sich zwei, drei, vier Flaschen Champagner. Das Essen ist ausgezeichnet, aber Tina pickt wie üblich nur daran. Alles verschwimmt vor ihren Augen, sie weiß nur, dass sie Lucindas und Rudis Gesellschaft über die Maße genießt. Nach dem Essen torkeln sie im Zug den Gang hinunter.

»Möchtest du noch auf einen Drink mit in unser Abteil kommen?«, fragt Lucinda sie.

Das historische Abteil ist zu einem Luxus-Schlafzimmer umgestaltet worden. Tina gleitet mit den Händen über das dunkle Holz der Einrichtung, das so glänzend poliert ist, dass sie darin fast ihr eigenes Spiegelbild erkennen kann.

»Was ist das?«, fragt Tina, als Rudi ihr ein bernsteinfarbenes, perlendes Getränk reicht.

»Pimm's Royale«, antwortet Lucinda. »Das ist Pimm's, aufgefüllt mit Champagner. Mein Lieblingsdrink.«

»Das ist alles sehr englisch«, bemerkt Tina.

»Na ja, wir sind ja auch Engländer«, entgegnet Rudi.

Sie nimmt einen Schluck. »Mmm, köstlich.«

Sie setzt sich aufs Bett, und Lucinda nimmt neben ihr Platz, während Rudi sich auf einen Schemel vor ihr sinken lässt. Er löst seine Fliege und öffnet den obersten Knopf seines Hemds. »Ich kann gar nicht glauben, dass ich neben Tina Rosselli sitze«, schwärmt Lucinda. »Und Sie sind auch noch *so* hübsch.«

Tina betrachtet Lucindas engelsgleiches Gesicht. Sie hat eine zarte Pfirsichhaut, und ihre Augen funkeln in einer Million verschiedener Blau- und Brauntöne. Sie sitzt so dicht neben ihr, dass sie sie riechen kann. Sie duftet nach Lavendel und Vanille, eine berauschende Mischung.

Später weiß sie nicht mehr, wie es angefangen hat, aber auf einmal küsst sie Lucinda. Sie hat noch nie eine Frau auf die Lippen geküsst, und es fühlt sich so verblüffend anders an. Zart und duftend, als würde man die saftigen Blätter einer Blüte sanft mit der Zunge öffnen. Sie kommen sich immer näher, außerstande, aufzuhören, und als Lucinda die Träger an Tinas Schultern herunterzieht, hält sie sie nicht auf. Ihr ist bewusst, dass Rudi völlig still dasitzt, wie eine Katze, die ihre Beute beobachtet, doch stattdessen beobachtet er, wie seine Frau Tina verführt. Die ganze Situation ist bizarr und zutiefst erotisch.

Die beiden Frauen ziehen sich bis auf die Unterwäsche aus, während sie sich weiter küssen. Lucinda zieht sie in die Mitte des Betts und setzt sich rittlings auf sie, sodass Tina auf dem Rücken ausgestreckt unter ihr liegt. Lucinda bedeckt Tinas gesamten Körper mit Küssen und zieht ihr dabei die restliche Unterwäsche aus, bis sie schließlich nackt vor ihr liegt. Der Körper dieser junge Frau besteht aus weichen, üppigen Kurven, die Spitzen ihrer Brüste streifen ihre eigenen, ihre Zunge ist überall auf ihr und liebkost sie und lässt sie bis zur völlige Hingabe dahinschmelzen. Lucinda kauert sich auf die Fersen und löst ihren eigenen BH. Ihre Brüste sind voll, ihre Nippel wie große, dunkle Beeren. Sie verlagert ihren Körper zum Bettende, während Rudi von seinem Schemel aufsteht und sich vor Tina hinstellt.

»Weißt du, was meine Frau glücklich macht, Tina?«, fragt Rudi mit leiser, rauchiger Stimme, die an den Geschmack von reifem Whiskey erinnert.

»Was?«, flüstert Tina. Sie fühlt sich entblößt und zugleich erregt von ihrer eigenen Nacktheit vor diesem schönen Mann.

»Sie sieht mir gern dabei zu, wie ich andere Frauen ficke, das bereitet ihr große Lust.« Er leckt sich die Lippen, mustert sie. »Möchtest du ihr diese Lust bereiten, Tina?«

»Ja«, wispert sie fast unhörbar.

Er grinst zufrieden, während Lucinda vom Bett steigt.

»Berühre dich, Tina, ich will alles von dir sehen.«

Sie winkelt die Knie an und spreizt die Beine, öffnet sich ihm.

»Oh, du hast eine wunderschöne Muschi, Tina, stimmt's, Darling?«, sagt Rudi.

Aber Lucinda ist damit beschäftigt, ihren Mann auszuziehen. Sie zerrt ihm das Hemd aus der Hose und knöpft es auf, dann öffnet sie seine Hose und streift sie, zusammen mit seiner Unterhose, herunter. Sie nimmt seine Kleider und legt sie auf dem Stuhl zusammen, und dann stehen sie beide nackt vor ihr. Jetzt sieht auch Lucinda zu, wie Tina sich berührt.

»Oh mein Gott, oh ja, Tina, du hast eine wirklich hübsche Möse.«

Aus irgendeinem Grund erregen ihre schmutzigen Schmeicheleien sie noch mehr. Sie streichelt mit einer Hand die Lippen ihrer Muschi und umkreist mit der anderen ihre Klitoris, während sie die ganze Zeit Rudi ansieht, der nackt, mit erigiertem Schwanz, dasteht, bereit für sie. Tina stellt ihn sich in ihr vor. Obwohl seine Frau hier bei ihnen ist, erscheint es ihr irgendwie nicht falsch.

»Ich finde, du solltest sie vögeln, Darling«, raunt Lucinda, holt eine Kondompackung hervor und reißt sie mit den Zähnen auf. Sie streift ihrem Mann das Kondom über, dann setzt sie sich wieder aufs Bett und krabbelt hinter Tina, um zuzusehen.

Rudi nimmt Tinas Hände von ihrem Körper, hält sie über ihren Kopf und umklammert ihre beiden Handgelenke mit einer Hand. Mit der anderen Hand führt er sein Glied in sie ein. Er stößt einmal hart und tief zu. Sie stöhnt auf. Es tut so gut, wieder einen Schwanz in sich zu spüren. Sie hatte keinen Sex mehr, seit Phil gegangen ist.

Sie schließt fest die Augen. Denk nicht mehr an ihn, Tina. Nichts hält ewig.

Rudi beginnt damit, langsam in sie hineinzugleiten und sich wieder zurückzuziehen. Sie kann ein leises Keuchen neben sich hören, und als sie zur Seite blickt, sieht sie, wie Lucinda sich befriedigt, während sie zusieht, wie ihr Mann in Tina eindringt. Sie dreht sich wieder zu Rudi um, aber er hat den Kopf von ihr abgewandt, denn er sieht ebenfalls seine Frau an. Es ist so surreal, obwohl er in ihr ist und sie vögelt, ist er in seiner Leidenschaft eindeutig mit seiner Frau verbunden. Es ist seltsam. Tina schließt die Augen. Und es ist ihr egal. Sie will nur spüren, wie der Schwanz dieses Mannes sie ausfüllt, und sich vorstellen, dass sie wieder bei Phil ist.

Rudi gleitet aus ihr, wirft sie herum auf den Bauch und nimmt sie jetzt von hinten. Die ruckelnde Bewegung des Zuges verstärkt das Gefühl, wie sein Schwanz immer wieder in sie hineinstößt und sich in ihr hin- und herbewegt. Sie fühlt, wie sich all die Anspannung, die sich im Laufe des vergangenen Jahres in ihr angestaut hat, in ihr ballt ... bis hin zu dem Moment gestern Abend, als sie Phil mit dieser anderen Frau gesehen hat. Sie muss ihn loslassen, sich von ihm befreien. Und in dem Augenblick, in dem Rudi in ihr kommt, erreicht auch sie ihren Höhepunkt und schreit befreit auf. Sie liegt auf dem Bauch, das Gesicht im Kissen vergraben, als sie spürt, wie er sich aus ihr zurückzieht. Als sie sich auf den Rücken rollt, sieht sie zu, wie Rudi das Kondom abstreift und sich dann seiner Frau zuwendet, die sich noch immer streichelt, ihr rotes Haar leuchtet geradezu vor dem weißen Laken. Er kniet sich auf dem Bett vor sie, und zu ihrem Erstaunen kann Tina sehen, dass er schon wieder eine Erektion hat. Er zieht Lucinda auf seinen Schoß, und sie setzt sich auf ihn und schlingt die Beine um seine Taille. Sie sehen sich in die Augen, wippen zusammen auf und ab, als wäre sie gar nicht mehr da. Sie wartet und wartet, aber die beiden lieben sich immer weiter. Tina erkennt, dass sie die Vorspeise für ihre Fünf-Gänge-Sexorgie war. Sie schlüpft aus dem Bett und schleicht durchs Zimmer, sammelt ihre Kleider ein und zieht sie wieder an. An der Tür des Abteils hält sie noch einmal inne.

»Na dann, gute Nacht«, flüstert sie.

Rudi hat ihr den Rücken zugewandt, aber Lucinda winkt ihr zu, die Lider halb geschlossen.

»Danke«, haucht sie.

Tina tritt in den Gang des Zuges und holt tief Luft. Was zum Teufel ist dort drinnen eben passiert? Sie erinnert sich, dass Lucinda zu ihr gesagt hat, sie sei geschmeichelt, dass Tina ihren Mann attraktiv fand. Offensichtlich neigte sie nicht zur Eifersucht. Andererseits hatte sie gesagt, sie sei es gewohnt. Vielleicht war das ihre Art, ihren Mann festzuhalten. Anstatt dass er sie hinter ihrem Rücken betrog, hat sie es sogar selbst organisiert. Sie hatte die Kontrolle. Kluge Frau, denkt Tina, während sie den Korridor hinunter zurück zu ihrem eigenen Abteil geht. Aber vielleicht ein bisschen zu klug, als gut für sie war. War es das wirklich wert? Zuzusehen, wie dein Mann Sex mit einer anderen Frau hat, nur um einen Ring am Finger behalten zu können? Oder fand Lucinda es wirklich erregend? Sie berührt ihre Lippen, während sie daran zurückdenkt, wie das Mädchen sie geküsst hat. Es gab so viele verschiedene Arten, dieses Szenario zu betrachten.

Sie schlüpft in ihr Abteil und geht zu Bett. Ihr Körper pulsiert noch immer, aber sie fühlt sich so gut wie noch nie, seit Phil gegangen ist. Der Sex hat sie beruhigt, hat bewirkt, dass sie sich gut fühlt, fast wie ein Tonikum. Erschöpft schläft sie ein und wacht erst auf, als der Zug in Venedig einfährt. Sie sieht Lucinda und Rudi nie wieder. Und doch sieht sie diese Nacht im Orient-Express als einen Wendepunkt in ihrem Leben an. Als würde sie eines von Belles alten Kostümen ausziehen, streift sie ihre alte Haut ab und wird eine neue Tina. Die Tina, die ihre Tochter kennenlernen wird: eine entschlossene, unabhängige Frau, die ihr Herz beschützt, als wäre es ihr eigenes Kind. Trotz der vielen Affären, die Tina Rosselli im Laufe der Jahre hat, verliebt sie sich nie wieder.

Valentina

Bevor sie sich verabschiedeten, hatte ihre Mutter Valentina ein kleines braunes Päckchen gegeben. Darin war eine CD mit einem Bild der Berliner Siegessäule darauf, auf dem der goldene Engel ihr zuwinkte.

»Als ich 1989 nach Berlin zurückgekehrt bin und erfahren habe, was mit Karel passiert ist, gab Lottie mir eine Schallplatte, die er aufgenommen hatte«, erzählt Tina ihrer Tochter. »Sie sagte mir, es sei Musik, die er eigens für dich komponiert hätte.«

Valentina umklammerte die CD mit beiden Händen.

»Für mich?«, wiederholte sie heiser.

»Sie heißt *Was Valentina sieht*«, sagte ihre Mutter. »Du warst an dem Tag, an dem Karel starb, am 17. Mai 1986, genau ein Jahr alt. Wenn er nur noch ein paar Jahre gewartet hätte …«

»Würdest du denn unendlich lange warten, um dein Kind zum ersten Mal in deinen Armen zu halten?«, fragte Valentina ihre Mutter.

»Nein«, sagte Tina kopfschüttelnd. »Ich hätte auch versucht zu fliehen.«

Valentina betrachtete die CD-Hülle.

»Ich habe dieses Foto aufgenommen, damals, als ich deinen Vater kennenlernte«, erklärte Tina. »Ich habe die Plattenaufnahme für dich auf CD brennen lassen.«

Valentina klappte die CD auf. Sie war nicht vorbereitet auf das, was sie darin sah. Denn auf der Innenseite der CD-Hülle war ein Bild des Mannes, der ihr Vater sein musste. Er saß auf einem Stuhl, sein Cello zwischen den Beinen, und seine Hände … *diese schönen Hände*, wie ihre Mutter sie bezeichnet hatte … ruhten auf dem Hals des Cellos, als wäre es ein zartes Mädchen. Der Mann blickte direkt in die Kamera, das Bild hatte eine hypnotisierende Wirkung. Er sah unglaublich jung aus, mit dichtem schwarzem Haar und einem katzenartigen Gesicht. Er war schön. Valentina konnte nachvollziehen, warum ihre Mutter sich in ihn verliebt hatte.

»Das ist Karel«, sagte ihre Mutter traurig.

Jetzt ist sie wieder in Leonardos Wohnung. Das Shooting mit Sophia hat sie hinter sich gebracht, auch wenn sie die ganze Zeit das Gefühl hatte, nicht wirklich bei der Sache zu sein. Sie hat die Aufnahmen eher instinktiv als mit dem Verstand gemacht. Sie erzählt Leonardo alles, während sie zwischen seinen Beinen auf seiner Futonmatratze sitzt. Er hat die Arme um sie gelegt und hört schweigend zu. Als sie die ganze Geschichte zu Ende erzählt hat, drückt Leonardo sie fest, bevor er das Wort ergreift.

»Es ist unglaublich, dass dieser Mann dein Vater war«, sagt Leonardo zu ihr.

»Aber ich werde ihn nie kennenlernen. Er ist tot. Meine Mutter gibt sich die Schuld daran, weil sie ihm von mir erzählt hat. Sie sagt, das ist der Grund, weshalb er versucht hat, über die Mauer zu fliehen … aber Leo, ist es nicht schrecklich, dass ein Teil von mir so froh ist, dass er von mir wusste und dass er mich so unbedingt sehen wollte?«

»Nein, es ist überhaupt nicht schrecklich, es ist natürlich. Er hatte den Instinkt eines Vaters. Einen Instinkt, der so stark war, dass er ihn letztendlich das Leben gekostet hat.«

»Er ist meinetwegen gestorben«, flüstert Valentina.

Leonardo umarmt sie fest.

»Nein, das ist er nicht. Es ist weder deine Schuld noch die deiner Mutter. Es ist die Schuld des Grenzsoldaten, der ihn in den Rücken geschossen hat. Es ist die Schuld derjenigen, die dem Soldaten den Schießbefehl erteilten. Es ist die Schuld des kommunistischen Regimes in Ostdeutschland, das Karel Slavik das Recht verwehrte, in den Westen zu reisen.«

»Jetzt weiß ich, warum Mama so ist, wie sie ist«, bemerkt Valentina nachdenklich. »Ich wünschte nur, sie hätte es mir schon früher erzählt.«

Sie sitzen eine Weile schweigend da und lauschen auf die Geräusche draußen vor dem Fenster: Leute, die einander zurufen, Musik, die aus einem Auto auf der anderen Straßenseite dringt, ein Streifenwagen, der vorbeirast.

»Willst du die Musik hören, Valentina?«, fragt Leonardo sie leise. Sie wendet sich zu ihm um und nickt. Es ist das Einzige, was sie von ihrem Vater hat. Ihre einzige Möglichkeit, ihn kennenzulernen, und doch hat sie zugleich Angst, dass die Musik ihr nichts bedeuten könnte.

Valentina schließt die Augen, während die Klänge von Karels Cello sie durchströmen. Sie hatte Musik erwartet, die sie traurig machen würde, sie empfand Cellomusik immer schon etwas melancholisch, doch dieses Stück, das ihr Vater für sie komponiert hat, stimmt sie anders. Es klingt fast fröhlich. Sie erkennt, dass Karel versucht, die Welt durch die Augen seiner kleinen Tochter, wie er sie sich vorstellt, darzustellen. Er spielt dem Kind darin vor, und was er heraufbeschwört, ist etwas Magisches und Leichtes, eine Musik, die ihr Herz zum Flattern bringt, bei der sie lächeln will. Er ist in dieser Musik lebendig. Sie stellt sich den ernsten jungen Mann vor, den sie auf der Innenseite der CD-Hülle gesehen hat, wie er leidenschaftlich sein Cello spielt, wie sein ganzer Körper mit dem geschwungenen Korpus des Cellos tanzt und seine kräftigen langen Finger die Saiten zupfen, mit der ganzen Wucht seiner Verzweiflung. In seiner Musik spielt er all die Wiegenlieder, die er ihr nie vorspielen konnte, singt ihr all die Kinderreime vor, die er nie singen konnte, erzählt ihr all die Märchen und Geschichten von seiner Heimat und seiner Familie, die er nie mit ihr teilen können wird. Als sie die Augen wieder aufschlägt, sieht sie, dass Leonardo sie beobachtet, in ihrem Gesicht nach ihren Gefühlen forscht. Sie tut etwas ganz Seltenes, sie lächelt. Es ist ein Lächeln, das in ihrer Magengegend beginnt, sich durch ihre Brust und ihr Herz ausbreitet und ihr Gesicht erhellt.

Sie spielen die Musik immer wieder und liegen nackt aneinandergeschmiegt auf Leonardos Bett. Das frühabendliche Sonnenlicht strömt durch die offenen Vorhänge herein, Valentina ist in den Armen ihres Geliebten gebettet und fühlt sich geborgen und gewollt.

Leonardo zieht sich hoch, um sich neben ihr auf die Seite zu legen, und schiebt sein Becken nah an ihres. Er schlingt seine Beine um ihre, sodass sie eine Schere bilden, und jetzt berühren sie sich leicht. Er nimmt ihre Hände in seine und führt sie an seinen Penis, der samtig und eingerollt in seinem Schoß ruht. Sie kämpft gegen den Drang an, ihn zu stimulieren, zuzusehen, wie er anschwillt, und lässt sich stattdessen zeigen, was sie tun soll. Doch alleine die Vorstellung lässt ihre Brüste prickeln, ihre Nippel stellen sich auf, und sie wird bereits feucht zwischen den Beinen. Er beugt die Finger ihrer beiden Hände, die in seinen liegen, nach innen, bis auf den Zeige- und Mittelfinger. Dann legt er ihre zu Gabeln gespreizten Finger der einen Hand um die Wurzel seines Glieds und die andere um den Rand seiner Eichel. Er muss ihr keine weiteren Anweisungen geben. Instinktiv führt sie ihn in sich ein, indem sie mehrmals tief einatmet, sich öffnet, um ihn zu empfangen, und ihre Yoni entspannt, sodass sie ihn in sich hineinzieht. Jetzt ist er in ihr, schlaff, keiner von ihnen bewegt sich, sie sehen sich nur an, vereint in ihrer offenen Nacktheit. Es muss der aufrichtigste sexuelle Augenblick ihres Lebens sein. Sie beginnt zu spüren, wie sein Schwanz und ihre Yoni gemeinsam vibrieren, ohne dass einer von ihnen irgendetwas tun muss. Es fühlt sich an, als ob in ihr irgendetwas Magisches passiert. Sie verleiht seinem Glied Kraft, während er tief in ihr pulsiert. Leonardo legt seine Hände auf ihre Brüste und umkreist ihre Nippel mit den Handflächen. Valentina spürt, wie das Pochen seines Geschlecht heftiger wird und wie er langsam in ihr anschwillt, sich in ihr nach oben schiebt, mit tänzelnden und zuckenden Bewegungen. Es ist eine göttliche Penetration. Sie kann nicht sagen, wie lange sie so vereint sind, aber nach einer Weile beginnt Leonardo sich in ihr zu drehen, tiefer in sie zu gleiten Ihr Körper reagiert mit einem überwältigenden Schauder, und sie rollt sich mit ihm herum, sodass er jetzt über ihr kniet, noch immer in ihr, und ihre Füße auf seinen Schultern ruhen. In dieser Position verharren sie einen Moment, während sie spürt, wie er immer tiefer in sie eindringt, und dann spreizt sie die Beine und lässt sie sinken, und er stößt in sie hinein. Durch Leonardo fühlt sie sich vollkommen weich, offen und gelöst. Ohne Absicht, ohne Anstrengung schwingen sie sich empor, dem Höhepunkt entgegen. Valentina stellt sich vor, hoch oben auf einer Klippe zu stehen, mit dem schimmernden Mittelmeer unter ihr. Bisher hat diese für sie albtraumhafte Szene sie immer an Tod und Verlust erinnert, aber jetzt will sie hineintauchen, Hand in Hand mit Leonardo bis zum Meeresgrund schwimmen. Sie kommen gemeinsam, im selben Moment, die Augen noch immer geöffnet, ohne irgendeinen falschen Schein.

Danach liegen sie da, Leonardo hat sich eng an ihren Rücken geschmiegt. Sie kann spüren, dass sein Glied wieder schlaff ist, an ihren Rücken gerollt. Sie will am liebsten seine Spitze küssen, aber sie bleibt liegen. Sie fühlt sich vor allem, was außerhalb von Leonardos Zimmer ist, beschützt, solange sie in seinen Armen bleibt. Sie ist ihm so dankbar für alles, was er für sie getan hat. Und doch, trotz der Offenbarung dieser neuen sexuellen Sprache, weiß sie tief in sich, dass es nicht dasselbe ist wie mit Thomas. Sie liebt Leonardo, natürlich tut sie das, und er liebt sie, aber ist sie in ihn verliebt? Und gibt es da einen Unterschied? Ihre Mutter hatte davon gesprochen, offen für die Liebe zu bleiben, selbst wenn man die Liebe seines Lebens verloren hat. Valentina kann sich nicht für immer bestrafen. Sie verdient es, geliebt zu werden. Und was kann sie mehr verlangen, als von Leonardo geliebt zu werden?

Am nächsten Morgen steht Leonardo früh auf und sagt ihr, dass er zu einem Tantrasex-Seminar geht.

»Ich werde den ganzen Tag fort sein«, meint er, während er

ihr eine Tasse Kusmi-Tee auf das Kästchen neben der Matratze stellt. »Ist das okay für dich?«

»Natürlich«, murmelt sie, während sie sich schläfrig streckt. »Ich mache mir einen gemütlichen Tag.«

»Du gehst heute nicht arbeiten? Willst du nicht mit mir kommen?«

Sie schüttelt den Kopf.

»Ich habe meiner Mutter versprochen, mich später noch einmal mit ihr zu treffen. Sie bleibt ein paar Tage länger in New York. Sie versucht, mich zu überreden, mit zu Mattia zu fahren.«

»Du solltest fahren«, sagt Leonardo.

Sie rollt sich auf die Seite.

»Vielleicht.«

Sobald Leonardo gegangen ist, legt sie die Musik ihres Vaters wieder auf. Jedes Mal wenn sie die Stücke hört, liebt sie sie noch mehr. Sie sind Balsam für ihre Seele. *Mein Vater hat diese Musik für mich geschaffen.* Sie hat das Gefühl, etwas Besonderes zu sein, und gleichzeitig ist sie so traurig, dass er gestorben ist. Er war jünger, als sie jetzt ist, als er ums Leben kam.

Ihr Telefon klingelt. Sie überlegt sich fast, es auszuschalten. Sie will in Ruhe gelassen werden, um den Liedern ihres Vaters zu lauschen, aber als sie Marcos Nummer auf dem Display sieht, nimmt sie doch ab. Vielleicht ruft er sie wegen der Arbeit an.

»Valentina.« Marco klingt ernst.

»Was gibt's?«, fragt Valentina und spürt bereits, wie sie sich verkrampft. »Ist alles okay?«

»Hast du die Neuigkeit schon gehört?«

»Nein.« Sie hält den Atem an. Sie kann an seinem Tonfall hören, dass es etwas Schlimmes ist.

»Sie haben den Wachmann von der Neuen Galerie gefunden«, sagt er.

Für einen Moment sieht Valentina das verschwitzte stoppelige Gesicht des Mannes vor sich.

»Was soll das heißen, sie haben ihn gefunden?«

»Im Hudson River … Valentina, er ist tot.«

Ihr Herz beginnt zu rasen, und ihr Mund wird trocken.

»Oh mein Gott«, flüstert sie.

»Sie glauben, dass es Glen gewesen ist. Du hattest recht, Valentina. Er ist ein Mörder.«

Sie geht in der Wohnung auf und ab. Sie hat bereits zwei Nachrichten für Balducci hinterlassen, aber er hat sie nicht zurückgerufen. Vermutlich denkt er, sie könne zu den Ermittlungen ohnehin nichts beisteuern. Seit sie zu Leonardo gezogen ist, haben die Cops ihre Bewachung eingestellt, da sie Glen für nicht so gefährlich hielten. Aber jetzt … nun … jetzt ist klar, dass ihr Feind noch immer in New York ist. Der ganze ruhige, liebevolle Schutzwall, den Leonardo um sie herum aufgebaut hat, stürzt krachend ein. Es nützt nichts. Sie kann nicht aufgeben. Sie muss herausfinden, wo Glen ist. Sie redet sich ein, dass sie es tun müsse, um der Polizei zu helfen, aber tief in sich weiß sie, dass sie es tun muss, weil sie die Wahrheit herausfinden will. Was hat Glen mit Thomas gemacht? Sie überlegt kurz, ob sie Leonardo anrufen soll, aber dann wirft sie ihr Telefon in ihre Tasche. Er hat das Handy ohnehin ausgeschaltet, wenn er in seinem Seminar ist, aber sie weiß, dass das nicht der wirkliche Grund ist, weshalb sie ihn nicht anruft. Er würde ihr sagen, sie solle loslassen.

Sie denkt angestrengt nach. Es gibt nur einen einzigen Menschen in ganz New York, der wissen könnte, wo Glen ist.

Valentina geht von Leonardos Wohnung die East 20th hinunter bis zur U-Bahn-Station 14th Street/Union Square. Dort nimmt sie den nächsten Zug zur 14th Street/8th Avenue.

Sie durchquert den Meatpacking District, bis sie die Adresse findet, die sie sucht. Natürlich könnte sie heute außer Haus sein und arbeiten, aber irgendwie hat Valentina den Verdacht, dass Lori die Außenwelt gerade jetzt meiden möchte.

Als sie das erste Mal klingelt, kommt keine Antwort. Sie versucht es noch einmal. Beim dritten Mal hört sie ein Klicken.

»Ja?«

»Ich bin's, Valentina«, meldet sie sich. »Kann ich mit dir reden?«

»Ich habe der Polizei schon alles gesagt. Verschwinde einfach, okay?«, sagt Lori und schaltet die Sprechanlage ab.

Valentina drückt noch einmal auf die Klingel, und dann noch einmal. Sie versucht es fünf Minuten lang.

»Verdammt noch mal, verschwinde einfach, sonst rufe ich die Polizei«, schreit Lori schließlich.

»Nein, das wirst du nicht tun«, sagt Valentina. »Das Letzte, was du willst, ist, dass die Polizei wieder bei dir auftaucht.«

Eine Pause tritt ein, aber diesmal schaltet Lori die Sprechanlage nicht ab.

»Lass mich herein, nur für ein paar Minuten, Lori, bitte.«

Das Mädchen erwidert nichts, aber die Tür schnappt auf. Valentina stürzt ins Haus, bevor sie es sich anders überlegen kann.

Lori führt sie in ihre winzige Wohnung. Es gibt einen einzigen großen Raum mit einem ungemachten Bett in einer Ecke, einer Couch am Fenster und einem Tisch, auf dem ihr Make-up-Etui liegt. In einer anderen Ecke befindet sich eine winzige Küche mit einer Kücheninsel, um die vier hohe Hocker stehen. Lori setzt sich auf einen der Hocker, die Arme abwehrend vor der Brust verschränkt, und starrt sie feindselig an.

»Hast du die Neuigkeit schon gehört?«, fragt Valentina unumwunden.

Das Mädchen wird blass und schüttelt den Kopf. Sie muss glauben, dass sie ihn geschnappt haben, denkt Valentina.

»Sie haben den Wachmann gefunden. Tot.«

Lori blickt noch schockierter. Sie lässt die Arme an ihren Seiten sinken.

»Oh Gott, nein«, flüstert sie.

»Hast du ihn gekannt?«, fragt Valentina.

»Ja, das habe ich ….«, krächzt sie. Sie blickt noch immer entsetzt. »Er ist vor einer Weile mit einer Cousine von mir gegangen. Ich habe ihn mit Peter bekannt gemacht.«

»Du weißt, dass sein richtiger Name Glen ist, Lori«, bemerkt Valentina leise.

Lori funkelt Valentina an.

»Nicht für mich«, sagt sie. »Peter hatte nichts mit Waynes Tod zu tun … das muss ein Irrtum sein …«

Valentina kann sehen, dass sich Lori verzweifelt an das Bild von Glen oder Peter klammert, das sie hat. Sie weiß, dass eine Frau alles tun wird, um den Mann, den sie liebt, zu schützen. Jetzt ist sie sich noch sicherer, dass Lori ihr helfen kann, Glen zu finden.

»Lori, er hat meinen Verlobten getötet«, sagt Valentina ruhig.

Lori sieht sie ungläubig an und schüttelt immer wieder den Kopf.

»Nein«, haucht sie, »nein.«

Valentina kann sehen, wie ihr Tränen in die Augen treten. Sie weiß, dass es grausam ist, aber Lori muss verstehen, was für eine tödliche Gefahr Glen ist.

»Er hat zuerst versucht, mich zu töten, Lori. Der Mann ist verrückt. Er hat mich ins Meer gezerrt und versucht, mich zu ertränken. Er wollte mich um jeden Preis töten, es war ihm egal, ob er selbst dabei auch umkommen würde.«

»Aber warum?«, flüstert Lori.

Valentina kaut auf ihrer Lippe. Warum? Das war die Frage. Warum hasste Glen sie so sehr? Thomas hatte immer behauptet, es hätte mit ihm zu tun, dass Valentina für ihn nur eine Möglichkeit sei, sich an Thomas zu rächen, Valentina hingegen hatte das Gefühl, dass Glens Reaktion auf sie immer persönlich gewesen war.

Trotzdem sagt sie jetzt zu Lori: »Er wollte sich an meinem Freund rächen.«

Lori umklammert ihren Körper. Valentina kann sehen, dass sie so heftig zittert, dass sie fast von ihrem Hocker fällt.

»Du solltest mich in Ruhe lassen«, flüstert Lori. »Ich weiß nichts.«

»Du musst etwas wissen, Lori. Du und Peter oder Glen, ihr wart über ein Jahr zusammen. Du musst doch eine Vermutung haben, an welchem Ort er das Bild versteckt haben könnte?«

»Ich kann dir gar nichts sagen«, erwidert Lori. Sie zittert am ganzen Körper, und auf einmal begreift Valentina. Dieses Mädchen beschützt Glen nicht, weil sie ihn für unschuldig hält, nein, sie hat Angst vor ihm. Sie liebt ihn vielleicht, aber ihre Gefühle für Glen beruhen auf Angst. Er hat sie unter Kontrolle.

»Hat er dich bedroht?«, fragt Valentina vorsichtig.

Lori kann nicht sprechen, sie schüttelt nur den Kopf, während ihr die Tränen über die Wangen kullern.

»Du solltest es der Polizei sagen«, meint Valentina.

»Nein«, flüstert Lori. »Er hat gesagt, er würde meiner Mom etwas antun …« Sie fährt sich mit einer Hand an den Mund. »Bitte sag der Polizei nichts, bitte. Lass ihn einfach entkommen. Er wird heute verschwinden.«

»Meinst du wirklich, er wird deiner Mutter etwas antun?«

»Du hast doch selbst gesagt, dass er ein Mörder ist …« Lori leckt sich über die Lippen, ihre Stimme ist auf einmal heiser, und ihre Augen sind geweitet vor Angst. »Er hat mir ein Messer an die Kehle gesetzt. Eines Morgens bin ich aufgewacht, und er hatte die Klinge genau hier.« Sie zieht ihren Schal herunter, um ihr eine winzige rote Schnittwunde zu zeigen. »Er hat mich geritzt, damit ich weiß, dass er es ernst meint, hat er gesagt.«

»Wo wohnt deine Mom?«

»Greenwich Village, aber dort ist er im Moment nicht.« Lori beißt auf ihre Unterlippe und holt tief Luft. »Ich weiß, wohin er heute geht. Seine Familie hat ein Lagerhaus um die Ecke. Dort wird er hingehen, um das Bild zu holen. Aber, Valentina …« Lori streckt eine Hand aus und umklammert ihren Arm. »Geh dort nicht allein hin, es ist zu gefährlich!«

»Ich will nur sehen, ob er dort ist … ich werde die Polizei rufen, sobald ich ihn entdeckt habe.«

»Lass ihn einfach gehen … das ist es nicht wert.«

»Gib mir die Adresse, Lori«, sagt Valentina mit stählerner Stimme.

Lori hat vermutlich recht, aber Valentina kann nicht anders. Sie muss Glen finden. Wenn sie ihn sieht, wird sie die Polizei informieren und ihr sagen, wo er ist. Sie hat Lori versprochen, es nicht zu tun, bevor sie Glen im Visier hat. Und sie hat ihr versprochen, sich versteckt zu halten. Lori ist in diesem Moment auf dem Weg zur Wohnung ihrer Mom, um sich zu vergewissern, dass sie in Sicherheit ist.

Valentina biegt eben um eine Straßenecke, keine fünf Minuten von Loris Wohnung entfernt, als sie ihn sieht. Selbstherrlich schlendert er die West 15th Street hinunter. Ihr Herz bleibt beinahe stehen. Er hat sein Haar wieder gefärbt, fast schwarz, und sich einen schütteren Bart wachsen lassen, aber Valentina würde seine Art zu gehen überall erkennen. Den bedrohlichen Gang von Glen Clarke.

Sie verfolgt ihn die Straße hinunter. Er läuft zurück zum Meatpacking District, in die Richtung, aus der sie gekommen ist. Sie senkt ängstlich den Kopf, für den Fall, dass er sich umdrehen und sie sehen sollte, aber Glen scheint es eilig zu haben. Sie muss fast rennen, um mit ihm Schritt zu halten. Er läuft im Zickzack durch die Straßen, dann den Hudson River entlang. Der Fluss schimmert in der Sonne wie Wellblech. Auf einmal biegt Glen scharf nach links ab. Sie huscht vorsichtig bis zur Kreuzung und späht um die Ecke. Er ist vor einem großen Lagerhaus stehen geblieben. Es ist eine andere Adresse, als Lori ihr gegeben hat. Also wusste auch sie nicht, wo er sich befand. Valentina beobachtet, wie Glen die Tür aufzieht. Sie muss sich beherrschen, um nicht hinter ihm herzurennen und mit ihrer großen Tasche auf ihn loszugehen. Aber alleine die Vorstellung ist lächerlich. Er könnte sie im Handumdrehen überwältigen. Das wäre der richtige Moment, um die Polizei zu rufen, aber sie kann den Blick nicht von ihm lösen, während er hinter der Tür verschwindet. Sie weiß, dass es idiotisch ist, und doch kann Valentina nicht anders, als ihm die Straße hinunter zu folgen und ganz vorsichtig die Tür zum Lagerhaus zu öffnen. Sie schlüpft durch den Türspalt hinein und sieht sich um. Glen ist verschwunden. Sie steht in einem einzigen großen Raum, mit Graffiti an den Wänden. Sie drückt sich ihre Tasche an die Brust, als könnte sie sich damit vor allem Bösen schützen, das in dieser Halle vielleicht lauert. Sie überlegt eben, ob sie gehen und die Polizei rufen sollte, als sie auf einmal Stimmen hört. Es ist zu spät, um wieder zur Tür hinauszuschlüpfen. Sie versteckt sich hinter einem Stapel Holzkisten. Die Stimmen werden lauter, und jetzt bemerkt sie einen Korridor am hinteren Ende des Raums, und sie hört Schritte. Sie kauert sich hin, lehnt sich mit dem Rücken gegen die Kisten und hält den Atem an, ihre Tasche noch immer umklammernd. Sie hat schreckliche Angst. Was zum Teufel hat sie sich eigentlich dabei gedacht, diesem Schurken Glen in seine Räuberhöhle zu folgen? Wie in aller Welt soll sie hier wieder herauskommen? Jetzt kann sie die Männer in dem Raum reden hören. Sie kann nicht genau verstehen, was sie sagen, da sie zu weit weg ist. Valentina nimmt ihren ganzen Mut zusammen und späht um eine der Kisten.

Was sie sieht, lässt ihr das Blut in den Adern gefrieren, und ihr Herz setzt aus. Sie hört ein einziges Rauschen in ihren Ohren, ihre Kehle wird trocken und sie kann keinen Laut von sich geben. Denn vor ihr, ihr zugewandt, sodass sie ihm genau ins Gesicht sehen kann … ins Gespräch vertieft mit dem Mann, den sie für seinen Mörder hielt … steht die Liebe ihres Lebens, Thomas.

Tina
1993

Anfangs schien es eine gute Idee, das Modeshooting mit einer vorweihnachtlichen Reise mit Valentina zu verbinden, um das Land des echten Weihnachtsmanns zu sehen. Es liegt mehr Schnee, als Valentina in ihrem ganzen Leben gesehen hat, aber noch aufregender als das sind die Rentiere, die Huskys, die Polarfüchse und die ganzen Schlittenfahrten. Ihre Tochter ist in ihrem Element, beklagt sich nie, dass ihr kalt ist, sondern begeistert sich dafür, vom Dach der kleinen Holzhütte neben ihrem Hotel in die Berge von Schnee darunter zu springen, Schneehöhlen zu bauen und Engel in den Schnee zu machen. Tina hingegen war sich nicht bewusst, wie sehr sie die Kälte und die langen, dunklen Stunden hasst. Es ist der kürzeste Tag des Jahres, und hier in der Arktis gibt es kaum Licht. Die Sonne schafft es nie bis über den Horizont, lauert knapp darunter und überzieht die verschneite Landschaft mit dunkelblauen und pastellfarbenen Lichtreflexionen auf dem Schnee. Sie kann von Glück reden, dass so viel Schnee liegt, denn er spiegelt das wenige Licht wider, das es gibt, sodass sie ihre Fotos überhaupt machen kann.

Bei dem Shooting ging es um eine Anti-Pelz-Kampagne. Sie hatten sich dafür entschieden, die Fotoserie mit den Kunstpelzmänteln in einer arktischen Umgebung zu machen, um zu zeigen, dass man keine echten Tierhäute tragen muss, um sich warmzuhalten. Tina hatte skandinavische Models ausgewählt. Das eine Mädchen war eine hochgewachsene, sportlich aussehende Schwedin namens Berit mit langen blonden Haaren, die vor dem Schnee wie goldene Garben glitzerten. Berit war in ihrer natürlichen Umgebung und glitt auf ihren Skiern durch den Schnee, anstatt in Schneestiefeln herumzustapfen wie die anderen. Sie erzählte Tina, dass sie nördlich des Polarkreises in Schweden aufgewachsen sei. Das andere Model, Tove, war aus Finnland, mit glatten pechschwarzen Haaren und slawischen Augen. Sie war erschreckend groß und erschreckend dürr, und schweigsam – das hieß, bis sie anfing, Wodka zu trinken, dann verwandelte sie sich in das lebhafteste und redseligste Model, dem Tina je begegnet war.

Der Teil mit dem Shooting hatte Tina auf dieser Reise gut gefallen, trotz der Kälte, denn sie hatte das Gefühl, einige der schönsten Bilder ihrer Karriere gemacht zu haben, und das Team hatte jeden Abend in der Hotellounge fröhlich beisammengesessen und getrunken und geplaudert. Das Winterlicht war absolut erstaunlich und stellte sie vor Herausforderungen, vor denen sie noch nie gestanden hatte. An einem Abend tänzelten die Polarlichter für sie. Valentina war außer sich vor Aufregung. Sie sagte ihrer Mutter, es seien Prinzessinnen, die am Himmel tanzten. Tina hatte ein paar Aufnahmen von Berit und Tove vor dem Hintergrund der Lichter gemacht, und die wirbelnden grünen und violetten Schleier bildeten einen wundervollen Kontrast zu den Mädchen in ihren cremefarbenen und schwarzen künstlichen Pelzen.

Sie waren mit den Aufnahmen längst fertig, und alle anderen waren nach Hause gefahren, um Weihnachtsvorbereitungen zu treffen. Sie konnte es kaum erwarten, zurück nach Mailand zu kommen. Warum hatte sie sich überhaupt zu dieser Reise mit Valentina entschlossen? Sie wohnten in einem ruhigen Hotel am Rande von Tromsø, einer Kleinstadt im nördlichsten Eck Norwegens. Sobald Valentina im Bett lag, konnte Tina nun nirgends hingehen oder irgendetwas unternehmen. Das Einzige, was sie tun konnte, war, in der Hotellounge zu sitzen und, tödlich gelangweilt, eine Flasche des hiesigen Biers zu trinken. Wenn sie in Mailand wäre, dann könnte sie wenigstens einen Babysitter engagieren und ausgehen. Das hat sie in letzter Zeit ziemlich oft getan.

Nach ihrer Reise mit dem Orient-Express nach Venedig kam Tina zu dem Schluss, dass das Leben als Single-Frau eigentlich gar nicht so schlecht war. Sie kann tun, was ihr gefällt, und genau so leben, wie sie will, ohne ständig an die Bedürfnisse eines Mannes denken zu müssen.

»Ja, aber wird es dir nicht einsam?«, fragen sie all diese selbstgefälligen verheirateten Frauen.

»Nein«, entgegnet sie dann, »natürlich nicht. Wenn ich Gesellschaft brauche, ist es nicht schwer, welche zu bekommen. Ich kann Sex haben, wann immer ich will. Ich bin ein Freigeist«, erklärt sie.

Single zu sein heißt auch, dass Tina auf Zack bleibt. Sie achtet auf sich, sorgt dafür, dass sie immer gepflegt und in Form ist und gut aussieht.

»Es ist ein solch umwerfendes Gefühl, wenn du weißt, dass du noch immer die Aufmerksamkeit eines jungen Mannes auf dich ziehen kannst«, sagt sie zu ihren verheirateten Freundinnen. »Und wenn du mit ihnen schläfst, geben sie dir das Gefühl, eine Göttin zu sein.«

»Aber was ist mit Liebe?«, fragen sie sie.

»Ich liebe mich selbst«, entgegnet Tina. »Ich liebe meinen Sohn. Ich liebe meine Tochter. Das ist genug Liebe für mich.«

Was sie ihnen nicht sagt, ist, dass sie auch Tage hat, an denen sie sich hasst, an denen sie es bedauert, Phil verloren zu haben, und an denen die Sehnsucht nach etwas mehr in ihrem Leben sie schmerzt. Es ist ein Schmerz, den nichts, nicht einmal noch so viele Umarmungen von ihrer kleinen Tochter, lindern kann. Besser fühlt sie sich dann nur, wenn sie ausgeht und mit jemandem vögelt. Wenn sie deprimiert ist, ruft sie, anstatt sich mit einem Eis vor den Fernseher zu setzen, die Babysitterin an, schmeißt sich in Schale und geht auf die Pirsch. Sie hat die Bezeichnung Pumafrau gehört, für eine ältere Frau, die sich jüngere Männer aufreißt, und sie nimmt an, dass sie genau das geworden ist. Aber keiner dieser jungen Männer ist ein Opfer. Sie lieben die Freiheit, mit einer Frau wie Tina zu schlafen, die weiß, was sie tut, und keinerlei Verpflichtung von ihnen erwartet.

Sie ist allmählich genervt, während sie in diesem langweiligen kleinen Hotel in Tromsø sitzt. Sie weiß, was sie braucht, um sich aufzumuntern, aber sie sitzt hier mit Valentina fest. Während sie sich damit abfindet, sich wieder einen trostlosen Abend lang Skiabfahrtsrennen im Fernsehen anzusehen, geht die Tür auf, und ein junger Mann kommt herein, in dem lächerlichsten Weihnachtspullover, den sie je gesehen hat. Er hat kurzes, stoppeliges dunkles Haar, breite Wangen und die strahlendsten blauen Augen, die sie je gesehen hat. Er ist nicht sehr groß, aber sie kann sehen, dass er unter seinem weiten Pullover mit dem rot-schwarz-weißen Zickzackmuster und den kleinen silbernen Knöpfen am Kragen nur aus Muskeln besteht.

»Hei«, grüßt er auf Norwegisch.

»Hallo«, erwidert sie auf Englisch.

»Woher haben Sie denn Ihr Bier?«, wechselt er ins Englische über.

»Das ist mein eigenes«, sagt sie. »Ich habe es in dem Laden gekauft, bitte bedienen Sie sich.« Sie deutet auf eine Tüte neben ihrem Stuhl. »Inzwischen ist es vielleicht ein bisschen warm.«

Er nimmt sich ein Bier und reißt den Deckel mit bloßen Händen runter. Sie zieht die Augenbrauen hoch.

»Sie haben kräftige Hände«, meint sie.

»Ja, ich arbeite viel im Freien mit Rentieren, da muss man kräftig sein.«

»Sind Sie ein Rentierhirte?«, fragt sie ihn ungläubig.

Er nickt.

»Dann sind Sie ein Sami?«

Sie hat sich schon immer für die Sami interessiert, ein indigenes Volk, das am nördlichsten Rand Europas lebt, in einem Gebiet, das sich über Norwegen, Schweden, Finnland und Russland erstreckt.

»Ja, das bin ich. Ich habe mein ganzes Leben hier gelebt.«

»Mein Gott, wie können Sie das? Ich meine, dieser ganze Schnee, und die Kälte und Dunkelheit. Wie halten Sie das bloß aus?«

»Das ist das Einzige, was ich kenne, und ehrlich gesagt liebe ich es. Wenn ich wegfahre, vermisse ich den Norden. Ich glaube, es liegt mir im Blut.«

»Na ja, ich bin eindeutig eine Südländerin«, erwidert sie, während sie es sich auf ihrem Sessel bequem macht. »Ich will ja nicht unhöflich sein, aber ich finde es hier kalt, deprimierend und langweilig.«

Er schweigt einen Moment. Sie trinken zusammen ihr Bier und sehen fern.

»Ich kann Ihnen eine Seite des Nordens zeigen, die nicht langweilig ist, und nicht kalt«, sagt der Mann fast unhörbar. »Und alles andere als deprimierend.«

Tina wendet sich zu ihm um und bemerkt seinen eindringlichen Blick. Sie mustert ihn genau, und sie spürt dieses Verlangen tief in sich. Sie braucht jetzt Sex. Aber wohin könnten sie gehen? Hat er ein Zimmer in diesem Hotel?

Er steht auf, bietet ihr seine Hand.

»Ich kann Sie an einen Ort bringen, den Sie nie vergessen werden.«

»Oh, wirklich?« Sie sieht unter gesenkten Wimpern scheu zu ihm hoch.

»Aber zuerst müssen wir uns unsere Schneekleidung anziehen.«

»Wir müssen das Hotel verlassen?«

Sie denkt an Valentina, die oben in ihrem Doppelbett schläft. Sie sollte nicht einmal hier unten in der Lounge sein, geschweige denn das Hotel verlassen, aber der Sami-Mann steht genau vor ihr und sieht auf eine Art auf sie hinunter, die ihr keinen Zweifel daran lässt, dass er ihr Lust bereiten will. Sie beißt sich unentschlossen auf die Lippe.

»Ist es weit?«, fragt sie.

»Nicht weit«, erwidert er.

Sie überlegt, dass im Grunde nichts dagegen spricht. Valentina schläft. Sie wacht nachts nie auf, und schließlich ist sie kein Baby mehr. Sie ist schon acht Jahre alt. Wann wird sich Tina eine solche Gelegenheit wieder bieten?

»Okay«, sagt sie.

Sie zieht ihre Schneehose, Jacke, Mütze, Handschuhe und Stiefel an, und jetzt fühlt sie sich alles andere als sexy. Sie stapfen aus dem warmen Hotel hinaus in die Polarnacht. Die Kälte schlägt ihr ins Gesicht. Es muss mindestens zehn Grad unter Null sein, wenn nicht mehr. Der Sami-Mann schnallt sich ein Paar Skier an.

»Oh, ich habe gar keine Skier«, meint Tina.

»Das macht nichts, stellen Sie sich einfach hinten auf meine, und legen Sie mir die Hände um die Taille. Ich kann uns dorthin bringen.«

Sie stellt sich vorsichtig hinter ihm auf die Skier, legt die Hände um ihn, und er stößt sich ab.

Sie presst ihren Körper in der Schneekleidung an seinen, und ihre Beine werden mit ihm abwechselnd vor- und zurückgeschoben, während sie durch den Schnee gleiten. Es ist ein berauschendes Gefühl, als er das Tempo beschleunigt und sie fort von dem Hotel und den anderen Gebäuden bringt, die den Rand von Tromsø säumen, in die Dunkelheit und die leere arktische Tundra. Als sie zum Himmel hochblickt, sieht sie die Polarlichter über ihnen schimmern wie einen wogenden Vorhang aus Farbe und Funken. Sie fühlt sich, als wäre sie in einem der Märchen ihrer Tochter. Es erinnert sie an die Geschichten, die sie sich von ihrer Mutter so gern vorlesen ließ, als sie ein kleines Mädchen war, von fernen Ländern und exotischen Prinzen.

In der Ferne sieht sie jetzt ein Licht in der Nacht schimmern. Er schießt mit ihr durch den Schnee, und sie beginnt zu verstehen, wie jemand es lieben könnte, hier zu leben. Die Geschwindigkeit, das Gefühl, wie er eine Bahn durch den Schnee unter ihren Füßen zieht, ist berauschend. Jetzt kann sie erkennen, dass das Licht von einem Fenster in einer kreisrunden Holzhütte kommt. Der Sami-Mann hält vor der Hütte an, und Tina steigt von seinen Skiern. Ihre Beine zittern leicht von der Anstrengung. Er schnallt seine Skier ab und lehnt sie gegen die Wand der Hütte, dann nimmt er ihre behandschuhte Hand in seine und öffnet die Tür. Sie treten in einen kleinen Vorraum, wo sie ihre Stiefel und ihre ganze Schneekleidung ausziehen und an Haken hängen. Dann führt er sie in die eigentliche Hütte. Ein Feuer lodert in der Mitte des Raums, und als Tina hochsieht, kann sie den Rauch sehen, der sich durch ein Loch im Dach nach oben ringelt. Der Raum ist nur von Kerzenlicht erhellt. Der Boden ist mit Rentierfellen und Schaffellteppichen bedeckt, aber sie vergisst ihre Prinzipien bezüglich der Pelze, sie konzentriert sich auf den Sami-Mann, der eine Flasche mit irgendeinem goldfarbenen Schnaps geöffnet und ihnen zwei Gläser eingeschenkt hat. Er reicht ihr eines davon.

»Was ist das?«, fragt sie.

»Das ist Aquavit«, sagt er, während er seinen hinunterkippt. »Das ist ein spezieller norwegischer Schnaps, der aus Kräutern und Gewürzen gemacht wird. Traditionellerweise bekommt er seinen typischen Geschmack davon, dass er in Eichenfässern zweimal über den Äquator von Norwegen bis nach Australien und wieder zurück verschifft wird.«

»Im Ernst?«

»Ja, absolut«, sagt er. »Es macht wirklich einen Unterschied für den Geschmack. Offenbar sorgen die ständige Bewegung, die hohe Luftfeuchtigkeit und die wechselnden Temperaturen dafür, dass der Schnaps reift und mehr Geschmack entwickelt.«

Sie nimmt einen kleinen Schluck von ihrem Schnaps. Er schmeckt nicht unangenehm, hauptsächlich nach Kümmel und

Anis. Sie kippt ihn hinunter. Er wärmt ihren Magen und hilft ihr, sich zu entspannen.

»Wie heißen Sie?«, fragt sie ihn.

»Gunnar«, erwidert er.

»Mein Name ist Tina.«

»Hallo, Tina«, sagt er, nimmt sie in seine Arme und gibt ihr einen rauchigen Kuss. Er riecht hinreißend, nach den frischen verschneiten Kiefern, die die Tundra säumen, und dem Holzrauch in der Hütte.

Gunnar weicht ein Stück zurück und lächelt sie an.

»Warst du schon einmal in einer Schwitzhütte?«, fragt er sie.

»Nein.« Sie schüttelt den Kopf.

»Magst du die Hitze?«, fragt er, während er sie mit seinen lodernden nordischen Augen durchdringt.

»Manchmal.« Sie denkt an diese unsäglich heißen Tage am Strand mit Phil auf Sardinien, damals, als sie jung war.

»Gut«, meint er, während er seinen Norwegerpulli auszieht.

»Im hinteren Teil dieser Hütte habe ich meine eigene private Sauna. Ich habe sie vorbereitet, bevor ich weggegangen bin, und ich denke, jetzt müsste sie genau richtig sein. Möchtest du mir beim Schwitzen ein bisschen Gesellschaft leisten?«

»Gern«, sagt sie. Sie hat sich für Saunas noch nie besonders begeistert, aber sie will Gunnar nackt sehen. Er zieht sich vor ihr aus, ohne irgendwelche Hemmungen.

»Komm schon«, grinst er. »Oder bist du schüchtern?«

»Nein, überhaupt nicht«, sagt sie freimütig und beginnt, ihre Kleider abzustreifen und neben dem Feuer zu ihren Füßen auf einen Haufen zu werfen.

Trotz der Minusgrade draußen ist das Zimmer warm. Es tut

gut, nackt zu sein, all der Schichten entledigt, in die sie sich in den letzten Tagen immer einpacken musste.

»Hier entlang.« Gunnar geht durch die Hütte und öffnet die Tür zu seiner Sauna. Eine Hitzewelle schlägt ihr entgegen, als sie den winzigen Raum betritt. Sie rutscht neben ihm auf eine Holzbank, die so heiß ist, dass es sich anfühlt, als würde ihre Haut glühen. Schon jetzt treten ihm Schweißperlen auf die Stirn.

Sie lehnt sich zurück und schließt die Augen, atmet langsam und tief durch. Es ist absolut entspannend und unglaublich sinnlich, neben diesem nackten Mann in seiner Sauna zu liegen. Sie kann Duftöle riechen, der Dampf scheint mit Eukalyptus angereichert zu sein. Als sie die Augen wieder aufschlägt, liegt Gunnar auf dem Rücken und sieht sie an.

»Möchtest du Feuer oder Eis?«, flüstert er ihr zu.

Sie sieht ihn voller Neugier an.

»Feuer«, haucht sie.

Er setzt sich auf und drückt sie auf der Holzbank der Sauna nach unten, sodass sie auf dem Rücken liegt. Er legt sich auf sie, presst seinen Körper auf ihren. Sein Fleisch ist so heiß an ihrem, dass es sich anfühlt, als würden sie einander versengen. Er gleitet an ihrem Körper nach unten und führt seinen Mund zwischen ihre Schenkel. Er beginnt sie mit seiner heißen Zunge zu lecken, während er mit der Hand ihr schweißnasses Bein entlangfährt. Sie stöhnt leise auf. Ihr ist so heiß, das sie fürchtet, gleich das Bewusstsein verlieren.

»Eis«, keucht sie. »Ich brauche Kälte.«

Er zieht sie wieder hoch, geht in die Hocke, und seine blauen Augen lachen.

»Wie du befiehlst!«

Er steht auf, und sie sieht in ihrem benommenen Zustand zu, wie er zu einer anderen Tür am hinteren Ende der Sauna schlendert. Er öffnet sie, und ein plötzlicher, angenehm kalter Luftstoß weht für einen Moment herein, bevor er die Tür wieder zumacht. Sie schließt die Augen, spürt, wie sie in dem Dampf und der Hitze der Sauna weiter dahinschmilzt. Gunnar kommt zu ihr zurück. Er kniet sich vor sie hin, hebt sie an den Hüften an, zieht ihre Muschi an seinen Mund und presst seine Lippen darauf. Sie sind eiskalt, und sie zuckt zusammen, aber dann öffnet er den Mund, und sie spürt kaltes Eis tief zwischen ihren Schenkeln brennen. Sie schreit vor Schock auf, während er mit seiner Zunge Eis und Schnee über ihre Schamlippen leckt. Sie spürt, wie es sofort in ihr schmilzt, und nach dem ersten Schreck ist das Gefühl eine berauschende Mischung aus Lust und Schmerz.

»Oh mein Gott«, wispert sie.

»Gefällt es dir?«, fragt er leise.

Er legt ihre Füße auf seine Schultern, spreizt ihre Beine noch weiter, nimmt eine Tasse und füllt seinen Mund mit irgendwas. Sie schließt die Augen, während sie spürt, wie warme Flüssigkeit über ihre erregte Muschi strömt. Sie fragt sich, ob es dieser goldfarbene Aquavit ist. Sie bebt vor Verlangen. Gunnar treibt sie an ihre Grenzen, und sie fühlt sich erfüllt von einer wilden, archaischen Lust.

Er lässt ihre Hüften sinken und zieht sie an den Armen hoch, sodass er ihren verschwitzten Körper in seinem hält. Sie winden sich umeinander, ihre Haut ist glatt und schlüpfrig. Sie sehnt sich verzweifelt danach, seinen Schwanz in sich zu spüren, aber er hält sich noch immer zurück.

»Willst du etwas sehr Wildes tun?«, raunt er.

»Ja«, haucht sie.

Er rafft sie hoch in seine Arme und geht durch die winzige Sauna, öffnet die zweite Tür und tritt hinaus in den Schnee. Sie ist nackt bei minus zehn Grad, aber dennoch ist ihr nicht kalt. Sie glüht noch immer von der Hitze zwischen ihnen.

»Wir müssen schnell machen«, flüstert er. »Ich will nicht, dass du dich unterkühlst.«

Vor ihr steht ein Sägebock, der mit Rentierfellen behängt ist. Er trägt sie dorthin und fordert sie auf, sich an dem Holzbock festzuhalten. Sie presst ihren nackten Körper gegen den Bock. Ihre Nippel richten sich auf, als sie die weiche Wärme der Tierfelle unter sich spürt, während sich ihre Fußsohlen in den frischen, trockenen Schnee pressen. Er ist weder nass noch eiskalt, sondern vielmehr wie ganz feiner Sand, wie winzige funkelnde Kristalle, die ihre Füße streifen. Sie beugt sich weiter vor. Ihr Körper glüht noch immer von der Sauna, und ihr Innerstes zerbirst vor Lust, als Gunnar endlich in sie eindringt. Er umklammert ihre Taille mit beiden Händen, während er tief in sie hineinstößt. Sie hört ihn keuchen und stöhnen wie ein wildes Tier, ein Wesen des Waldes, und sie liebt es: diesen animalischen Sex hier draußen unter den Polarlichtern in der arktischen Tundra. Er bohrt sich in sie hinein und reibt an der Pforte ihrer Möse, reizt sie immer weiter, und im nächsten Augenblick spürt sie, wie er sich hinter ihr erhebt, als würde er sich auf die Zehenspitzen stellen, bevor er sie hart rammt. Sein Schwanz stößt genau in sie hinein, an ihrem G-Punkt, und sie schreit auf. Er ändert immer wieder die Richtung, während er sie vögelt, sodass er jeden Winkel ihres Innersten erfüllt. Er beschleunigt sein Tempo, mit kräftigen, rhythmischen Stößen, und sein Atem wird schneller und abgehackter, bis er sich schließlich in ihr ergießt. Das Gefühl, wie sein heißer Schwanz in ihr pulsiert, überwältigt sie, und jetzt kommt sie ebenfalls, ausgestreckt auf den Fellen.

Er hebt sie rasch hoch und trägt sie zurück in die Sauna. Er nimmt ein Handtuch von einem Stapel neben der Tür und reibt sie ab. Erst jetzt wird ihr bewusst, dass sie vor Kälte zittert, obwohl ihr draußen eben noch so heiß war. Er reibt sie lange ab, und dann fordert er sie auf, sich hinzulegen und zu entspannen. Sie bleiben noch fünf Minuten in der Sauna, schwitzen zusammen und tauschen sanfte, sinnliche Küsse. Dann führt er sie in die Dusche und dreht das Wasser voll auf, während sie unter dem Strahl stehen und sich gegenseitig abwaschen. Sie nimmt seinen Schwanz in die Hand, drückt ihn sanft an der Wurzel und gleitet dann mit der Hand hoch, um seine samtige Spitze zu streicheln. Seine Augen verengen sich zu Schlitzen, während er leise aufstöhnt, und dann hebt er sie an ihrem Hintern hoch. Sie schlingt die Beine um ihn, und während er sie gegen die Fliesen presst, vögeln sie noch einmal unter dem Strahl des dampfenden Wassers.

Jetzt sind sie erschöpft. Sie kuscheln sich vor dem Kamin in Decken und schlürfen eiskaltes Bier. Sie fühlt sich wie eine zufriedene träge Katze, gesättigt und verwöhnt, zusammengerollt vor den flackernden Flammen.

»Willst du über Nacht bleiben?«, flüstert er, während er sich an sie kuschelt. Auf einmal muss sie an Valentina denken. Sie versteift sich, starr vor Entsetzen. Wie viele Stunden hat sie ihr Kind allein gelassen? Was, wenn sie aufwacht und Angst hat?

»Es tut mir leid, Gunnar, aber ich muss los.«

»Jetzt sofort?«

»Ja … weißt du … ich muss zurück zum Hotel. Meine Tochter ist in unserem Zimmer im Bett.«

»Was?« Er sieht sie entsetzt an. »Wie alt ist sie?«

»Sie ist kein Baby mehr«, verteidigt sie sich. »Sie ist acht.«

Er steht auf, die Stimmung zwischen ihnen ist unwiderruflich ruiniert. Er sagt nichts, aber der Blick, den er ihr zuwirft, verrät ihr, dass er sie für eine schlechte Mutter hält.

»Ich bringe dich auf dem Schneemobil zurück«, sagt er. »Das geht schneller.«

Als sie zurück in ihr Hotelzimmer kommt, schläft Valentina zu ihrer Erleichterung noch immer tief und fest. Mit einem Blick auf ihre Uhr wird ihr jedoch klar, dass sie mit Gunnar über drei Stunden fort war. Sie setzt sich aufs Bett und starrt hinunter auf die reine Unschuld von Valentina, wie gelähmt von dem Gedanken, was ihrem kleinen Mädchen hätte zustoßen können. Alles. Im Hotel hätte ein Feuer ausbrechen können, sie hätte in ihrem Bett zu Tode kommen können. Sie hätte aufwachen und sich im Schnee auf die Suche nach ihrer Mutter machen, sich verirren und erfrieren können. Sie hätte krank werden können und für den Rest ihres Lebens Angst und Narben davontragen können. Die ganzen heilsamen Nachwirkungen ihrer sexuellen Begegnung mit Gunnar sind im Nu verflogen, ersetzt von einem tauben Gefühl, auf das eine langsame, entsetzliche Erkenntnis folgt. Wenn ihre Sehnsucht nach Sex, ihr Verlangen, gevögelt zu werden, so stark ist, dass sie gewillt ist, ihr Kind die Nacht über allein zu lassen, dann hat sie ein Problem.

Valentina

Die pure Wut durchflutet Valentina und treibt sie an. Alle Bedenken um ihre Sicherheit sind wie weggeblasen, stattdessen steht sie hinter den Holzkisten auf. Thomas sieht sie sofort. Er macht entgeistert einen Schritt zurück, und alle Farbe weicht aus seinem Gesicht, während sie auf ihn zustürmt.

»Dreckskerl!«, schreit sie und schlägt ihm mit aller Kraft ins Gesicht. Sie ist außerstande, irgendetwas anderes zu sagen. Ihr Zorn hat sie ihrer Sprache beraubt.

Zu ihrer Linken kann sie Glen sehen, der offenbar ebenso überrumpelt ist von ihrem plötzliches Auftauchen wie Thomas. Sie macht auf dem Absatz kehrt und stürmt aus der Halle.

Draußen auf der Straße beginnt sie zu rennen, blindlings, ohne bestimmte Richtung. Sie glüht vor Wut und Schmerz. Sie kann es nicht verstehen. Er ist am Leben. Darüber sollte sie froh sein, aber sie ist zu gekränkt, zu verletzt von seinem Verrat, um sich darüber zu freuen.

»Valentina! Valentina, warte!«

Sie kann ihn hinter sich hören. Panik steigt in ihr auf. Sie muss von ihm wegkommen.

»Valentina! Bleib stehen … bitte …«

Sie spürt, wie er sie am Arm festhält. Sie versucht mit aller Kraft, ihn abzuschütteln, aber Thomas dreht sie zu sich herum.

»Valentina, Valentina, Valentina …«, wiederholt er immer

wieder wie ein Mantra, als sei er unfähig, irgendetwas anderes zu sagen. Seine Wangen haben wieder etwas Farbe bekommen, und seine Augen glänzen. Wenn sie nicht so außer sich wäre, könnte sie schwören, er wäre überglücklich, sie zu sehen. Er will sie umarmen, aber sie schlägt seine Arme weg.

»Nein!«, schreit sie.

Er kämpft darum, sie zu halten, aber sie stößt ihn weg.

»Hey, Lady, alles okay?«, ruft ein Mann von der anderen Straßenseite. Thomas lässt die Arme sinken, versucht nicht mehr, sie zu berühren. Sie starren einander an. Sie ist atemlos, vom Rennen ebenso wie von ihrer inneren Aufruhr. Sie könnte diesen Mann herüberrufen, die Polizei einschalten, und sie kann sehen, dass Thomas das weiß. Er sieht auf den Boden.

»Bitte, Valentina«, flüstert er flehend. »Lass es mich erklären.«

Sie sieht ihn an, seinen gesenkten Kopf, und auf einmal dringt es zu ihr durch. Thomas ist nicht tot. Und trotz ihrer Wut und Verwirrung spürt sie unwillkürlich, wie sich ein zentnerschweres Gewicht von ihren Schultern hebt.

»Alles okay, danke«, ruft sie dem besorgten Passanten zu, der die Schultern zuckt und weitergeht.

Thomas sieht auf.

»Danke«, sagt er. Er streckt die Hand aus. »Bitte, lass uns irgendwohin gehen und reden. Ich will dir alles erklären.«

Sie ignoriert seine ausgestreckte Hand. Sie bebt vor widerstreitenden Gefühlen, vor Erleichterung, dass er am Leben ist, und vor Zorn, dass sie über ein Jahr mit ihrer Trauer, mit ihren Schuldgefühlen wegen seines Todes gelebt hat.

»Ich dachte, du wärst tot, Thomas«, wimmert sie. »Wie konntest du mir das antun? Und deinen Eltern? Mein Gott, wie konntest du so grausam sein?«

»Ich weiß … ich weiß.« Er streicht sich mit der Hand durchs Haar. Sie bemerkt, wie müde er aussieht. Seine Haut ist blass, und er hat dunkle Ringe unter den Augen. Und doch zieht das Blau in ihnen sie in ihren Bann. Sie kann ihm nicht einfach den Rücken zudrehen. »Aber du musst mir glauben, ich hatte keine andere Wahl«, sagt er.

Was kann er damit meinen? Was genau ist in der Blauen Grotte zwischen Thomas und Glen passiert? Sie waren Feinde gewesen, und jetzt scheint es, als ob sie irgendwie Partner sind. Sie wirft einen Blick hinter Thomas, aber Glen ist nirgends zu sehen.

»Wie kannst du dich nur mit diesem Glen abgeben? Er hat versucht, mich zu ertränken, Thomas, schon vergessen?«

»Natürlich nicht. Bitte, lass uns irgendwohin gehen, wo wir uns setzen und reden können«, fleht Thomas.

Sie holt einmal Luft.

»Okay«, sagt sie unwirsch, denn sie weiß, dass sie ihn jetzt nicht einfach stehen lassen kann. Sie muss herausfinden, warum er sie verlassen hat. Sie gehen nebeneinander die Straße hinunter. Sie ist versucht, ihn anzusehen, ihn zu berühren, um zu sehen, ob er real ist. Tief in sich hatte sie doch immer gewusst, dass er noch am Leben war, oder? Als Delaney und Balducchi ihren Verdacht äußerten, hatte sie eine Art Vorahnung gehabt. Sie wollte nur nicht glauben, dass er vor ihr davongelaufen war … sie wollte nur nicht glauben, dass Thomas sie nicht wollte.

Er führt sie zu einer ruhigen, mit dunklem Holz getäfelten Bar. Sie sind die einzigen Gäste. Es ist noch nicht Mittagszeit.

»Ich nehme einen Kaffee«, sagt sie.

»Willst du etwas essen?«, fragt er.

Sie schüttelt den Kopf.

Sie sitzen einander gegenüber. Sie starrt in ihren Kaffee. Sie kann es nicht ertragen, in sein Gesicht zu sehen und an den Mann erinnert zu werden, den sie geliebt hat. Das Gesicht des Mannes, den sie heiraten wollte, mit dem sie Kinder haben wollte, von dem sie dachte, er würde sie ebenso sehr lieben wie sie ihn, das Gesicht des Mannes, von dem sie dachte, er wäre tot und auf dem Meeresboden begraben. Hier ist er, wiederauferstanden, aber als ein Anderer. Egal, was für eine Geschichte er auf Lager hat, er hat sie getäuscht, er hat sie verraten, er hat sie glauben lassen, er wäre tot ... wie konnte es dafür irgendeine Rechtfertigung geben? Wieder verspürt sie den Drang, wegzulaufen, sich in Leonardos Bett zu verstecken, bis ihr Liebhaber heute Abend wiederkommt.

Thomas räuspert sich nervös.

»Mein Gott, Valentina«, sagt er aufgebracht. »Es ist so wundervoll, dich wiederzusehen, von Angesicht zu Angesicht.«

Sie sieht unter gesenkten Lidern zu ihm hoch. Seine Augen glänzen wieder, scheinbar strahlend vor Freude.

»Was meinst du damit, von Angesicht zu Angesicht?«

»Ich habe dich gesehen, aus der Ferne«, gibt er zu, »seit du hierher nach New York gekommen bist.«

»Du bist mir gefolgt?«

»Nur ein, zwei Mal, als du frisch angekommen warst, dann wurde es zu gefährlich. Du wurdest von der Polizei überwacht.«

»Mein Gott, Thomas, hast du etwa mit Glen dieses Klimt-Gemälde gestohlen?«

»Ja«, flüstert er, »das musste ich tun.«

»Was soll das heißen, du musstest es tun? Dieses Bild hatte nichts mit Nazi-Raubkunst zu tun – warum musstest du es stehlen?«

»Es hat alles mit dir zu tun, Valentina.«

»Mit mir?«, sagt sie entgeistert.

»Erinnerst du dich noch, was ich in der Blauen Grotte als Letztes zu dir gesagt habe, Valentina?«

Sie nickt, erinnert sich an jenen unheilvollen Nachmittag, an dem ihre Welt aus den Fugen geriet.

»Du hast gesagt, du würdest mich nicht im Stich lassen.« Ihre Stimme bricht angesichts der offenkundigen Ironie dieser Bemerkung.

»Aber das hast du getan«, fährt sie verbittert fort. »Du hast mir das Herz gebrochen, mein Leben ruiniert …«

Sie wendet sich ab, schluckt wütend ihre Tränen hinunter. Sie darf nicht die Beherrschung verlieren und ihm zeigen, wie verletzt sie ist.

»Was meinst du denn, was ich für einen Grund gehabt haben könnte, so schrecklich und so plötzlich aus deinem Leben zu verschwinden? Weshalb ich diese Entscheidung in der Blauen Grotte getroffen habe?«

Sie schweigt einen Moment, ihr Verstand beginnt neue Möglichkeiten zu erwägen. »War es etwas, was Glen zu dir gesagt hat?«, fragt sie langsam.

»Ja. Es war ein Gespräch, das wir hatten. Glaub mir, er ist weder mein Freund noch mein Partner, aber ich war gezwungen, in diesem letzten Jahr mit ihm zusammenzuarbeiten.«

»Was hat er dir über mich erzählt?«, fragt sie eindringlich. »Welche Lügen hat er dir aufgetischt?«

»Er hat gar nichts *über* dich erzählt, Valentina. Er hat mir schlicht und ergreifend klargemacht, dass dein Leben in großer Gefahr ist, wenn ich mich nicht bereit erkläre, genau das zu tun, was er von mir verlangt.«

»Aber wir hatten ihn doch überwältigt ... wir hätten ihn einfach der Polizei übergeben können, und du hättest ihnen sagen können, dass er mich bedroht hat ...«

»Verstehst du denn nicht, Valentina? Es ist nicht Glen, der hinter alldem steckt. Unser Diebstahl des Klimt-Gemäldes war nur als Ablenkungsmanöver für die Polizei gedacht, damit die Leute, für die Glen arbeitet, hier in New York einen Bankraub durchziehen konnten ...«

Natürlich, es ist genau so, wie die Zeitungen gesagt hatten. Der Kunstdiebstahl war nur eine Finte für den Bankraub.

»Sie wollten die besten Diebe für diesen Job, und Glen hatte ihnen gesagt, wie gut ich sei. Man sagte mir, wenn ich nicht tue, was sie von mir verlangen, dann würden sie dich töten.« Er verkrampft seine Hände ineinander, während er spricht, und hält einen Moment inne. Sie hat ihn noch nie so ernst gesehen. »Die Abmachung sah vor, dass ich mit Glen zusammenarbeite, um ein Meisterwerk aus einer Galerie in New York zu stehlen. Wir mussten den richtigen Zeitpunkt abwarten, bis die Bande bereit war, ihren Plan durchzuziehen. Man versprach mir, sobald ich meinen Teil der Abmachung erfüllt hätte, sobald ich einen Monat gewartet hätte, könnte ich das Gemälde einfach irgendwo abladen, es sogar zurückgeben, wenn ich mich dabei nicht schnappen ließ, und du würdest nicht mehr in Gefahr sein.«

Valentina sitzt da, in ungläubigem Schweigen. Was Thomas ihr da erzählt, klingt nach irgendeinem Thriller, nicht nach ihrem wirklichen Leben.

»Aber warum konntest du mir das alles nicht sagen? Warum musstest du so tun, als wärst du tot?«

»Weil die Abmachung vorsah, dass ich sofort mit ihm mitkomme. Er hat mir eines der Bandenmitglieder oben auf den

Klippen gezeigt. Ich konnte sehen, dass er eine Waffe auf dich gerichtet hatte, während du zurück zum Boot gerudert bist. Der Kapitän auf dem Fischerboot war auch in die Sache verstrickt. Er hatte den Befehl, dich zu töten, falls ich nicht mitspielen sollte.«

»Aber danach hättest du mir doch schreiben können, Thomas? Mir erklären, was los war?«

»Ich konnte es nicht riskieren, dass du irgendetwas erfährst oder mich zu überreden versuchst, es nicht zu tun. Ich wusste, du würdest nicht wollen, dass ich das Gemälde stehle. Dein Leben hätte dir nicht so viel bedeutet wie mir. Du hättest dich von diesen Leuten nicht einschüchtern lassen ... aber glaub mir, sie haben es ernst gemeint.«

Valentina denkt an den armen Wachmann aus der Neuen Galerie, Wayne Datcher. War Thomas in seinen Tod verstrickt? Sie schaudert bei dem Gedanken.

Er holt einmal tief Luft und beugt sich über den Tisch zu ihr vor.

»Verstehst du jetzt, Valentina, warum ich so plötzlich aus deinem Leben verschwinden musste?«, fragt Thomas eindringlich.

»Aber warum hast du es auf diese Weise getan? Hättest du mir in dieser ganzen Zeit nicht irgendeine Nachricht schicken können ... um mich wissen zu lassen, dass du noch immer dort draußen bist?«

»Anfangs hielt ich es für besser, es nicht zu tun. Ich dachte, es würde dich nur quälen. ... Aber dann, als Glen mir sagte, er hätte dich in der Neuen Galerie gesehen ... da konnte ich nicht widerstehen, dir das Bild des Kindes zu schicken, das dir so ähnlich sah. Ich dachte, du würdest den Hinweis verstehen.«

»Das war von dir?«

»Natürlich war es von mir. Erinnerst du dich denn nicht mehr an die Nachricht?«

Du bist nicht allein, Valentina.

»Ich dachte, es wäre eine Drohung von Glen«, sagt sie zu ihm.

Thomas schüttelt den Kopf.

»Es war meine Art, dich wissen zu lassen, dass ich hier war und immer ein Auge auf dich hatte.«

»Aber du hast mich alleingelassen«, sagt Valentina wütend. »Du hast mich auf Capri im Stich gelassen. Ich dachte, du wärst ertrunken … du hast ja keine Ahnung, wie mich das fast umgebracht hat.«

Er blickt ihr mitten ins Herz. Sie fühlt sich wie hypnotisiert von seinen durchdringenden blauen Augen.

»Doch, das weiß ich, denn es hat mich auch fast umgebracht, von dir getrennt zu sein … und zu wissen, was du durchmachst. Ich habe es getan, weil ich dich schützen musste. Verstehst du das denn nicht?«

»Du hättest zur Polizei gehen sollen, Thomas. Du hättest dich niemals mit diesen Leuten einlassen dürfen.«

»Das konnte ich nicht riskieren. Ich habe das Zielfernrohr dieser Waffe oben auf der Klippe im Sonnenlicht funkeln sehen, und Glen mit seinem Handy in der Hand, bereit, den Typen anzurufen. Sie hätten es getan, Valentina. Und du bist mir zu kostbar.«

Ihr Herz hämmert wie verrückt, und ihr schwirrt der Kopf. Er hat gesagt, dass sie ihm kostbar ist. Sie kann noch immer nicht glauben, dass Thomas hier vor ihr sitzt. In Fleisch und Blut, mit schlagendem Herzen.

»Und was wirst du jetzt tun, Thomas?«, fragt sie zögernd.

»Sobald Glen und ich das Bild irgendwo abgeladen haben … an irgendeinem sicheren Ort, an dem es gefunden und zurückgegeben werden wird … bin ich ein freier Mann …«

»Und du glaubst wirklich, dass sie dich einfach so gehen lassen?«, zischt sie.

Ja, der Einzige, dessen Namen und Gesicht ich kenne, ist Glen. Außerdem, wenn sie mich nicht laufen lassen, habe ich genügend Beweise, um die ganze Bande für Jahre hinter Schloss und Riegel zu bringen.«

»Sie werden dich töten. Genau wie sie diesen Wachmann von der Neuen Galerie getötet haben.«

»Er ist tot?«, stöhnt Thomas auf.

»Ja, sie haben ihn heute Morgen gefunden, im Hudson angespült. Thomas, du wirst niemals frei von Glen sein, nicht mehr.«

Er legt die Stirn in Falten, denkt angestrengt nach.

»Du musst mir vertrauen, Valentina. Ich werde zur Polizei gehen, versprochen. Ich werde einen Deal machen. Ich werde alles tun, damit wir es noch einmal versuchen können. Wir könnten irgendwo anders ein neues Leben anfangen, wo uns niemand kennt.«

Er sieht sie an, und in seinen blauen Augen schimmert Hoffnung.

»Nein«, sagt sie schroff und wendet den Blick ab. »Ich habe so lange gebraucht, um über dich hinwegzukommen.« Sie schüttelt den Kopf. »Ich kann nicht einfach alles hinter mir lassen. Ich habe mein Leben jetzt wieder, Thomas.«

Er blickt traurig und nickt.

»Du hast recht, natürlich, wie könnte ich je erwarten, dass du mir verzeihst?«, sagt er leise. »Ich hoffe, du bist über mich hinweggekommen, Valentina. Ich habe dich nicht verdient.«

Sie will ihn wieder schlagen. Wie konnte er nur glauben, dass sie je über ihn hinwegkommen könnte?

Sie umklammert ihre Hände, verhakt die Finger ineinander. Sie starrt auf die goldblonden Härchen auf seinen Unterarmen und denkt daran, wie es sich angefühlt hat, sie zu berühren. Er hat gemeint, ihr Leben sei in Gefahr, aber irgendwie hätte er sie doch wissen lassen können, dass er nicht tot war? Einfach so aus ihrem Leben zu verschwinden? Wie könnte sie ihm das verzeihen? Und dennoch, tief in ihrem Innern fühlt sie Freude in sich aufsteigen. *Er ist am Leben, er ist am Leben.* Aus irgendeinem Grund fragt sie sich, was ihre Mutter in dieser Situation tun würde. Wenn sie doch nur hinter all den Schmerz und Verrat blicken und den Mann wieder zurücknehmen könnte, der die eine wahre Liebe ihres Lebens war.

»Thomas, ich muss nachdenken … ich brauche Zeit …«, beginnt sie.

Seine Augen füllen sich wieder mit Hoffnung, er streckt eine Hand nach ihrer aus, und diesmal lässt sie zu, dass er sie hält. Unwillkürlich spürt sie, wie diese alte Chemie zwischen ihnen wieder entfacht wird. Seine Finger legen sich kräftig und warm um ihre. Sie kann spüren, wie ihre Hand perfekt in seine passt.

»Nimm dir alle Zeit, die du brauchst«, sagt er.

»Ich habe mit jemand anderem etwas angefangen …«, erwidert sie verlegen.

»Oh.« Thomas' Miene trübt sich. »Natürlich … entschuldige … ich dachte nicht …«

»Es ist Leonardo«, platzt sie heraus.

Thomas spannt sich an. Er lässt ihre Hand fallen.

»Ich freue mich für euch beide«, bemüht er sich zu sagen. »Ich will das nicht zerstören, Valentina. Leonardo ist ein guter Kerl.«

»Ja, er ist ein guter Mann«, sagt sie weich. »Und er hat mir wirklich geholfen … Ohne Leonardo wäre ich völlig zusammengebrochen. Er war für mich da, Thomas …«, stammelt sie durcheinander. »Aber … aber …«

»Aber was, Liebes?« Thomas sieht ihr in die Augen, es ist, als könne sie das Blau aus ihnen in sich aufsaugen, und jetzt kann sie auch seine Gefühle für sie erkennen, so klar und wahrhaftig wie an dem letzten Tag, an dem sie ihn in der Blauen Grotte gesehen hat.

»Können wir …?«, fragt er zögernd. »Glaubst du, wir könnten versuchen …«

Sie schüttelt betrübt den Kopf.

»Es ist zu spät«, unterbricht sie ihn. »Ich bin jetzt mit Leonardo zusammen.«

»Bist du sicher, Valentina?«

Sie steht auf und geht um den Tisch, während er sich ebenfalls erhebt. Sie stehen voreinander und sehen sich an. Sie kann die Energie zwischen ihnen spüren. Ihr Körper schreit danach, ihn zu berühren, berührt zu werden, aber es gelingt ihr, sich zu beherrschen.

»Leb wohl, Thomas«, haucht sie. »Viel Glück.«

Er sieht sie mit wildem, panikerfülltem Blick an.

»Bitte, ich muss dich wiedersehen, du musst verstehen, warum ich getan habe, was ich getan habe …«

»Ich verstehe ja«, sagt sie mit erstaunlich ruhiger Stimme. »Ich verstehe, dass du es getan hast, um mich zu schützen. Ich weiß, dass du es getan hast, weil du mich geliebt hast. Aber ich habe ein Jahr gebraucht, um dich loszulassen, und jetzt … jetzt ist es zu spät, um noch einmal von vorn anzufangen.«

Er legt seine Hand auf ihren Arm, und ihr ganzes Wesen erbebt.

»Sag mir einfach, dass du mich nicht liebst, und du wirst mich nie wieder sehen.«

Sie kann es nicht. Sie will, aber die Worte bleiben ihr im Hals stecken. Sie zieht ihren Arm weg und geht ohne ein weiteres Wort davon.

Valentina rennt wie eine Verrückte durch die Straßen, ihr Herz hämmert, in ihrem Kopf rauscht es. Sie hat keine Ahnung, wohin sie geht, bis sie auf einmal vor dem Central Park steht. Sie läuft weiter, um irgendeinen ruhigen Ort zu finden, wo niemand sie sehen kann. Am Ufer eines kleinen Sees lässt sie sich auf die Knie fallen. Alle Kraft ist aus ihrem Körper gewichen. Sie wippt vor und zurück, versucht sich zu trösten. Sie hätte nie gedacht, dass sie zweimal in einem Leben um Thomas würde trauern müssen.

Du bist nicht allein, Valentina.

Jetzt erinnert sie sich. Wie konnte sie das nur vergessen? Im ersten Jahr ihrer Beziehung mit Thomas hatte Valentina große Angst gehabt, verletzt zu werden. Sie hatte mit allen Mitteln versucht, sich nicht von Thomas abhängig zu machen. Aber obwohl sie es nach außen hin leugnete, hatte sie sich in ihn verliebt. Eine Fehlgeburt hatte die Situation zwischen ihnen dramatisch verändert. Thomas war so liebevoll und zärtlich in jener Nacht gewesen. Bei der Erinnerung ballt Valentina die Hände zu Fäusten. Da sie ohne Vater aufgewachsen ist, hat sie nie erlebt, dass ein Mann so zärtlich zu ihr war. Schwach und krank hatte sie sich zunächst Thomas' Fürsorge überlassen. Er hatte sie gebadet, all das Blut abgewaschen, sie ins Bett gelegt, zugedeckt und die ganze Nacht in den Armen gehalten.

Doch am nächsten Morgen kehrte Valentinas Misstrauen langsam wieder. Als Thomas nicht da war, ging Valentina allein ins Krankenhaus. Sie verweigerte ihm die Möglichkeit, bei ihr zu sein und den Verlust mit ihr zu teilen. Schließlich war es *sein* Kind, das sie verloren hatte. Tagelang hatte Valentina sich vor Thomas in ihrem Studio verkrochen, sie hatte sich dort eingeschlossen und auf dem Sofa geschlafen. Sie wartete darauf, dass Thomas ging, dass er die Tür zuschlug und sie wieder allein war. Valentina kannte es nicht anders. Jeder, der sie geliebt hatte, hatte sie irgendwann verlassen: Phil, ihre Mutter, Mattia, Francesco … aber Thomas ging nicht. Vielmehr stellte er einen Sessel neben die Tür zum Studio und schlief nachts dort wie ein treuer Wachhund. Nur wenn er zur Arbeit ging, kam Valentina heraus. Um den Sessel herum lagen Papierschnipsel und zerrissene Zeitschriften verstreut, auf der Armlehne eine Schere. Was tat er hier jede Nacht? Valentina berührte die Decke, die Thomas auf dem Sessel zurückgelassen hatte und die noch warm von seinem Körper war. Sie strich mit dem Finger über den Rand seines noch halb vollen Kaffeebechers, dann blickte sie in den Spiegel und verabscheute sich selbst. »Geh weg«, sagte sie zu ihrem Spiegelbild. »Lass mich in Ruhe.«

In der dritten Nacht schob Thomas eine Karte unter der Tür hindurch. Auf der Vorderseite war eine unglaubliche Collage aus Blautönen. Valentina fand darin alle Schattierungen aus Thomas' Augen wieder, und noch viel mehr. Er hatte aus den Papierschnipseln ein Bild von zwei hübschen blauen Vögeln geschaffen, die gemeinsam in den Himmel aufstiegen, wobei sich ihre Flügelspitzen berührten. Valentina öffnete die Karte. Thomas hatte nur einen Satz geschrieben, der sich aus ausgeschnittenen Zeitungsbuchstaben zusammensetzte.

DU BIST NICHT ALLEIN, VALENTINA.

Diese Worte hatten sie verändert. Zum ersten Mal begriff Valentina, dass sie sich nicht allen Herausforderungen des Lebens allein stellen musste. Sie konnte sich dafür entscheiden, es gemeinsam mit Thomas zu tun. Sie teilten nicht nur die Höhen, sondern auch die Tiefen. Das war wahre Liebe.

Valentina spürt einen brennenden Schmerz in der Magengegend. Sie krümmt sich zusammen und hält sich die Seiten.

Es ist zu spät, flüstert sie.

Das Leben mit Thomas ist kompliziert, leidenschaftlich und aufregend. Allein durch die eine Stunde mit ihm fühlt Valentina sich wieder lebendig. Aber es ist zu beängstigend. Wenn sie mit Thomas zusammen ist, ist sie zu verletzlich, sie fühlt sich ausgeliefert. Leonardos Liebe ist anders, sie ist heilsam.

Valentina setzt sich auf und streckt ihren Rücken. Endlich ist ihr Leben wieder im Gleichgewicht. Ihre Karriere hat in New York einen ganz neuen Schwung bekommen. Sie lebt in einer liebevollen Beziehung mit einem fürsorglichen Mann, und sie hat sich sogar mit ihrer Mutter versöhnt. Warum sollte sie sich mit Thomas in ein Leben stürzen, in dem sie Gefahren und Schwierigkeiten erwarten? In ihrer Tasche klingelt es. Valentina zieht das Telefon heraus und sieht, dass Balducci endlich auf ihren Anruf von heute Morgen antwortet.

»Miss Rosselli, Mike Balducci hier. Tut mir leid, dass ich nicht früher zurückgerufen habe. Haben Sie Informationen für uns?«

Valentina zögert. Was soll sie sagen, nachdem sie jetzt weiß, dass Thomas an dem Raub beteiligt war?

»Ich habe von dem Sicherheitsbeamten gehört«, sagt sie nur.

»Ja, nicht gut«, antwortet Balducci sachlich. »Können Sie uns helfen? Haben Sie Glen Clarke gesehen?«

Wenn sie der Polizei erzählt, wo sich das Lagerhaus befindet, wird man Thomas fassen. *Nun, warum nicht?*, sagt eine Stimme in ihr. Er verdient es, gefasst zu werden. Er ist jetzt ein Krimineller. Doch das kann Valentina nicht. Sie kann ihn nicht aufgeben.

»Wussten Sie, dass Wayne Datcher mit einer Cousine von Lori zusammen war, von der Maskenbildnerin bei unseren Aufnahmen?«

»Das ist das Mädchen, das mit Mister Clarke zusammen war? Nein, das wusste ich nicht. Interessant«, sagt Balducci.

»Ich glaube, Sie sollten noch einmal mit ihr sprechen«, meint Valentina. »Sie hat große Angst vor Glen Clarke.«

»Okay. Danke für den Hinweis, Miss Rosselli.« Er zögert. »Ist bei Ihnen alles okay? Wollten Sie mir nicht noch etwas anderes sagen?«

»Nein«, antwortet Valentina. »Das ist alles.«

Anschließend starrt sie mit leerem Blick auf das Telefon in ihrer Hand. Behindert sie jetzt die Ermittlungen der Justiz?

Das Telefon in ihrer Hand vibriert, und Valentina öffnet eine SMS. Sie stammt von einer unbekannten Nummer.

Valentina, bitte komm heute Abend um 20 Uhr aufs Top of the Rock. Dort wirst du verstehen, wie viel du mir bedeutest. Thomas

Valentina starrt auf die Nachricht. Erneut verspürt sie heftiges Herzklopfen. Sie steht auf und verlässt langsam den Park.

Sie antwortet nicht auf die SMS. Aber sie wird um acht Uhr dort sein, sie kann nicht anders. Valentina runzelt die Stirn und denkt intensiv nach. Sie muss Leonardo einweihen. Alles andere wäre unfair. Sie wählt seine Nummer, aber natürlich ist sein Telefon ausgeschaltet. Er hat ihr gesagt, dass sein Seminar frühestens um acht Uhr zu Ende ist, um dieselbe Uhrzeit, um die sie Thomas trifft. Valentina weiß, dass Leonardo vorher nicht auf sein Telefon sehen wird, trotzdem hinterlässt sie eine Nachricht.

»Hallo, Leonardo, es ist etwas Unglaubliches passiert.« Sie hält inne und befeuchtet nervös ihre Lippen. Ihre Stimme bebt. »Thomas lebt. Ich weiß, es ist … na ja … ich kann es noch gar nicht glauben«, stottert sie und stellt sich vor, wie Leonardo auf ihre Nachricht reagiert. »Hör zu, ich treffe mich heute Abend mit ihm am Rockefeller Centre. Um acht Uhr auf dem Dach. Wenn du ihn auch sehen willst, komm so schnell nach, wie du kannst.«

Sie hat das Richtige getan. Sie will Leonardo nichts vormachen, und so ist sie nicht mit Thomas allein. Tief im Inneren weiß sie, dass sie es Leonardo erzählt hat, weil sie sich davor fürchtet, mit Thomas allein zu sein, weil sie dann womöglich einknickt und ihm offenbart, dass sie ihn noch immer liebt.

Valentina verlässt den Park und geht die 5th Avenue hinauf. Vor ihr taucht das Guggenheim Museum auf. Sie hat Bilder von dem Haus gesehen, doch die sind nichts verglichen damit, wie schön das Gebäude in natura ist. Der Kern des Museums, ein weißer Zylinder, der sich in immer weiteren Bahnen nach oben windet, strahlt Klarheit und Ruhe aus. Sie betritt das Gebäude, steht unter der gläsernen Kuppel und blickt auf eine

Installation aus Plastikhängematten, die mit buntem Wasser gefüllt sind. Von außen wirkt das Guggenheim zurückhaltend und ruhig, fast wie ein moderner Tempel. Der Eindruck im Inneren ist ein anderer. Auch hier winden sich die einzelnen Etagen mit ruhigem Schwung in den lichterfüllten Raum empor, doch dazwischen spannen sich die bunten Matten wie unterschiedliche Lebensfäden. Sie bilden ein kaleidoskopartiges Netz, einige Farben harmonieren miteinander und verbinden sich, andere stoßen sich ab. Genau wie im Leben. Es ist ein Spiel. Warum machen wir es uns so schwer, warum sind wir so verzweifelt, wenn die Liebe uns doch erstrahlen lassen sollte? Sie denkt an Thomas' Motto – *amüsiere dich*. Ein Satz, den sie immer für leichtfertig gehalten hat. Jetzt erhält er eine völlig neue Bedeutung.

Valentina weiß noch nicht, was sie Thomas und Leonardo heute Abend auf dem Dach des Rockefeller Centre sagen wird, aber eins weiß sie genau: Sie wird aufrichtig sein, sich selbst gegenüber.

Tina
2004

Tina starrt ihre Tochter an, und sieht sie zum ersten Mal als Frau. Sie ist nicht mehr ihr kleines Mädchen, das beschützt und umsorgt werden muss. Sie ist eine eigenständige Person, eine entschlossene junge Frau. Tina betrachtet Valentina voller Respekt, während die Worte ihrer Tochter in ihren Ohren klingen.

Du hast meinen Vater vertrieben, du hast jeden Mann vertrieben, der dich geliebt hat, du hast sogar deinen eigenen Sohn vertrieben. Niemand hält es lange bei dir aus …

Tina fühlt sich, als hätte ihre Tochter ihr mit der Faust in den Magen geschlagen. Zu ihrer Verblüffung beginnen Emotionen in ihrer Brust aufzusteigen, sie spürt, wie sich ein Kloß in ihrem Hals bildet, und ihre Augen beginnen zu tränen. Sie will von der Couch aufspringen und Valentina packen. Sie will sie festhalten und ihr sagen, dass es ihr leidtut. Sie will sie anflehen, sie nicht auch noch zu verlassen. Aber bevor sie die Gelegenheit dazu hat, brüllt Valentina: »Ich ziehe aus!«, stürmt den Flur hinunter in ihr Zimmer und schlägt die Tür mit einem lauten Knall hinter sich zu.

Wie gelähmt sitzt sie auf der Couch. Tina weiß nicht, was sie tun soll. Tränen kullern ihr über die Wangen. Sie darf nicht zulassen, dass Valentina sie so sieht, aufgelöst und gebrochen. Sie steht auf und geht ins Bad, schnappt sich eine Handvoll Taschentücher und presst sie auf ihre Augen, um die Tränen aufzuhalten. Sie geht zurück ins Wohnzimmer und leert ihr Weinglas in einem Zug. Was hat sie denn so Schreckliches getan?

Alles, was sie wollte, war Rache für ihre Tochter. Es war entsetzlich, sie so leiden zu sehen. Als sie in Griechenland waren, empfand Tina solchen Hass gegen diesen Mann, gegen Francesco Merico, dass sie ihm am liebsten ein Messer ins Herz gerammt hätte. Binnen weniger Monate hatte er ihre Tochter von einer ausgeglichenen jungen Fotografiestudentin in ein hysterisches Häuflein Elend verwandelt. Er war ein verheirateter Mann mit einer *schwangeren* Ehefrau, Valentinas Tutor an der Uni. Dieser herzlose Dreckskerl hatte ihre Tochter, die noch Jungfrau gewesen war, verführt und ihr das Herz gebrochen. Tina musste dafür sorgen, dass er aus Valentinas Leben verschwand. Daher hatte sie mit ein paar Leuten im Vorstand der Universität gesprochen, die sie kannte, und dafür gesorgt, dass er entfernt wurde. Man übte keine Nachsicht mit Tutoren, die ihre Studentinnen verführten. In gewisser Weise war es kathartisch für Tina gewesen, denn es hatte ihr in Erinnerung gerufen, wie schlecht sie von ihrem ersten Liebhaber behandelt worden war, ironischerweise ebenfalls ein Lehrbeauftragter der Uni.

Und doch ist Valentina deswegen wütend auf sie und wirft ihr vor, sich in ihr Leben einzumischen. Tina findet, dass sie ungerecht ist. Sie hat immer so darauf geachtet, Valentina nicht zu ersticken und ihr als Jugendliche jede Menge Freiraum zu lassen. Allmählich bekommt sie es mit der Angst zu tun. Sie hat sich immer auf die Liebe ihrer Tochter verlassen, aber jetzt scheint es, als würde Valentina sie hassen. Hat ihre Tochter recht, wenn sie sagt, dass sie alle vertrieben hat? Phil hat sie verlassen. Mattia ist erwachsen geworden. Und was ihre ganzen Freunde betrifft, nun ja, vermutlich haben die meisten sie im Laufe der Jahre verlassen, aber insgeheim wollte Tina das so. Sie war sie rasch leid geworden. Bis auf Eduardo vielleicht. Als er sie wegen einer anderen Frau verließ, die zwanzig Jahre jünger war als sie, war sie völlig aufgelöst gewesen. Hatte sie ihn auch vertrieben? Sie war immer stolz darauf gewesen, nicht besitzergreifend zu sein, aber vielleicht war genau das das Problem. Tina ließ ihre Liebhaber nicht wissen, was sie für sie empfand. Dazu war sie nicht fähig, nicht seit Karel. Denn was hatte es ihm eingebracht, dass er sie liebte? Sie fühlt sich noch immer für seinen Tod verantwortlich.

Vielleicht sollte sie sich mit Valentina hinsetzen und ihr alles über ihren richtigen Vater erzählen. Dass er gestorben war, weil er sie unbedingt sehen wollte. Tina schenkt sich noch ein Glas Wein ein und nimmt einen Schluck. Nein, das würde sie nur aufregen und verwirren. Es war zu spät, um Valentina jetzt noch die Wahrheit zu sagen, vor allem da sie ihre Tochter offenbar ebenfalls vertreibt. Was zum Teufel ist bloß los mit ihr?

In letzter Zeit war Tina so deprimiert. Sie weiß, dass es mit dem zu tun hat, was passiert ist, bevor sie mit Valentina nach Griechenland gefahren ist. Sie sollte mit jemandem darüber reden, aber sie schämt sich zu sehr.

Tina war wieder in schlechte Gewohnheiten von früher verfallen. Es lag zum Teil daran, dass es seit Eduardo immer schwerer für sie wurde, einen Mann zu treffen, der wirklich auf sie stand. Sie war zu alt, das war es, und ihr Ruhm arbeitete gegen sie. Die letzten paar Freunde waren nur mit ihr zusammen gewesen, weil sie berühmt war. Sie waren Speichellecker ohne Persönlichkeit und erwarteten von ihr, dass Tina für alles bezahlte. Wie konnte sie von solchen Männern erregt werden? Daher hatte sie nach der letzten katastrophalen Affäre entschieden, Single zu bleiben und für eine Weile enthaltsam zu leben. Es war kein Problem, Single zu sein, aber das mit der Enthaltsamkeit fiel ihr schwer. Anfangs befriedigte sie sich selbst. Als Tina zu einem Shooting nach Schweden fuhr, fand sie einen Sexshop und kaufte sich alle möglichen tollen Sachen. Einen kleinen rosa Vibrator für ihre Klitoris und einen Kaninchenvibrator für das Drum und Dran, dazu ein bisschen erotische Literatur. Trotzdem, es nützte nichts. Natürlich konnte sie sich einen Orgasmus bereiten, aber das war nicht der Grund, weshalb sie sich nach Sex verzehrte. Sie brauchte Intimität mit einem anderen Menschen. Sie überlegte, ob sie es vielleicht mit Frauen versuchen sollte. Sie erinnerte sich an dieses Mädchen, Lucinda. Es hatte ihr gefallen, sie vor all den Jahren im Orient-Express zu küssen. Aber schließlich hatte sie mit deren Mann gevögelt. Die Wahrheit ist: Tina liebt Schwänze. Sie sehnt sich nach tiefer Penetration und nach dem Geruch eines Mannes auf ihrer Haut.

Wenn Tina früher das Bedürfnis nach Sex hatte, wartete sie immer, bis sie beruflich ins Ausland fuhr. In Mailand wussten zu viele Leute, wer sie war. Aber an diesem einen Samstagabend vor ein paar Monaten sehnte sie sich verzweifelt nach Nähe. Valentina übernachtete bei ihrer Freundin Gaby, daher hatte Tina die Wohnung für sich, was eine Erleichterung war. Sie hatte sich so bemüht, brav zu sein und nicht auszugehen. Sie schenkte sich ein großes Glas Rotwein ein, sah sich ein paar Pornos an und masturbierte dazu, aber danach war sie nur noch frustrierter. Beflügelt von dem Wein beschloss sie, schließlich doch auszugehen.

Vielleicht achtete sie an diesem Abend nicht so sorgfältig darauf, wie sie aussah. Vielleicht zog sie ein Kleid an, das ein bisschen zu eng und zu jung für sie war, vielleicht waren ihre Augen zu stark geschminkt, die Lippen zu rot. Sie versucht, einen Grund zu finden, warum das passiert ist, aber jedes Mal wenn sie an diesen Abend denkt, verspürt sie eine Mischung aus Wut und Scham. Wie konnte *ihr* so etwas passieren?

Tina ging in eine Bar in einer Gegend von Mailand, in die sie normalerweise nicht geht. Anfangs schien es eine gute Idee zu sein. In der Bar wimmelte es von gut aussehenden jungen Männern. Sie setzte sich an den Tresen, und es dauerte nicht lange, bis jemand ihr einen Drink ausgab und sie anzumachen begann. Er hatte blonde Haare, das weiß sie noch, und sehr weiße Zähne. Das Letzte, woran sie sich erinnern kann, ist, dass sie mit dem blonden Mann auf der winzigen Tanzfläche getanzt hat. Die Lichter blitzten um sie herum, die Musik hämmerte in ihren Ohren und beschleunigte ihren Herzschlag. Tina merkte, dass der Drink, den er ihr ausgegeben hatte, bei ihr stärker als sonst anschlug und sie ziemlich betrunken war. Danach kann sie sich an nichts mehr erinnern. Das heißt, bis zum nächsten Morgen.

Mit rasenden Kopfschmerzen und einem flauen Gefühl im Magen war sie in einem fremden Hotelzimmer aufgewacht. Tina stolperte aus dem Bett und schaffte es gerade noch ins Bad, bevor sie sich in die Toilette übergab. Schwindelig und verängstigt klammerte sie sich ungefähr eine Stunde lang an die Toilettenschüssel und entleerte ihren Magen. Was war mit ihr los? Schließlich kroch sie zurück ins Schlafzimmer. Sie betrachtete den Schauplatz. Das Bett war leer, das Bettzeug auf den Teppich gezerrt. Das Zimmer sah verwüstet aus. Ein Eimer mit geschmolzenem Eis war umgekippt, daneben lag eine leere Champagnerflasche, zertrümmerte Gläser, ihr Kleid in Fetzen zerrissen, und ihre Unterwäsche war nirgends zu sehen. Sie schluchzte leise auf, als sie drei benutzte Kondome zusammengeschrumpelt auf dem Teppich neben dem Bett entdeckte. Was war mit ihr passiert? Sie konnte sich an nichts erinnern. Aber als sie an ihrem Körper hinuntersah, stöhnte sie entsetzt auf. Sie war mit tiefblauen Flecken übersät, und mit großen roten Bissspuren. Sie streckte eine Hand nach unten aus, um sich zu berühren, und zuckte zusammen. Sie war ganz wund. Jemand hatte sie mehrmals und grob gevögelt. Ihr drehte sich der Magen um, sie stürzte zurück ins Bad und übergab sich noch einmal. Ihr war in ihrem ganzen Leben noch nie so schlecht gewesen. Sie zog sich mit den Ellenbogen am Waschbecken hoch, und in dem Augenblick entdeckte sie die Schrift auf dem Spiegel. Er hatte ihren roten Lippenstift benutzt. DRECKIGE ALTE HURE.

Tina schlug entsetzt die Hände vor den Mund und begann zu weinen. Die Worte durchbohrten sie, und sie versank fast im Boden vor Scham. Sie kroch in eine Ecke des Badezimmers, zog die Knie an die Brust und schluchzte aus tiefster Seele. Sie war wieder ein kleines Mädchen. Mutterseelenallein auf der Welt, ohne irgendjemanden, der sie liebte oder sich um sie kümmerte. Sie wollte Phil. Sie wollte so unbedingt, dass er alles wiedergutmachte und sie in seinen Armen hielt. Es war Jahre her, seit sie ihn zuletzt gesehen hatte, und doch wünschte sie sich noch immer, von ihm beschützt zu werden. Er sollte diesen düsteren Albtraum aus ihrem Leben verscheuchen. Stundenlang saß sie reglos und zitternd in der Ecke des Badezimmers, übergab sich immer wieder und kroch dann zurück in eine Ecke. Sie hörte ein paarmal, wie ein Zimmermädchen klopfte, das das Zimmer sauber machen wollte, und sich wieder entfernte.

Tina war vergewaltigt worden. Nicht nur einmal, sondern dreimal. Sie wusste nicht einmal, von wem. War es der blonde Mann aus der Bar? Oder war es vielleicht ein anderer Mann gewesen? Könnte es mehr als nur ein Mann gewesen sein? Auf dem Boden lagen zwei leere Champagnerflaschen und vier zerbrochene Gläser. Sie konnte sich einfach nicht erinnern, was in jener Nacht passiert war. Jetzt weiß sie, dass man ihr Drogen in den Drink gemischt hat. Warum hatte sie sonst das Bewusstsein verloren? Das ist der Grund, weshalb ihr so schlecht war. Sie hätte die Polizei verständigen sollen. Aber sie schämte sich zu sehr. Sie ist fünfundfünfzig Jahre alt. Welche Frau ihres Alters lässt sich vergewaltigen? Tina weiß, dass es nicht ihre Schuld ist, natürlich nicht, und doch könnte sie das Urteil der anderen Leute nicht ertragen. Sie hat das Gefühl, dass alle sie verurteilen würden, selbst ihre eigene Tochter. Welche Frau in den Fünfzigern geht aufgetakelt wie ein junges Flittchen allein an einem Samstagabend in eine Bar? Eine Frau, die Ärger sucht, oder eine Prostituierte, so eine. Er hatte es auf den Spiegel geschrieben: *Dreckige alte Hure.*

Tina hatte sich aufgerappelt, ein Handtuch geschnappt und versucht, den Lippenstift vom Spiegel zu wischen, bis es ein einziger großer, verschmierter roter Klecks war. Sie musste aus dem Hotel verschwinden, bevor das Management verständigt wurde.

Die letzte Kränkung erfuhr sie, als sie feststellte, dass sie im teuersten Fünfsternehotel in ganz Mailand abgestiegen war:

dem Savoie Regency, einem Hotel, das immer einen besonderen Platz in ihrem Herzen gehabt hatte. Dort hatte Phil vor all den Jahren gewohnt, als Tina ihn kennenlernte. Als sie in ihrem zerrissenen Kleid auscheckte, das Gesicht hinter einer Sonnenbrille versteckt, die sie zum Glück in ihrer Handtasche gefunden hatte, sprach der Manager sie zu ihrem Entsetzen mit Namen an. Als sie fragte, ob das Zimmer bezahlt sei, antwortete er mit aalglatter Stimme: »Aber natürlich haben Sie es gestern Abend bezahlt, Signora Rosselli. Mit Ihrer Kreditkarte. Erinnern Sie sich denn nicht?«

Als sie nach Hause kam, duschte sie dreimal hintereinander. Sie schrubbte sich ab, bis ihre Haut wundgescheuert und blutig war. Dann kletterte sie ins Bett. Nachdem sie sich so oft übergeben hatte, fühlte sie sich schwach und wollte am liebsten sterben. Als Valentina nach Hause kam, tat Tina, als wäre sie krank. Sie konnte ihrer Tochter nicht in die Augen sehen.

Sie hatte vorgehabt, Valentina das alles zu erzählen, als sie nach Griechenland fuhren. Sie wollte ihren Schmerz, ihre Demütigung teilen. Sie musste sich jemandem anvertrauen. Wer eignete sich dafür besser als ihre Tochter? Sie wollte, dass sie Freundinnen waren. Aber Valentina war ihr so fremd gewesen. Jedes Mal wenn sie mit ihr zu reden versuchte, sagte Valentina, sie solle sie in Ruhe lassen. Es gab einfach nie den richtigen Zeitpunkt, um sich ihr zu öffnen. Tina wollte sich von dem reinigen, was in jener Nacht in Mailand passiert war. Sie wanderten stundenlang, Tag für Tag, kletterten auf felsige Hügel und schlenderten durch alte Ruinen. Tina versuchte, an diesem schönen Ort etwas Liebe zum Leben zu finden. Sie tauchte tief in das Ägäische Meer und wünschte sich, sie könnte bis zum

Grund und in eine andere Welt abtauchen. Ein magisches Unterwasserreich, in dem die Liebe unangefochten herrschte. In Griechenland dachte sie viel über Karel nach. Vielleicht lag es daran, dass Valentina ihm von Tag zu Tag ähnlicher sah. Wie wäre es gewesen, wenn er vor all den Jahren zu jenem Grenzübergang gekommen wäre?

Jeden Tag in Griechenland versuchte Tina verzweifelt, diese abscheulichen Worte abzureiben, mit denen ihr Vergewaltiger ihr Herz gebrandmarkt hatte. Dreckige. Alte. Hure. Das Seltsame war, dass das harmloseste Wort sie am meisten verletzte: alt. Sie versuchte, nicht verbittert zu sein oder zu einer Männerhasserin zu werden. Jetzt erkennt sie, dass es nicht geklappt hat. Sie hatte ihre Rachegelüste an Valentinas verheiratetem Liebhaber ausgelassen. Sie hatte ihn für das bezahlen lassen, was ihr in jener Nacht in Mailand passiert war.

Tina lehnt sich auf der Couch zurück und sieht sich im Zimmer um. Sie hat ihr ganzes Leben in dieser Wohnung gelebt. Sie war immer ihre Zuflucht gewesen. Aber jetzt fühlt sie sich wie ein Gefängnis an. Sie muss Mailand verlassen. Nicht, weil sie den Gedanken nicht ertragen kann, ihrem Vergewaltiger oder ihren Vergewaltigern eines Tages zu begegnen, ohne es zu wissen. Nein, wenn Tina Mailand nicht verlässt, wird Valentina sie verlassen, und das könnte sie nicht ertragen. Sie muss ihrer Tochter eine Art Stabilität geben, und wenn sie ihr die Wohnung überlässt, kann sie Valentina eine Zuflucht bieten. Außerdem glaubt sie aufrichtig, dass Valentina im Augenblick ohne sie besser dran ist. Vielleicht können sie irgendwann später wieder zusammenleben, aber im Moment braucht ihre Tochter ihre Unabhängigkeit. Sie muss die Flügel ausbreiten und aus dem

Schatten ihrer gestörten Mutter treten. Tina würde sie nur verkorksen. Valentina wird denken, dass Tina wütend auf sie ist, vor allem wenn sie geht, ohne mit ihr zu reden. Doch Tina muss jetzt aufbrechen, bevor sie es sich anders überlegt. Bevor sie im Leben ihrer Tochter noch mehr Schaden anrichtet.

Tina beschließt, nach Amerika zu gehen. Sie war schon ein paarmal dort gewesen, und sie hat nächste Woche ein Shooting in New York. Sie wird morgen einfach etwas früher hinfahren. Eine Freundin von ihr lebt in Arizona, an einem Ort namens Sedona. Es klingt idyllisch, voller sanfter New-Age-Hippieleute. Sie könnte ein bisschen Frieden, ein bisschen Stille gebrauchen. Tina trifft eine Entscheidung. Sie wird einen kalten Entzug machen. Von diesem Tag an ist sie fest entschlossen, nie wieder Sex zu haben, es sei denn, sie verliebt sich. Und das bezweifelt sie sehr. Sie hat ihre Chancen in diesem Leben verstreichen lassen, und jetzt muss sie lernen, mit den Konsequenzen zu leben.

Valentina

Valentina ist bereits eineinhalb Stunden vor ihrem Treffen mit Thomas am Rockefeller Centre. Sie bleibt einen Augenblick vor dem Gebäude stehen und blickt an dem eleganten Wolkenkratzer empor, der vor dem Abendhimmel glänzt. Er ist weniger protzig als das Empire State und das Chrysler Building. Valentina mochte das Rockefeller Centre schon immer lieber als die beiden anderen. Es erzählt von einer Zeit, als Träume tatsächlich noch von heute auf morgen wahr wurden, und symbolisiert auf eine bescheidene Weise diese Hoffnung.

Den ganzen Nachmittag ist Valentina durch Manhattan gelaufen und hat versucht, sich über ihre Gefühle klar zu werden. Zum Glück hat ihre Mutter die Verabredung zum Kaffeetrinken abgesagt. Es täte ihr sehr leid, aber ihr sei etwas dazwischengekommen, ob sie sich morgen zum Mittagessen treffen könnten? Früher hätte Valentina darauf gereizt reagiert und in der Absage ihrer Mutter eine weitere Zurückweisung gesehen, doch heute macht es ihr nichts aus. Vielmehr ist sie erleichtert, denn sie hat das Gefühl, wenn sie ihrer Mutter von Thomas und Leonardo erzählt, würde die ihr raten, sich für Thomas zu entscheiden. Und Valentina weiß nicht, ob sie diesen Rat hören möchte.

Sie betritt das Rockefeller-Gebäude, stellt sich in die Schlange und kauft eine Karte, um in einer Stunde auf die Aussichtsplattform hinaufzufahren. Sie schlendert durch das leere Einkaufszentrum und kommt am Rockefeller Café vorbei. Sie hat den ganzen Tag noch nichts gegessen und redet sich ein, sie müsse sich setzen und etwas zu sich nehmen. Eigentlich will sie jedoch nur die Passanten beobachten. Es wäre besser, wenn sie Thomas hier unten abfangen könnte. Valentina ist nicht sonderlich erpicht darauf, aufs Dach hinaufzufahren. Sie hat schon immer etwas unter Höhenangst gelitten, und seit ihrer Erfahrung auf den Klippen auf Capri hat sich dieses Gefühl noch verstärkt. Es wundert sie, dass Thomas sie dort oben treffen will, vermutlich hält er es für einen sehr romantischer Ort. Plötzlich blickt Valentina auf ihre Hände und bemerkt, dass sie noch immer den Verlobungsring trägt, den Thomas ihr in Italien geschenkt hat. Immer wieder dreht sie ihn um den Finger. Jetzt *muss* sie ihn zurückgeben, egal, was Mrs. Steen gesagt hat. Wie um alles in der Welt will Thomas das Ganze nur seinen Eltern erklären? Werden sie ihm vergeben?

Valentina bestellt einen Crab Cake und lässt sich ihren Valentina Cocktail mischen, das Beste, das Russell ihr gegeben hat. Während sie die anregende Mischung aus Himbeerlikör und herbem Limoncello genießt, kommt es ihr vor, als sei die Geschichte mit Russell bereits ewig her. Sie kann sich nicht mehr vorstellen, sich derart von einem Mann beherrschen zu lassen. Wie ist es nur dazu gekommen? Leonardo hat sie vor Russell gerettet, und vor ihrem selbstzerstörerischen Verhalten. Er hat ihr verschlossenes Herz geöffnet.

Als Valentina den Aufzug zur Aussichtsplattform betritt, sieht sie sich nach Thomas um, kann ihn jedoch nirgends entdecken. Sie steht inmitten einer französischen Familie, die aufgeregt plappert, als der Lift himmelwärts schießt. An die Decke des Aufzugs werden Blitzlichter und Bilder projiziert. Sogleich verkrampft sich Valentinas Magen, und sie blickt mit zusammengebissenem Kiefer auf ihre Füße, während sie dem Geschnatter ihrer Begleiter lauscht. Oben werden sie in einen Ausstellungsraum entlassen. Valentina sieht sich ein bisschen um, fährt mit einem anderen Aufzug noch weiter nach oben und steigt über eine Treppe auf die Aussichtsplattform. Es ist windig, doch das beunruhigt Valentina nicht. Sie tritt an den Rand und ist froh, dass sie von Plexiglasscheiben geschützt wird. Überall um sie herum sind Touristen, und überall wird fotografiert. Der abendliche Anblick verschlägt Valentina den Atem. Es ist das erste Mal, dass sie Manhattan von oben sieht. Hier oben im Himmel verschwimmt der Raum zwischen den einzelnen Gebäuden. Sie wirken wie eine abstrakte Collage aus Schatten. Hier und dort stechen die Silhouetten der Wolkenkratzer, die irisierende Glaskuppeln, die Lichtkronen der Gebäude, die spitzen Glasdächer und natürlich das Empire State Building aus dem Häusermeer hervor. Valentina geht um die Aussichtsplattform herum und bemerkt in der Ferne ein Gebiet, das völlig im Dunkeln liegt. Das muss der Central Park sein. An einer anderen Ecke sieht sie das Leuchten und die bewegten Bilder des Times Square. Der Anblick der unendlich vielen Hochhäuser wirkt wie eine Traumwelt, in der man durch jedes erleuchtete Fenster in ein neues Leben tritt. Jedes Fenster erscheint Valentina wie eine neue Möglichkeit.

Noch immer ist Thomas nirgends zu sehen. Valentina steigt über eine weitere Treppe auf die obere Plattform. Hier lehnen wenige Touristen über der Absperrung, um die Stadt im Abendlicht zu fotografieren. Valentina tritt auf die andere Seite und genießt den Ausblick, als ein plötzlicher Windstoß sie in ihrer dünnen Jacke erzittern lässt.

»Guten Abend, Valentina.« Die Stimme durchbohrt sie wie eine eiskalte Klinge. Mit vor Angst rasendem Herzen fährt sie herum. Vor ihr steht Glen.

»Was machst du hier?«, fragt sie entsetzt.

»Ich habe dich gebeten herzukommen.«

Valentina schüttelt ungläubig den Kopf.

»Natürlich musste ich ein bisschen tricksen«, sagt er und grinst sie spöttisch an. »Ich wusste, dass du nicht kommen würdest, wenn ich dich bitte, *mich* zu treffen. Also habe ich ein bisschen geschummelt.«

»Die Nachricht war von dir, nicht von Thomas?« Ihre Stimme ist ein leises Flüstern.

»Allerdings«, bestätigt er und tritt einen Schritt auf sie zu. Valentina presst sich gegen die Betonwand der Aussichtsplattform.

»Warum sollte Thomas sich für dich interessieren, nachdem du mit seinem besten Freund durchgebrannt bist?«

Valentina blickt über Glens Schulter. Es sind eine Menge Menschen in der Nähe, und auf der anderen Seite der Plattform entdeckt sie sogar einen Sicherheitsbeamten. Sie muss nur laut schreien.

Glen kommt noch einen Schritt auf sie zu. Seine Augen sind dunkel, sein Blick feindselig, und seine Haut ist so blass, dass sie durchscheinend wirkt. Valentina stellt sich unwillkürlich vor, wie sein verdorbenes Blut durch die Adern fließt und seine Gehässigkeit und Boshaftigkeit nährt.

»Ich habe ihn gefragt, was er von einer Frau wie dir anderes erwartet hat? Von einer *Schlampe*!«, zischt er.

In Valentina steigt Wut auf.

»Rühr mich ja nicht an«, erwidert sie so ruhig wie möglich. »Wenn du nicht sofort von hier verschwindest, schreie ich so laut, dass es jeder auf diesem Dach hört.«

»Oh, nein«, erwidert Glen. »Das würde ich an deiner Stelle nicht tun.«

Valentina spürt seinen Atem auf ihrer Haut. Sie versucht, das Gesicht abzuwenden, aber Glen hält sie zwischen seinen Armen gefangen. Sie spürt eine scharfe Spitze an ihrem Kinn und sieht zu ihrem Entsetzen, dass Glen ein Messer in der Hand hält. Wie zum Teufel ist er damit unten durch die Sicherheitskontrolle gekommen? Er presst sich mit seinem Körper gegen sie, sodass die Waffe für andere nicht zu sehen ist. Glen lässt die Klinge an ihrem Kinn hinab zu ihrer Halsschlagader gleiten. Valentina fällt ein, dass Lori ihr erzählt hat, sie sei mit einem Messer am Hals aufgewacht. Und sie erinnert sich daran, dass Wayne Datcher mit aufgeschlitztem Hals im Hudson River aufgefunden wurde.

»Wenn du jetzt schreist«, zischt Glen, »wirst du deinen geliebten Thomas nie wiedersehen.«

Valentina erstarrt.

»Was hast du mit ihm gemacht?«

»Sagen wir einfach, Mr. Steen wird sich nicht so leicht aus der Affäre ziehen können.« Er schüttelt mit aufgesetzt sorgenvoller Miene den Kopf. »Weißt du, Valentina, du behauptest zwar immer, ich sei ein Mörder, aber ich wollte den armen Datcher wirklich nicht beseitigen.«

Er legt einen Finger auf ihren Mund. Valentina versucht, ihre Lippen zusammenzukneifen, aber sie schmeckt dennoch das Salz auf seiner Haut.

»Er war gierig, und mir war nicht klar, wie labil er war, bis er drohte zu quatschen.« Glen seufzt. »Er wollte es nicht anders«, erklärt er schlicht.

Valentina versucht, an Glen vorbeizublicken. Irgendjemand muss sie doch bemerken. Doch Glen ist so groß und drückt sich so dicht an sie, dass sie nichts sieht. Sie befinden sich in einer dunklen Ecke der Aussichtsplattform. In Valentina steigt Panik auf, vielleicht bemerkt sie überhaupt niemand.

»Du bist anders, Valentina«, raunt Glen. »Du hast etwas an dir …« Er schiebt seine freie Hand unter ihre Jacke und unter ihre Bluse.

»Lass mich!«, zischt sie, als sie seine kalte Hand auf ihrer Brust spürt. Gegen ihren Willen werden ihre Nippel fest. Glen lacht leise.

»So wollte ich dich schon lange berühren, Valentina«, sagt er. »Aber du warst immer so kühl mir gegenüber. Bin ich dir nicht gut genug?«

Valentina blickt in Glens böse funkelnde Augen, und sie begreift, dass er mehr als ein gerissener Kunstdieb ist, mehr als ein Verbrecher. Sie erkennt seinen zerrissenen Charakter, er ist ein kaputter Mensch, ein Psychopath. Er hat Spaß daran, Leuten wehzutun. Im selben Augenblick begreift sie, egal was aus Thomas und ihr wird, diesen Mann wird sie niemals los.

»Warum hasst du mich?«, fragt sie.

Er legt den Kopf schief.

»Stimmt, das tue ich. Und ich habe gute Gründe, Valentina. Dein Vater hat mir alles genommen.«

Einen Augenblick denkt Valentina an ihren leiblichen Vater, den ätherischen Karel, aber als Glen weiterspricht, wird ihr klar, dass er Phil Rembrandt meint.

»Mein Vater war ein großartiger Mann, Valentina. Bei den Römern wäre er Kaiser geworden. Die Menschen sind ihm gefolgt.«

Er lässt das Messer weiter an ihrem Hals nach unten gleiten und am Halsansatz ruhen.

»Aber dein Vater hat ihn zu Fall gebracht. Und wofür? Um Zeitungen zu verkaufen!« Er lacht höhnisch.

»Phil Rembrandt ist nicht mein Vater«, erklärt Valentina ruhig.

Glen drückt die flache Seite des Messers gegen ihre Kehle, sodass sie kaum noch Luft bekommt.

»Erzähl mir keine Lügen, Valentina«, droht er und löst das Messer wieder.

Vor lauter Angst schweigt Valentina. Bitte, fleht sie im Geiste. Irgendjemand muss sie doch bemerken. Warum sieht niemand, dass Glen sie bedroht?

»Mein Vater ist als gebrochener Mann im Gefängnis gestorben. Er hat sich das Leben genommen, Valentina. Alles wegen deines Vaters.«

»Das ist nicht Phils Schuld«, flüstert sie. »Er hat nur seine Arbeit getan.«

»Genau wie Thomas seine Arbeit getan hat und mir dadurch *meine* Arbeit weggenommen hat? Dafür musste er bezahlen. Ihr *beide* musstet bezahlen. Was war besser, als dich glauben zu lassen, er sei tot, und ihn glauben zu machen, wenn er Kontakt zu dir aufnimmt, stirbst du? Ich weiß nicht, wer mehr gelitten hat – du oder Thomas.« Er kichert. »Ach, Rache ist so süß.«

Valentina versucht, sich von ihm zu befreien, aber Glen rammt seinen Körper gegen ihren und quetscht mit der Hand, die sich noch immer unter ihrer Bluse befindet, ihre Brust. Sein

Geruch ist übermächtig. Valentina spürt, wie ihr das Essen die Kehle hinaufkriecht. Ihr ist übel.

»Und dann das Schönste: Ich bringe euch wieder zusammen, aber nicht für lange. Oh, nein, gerade lange genug, dass eure Herzen wieder füreinander schlagen. Und dann … peng!«

Er lässt die Hand von Valentinas Brust gleiten und stößt sie plötzlich zwischen ihre Beine.

»Dann vernichte ich euch ganz!«

Valentina schreit vor Schreck auf.

»Sch.« Glen sieht sie mit drohendem Blick an und drückt die Messerklinge nun gegen ihre Brust. Sie spürt die Spitze an ihrem Nippel.

»He, was ist hier los?« Neben Glens Schulter taucht ein Sicherheitsbeamter auf. Valentina versucht, ihm mit den Augen ein Zeichen zu geben, aber Glen presst seine Lippen auf ihren Mund und zieht sie in seine Arme. Sie versucht, sich loszumachen, spürt jedoch das Messer an ihrem Herzen und weiß, was geschieht, wenn sie sich wehrt.

»Okay, ihr Turteltäubchen, aber bleibt nicht die ganze Nacht hier«, meint der Kerl, und Valentina kann nur zusehen, wie er sich wieder entfernt. Sie öffnet weit die Augen und bemüht sich verzweifelt, ihm ein Zeichen zu geben, aber er hat ihr bereits den Rücken zugewandt. Glen gräbt seinen Mund in ihren. Valentina presst die Lippen zusammen, aber er beißt sie, bis sie Blut schmeckt, und kaum, dass sie den Mund vor Schmerz öffnet, drängt Glen seine Zunge hinein. Er schmeckt nach Metall, und nach Tod. Valentina verspürt erneut Übelkeit.

Schließlich hört er auf, sie zu küssen, und blickt zu ihr hinunter.

»Du schmeckst so gut, Valentina«, sagt er. »Es ist ein Jammer, dass du und ich nie zusammengekommen sind.« Er grinst, und seine Lippen verziehen sich zu einer grausamen Grimasse.

»Das Verrückte ist, dass Thomas die ganze Zeit gedacht hat, er würde dich beschützen, dabei war er Teil meines kleinen Spiels.«

»Aber er hat gesagt, dass einer deiner Freunde eine Waffe auf mich gerichtet hat. Dass dieser Skipper auf dem Boot in Capri für dich gearbeitet hat«, flüstert Valentina.

»Das ist Unsinn. Ich habe einfach einen Freund gebeten, sich mit einem Fernglas auf die Klippen zu stellen. Wenn sich das Licht darin spiegelt, sieht es aus der Ferne aus wie eine Waffe. Und der Skipper … ach, ich kenne noch nicht einmal seinen Namen.«

»Aber der Banküberfall hat wirklich stattgefunden«, beharrt Valentina.

»Nun, davon wusste ich, weil Freunde meines Vaters ein Jahr an dem Überfall gearbeitet haben. Sie haben mich gefragt, ob ich mitmachen wollte, aber ich habe mich dagegen entschieden. Es war eine perfekte Tarnung, um an den Klimt zu kommen. Die Polizei denkt, der Kunstraub sei eine Ablenkung von dem Bankraub gewesen, aber was mich angeht, war es genau umgekehrt.«

»Du wirst dieses Gemälde nie verkaufen«, flüstert sie.

»Ich weiß, und es ist mir egal«, erklärt Glen. »Datcher allerdings nicht.« Er runzelt die Stirn. »Dummer, gieriger Idiot! Gott, Valentina, er hat geblutet wie ein Schwein. Er hat mein bestes Hemd ruiniert.«

»Bitte, Glen, lass mich gehen«, fleht Valentina.

Er lacht kurz auf.

»Das ist sicher das Letzte, was ich tun werde, Valentina. Verstehst du denn nicht? Es ging immer nur um dich und mich, darum, meinen Vater zu rächen! Der Kunstraub war ein Weg, an dich ranzukommen. Begreifst du das denn nicht?«

»Aber woher wusstest du, dass ich in New York sein würde?«

Er seufzt. »Menschen wie ich kennen viele Leute. Was meinst du, wer Taylor auf die Idee gebracht hat, dich überhaupt zu buchen? Ihre Maskenbildnerin, Lori, meine süße kleine Freundin. Nun, jetzt ist sie das nicht mehr.«

Valentina erstarrt. »Du hast ihr doch nichts angetan? Oder ihrer Mutter?«

»Natürlich nicht. Glaubst du, ich bin verrückt?« Er lacht höhnisch. »Aber die dumme Kuh ist am Ende zur Polizei gegangen. Du siehst also, es ist nur noch eine Frage der Zeit, Valentina.«

Seine Hand ist noch immer zwischen ihren Beinen. Er versucht, sie weiter in ihren Schritt zu drängen, aber Valentina presst die Beine zusammen.

»Warum so kühl, Valentina? Mach ich dich nicht an? Ich errege dich doch sicher ein bisschen, oder? Es heißt, Sex ist wie der Tod. Wenn man zum Höhepunkt kommt, hat man das Gefühl, eine Grenze zu überschreiten. Willst du mit mir die Grenze überschreiten?«

Er stößt sie gegen die Wand der Aussichtsplattform, unter ihnen liegt das andere Dach. Wenn sie fallen, fallen sie darauf. Es ist nicht allzu hoch, doch je nach Winkel können sie sich dennoch schwer verletzen.

»Erinnerst du dich an die Blaue Grotte? Wie wir im tiefen Wasser geschwommen sind?«

Valentina beginnt zu zittern und versucht, die Bilder zu verdrängen, die sie beinahe jede Nacht verfolgen.

»Weißt du noch, wie ich mit dir untergegangen bin, Valentina? Ich hätte dich nicht allein sterben lassen, oh nein, wir glitten gemeinsam dem süßen Tod entgegen. Ich habe gehört, es sei ein überaus friedlicher Weg zu sterben. Am Ende überlässt du dich dem Meer und schwebst für immer und ewig.« Er nimmt die Hand zwischen ihren Beinen fort, dreht sie herum und verrenkt ihren Arm auf den Rücken, sodass sie auf die Skyline von New York blickt. »Ich habe überlegt, wie wir das übertreffen können? Dann ist es mir eingefallen. Warum fliegen wir zwei nicht? Wir könnten zusammen springen und uns dabei an den Händen halten.« Er dreht sich um und sieht sie an. Sein Blick ist vom Wahn durchdrungen. »Das wäre perfekt, oder?«

Valentina versucht, ruhig zu bleiben. Es sind Menschen um sie herum. Sicherheitsbeamte. Sie blickt hinunter auf die Plexiglasscheiben um die Aussichtsplattform.

»Wir können nicht springen«, bemerkt sie. »Die Wände dort sind im Weg.«

»Ach was, komm mit.« Plötzlich reißt er sie herum und greift mit einer Hand ihren Arm, während er mit der anderen unter ihrer Jacke das Messer gegen ihre Rippen drückt.

»Sei nicht dumm und versuche mich auszutricksen. Sonst steche ich zu«, flüstert er.

Valentina versucht, den Blick einer Person auf dem Dach aufzufangen, aber alle sind damit beschäftigt, Bilder zu machen, und drängeln um den besten Platz. Niemand bemerkt Valentina und ihre Furcht. Es scheint ihr als grausame Ironie, dass diese Leute Valentina und ihre Qual nicht sehen, weil sie fotografieren. Als befände sich eine unsichtbare Wand zwischen ihnen. Hat sie die Fotografie ihr Leben lang so benutzt? Wie eine Rüstung, die sie davor schützte, wirklich am Leben teilzuhaben?

Glen führt sie die Stufen hinunter und um die untere Aussichtsplattform herum. Die Besucher versammeln sich auf der Ecke zum Empire State Building, Glen jedoch führt sie zur Rückseite der Plattform mit Blick auf den Park, ein schwarzes Loch in der New Yorker Skyline.

Er geht auf die Plexiglasscheibe zu.

»Na, du weißt doch, dass ich ein Perfektionist bin, Valentina. Und ich habe viele Talente.«

Er legt seine Hand gegen die Plexiglasscheibe. »Ich habe das seit Tagen, vielmehr seit Wochen vorbereitet. Ich habe auf dich gewartet, bis der richtige Moment gekommen war.«

Valentina sieht, wie Glen etwas Druck auf die durchsichtige Wand ausübt, und bemerkt entsetzt, dass sie sich bewegt. Aus den Augenwinkeln blickt sie zu Glen, und zum ersten Mal glaubt sie, dass er seine Drohung tatsächlich wahrmachen wird. Er wird sie umbringen. Valentina versucht, sich von ihm loszureißen. Sie achtet nicht mehr auf das Messer. Soll er sie doch erstechen. Das ist ihr lieber, als über den Rand des Gebäudes zu stürzen.

»Benimm dich«, zischt er und versucht, sie mit der freien Hand zu bändigen, während er mit der anderen stärker gegen die Plexiglasscheibe presst. Sie knackt und gibt allmählich nach. Unter Valentina blitzt die Stadt auf. Sie kämpft mit einer Ohnmacht, ihr Kopf dreht sich, und das Schwindelgefühl macht es ihr unmöglich, sich zu wehren.

»Ach, hast du Höhenangst?« Glen kichert.

»Lass sie los!«

Glen reißt den Kopf herum, und Valentina schlägt das Herz

bis zum Hals. Sie erblickt Thomas, der zusammen mit Leonardo auf der anderen Seite der Aussichtsplattform steht. Ihre zwei Männer sind bereit, für sie zu töten.

Ein Sicherheitsbeamter läuft auf sie zu.

»He, was ist hier los?«

Glen zückt das Messer. Wieder spürt Valentina die kalte Klinge an ihrem Hals. Der Wachmann bleibt abrupt stehen und zieht sein Funkgerät aus dem Holster.

»Nein, nein, nein«, mahnt Glen, als würde er ein böses Kind schelten. »Steck das weg, sonst schlitz ich ihr den Hals auf!«

Die erschrockenen Touristen sammeln sich in einer Traube hinter dem Sicherheitsbeamten. Jemand schreit.

»Jetzt bleiben wir alle schön ruhig«, wendet sich Glen an die Zuschauer. »Das hier ist in Kürze vorbei.«

Er versetzt der Plexiglasscheibe einen letzten Stoß, sie fällt heraus und saust pfeifend wie ein Wurfgeschoss an der Seite des Rockefeller Centre hinunter. Die Menge schnappt nach Luft, ein Kind beginnt zu weinen. Glen drückt das Messer gegen Valentinas Hals. Sie spürt, dass sich die Spitze ganz allmählich in ihre Haut bohrt. Ihr Gesicht ist gen Himmel gerichtet, aber aus dem Augenwinkel sieht sie Thomas und Leonardo, die wie zwei Raubtiere aussehen, jeden Moment zum rettenden Sprung bereit.

»Halt dich zurück, Thomas. Ich schlitze ihr den Hals auf, mein Freund …«

Inmitten ihrer Angst, inmitten des Durcheinanders aus wirren Gedanken durchschießt Valentina für einen kurzen Moment die Erkenntnis glasklar. Ihr kann niemand helfen, sie muss sich selbst retten. Wenn Leonardo oder Thomas einen Schritt nach vorn machen, wird Glen ihr den Hals aufschlitzen.

Denk nach, Valentina, denk nach! Aber ihr Herz schlägt so heftig, und ihr ist so schwindelig so weit oben. Wäre es nicht leichter, einfach nachzugeben und zu fliegen?

Glen zerrt sie mit sich auf das Sims. Sie spürt, wie der heftige Wind sie umfängt, zum Glück kommt er von hinten, sodass er sie hält. Es wird nicht leicht werden, dort hinauszuspringen. Valentina stellt sich den letzten Moment ihres Lebens vor. Glen und sie fliegen. Sein schwarzer Mantel bläht sich wie die Flügel eines Raben, während er Valentina mit sich in den Tod reißt. Werden sie sich auf dem Weg nach unten vereinen, oder wird Valentina bis zum Schluss gegen Glen kämpfen, während sie an den endlosen Mauern des Rockefeller Centre vorbeistürzen?

»Nein!«, hört sie Leonardo schreien. Seine Stimme drückt den Schmerz über ihren Verlust aus, bevor sie überhaupt gegangen ist. Valentina ignoriert den Druck des Messers an ihrem Hals, bewegt sich und tritt Glen heftig gegen das Schienbein. Der zuckt vor Überraschung zurück, taumelt auf dem Sims und lässt das Messer fallen. Es wirbelt durch die Dunkelheit Lichtern und Lärm entgegen. Glen umklammert noch immer fest ihre linke Hand, aber als er sie zurückziehen will, stemmt Valentina sich mit aller Kraft dagegen und streckt die rechte Hand aus. Sie sieht, dass Thomas und Leonardo beide mit ausgestreckten Armen auf sie zu stürzen.

»Valentina!«, rufen beide.

Sie kann nur eine Hand ergreifen, nur einer kann Valentina das Leben retten. Wenn sie zögert, wird sie sterben. Sie ergreift die Hand des Mannes, den sie am meisten liebt.

Tina
2013

Tina ist in ihrem ganzen Leben noch nie so nervös gewesen. Sie kann nicht still stehen, doch sie hat Angst, sie könnte Phil verpassen, wenn er ankommt, während sie sich rasch einen Kaffee holt oder auf die Toilette geht. Sie muss genau hier vor dem Ankunftsgate stehen, damit sie der erste Mensch ist, den Phil erblickt, wenn er am Flughafen von Newark ankommt. Tina will in sein Gesicht sehen, denn dann wird sie wissen, ob ihre Hoffnung sie trügt oder nicht.

Tina ist nicht mehr die Frau, die sie war, als sie Mailand vor neun Jahren verlassen hat. Gemeinsam mit Suzy, einer Freundin, betreibt sie eine Kunstgalerie in Santa Fe. Das Geschäft ist kommerziell erfolgreich, lässt Tina aber noch genügend Zeit für ihre eigene künstlerische Arbeit. Sie wohnt in einem wunderschönen Haus mit Blick auf das Valley, hat viele gute Freunde und einen treuen Hund, Sheba. Als Tina 2008 nach Santa Fe gezogen ist, hat sie sich sofort in die Stadt verliebt. Sie ist immer ein Fan der Bilder von Georgia O'Keefe gewesen, und hier in der Stadt, die nun auch ihre Heimat geworden ist, sieht Tina überall ihre Landschaften. Sie empfindet die Wüste als tröstlich. Tina hatte geglaubt, es würde schwer sein, so weit vom Meer entfernt zu leben, doch seltsamerweise spürt sie Anklänge des Meeres in der Landschaft. Suzy hat ihr erklärt, woher das kommt: New Mexico lag einst unter Wasser. Vom Flugzeug aus ist das noch immer zu sehen. »Wir leben in einem riesigen ausgetrockneten Meeresbett«, erklärt Suzy. »Wenn man die Augen offen hält, findet man sogar noch Muscheln.« Diese Vorstellung gefällt Tina.

Die erste Zeit in Amerika ist nicht leicht gewesen. Tina war süchtig und kämpfte mit ihrem Verlangen, doch schließlich befand sie sich in einem Land, das ihr Leid als solches anerkannte. Nach ein paar Monaten in Arizona entschied sie sich, nach Kalifornien zu ziehen, und schloss sich einer Therapiegruppe für Sexsüchtige an. Lange erzählte sie niemandem außerhalb der Gruppe von ihrem Problem. Tina dachte, die Leute würden sie auslachen. Aber Sexsucht ist nicht zum Lachen. In den Gruppensitzungen hörte sie herzzerreißende Geschichten von auseinandergerissenen Familien und zerstörten Leben.

Nach ungefähr zwei Jahren Therapie fühlte Tina sich besser. Das tiefe Verlangen nach Sex, das sie jedes Mal überkam, wenn sie sich einsam oder niedergeschlagen fühlte, ließ langsam nach. Allmählich keimte Hoffnung in ihr auf, dass sie erneut ohne Risiko unter Menschen gehen konnte. Sie begann, durch Amerika zu reisen, und machte dabei Aufnahmen von Frauen.

Tina hat die Vision eines Langzeit-Projekts, mit dem sie die Schönheit der Frauen würdigen will. Nicht nur die erlesenen Gesichter und die Körper der Models, mit denen sie ihr Leben lang gearbeitet hat, sondern Frauen wie sie, mit all ihren Makeln: Frauen jeder Rasse, Hautfarbe und Konfession. Tina will die Schönheit des nicht Perfekten an jungen Mädchen, reifen Frauen sowie alten Damen zeigen. Endlich ist »alt« kein Schreckenswort mehr für Tina. Die Porträts der älteren Damen gefallen ihr am besten. Es sind Bildnisse von Frauen, die ein erfüIltes Leben hinter sich haben, deren Geschichten sich in ihre Gesichter eingegraben haben, und deren Falten auf Tina anmutig und kraftvoll wirken. Am meisten beeindrucken Tina die Augen dieser Frauen. Sie drücken Tiefe und Weisheit aus, aus manchen strömt eine allumfassende Liebe. Tina möchte wie sie sein, ihre wahre Natur akzeptieren und sie zum Leuchten bringen. Sie will sich innerlich jung fühlen, aber dazu muss sie erst die Liebe ihrer Kinder zurückgewinnen.

Tina hat Jahre dazu gebraucht, doch inzwischen ist es ihr gelungen, wieder eine Beziehung zu Mattia aufzubauen, auch wenn sie seine Frau Debbie noch immer schwierig findet. Vermutlich will Debbie nur ihren Mann schützen. Mattias Frau weiß, was seine Mutter ihm angetan hat. Wie oft Tina ihren Sohn als Kind alleingelassen hat, wenn sie zu Shootings gefahren ist, und dass sie ihn dann aufs Internat geschickt hat. Wie ist aus Tina nur eine so schlechte Mutter geworden? Es war hart, das anzuerkennen und zu verstehen, warum Valentina jahrelang nichts von ihr wissen wollte. Nachdem sie Valentina jetzt in New York gesehen hat, spürt Tina, dass die Zuneigung zwischen ihnen erneut wächst. Diese unglaubliche Bindung, die sie bei der Geburt ihrer Tochter gespürt hat, ist noch immer da.

Tina hatte Valentina als Kind in vielerlei Hinsicht im Stich gelassen. Doch es sieht so aus, als würde ihre Tochter sie noch immer lieben. Tina denkt an ihre eigene Mutter, wie sie mit ihr gerungen hat. Trotz ihres beruflichen Erfolgs hatte Tina immer das Gefühl gehabt, dass Maria Rosselli von ihr enttäuscht war. Trost hatte sie immer bei ihrem Vater Guido gesucht. Doch trotz ihrer Konflikte hatte Tina ihre Mutter ebenso geliebt wie ihren Vater. Sie begreift mittlerweile, dass sie bei dem plötzlichen Tod ihrer Eltern am meisten darunter gelitten hat, dass sie sich nicht mehr mit ihrer Mutter hatte aussöhnen können. Was würde Maria Rosselli heute von ihr denken? Wäre sie stolz auf sie? Sie mochte Phil immer gern und war enttäuscht, dass Tina ihn nicht heiraten wollte.

Tina kann nicht glauben, dass sie Phil nach dreiundzwanzig Jahren heute wiedersehen wird.

Seltsamerweise war es Valentina, die sie, ohne es zu ahnen, wieder zusammengeführt hat. Letztes Jahr war Tina ohne ihre Tochter von dieser schrecklichen Reise nach Mailand zurückgekehrt. Valentina hatte sich geweigert, Mailand zu verlassen, wo alles sie an ihren vermissten Geliebten erinnerte (Tina mochte ihn nicht als tot bezeichnen … sie war sich doch noch immer nicht sicher). Zu Hause hatte sie einen Brief von Phil vorgefunden. Es war kein langer Brief, vielmehr war er erstaunlich kurz, und Tina hatte sich gefragt, warum er ihr keine E-Mail geschickt hatte. Mattia hatte ihm offensichtlich ihre Adresse gegeben, warum nicht auch ihre E-Mail-Adresse?

Phil schrieb, Mattia habe ihm von Valentinas Verlust erzählt und dass Tina zu ihr nach Mailand geflogen sei. Er wolle sich erkundigen, wie es ihr ging. Die ganze Sache war seltsam, denn natürlich hätte Mattia ihm sagen können, wie es Valentina ging. Auf dem Briefkopf stand seine Adresse mit E-Mail-Adresse. Tina konnte das lange Warten mit der Schneckenpost nicht ertragen, also schickte sie ihm eine E-Mail.

Lieber Phil,
danke für deinen Brief. Ich war überrascht und froh, nach all den Jahren von dir zu hören. Ich will dir nichts vormachen. Es war

hart in Mailand. Valentina ist sehr aufgelöst wegen des Verlusts ihres jungen Freundes. Und sie ist sehr wütend auf mich. Ich war ihr eine schlechte Mutter, und jetzt muss ich mit den Konsequenzen leben.
Ich hoffe, es geht dir gut.
Alles Liebe,
Tina

Phil schrieb umgehend zurück. Wieder kurz.

Liebe Tina,
du bist keine schlechte Mutter. Du hast dein Bestes getan. Du liebst deine Kinder. Damit bist du in meinen Augen eine gute Mutter.
Es geht mir gut. Ich lebe jetzt in London. Ich unterrichte noch immer an der Universität, aber die journalistische Arbeit habe ich aufgegeben.
Sie war nicht gut für mein Herz!
Alles Liebe, Phil

Was meinte er damit, sie sei nicht gut für sein Herz? Körperlich oder seelisch? War er noch immer mit dieser Rothaarigen zusammen, mit der sie ihn vor all den Jahren in London gesehen hatte?

Sie fingen an, sich zu schreiben. Anfangs nur knapp und höflich – *Wie geht es dir? Was treibst du so?* Sie erzählte ihm von der Kunstgalerie in Santa Fe und ihrem Fotoprojekt. Er berichtete ihr von einem Geschichtsbuch über die deutschen Luftangriffe auf London, an dem er schrieb, und von Kollegen an der Universität. Dann begannen sie in Erinnerungen zu schwelgen.

Erinnerst du dich noch an diesen Urlaub auf Sardinien?

Weißt du noch, wie Mattia sich den Arm gebrochen hat, als er im Park von der Schaukel fiel?

Als er in der Schule den Preis für das beste Kunstprojekt gewonnen hat?

All die ungefährlichen frühen Erinnerungen, bevor sie nach Berlin gefahren war. Vor Valentina.

Eines Tages hielt Tina es nicht mehr aus, sie wollte mehr wissen.

Bist du Single?, hatte sie getippt, nur diese eine Zeile, und dann abgeschickt.

Ja, antwortete er.

Ich auch, schrieb sie zurück.

Es fällt mir schwer, das zu glauben, schrieb er.

Es stimmt, Ehrenwort.

Was ist los mit den Männern in Santa Fe?!, antwortete er.

Dasselbe könnte ich über die Londoner Frauen sagen.

Vor sechs Wochen hatte er ihr wieder eine E-Mail geschrieben. Ihr fiel auf, dass er sie mitten in der Nacht in London abgeschickt hatte. Sie bestand nur aus einer einzigen Zeile. Kein *Liebe Tina*, kein *Alles Liebe, Phil.* Nur: *Warum hast du Valentina nie gesagt, wer ihr leiblicher Vater ist?*

Seine Frage verschlug ihr den Atem. Sie stellte sich vor, dass er die E-Mail geschrieben hatte, nachdem er einen Whiskey zu viel getrunken hatte, als seine berechtigte Wut auf sie endlich an die Oberfläche drang. Sie überlegte, ob sie versuchen sollte, sich zu erklären. Ob sie ihm schreiben sollte, wie sie herausgefunden hatte, dass ihr eigener Vater nicht Guido Rosselli war, sondern irgendein perverser französischer Filmemacher, und was das bei ihr ausgelöst hatte. Denn das war einer der Gründe, weshalb ihre Beziehung damals gescheitert war. Sollte sie ihm erklären, dass es für Valentina besser war, es nicht zu wissen? Dass Unkenntnis ein Segen ist? Doch keine ihrer Erklärungen vermochte sie selbst zu überzeugen. Sie wusste, dass es falsch von ihr gewesen war, und er auch.

Daher schrieb sie letztlich nur:

Ich habe es vermasselt. Wie hast du herausgefunden, dass ich es ihr nie gesagt habe?

Er schrieb zurück:

Valentina hat mich letztes Jahr in London besucht, kurz bevor ihr Freund gestorben ist. Sie war empört darüber, dass ich sie verlassen hatte, als sie klein war. Ich musste ihr sagen, dass ich nicht ihr leiblicher Vater bin. Tina, wenn du es vermasselt hast, dann habe ich das auch getan. Ich war vielleicht nicht ihr leiblicher Vater, aber ich war der einzige Vater, den Valentina kannte, und ich habe sie im Stich gelassen.

Seine E-Mail hatte eine verheerende Wirkung auf Tina. Shebas Kopf im Schoß, die mit trauriger Miene zu ihr hochsah, hatte sie auf der Veranda gesessen und sich die Augen ausgeweint. Was für ein Schlamassel war das alles bloß? Und das Schlimmste dabei war, dass Valentina die Wahrheit kannte und es ihr nicht gesagt hatte. Sie war über eine Woche bei ihr in Mailand gewesen, ohne dass sie es auch nur mit einer Silbe erwähnt hatte. Kein Wunder, dass ihre Tochter so wütend auf sie gewesen war, kein Wunder, dass sie kaum ein Wort mit ihr gewechselt hatte, sodass sie letztlich aufgeben und nach Hause fahren musste. Valentina war sogar auf Mattia wütend gewesen.

Nach Phils E-Mail hatte Tina entschieden, dass sie aufhören sollte, in der Vergangenheit herumzustochern. Das hieß, sie durfte sich nicht mehr mit Phil schreiben. Was hatte das überhaupt für einen Sinn? Er war in London, sie in Santa Fe, und sie nahmen sich so sehr in Acht voreinander, dass sie nicht einmal einen Telefonanruf zustande brachten.

Als sie ihm nicht antwortete, schrieb er ihr eine weitere E-Mail.

Geht es dir gut? Hast du meine letzte E-Mail bekommen?

Sie fand, sie sollte antworten. Das war nur fair.

Ja, es tut mir leid. Ich bin nur so schockiert, dass Valentina dich besucht hat und mir in Mailand nichts davon erzählt hat.

Er schrieb prompt zurück.

Das heißt, du hast mit ihr nie über Karel gesprochen?

Sie konnte nur ein Wort schreiben:

Nein.

Liebe Tina,
entschuldige, dass ich mich einmische, aber Valentina ist mir nicht gleichgültig. Wo ist Karel? Könntest du ihn dazu bringen, sie zu kontaktieren? Ich habe das Gefühl, sie muss ihn kennenlernen.
Alles Liebe, Phil.

Tina starrte auf den Computerbildschirm und las Phils E-Mail immer und immer wieder. Sie hatte keiner Menschenseele erzählt, was mit Karel passiert war. Nicht einmal Mattia. Es ist das Geheimnis, für das sie sich am meisten schämt, weitaus schlimmer als all die Dinge, die sie danach getan hat. Sie holt einmal tief Luft. Es ist Zeit, reinen Tisch zu machen.

Liebster Phil,
weißt du noch, wie die Berliner Mauer fiel und ich Valentina mitgenommen habe, damit sie Karel kennenlernt? Weißt du noch, dass

ich wollte, dass du mitkommst? Sie hat ihn nie kennengelernt, da er bereits tot war. 1986, ein Jahr nach Valentinas Geburt, hat er versucht, über die Berliner Mauer zu flüchten. Er sagte einem Freund, er wolle seine kleine Tochter sehen und könne nicht länger warten. Er wurde von den Grenzsoldaten angeschossen und ist später im Krankenhaus gestorben. Ich bin schuld an seinem Tod. Ich hätte ihm nicht sagen sollen, dass ich schwanger war. Hätte ich ihn in Ruhe gelassen, wäre er heute noch am Leben.

Sie konnte nicht mehr schreiben, sie drückte einfach auf Senden. Im nächsten Augenblick klingelte ihr Telefon. Sie starrte auf das Display. Es war eine lange Nummer mit einer Auslandsvorwahl. Britisch. Sie nahm ab.

»Hallo«, flüsterte sie.

»Tina.« Seine Stimme umfing sie voller Wärme. Ihr war nach Weinen zumute.

»Hi, Phil«, sagte sie.

»Tina, ich wusste nicht … das mit Karel tut mir so leid. Warum hast du mir das damals nicht erzählt? Ich wäre doch zu dir zurückgekommen.«

»Ich weiß.« Die Gefühle ließen ihre Stimme heiser klingen. »Aber, Phil, ich hätte dich nur immer wieder verletzt. Ich bin nicht gut für dich.«

»Ich denke, das kann ich selbst entscheiden.«

Es tat so gut, ihn zu hören, zu wissen, dass der Mann, der ihr diese E-Mails schrieb, kein Produkt ihrer Fantasie war. Es war ihr Geliebter, der zu ihr zurückkehrte.

»Du musst Valentina von Karel erzählen«, sagte Phil sanft.

»Ich weiß, das werde ich tun …«

»Mattia hat mir erzählt, dass sie in New York ist.«

»Ich weiß, ich habe mit ihr telefoniert. Ich habe sie gebeten, mich zu besuchen, aber das will sie nicht.«

»Dann musst du hinfahren und sie besuchen, sprich mit ihr, bevor es zu spät ist.«

»Ich glaube, es ist schon zu spät, Phil.«

Sie dachte an Valentinas Ausbruch in Mailand letztes Jahr.

Du bedeutest mir nichts.

Das hatte ihre Tochter ihr ins Gesicht geschrien.

»Es ist nicht zu spät, Schatz«, meinte Phil.

Seine Worte durchdrangen ihr Herz. Er hatte sie Schatz genannt. Wie früher.

Phil hatte recht gehabt. Übersprudelnd vor Freude rief Tina ihn nach dem Mittagessen mit Valentina an und schluchzte ins Telefon.

»Ich finde, wir sollten uns alle als Familie treffen«, sagte er. »Auch Mattia und Debbie. Ich werde jetzt gleich einen Flug buchen.«

Bei seinen Worten begann Tinas Herz zu rasen. Es war schön und gut, ihre kleine, ungefährliche E-Mail-Korrespondenz zu haben, aber ihn in Fleisch und Blut wiedersehen? Sie ist so viel älter als damals. Es ist über zwanzig Jahre her.

Tina sieht zur Ankunftstafel hinauf. Sein Flug ist vor einer halben Stunde gelandet. Er müsste jetzt jeden Augenblick durch diese Türen kommen. Ihr ist schlecht, in ihrem Magen flattert ein ganzer Schwarm von Schmetterlingen. Sie versucht, ihren Atem zu beruhigen. Sie umklammert den Strauß roter Rosen in ihren Händen. Jetzt kommt sie sich albern vor. Welche vierundsechzigjährige Frau schenkt einem Mann rote Rosen?

Die Türen gehen auf, und sie sieht ihn sofort. Es ist ihr Phil, so, wie sie ihn in Erinnerung hat. Er mag zwar einen dichten weißen Haarschopf haben, eine Brille und tausend Falten, aber er hat dasselbe lächelnde Gesicht, dieselben ausdrucksvollen Augen und dieselbe würdevolle Haltung. Tina holt tief Luft und nimmt Phils Anblick in sich auf: ihre einzig wahre Liebe. Sie fuchtelt mit den Rosen durch die Luft wie eine Idiotin, und rote Blütenblätter fliegen in alle Richtungen. Er sieht sie, sein Lächeln wird noch breiter, und er kommt durch das Gedränge auf sie zu.

»Du bist es! Tina!« Er umarmt sie, und sie fühlt sich, als würde sie in seinen Armen zusammenbrechen. Sie ist so glücklich. Sie hätte nie gedacht, dass sie je wieder eine solche Freude empfinden könnte.

Sie lösen sich voneinander, und sie überreicht ihm die Rosen.

»Du hast mir Blumen mitgebracht.« Er riecht an den Rosen. Sie sieht ihm ins Gesicht, hinter seiner Brille glitzern Tränen in seinen Augen. Sie bringt kein Wort hervor, kann nur die Arme heben, sein liebes Gesicht in ihre Hände nehmen und ihm einen Kuss auf die Lippen drücken.

Bis ans Ende ihrer Tage wird Tina auf diesen wundervollen Nachmittag mit Phil zurückblicken und ihn als den Augenblick sehen, in dem ihr Leben aufblühte. Sie sind vielleicht beide über sechzig Jahre alt, aber an jenem Abend mit Phil im Bett begriff sie endlich, dass ihre Weiblichkeit und das wahre Wesen ihrer tiefen Liebe und ihrer sexuellen Verbundenheit nichts mit Äußerlichkeiten zu tun haben. Sie sind alterslos, eine tiefe, gewaltige Kraft, die ihnen beiden innewohnt.

Sie haben sich anders geliebt. Nicht mit der Dringlichkeit, mit der sie sich liebten, als sie jünger waren, oder dem Druck, eine Leistung erbringen zu müssen. Ihre Liebe entfaltete sich zart und leicht, ein rosiges Blütenblatt nach dem anderen, bis sie wie eine Lotosblüte in ihren Herzen schwebte, die Ursache und Wirkung ihrer gemeinsamen Liebesgeschichte. Tina wurde etwas klar. Sie und Phil hatten ihre Liebe selbst erschaffen. Sie existierte nicht einfach so. Sie hatten sie erschaffen, dann zerstört und schufen sie jetzt erneut. Ihr Geist war noch immer derselbe, ihre Einheit so rein, wie sie immer gewesen war, trotz all der Jahre und der vielen anderen Liebhaber, die sie beide gehabt hatten. Nichts von alldem war jetzt noch wichtig. Das Einzige, was zählte, war das Jetzt.

Sie lagen sich in den Armen, küssten und liebkosten sich und erweckten ihre Liebe füreinander aufs Neue. Er glitt noch schlaff in sie hinein, und sie öffnete sich für ihn und war in ihrem tiefsten Inneren entspannt. Sie spürte, wie Phil in ihr anschwoll und sie mit seinem Zauber, seiner Wärme, seiner Liebe erfüllte. Sie blieben stundenlang so liegen, in stiller Harmonie verbunden, und sahen zu, wie die Sonne über dem Hudson River unterging und dann wieder erwachte.

Valentina

Zwei Hände reißen an Valentina. Die eine ist eiskalt und hält mit eisernem Griff ihre Finger, die andere ist warm und stark und zieht sie mit aller Kraft an ihrem Handgelenk nach oben. Andere Arme beugen sich nach unten, umfassen ihre Taille und zerren sie ebenfalls hoch. Schreie, Aufruhr, laufende Menschen. Und währenddessen zieht die kalte Hand des Todes sie weiter hinunter in die dunkle Nacht. Glen ist so stark. In ihrem Albtraum durchlebt Valentina erneut den Augenblick, kurz bevor Glen sie losgelassen hat. Er hätte sie mit sich in die Tiefe reißen können. Das weiß sie. In dem heftigen Wind schwang ihr Kopf von einer Seite zur anderen. Sie sah den entschlossenen Blick und den Wahnsinn in seinen Augen … aber auch Glens Schmerz und sein Verlangen, ihm ein Ende zu setzen. Er musste gesehen haben, dass Thomas und Leonardo sie nach oben zogen, dass der Sicherheitsbeamte sich hinunterbeugte und versuchte, ihn zu fassen. Er blickte zurück zu Valentina. Und in dem Moment, als er sie losließ, ihr das Leben schenkte, damit er sterben konnte, endete sein Hass auf sie.

Valentina schreit. Es ist der Augenblick, in dem sie wusste, dass sie gerettet war. Sie weint wie ein neugeborenes Baby.

»Valentina! Valentina!«

Marco sitzt auf dem Bett und wiegt sie in den Armen, Jake ist auf der anderen Seite und streicht über ihren Rücken.

»Es ist nur ein Traum. Wach auf, Valentina«, tröstet Marco sie.

Valentina zittert unkontrolliert und ist unfähig, ein Wort hervorzubringen. Die beiden Freunde legen sich links und rechts neben sie ins Bett und wärmen sie mit ihrer Liebe, als sei sie ihr Kind. Jetzt kann sie nicht mehr schlafen. Doch es beruhigt sie, Marcos leises Schnarchen zu hören und zu spüren, wie Jake sich neben ihr bewegt. Alles ist gut, sagt sich Valentina. Es ist vorbei.

Valentina versteht noch immer nicht, weshalb sie Thomas' Hand gefasst hat. Instinktiv hatte sie in dem Augenblick, als sie ihn wirklich brauchte, nach ihrem ehemaligen Geliebten gegriffen. Doch daraufhin empfand sie nicht mehr dasselbe für Leonardo. Auf seltsame Weise hatte sie das Gefühl, ihn betrogen zu haben, obwohl Leonardo das natürlich nicht so sah. Er war überglücklich, dass sie lebte.

Es war surreal gewesen. Nachdem Glen in den Tod gestürzt war und die Polizei überall um sie herumschwärmte, war Thomas einen Schritt zurückgetreten. Leonardo hatte sie in die Arme geschlossen, doch Thomas und sie konnten nicht den Blick voneinander lösen. Ihm war ebenso bewusst wie ihr, dass sie nach seiner und nicht nach Leonardos Hand gegriffen hatte, um sich vor dem Abgrund zu retten.

Balducci war aufgetaucht, und plötzlich hatte Thomas sich in Luft aufgelöst. Leonardo und sie hatten Thomas nicht erwähnt, auch nicht die Tatsache, dass der Freund, dessen Mordes Valentina Glen beschuldigt hatte, plötzlich wieder am Leben war. Das Letzte, was Valentina jetzt wollte, war, dass die Polizei in ihrem Privatleben herumschnüffelte. Außerdem wollte sie Thomas trotz seines Verbrechens beschützen. Jetzt gab es keine Verbindung zwischen ihm und dem Kunstraub mehr, bis auf das Bild natürlich. Doch wenn Glen die Wahrheit gesagt hatte, hatten der Bankraub und der Diebstahl des Klimt-Gemäldes nichts miteinander zu tun. Die Bande wusste also nicht, dass Thomas an dem Raub beteiligt war. Solange sie nicht erneut Balducci oder Delaney über den Weg liefen, würde niemand auf die Idee kommen, Thomas zu verdächtigen.

Stunden später, nach unendlich vielen Verhören, waren Leonardo und Valentina in Leonardos Wohnung zurückgekehrt. Valentina stand noch immer unter Schock, sie zitterte und konnte sich einfach nicht beruhigen. Alles fühlte sich falsch an. Als befände sie sich in einem Paralleluniversum, in einem Leben, das eigentlich nicht das ihrige war. Leonardo versuchte, sie mit einer Massage zu beruhigen. Er reinigte die Schnitte, die Glens Messer an ihrem Hals hinterlassen hatte, und rieb die Prellungen an ihren Brüsten und an ihren Schenkeln mit Arnikasalbe ein. Er hielt sie in den Armen und küsste sie, doch Valentina konnte nur daran denken, dass sie in dem Moment, als sie dachte, sie müsste sterben, nach Thomas und nicht nach Leonardo gegriffen hatte.

Schließlich beschloss sie, dass sie ihm die Wahrheit sagen musste.

»Leonardo«, begann sie, während sie in seinen Armen lag und seinen beruhigenden Duft nach würzigem Rauch und Orangen einatmete.

»Was ist, Valentina?«

Sie drehte sich um und sah ihm in die Augen, und intelligent und feinfühlig wie er war, wusste Leonardo, was sie sagen wollte.

Er nickte, als hätte sie es bereits ausgesprochen.

»Ich liebe dich, Valentina«, sagte er. »Ich werde dich immer lieben, aber mehr als alles andere will ich, dass du glücklich bist.«

Er hielt inne, führte ihre Hand an seine Lippen und küsste sie.

»Geh zu ihm.«

»Nein«, entgegnete sie. »Ich gehe nicht zu Thomas.«

Er sah sie überrascht an.

»Ich brauche Zeit für mich allein«, erklärte sie. »Weißt du noch, wie es dir ging, als Raquel sich von dir getrennt hat? Du brauchtest ein paar Monate für dich. Nun, ich glaube, das geht mir jetzt auch so.«

»Aber du und Thomas …« Leonardo seufzte. Valentina spürte, dass es ihm wehtat, die Worte auszusprechen. »Ich würde lügen, wenn ich sage, dass ich nicht glaube, dass ihr zwei zusammengehört. Er liebt dich.«

»Ich weiß«, erwiderte sie und senkte den Blick. »Und ich liebe ihn, aber ich kann nicht mit ihm zusammen sein. Nicht, nach dem, was er mir angetan hat.«

»Bist du sicher?«

»Um ehrlich zu sein, nein. Ich glaube, ich werde eine Weile bei meiner Mutter in New Mexico bleiben. Sie neu kennenlernen.«

»Das ist gut, Valentina.«

Er fasste ihre Hände.

»Ich bin immer für dich da, wenn du mich brauchst.«

Sie hob den Blick zu ihm und spürte seine Wärme und seine Zuneigung. Sie schlang die Arme um ihn, wie sie ihn noch nie zuvor umarmt hatte.

»Ich weiß«, flüsterte sie an seinem warmen Hals. »Und ich werde immer für dich da sein.«

Valentina blickt aus dem Fenster des Taxis, während Marco, Jake und sie durch East Village fahren. Es ist Samstagabend, und in den Straßen herrscht reges Treiben. Bars, Restaurants und Clubs sind voll von Menschen jeglicher Hautfarbe und Konfession. Valentina liebt die Buntheit von New York. Sie stellt sich Wüste, rote Felsen, Täler und Berge und den weiten Himmel vor. Wird sie sich bei so viel Platz verloren fühlen?

»Vielen Dank, dass ihr mich begleitet, Jungs«, sagt sie zu ihren Freunden.

»Es ist uns ein Vergnügen, Valentina«, meint Jake.

»Außerdem kann ich es nicht erwarten, deine Mutter kennenzulernen«, fügt Marco hinzu. »*Die* Tina Rosselli.«

Valentina verdreht die Augen.

»Ach, bitte, jetzt fang du nicht auch noch an.«

»Na, komm schon, Süße«, bittet Marco, »du kannst doch nicht erwarten, dass ich nicht aufgeregt bin. Sie ist eine meiner Ikonen. Warum meinst du, sind wir befreundet?« Er knufft sie in die Seite.

»Falls es dir irgendwie hilft«, schaltet Jake sich ein, »ich habe noch nie von deiner Mutter gehört.

Valentina tätschelt Jakes Knie.

»Wahrscheinlich bist du noch zu jung. Anders als unser Marco hier.«

Marco schnaubt in gespielter Empörung, ist jedoch bester Laune.

»Wann landen Antonella und Mikhail?«, fragt er.

»Vor ungefähr einer Viertelstunde.« Valentina blickt auf ihre Armbanduhr. »Sie kommen direkt ins Restaurant.«

»Ich kann es kaum erwarten, alles über ihren Club in Moskau zu erfahren«, freut sich Jake.

»Ich hoffe, sie benimmt sich einigermaßen jugendfrei«, murmelt Valentina.

»Ich bin sicher, deine Mutter kann damit umgehen«, bemerkt Marco.

»Ich mache mir keine Sorgen um meine Mutter, sondern um meine Schwägerin Debbie. Sie ist etwas puritanisch.«

»Das wird interessant«, grinst Marco. »Endlich lerne ich deine Mutter, deinen Bruder und seine Frau kennen. Deine ganze Familie auf einen Schlag.«

»Nicht ganz.« Auch wenn er nicht ihr leiblicher Vater ist, denkt Valentina unwillkürlich an Phil.

Sie haben sich in einem kleinen Restaurant in Greenwich Village verabredet. Es ist auf Risotto spezialisiert, das Lieblingsgericht ihrer Mutter … obwohl Tina den ganzen Abend vermutlich nicht mehr als eine Gabel essen wird. Als Valentina das Restaurant betritt, erblickt sie sofort Mattia, der an der Bar steht und Getränke bestellt. Ihr Bruder stürmt auf sie zu und schließt sie herzlich in die Arme. Valentina ist überrascht, wie gut es sich anfühlt, von ihm umarmt zu werden. Aller Groll, den sie das letzte Jahr gegen ihn gehegt hat, schmilzt dahin. Was soll's, dass sie unterschiedliche Väter haben? Sie sind Bruder und Schwester. So einfach ist das. Mattia löst sich von ihr.

»Mama hat mir alles erzählt, was passiert ist.« Er umarmt sie noch einmal fest. »Mein Gott, Valentina. Der Gedanke, dass …«

Sie blickt zu ihrem Bruder auf.

»Ich habe dich vermisst, Mattia.«

Er streicht ihr durch die Haare und sieht sie gerührt an.

»Und ich dich, Schwesterherz.«

Arm in Arm schlendern sie zum Tisch, an dem Marco und Jake sich bereits mit den anderen bekanntgemacht haben. Valentina sieht, dass Debbie sie anlächelt, und daneben ihre Mutter. Und neben ihr sitzt niemand anders als Phil Rembrandt. Valentina kann es nicht fassen. Phil hat den Arm um die Schultern ihrer Mutter gelegt, und die beiden strahlen wie ein frischvermähltes Paar.

»Mein Schatz!«, ruft ihre Mutter überschwänglich, »wir wollten dich überraschen!«

Ihre Mutter hat nie schöner ausgesehen als in diesem Augenblick. Sie ist nicht die schicke Stil-Ikone, sondern eine ganz andere Frau. Sie ist umso schöner, weil nichts Falsches an ihr ist. Ihre Wangen glühen wie die eines jungen Mädchens und ihre Augen strahlen vor Freude.

Phil steht auf und umarmt Valentina. Es fühlt sich gut an, irgendwie vertraut.

»Wie geht es dir?«, fragt er. »Du siehst müde aus.« Er hält sie eine Armlänge von sich weg und betrachtet sie voller Sorge.

»Ich schlafe nicht sehr gut«, gibt sie zu und lässt sich auf den Platz neben ihm gleiten, während Mattia auf ihrer anderen Seite Platz nimmt. Wird sie Phil je von Glen erzählen? Dass der eigentliche Grund, warum er Valentina verfolgt hat, mit Phils Kreuzzug gegen seinen Vater zu tun hatte?

»Du hast Schreckliches durchgemacht«, sagt Phil. »Du musst gut auf dich aufpassen. Du könntest unter einem posttraumatischen Stresssyndrom leiden.«

»Hattest du das?«, fragt Valentina. »Nachdem du angeschossen worden bist?«

»Ich glaube nicht«, antwortet er, doch da dreht sich ihre Mutter um und widerspricht:

»Doch, das hatte er.« Sie tätschelt Phils Hand und sieht ihn an. »Weißt du nicht mehr?«

»Ehrlich gesagt war die Zeit, bevor ich nach London gegangen bin, so stressbelastet, dass ich mich kaum daran erinnern kann.«

Er und Tina tauschen einen Blick. Alle anderen plaudern angeregt, doch Valentina bemerkt, wie lange sie sich ansehen, dass sie sich stillschweigend entschuldigen und einander vergeben.

Plötzlich wird es unruhig, die Tür fliegt auf, und Antonella, Valentinas Künstlerfreundin, legt, gefolgt von ihrem russischen Geliebten Mikhail, einen dramatischen Auftritt hin.

»Valentina, Liebes.« Sie stolziert auf ihren megahohen Absätzen an den Tisch. Ihr Anblick ist atemberaubend. Valentina bemerkt, dass die arme Debbie vor Schreck erbleicht und Mattia ihre Freundin mit Stielaugen betrachtet. Antonella trägt ein hautenges winziges Minikleid mit einem tiefen Ausschnitt, der wenig Raum für Spekulationen lässt. Ihre roten Haare leuchten noch kräftiger als sonst und sind auf ihrem Kopf zu einer flammend roten Hochsteckfrisur aufgetürmt. Trotz all ihrer Exzentrik und ihres exotischen Äußeren ist Antonella eine Frau mit Herz. Valentina freut sich riesig, ihre Freundin zu sehen, die sofort entschieden hat, nach New York zu kommen, als sie gehört hat, was passiert ist.

»Antonella, wie schön, dich zu sehen!«, ruft Valentina, als Antonella sich auf den Platz ihr gegenüber setzt und sich Valentinas Familie vorstellt.

»Was für ein hinreißendes Wesen«, murmelt Tina und wirft Antonella bewundernde Blicke zu. »Stimmt es, dass du die Nichte von meiner alten Freundin Isabella bist?«, fragt sie.

»Ja, meine Tante Issy. Sie ist völlig verrückt, nicht, Valentina?«

Tina wendet sich an Phil.

»Erinnerst du dich noch an Isabella, als wir uns zum ersten Mal in Mailand begegnet sind? Sie hatte dich zu der Konferenz eingeladen. Sie lebt jetzt in London. Antonella und Valentina haben bei ihr gewohnt, als Valentina drüben war und dich besucht hat.«

»Dio mio!«, ruft Antonella. »Ist das etwa dein *Vater*, Valentina?«

Plötzlich herrscht am Tisch betretenes Schweigen. Valentina spürt, dass Mattia neben ihr unruhig wird. Sie blickt zu ihm und sieht ihm an, dass er weiß, dass sie jetzt Bescheid weiß.

»Habe ich etwas Falsches gesagt?«, fragt Antonella, der die Anspannung nicht entgangen ist.

»Also«, setzt Tina an, aber Valentina unterbricht sie.

»Ja, das ist mein Vater«, erklärt Valentina.

Sie spürt, dass Phil sie ansieht, aber anstatt seinen Blick zu erwidern, drückt Valentina unter dem Tisch seine Hand. Sie ist warm und kräftig und erwidert ihren Druck.

Das hätte Valentina sich vor einem Monat nicht vorstellen können. Da sitzt sie mit ihrem Bruder, ihrer Mutter *und* ihrem Vater gemeinsam an einem Tisch und isst in Gesellschaft ihrer Freunde. Thomas wäre stolz auf sie. Valentina versucht, den Gedanken an ihn zu verdrängen. Sie will sich nicht von ihren Gefühlen den Abend verderben lassen.

»Nun, ich nehme an, du fragst dich, was wir hier zusammen machen, Valentina?«, sagt Tina und schmiegt sich an Phil. Es ist seltsam, ihre Mutter so mit einem Mann zu sehen. Valentina bemerkt, dass ihre Mutter in all den Jahren und mit all den

Freunden, die sie hatte, als Valentina jünger war, nie so glücklich und verliebt ausgesehen hat wie heute.

»Wir haben in letzter Zeit ein bisschen gemailt und telefoniert. Und als ich Phil erzählt habe, dass du in New York bist und wir Mattia treffen, hat er beschlossen zu kommen.«

»Ich dachte, es wäre Zeit für ein Familientreffen«, meint Phil.

Valentina sieht Phil an, und obwohl er sie verlassen hat, als sie noch ein kleines Mädchen war, verspürt sie große Zuneigung zu ihm. Jetzt versteht sie, warum er es getan hat, und dass es nicht seine Schuld war. Auf einmal wird ihr klar, dass genau das, was Phil vor all den Jahren getan hat, als er Tina und sie verlassen hat, Thomas jetzt mit Valentina getan hat. Phil hat sie verlassen, um sie zu schützen, genau wie Thomas. Natürlich war die Reaktion ihrer Mutter eine andere, aber nachdem sie die beiden jetzt zusammen sieht, ist ganz klar, dass sie zusammengehören. Wie viele Jahre haben sie verschwendet, allein und voneinander getrennt?

»Und weißt du«, fährt Tina fort, »sobald wir uns am Flughafen gestern wiedergesehen haben, kamen diese Gefühle über uns. Es war unglaublich!«

Phil kichert. »Wir sind uns in die Arme gefallen wie zwei liebestolle Teenager.«

»Ach, Valentina«, seufzt ihre Mutter, »wir hatten eine unvorstellbare Nacht!«

Mattia hebt abwehrend die Hand, und Valentina stöhnt.

»Okay, das reicht an Information, danke«, unterbricht Mattia.

»Ach, wie romantisch«, schwärmt Antonella.

»Jedenfalls zeigt es«, antwortet Tina, »dass es nie zu spät für einen Neuanfang ist.«

Sie sind beim Espresso angelangt, als die Tür des Restaurants aufgeht und ein Mann im schwarzen Smoking und mit einer weißen venezianischen Maske vor dem Gesicht hereintritt. Er hält einen Strauß weißer Rosen im Arm. Im bunten New York fällt er nicht sonderlich auf. Valentina beobachtet ihn, um zu sehen, wer der glückliche Empfänger der Blumen ist. Zu ihrer Überraschung kommt der Mann direkt auf sie zu.

»Miss Valentina Rosselli?«, fragt er. Die Stimme ist ihr vertraut. Sie spürt ein Beben. Ist das möglich? Alle am Tisch drehen sich um und sehen sie an.

»Ja?«, fragt sie vorsichtig.

Der Mann reicht ihr mit einer schwungvollen Geste die Rosen und zieht dann mit den Händen, die in weißen Handschuhen stecken, eine Karte aus der Brusttasche.

Er hält einen Augenblick inne, räuspert sich, dann wendet er sich an sie.

»Liebste«, er verneigt sich, »Liebste, ich werde dich mit meinem Geist berühren. Dich berühren, das ist alles, ganz zart, und dann wirst du gänzlich mühelos zu dem Gedicht, das ich nicht schreibe.«

Valentina erkennt eines der erotischen Gedichte von E. E. Cummings, das Thomas und ihr so gut gefallen hat. Sie erinnert sich an die Nacht, in der sie es entdeckt haben. Thomas hatte stundenlang mit den Fingerspitzen ihren Körper gestreichelt und ihr Gedichte von Cummings vorgelesen. Manche waren lustig gewesen und hatten sie zum Lachen gebracht, andere hatten sie stark erregt. Die Worte hatten sie verführt – ihr Klang und die flüchtigen Bilder, die sie in ihrem Geist heraufbeschworen.

»Wie schön«, murmelt Tina. »Von wem ist das?«

»Ich glaube, von E. E. Cummings« antwortet Phil.

»Ja, das stimmt«, bestätigt Valentina, blickt zu dem maskierten Mann auf und versucht zu erkennen, ob er blaue Augen hat.

»Nun, wer sind Sie, junger Mann?«, fragt Antonella mit großen Augen. »Nehmen Sie die Maske ab und geben Sie sich zu erkennen.«

Doch der Mann sagt nichts. Er steht mit verschränkten Armen da und betrachtet den Tisch. Es ist seine Stimme, Valentina ist sich sicher. Der Mann hat dieselben schwarz gelockten Haare, dieselbe Figur, und doch nimmt Valentina ihm nicht die Maske ab oder bittet ihn, sein Gesicht zu zeigen. Etwas an seinem anonymen Auftritt wirkt verführerisch und seltsam erotisch auf sie, obwohl sie sich im Kreis ihrer Freunde und ihrer Familie befindet.

Mit seinen weißen Handschuhen reicht der Mann Valentina einen Umschlag, dann verneigt er sich, wendet sich ab und verlässt das Restaurant. Valentina hält ihn nicht auf.

»Was steht drin?«, quietscht Antonella. »Wie aufregend!«

Außen auf dem Umschlag steht nichts. Valentina reißt ihn auf und liest laut vor.

Hotelbar, Sherry-Netherland, heute Abend 21 Uhr

Das ist alles, aber es genügt. Er gibt nicht auf. Thomas lässt sie nicht gehen. Er erinnert sie an die Spiele, die sie einst gespielt haben, die geheimen Verabredungen, die sie in anonymen Hotels getroffen haben. Diese Nachricht enthält viel mehr als nur den Namen eines Hotels und eine Uhrzeit. Sie enthält eine Frage:

Liebst du mich genug, um mir zu vergeben?

»Wer war der Kerl?«, will Antonella wissen.

»Das war Thomas«, antwortet Valentina ruhig.

Marco und Jake tauschen besorgte Blicke, während ihre Mutter die Stirn runzelt, als würde sie intensiv nachdenken.

»Was?! Dieser Mistkerl!«, ruft Antonella empört. »Wie kann er es wagen, einfach hier hereinzuspazieren, nach allem, was er dir angetan hat …«

»Valentina?« Debbie, ihre spröde Schwägerin, meldet sich, spricht allerdings dann zu den anderen. »Woher wusste er, dass wir hier sind?«, fragt sie in die Runde.

»Ich fürchte, von mir«, meldet sich Mattia. »Er hat mich angerufen und mich gebeten, ihm zu helfen. War das ein Fehler?«, fragt er.

»Nein, das war es nicht.« Valentina kaut nachdenklich auf ihrer Lippe. Was soll sie tun? Soll sie in dieses Hotel gehen? Kann sie Thomas wieder vertrauen?

»Valentina, du weißt, es ist …«, hebt Debbie erneut an.

»Geh nicht, Valentina!«, ruft Antonella und übertönt die arme Debbie.

»Ich weiß, dass du wütend auf ihn bist, weil du mich liebst, aber bitte, Antonella, Thomas ist nicht der Mann, für den du ihn hältst«, verteidigt Valentina ihn.

Ihre Freundin schüttelt den Kopf. Mikhail legt eine Hand auf Antonellas Arm und sagt etwas auf Russisch. Sie zuckt die Schultern, sieht noch immer verärgert aus, schweigt jedoch.

»Ist Thomas der Freund, von dem alle dachten, er sei tot?«, erkundigt sich Phil bei Tina.

Ihre Mutter sieht Valentina an, und etwas ziemlich Erstaunliches geschieht. Es ist, als würde alles in Zeitlupe ablaufen, als würde der Blick ihrer Mutter ganz langsam in ihr Herz fließen. Zum ersten Mal seit sie ein kleines Mädchen war, spürt Valentina die Liebe ihrer Mutter. Sie erfüllt sie mit Lebenskraft und schenkt ihr Mut, denn nun weiß sie, egal was geschieht, sie ist sicher.

»Thomas ist für Valentina die Liebe ihres Lebens«, sagt Tina an Phil gewandt und legt ihre Hand auf seine. »Genau wie du meine.«

»Valentina!«, ruft Debbie, sodass ihr endlich alle Aufmerksamkeit gehört.

»Was ist Debbie«, fragt Valentina leicht gereizt, dass ihre Schwägerin diesen Augenblick zerstört.

»Du musst los, Mädchen!«, drängt sie. »Es ist fast neun!«

Zu ihrer Überraschung scheucht ausgerechnet ihre Schwägerin, die brave anständige Debbie, sie aus dem Restaurant und in ein Taxi.

Während das Taxi sich durch den dichten Samstagnachtverkehr schlängelt, sieht sie immer wieder auf ihre Uhr. Es ist bereits zehn Minuten nach neun. Was, wenn er nicht auf sie wartet?

Das Sherry-Netherland liegt gegenüber vom Central Park, an der 5th Avenue. Valentina stürzt in die Hotellobby, und sofort überkommt sie ein Gefühl der Rührung. Das hier ist genau die Art Hotel, die Thomas liebt. Historisch angehaucht, im italienischen Stil mit seinen Marmorböden und dem Kronleuchter. Sie sieht sich nach der Hotelbar um. Als sie feststellt, dass sie Harry Cipriani Bar heißt und eine Nachbildung von Harry's Bar in Venedig ist, beginnt sie zu verstehen … natürlich, wenn er sie in Venedig treffen könnte, dann würde er das tun, und das hier kommt dem in New York am nächsten. Valentina betritt die fast leere Bar, doch sie kann ihn nirgends sehen. Sie geht etwas verlegen an den Tresen.

»Guten Abend, Madam«, begrüßt sie der Barmann. »Kann ich Ihnen einen unserer Bellinis des Hauses anbieten?«

»Gern, danke.«

Wo ist Thomas? Warum lässt er sie jetzt warten? Und doch weiß sie, dass diese Vorfreude ein Teil des Spiels zwischen ihnen ist. Er weiß, dass es sie erregt.

Der Barmann reicht ihr den Cocktail.

»Sind Sie zufällig Miss Rosselli?«, fragt er sie.

»Ja, die bin ich.«

Er reicht ihr einen Umschlag, der an sie adressiert ist. Sie öffnet ihn. Darin liegt eine kleine einfache Karte mit nichts als einer Zimmernummer darauf. Das ist alles. Sie leert ihren Bellini und erhebt sich. Sie kann nicht eine Minute länger ohne Thomas vergeuden. Als sie zurück durch die Lobby geht, ist ihr beinahe schwindelig. Das Ganze fühlt sich an wie ein Traum. Sie kneift sich selbst in den Arm. Ist es wirklich wahr? Liebt Thomas sie immer noch? Wartet er in einem Zimmer dieses Hotels auf sie?

Sie steht vor der Tür mit der Nummer, schluckt ihre Nervosität hinunter und zieht den Gürtel ihres Mantels fester. Es ist so weit. Sie ist hier. Es ist der Moment, in dem sie herausfinden wird, ob ihre und Thomas' Liebe den Schmerz, die Verletztheit, den Verrat dieses letzten Jahres überlebt hat.

Er öffnet die Tür, in einem schwarzen, oben offenen Hemd und einer Anzughose, barfuß. Seine Augen lodern, schimmern eisblau, und sein dunkles Haar fällt ihm in dichten Locken ums Gesicht. Sie will sich in seine Arme werfen, ihn mit Küssen bedecken, aber sie beherrscht sich. Er sagt nichts. Zieht sie nur an der Hand herein. Das Zimmer ist von einer einzigen Lampe erhellt und die Vorhänge sind zugezogen. In der Mitte steht ein riesiges Doppelbett, die Decke ist zurückgeschlagen. Sie starrt das Bett an anstatt ihn. Sie weiß nicht, was sie sagen soll, wie sie es sagen soll. Aber offenbar muss sie gar nichts sagen. Wortlos, jede Botschaft mit den Augen ausdrückend, beginnt Thomas ihren Hals und ihre Schultern zu küssen.

»Thomas, was …«, setzt sie an, aber er bringt ihre Frage mit einem Kuss zum Schweigen, während er gleichzeitig nach dem Gürtel ihres Trenchcoats greift und die Schnalle löst, sodass er sich öffnet und ihr verführerisches Seidenkleid entblößt. Er stöhnt leise auf, und seine Augen verengen sich vor Verlangen zu Schlitzen, während er seine Hände unter ihr Kleid schiebt, um ihre Brüste zu liebkosen. Er küsst sie noch immer. Sie fühlt sich, als würde er sie in sich aufnehmen. Es ist so anders als mit jedem anderen Mann. Alles, was sie will, ist, dass er in ihr ist, und mehr noch … sie erkennt, dass all diese Tantra-Erlebnisse mit Leonardo ihre sexuelle Sprache verändert haben. Sie will, dass Thomas sie tief durchdringt, so wie Leo es ihr beschrieben hat.

Thomas zieht ihr den Mantel von den Schultern und lässt ihn auf den Boden fallen. Dann schiebt er die Träger ihres Kleids zur Seite, sodass es an ihrem Körper herabgleitet. Valentina tritt aus der Kleidung zu ihren Füßen und bleibt vor Thomas stehen. Er umschleicht sie, mustert sie anerkennend. Ihre Nippel drücken gegen den feinen Stoff ihres Spitzen-BHs, und sie fühlt eine Hitze in sich aufsteigen, die ihr tiefstes Innerstes weich und offen werden lässt, ihr ganzer Körper verzehrt sich nach ihm. Er löst die Haken ihres BHs und legt seine Hände um ihre runden Brüste, die sich ihm entgegenstrecken. Dann zieht er sie ganz nah an sich. Die Struktur seines Seidenhemds und der weiche Wollstoff seiner Hose an ihrer nackten Haut erregen sie noch mehr. Er küsst sie innig, schiebt seine Finger unter ihren Stringtanga und berührt sie sanft. Er stöhnt leise auf, als er spürt, wie feucht und offen sie für ihn ist. Plötzlich reißt er ihr mit einer kräftigen Bewegung den Stringtanga herunter. Jetzt trägt sie nur noch ihre Strapse, Strümpfe und High Heels. Er löst sich von ihr und führt sie zum Bett. Setzt sie darauf. Dann kniet er sich vor sie hin, löst einen Strumpf nach dem anderen, rollt sie langsam nach unten zusammen, während er gleichzeitig ihre Beine mit flatternden Küssen bedeckt. Er nimmt ihren rechten Fuß, führt ihre Zehen an seinen Mund und saugt an jeder einzelnen Kuppe. Dasselbe tut er mit ihrem linken Fuß. Dann stellt er beide Füße wieder auf den Teppich. Er beugt sich vor und löst den Strumpfhalter, küsst ihren warmen Bauch, bevor er ein Stück zurückweicht. Sie sitzt nackt vor ihm, während er vor ihr steht. Sie starren sich gebannt an, und sie fühlt sich versengt von der Leidenschaft, die aus seinen Augen spricht. Er beginnt sein Hemd aufzuknöpfen, ganz langsam, einen Knopf nach dem anderen, und zieht es dann mit einem Ruck aus dem Hosenbund und streift es ab. Danach knöpft er seine Hose auf und lässt sie fallen. Er trägt keine Unterwäsche. Sein Schwanz steht fest und aufrecht. Oh Gott … ihr schöner Schwanz, *ihr* Schwanz, sie will ihn mit Küssen bedecken. Aber als sie sich vorbeugt, um ihn zu berühren, schiebt er sie sanft zurück, schüttelt den Kopf. Stattdessen berührt er sich selbst, hält sein Glied locker in seiner Hand, als wolle er ihr sein Gewicht zeigen, und gleitet mit der Hand an seinem Schaft auf und ab. Sie will so gerne über Thomas' samtigen Schwanz streichen, aber jedes Mal wenn sie die Finger ausstreckt, um ihn zu berühren, schiebt er sie sanft aufs Bett zurück, bis sie sich hinlegt. Er klettert aufs Bett, kniet sich über sie und beginnt sie am ganzen Körper zu küssen. Von ihrem Mund über ihr Kinn und ihren Hals bis hin zu ihren Brüsten. Über ihren Oberkörper hinunter zu ihrem Bauch. Auf ihr Becken und dann weiter hinunter. Sie spürt seine Zunge auf ihrer Klitoris, spürt sie hin und her gleiten, und sie kann fühlen, wie sich ihr gesamter Körper zusammenzieht, aber sie will nicht kommen, noch nicht. Sie will, dass diese Nacht ewig dauert. Sie streckt die Hände nach unten aus und hebt seine Schultern an, zwingt ihn, sich aufzusetzen, und zieht ihn dann neben sich auf seine Seite. Sie hebt ein Bein über seines und drückt ihr Becken zu Thomas hin, sodass sie eine Schere bilden. Sie spürt, wie sich die seidige Spitze seines Glieds an ihre weiche Spalte schiebt. Sie atmet tief ein und sieht ihm in die Augen, während sie sich vorstellt, wie sich ihr ganzes Wesen für ihre wahre Liebe öffnet. Er dringt in sie ein, stößt nicht hart zu, sondern schlängelt sich sanft in sie hinein, wie von einem Magneten angezogen, um in ihr zu sein. Sie hält ihn für einen Moment dort, genießt, wie er anschwillt, in ihr wächst und pulsiert, während sie merkt, wie sie selbst weicher wird und sich weiter für ihn öffnet. Thomas beginnt sich in ihr zu bewegen, nicht vor und zurück, sondern eher seitlich. Er dringt immer tiefer in sie ein. Sie ist in vollkommener Harmonie mit Thomas. Sie fühlt sich himmlisch, entspannte Orgasmuswellen durchströmen sie, werden immer heftiger. Instinktiv beginnen sie sich um den Mittelpunkt von Thomas' Schwanz tief in ihr zu winden. Ohne dass er sich aus ihr zurückzieht, dreht sie sich herum. Er ist hinter ihr, während sie sich auf den Bauch legt, und er dringt so tief in sie ein, mit seinem ganzen Gewicht auf ihrem Rücken, dass sie das Gefühl hat, eine neue Welt zu betreten, einen Ort grenzenloser, ekstatischer Lust. Alles, was sie von Leonardo gelernt hat, fügt sich zusammen, und jetzt versteht sie, warum sie jedes Mal wenn sie mit ihm geschlafen hat, das Gefühl hatte, dass irgendetwas fehlte. Es war, weil er nicht der Richtige für sie war. Thomas passt vollkommen zu ihr. Er ist ihr wahrer Mann.

Valentina hebt ihren Körper an, und Thomas kauert sich auf seine Fersen, zieht sie dabei mit, sodass schließlich beide auf dem Bett knien, wobei sie auf Thomas' Schenkeln sitzt. Valentina beginnt auf seinem geschmeidigen Schaft auf und ab zu gleiten, während Thomas sie an den Hüften festhält und hochhebt, ihre Bewegungen lenkt. Er leckt ihr Rückgrat, ihren Nacken, streichelt ihren ganzen Körper, während sie gemeinsam dem Höhepunkt ihrer Lust entgegenstreben. Ihr Atem ist im Einklang, tief, universell … und sie schreien zusammen auf, als sie genau im selben Augenblick kommen.

Sie liegen sich in den Armen, ihre nackten Körper ineinander verschlungen. Valentina kann Thomas' Herzschlag an ihrer Brust spüren.

Sein Herz schlägt. Er ist am Leben.

Sie verspürt ein freudiges Kribbeln, denn trotz all des Kummers und der Täuschungen ist ihre eine wahre Liebe letztendlich wiederauferstanden. Nicht viele Witwen haben so viel Glück. Sie schwört sich, dass sie gut auf das aufpassen wird, was sie gefunden haben. Nie wieder wird sie Thomas verlieren.

»Du bist am Leben«, flüstert sie, während sie ihn an den Schultern festhält und in den tiefblauen See seiner Augen blickt.

»Ich bin am Leben«, lächelt er sanft. »Und du bist zu mir gekommen?«

Sie nickt.

»Ja.«

Sie sagt nichts weiter, denn es gibt fast zu viel, worüber sie reden müssen. Ihr Leben ist jetzt komplizierter. Thomas wird seinen Eltern und allen, die er kennt, erklären müssen, dass er von den Toten auferstanden ist. Er wird verhindern müssen, dass er wegen des Diebstahls des Klimt-Gemäldes verhaftet wird, und er wird einen Weg finden müssen, wie er es an die Neue Galerie zurückgeben kann … Es gibt so vieles, was in ihrem Leben schiefgehen könnte, und doch ist sie überglücklich, dass Thomas wieder, und diesmal für immer, bei ihr ist.

Valentina setzt sich im Bett auf, zieht Thomas mit sich hoch, sodass sie einander gegenübersitzen. Sie halten sich bei den Händen und sehen sich in die Augen. Sie nimmt seine Hand, legt sie auf sein Herz und legt ihre eigene Hand darüber. Sie spürt sein Herz schlagen, hört seinen Atem und flüstert ihm zu.

»Leg dich auf dem Bauch aufs Bett.«

Er sieht sie fragend an.

»Ich habe ein Geschenk für dich«, sagt sie.

»Eine Überraschung?«, fragt er.

»Ja, ein Zeichen meiner Liebe zu dir.«

Sie sieht seine Freude über ihre Worte, die ihr sonst so schwer über die Lippen kommen. Aber heute Abend will sie es am liebsten von den Dächern rufen … *Ich liebe Thomas Steen!*

Thomas legt sich mit dem Gesicht nach unten aufs Bett, und Valentina nimmt eine kleine Flasche mit Kokosöl aus ihrer Tasche, das sie immer bei sich trägt, um ihrem Haar Glanz zu verleihen. Sie gibt eine kleine Menge davon in ihre Hände. Der exotische, verführerische Kokosduft steigt von ihren warmen Händen auf. Sie beginnt, Thomas' Schultern zu massieren. Sie gleitet mit geschwungenen, schnellen Bewegungen mit den Fingern über seinen Rücken, als wären ihre Hände zwei Vögel, die zusammen tanzen. Valentina muss an die Karte mit den beiden blauen Vögeln denken, die Thomas damals nach der Fehlgeburt für sie gemacht hatte. An die Worte darin. *Du bist nicht allein, Valentina.* Es passt alles, denkt sie. Sie kann Thomas wirklich fühlen, indem ihre Haut seine Haut berührt. Valentina gießt noch etwas mehr Öl auf seine Beine und arbeitet hinunter bis zu seinen Füßen und dann wieder hoch, bis sie seinen festen, straffen Po erreicht. Sie legt sich auf Thomas' Rücken und schmiegt ihren Körper an seinen. Es fühlt sich wundervoll an, ihre Brüste in seinen Rücken zu pressen, ihren Venushügel an seinem Gesäß zu spüren, seinen männlichen Duft, gemischt mit dem Öl, einzuatmen und Thomas in vollkommener Ruhe zu betrachten, während er die Augen geschlossen hat. Er vertraut ihr völlig, gehört ganz ihr. Sie verspürt ein tiefes Gefühl von Freiheit, denn in ihrem Hotelzimmer gibt es keine Ziele, keine Erwartungen, keine Leistung oder Perfektion.

Sie erhebt sich von ihrem Liebsten, ganz langsam, genießt das berauschende Gefühl, wie sich ihre öligen Körper voneinander lösen.

»Dreh dich um«, flüstert sie ihm zu.

Ihr Blick wird unwillkürlich von seiner Erektion angezogen. Sie betrachtet seinen schönen Schwanz mit anderen Augen. Er ist nicht nur ein Teil seines Körpers, der etwas mit ihr tun kann … vielmehr existiert er völlig unabhängig. Sie bewundert ihn. Valentina gießt noch mehr Kokosöl auf ihre Handflächen, sodass es zwischen ihren Fingern hindurch auf Thomas' Oberkörper tropft. Sie setzt ihre Massage fort, langsam, von seiner

Brust hinunter zu seinen Innenschenkeln und seinem Becken, bis sie hören kann, wie Thomas tief aus dem Bauch atmet und sein Körper völlig entspannt ist. Sie beugt sich hinunter und küsst ihn sanft auf die Lippen. Sie kann ihn murmeln hören, nur ihren Namen, sonst nichts.

Sie lässt eine kleine Menge Kokosöl auf Thomas' Schwanz und seine Hoden rinnen. Sie reibt das Öl in seine Haut ein, von seinen Schenkeln hoch zu seinem Becken, mit langsamen, gleichmäßigen Bewegungen.

Während sie ihren Liebhaber massiert, spürt sie seine Verzückung. Es erregt sie, ihn nur zu berühren, seine sinnlichen Empfindungen zu spüren. Sie beginnt ihn genau über seinem Schwanz zu massieren, reibt ihre Hand über sein Schambein und gleitet dann hinunter zu seinen Hoden und zieht und knetet sie ganz sanft. Sie gleitet mit den Händen weiter hinunter, um ihn am Damm zu massieren. Valentina folgt den Bewegungen ihrer Hände mit ihrem ganzen Körper, streicht kräftig nach unten, von seinem Schwanz bis hin zu seinem Po, und dann abwechselnd mit kreisenden Bewegungen, wobei sie mit dem Finger auf eine ganz bestimmte Stelle drückt.

Sie legt eine Hand auf Thomas' Schwanz, hält ihn liebevoll, umschließt ihn so behutsam mit ihren Fingern, als wäre er einer dieser schönen blauen Vögel. Sie beginnt seinen Schaft zu massieren, drückt mit der rechten Hand sanft die Wurzel, dann zieht sie ihre Hand hoch und ganz von ihm zurück. Sie gießt noch mehr Öl in ihre Hände und tut dann dasselbe mit ihrer linken Hand, drückt Thomas' Schwanz an der Wurzel und zieht dann ihre Hand hoch und ganz von ihm zurück … immer wieder, im Wechsel. Nach einer Weile ändert sie die Richtung, gleitet mit beiden Händen abwechselnd von der Eichel zur Wurzel. Nach ein paar Minuten nimmt sie seinen Schwanz zwischen beide Hände und reibt die Hände rasch aneinander, als würde sie ein Feuer entfachen.

Valentina fragt sich, ob Thomas tatsächlich Feuer gefangen hat. Er hat die Augen geschlossen, die Lippen geöffnet, und sie kann seine rosige Zunge sehen, die auf seinen Zähnen ruht. Er sieht so verletzlich und so hinreißend zugleich aus. Ihr wird bewusst, dass sie tief in ihrem Inneren das Wesen ihres Mannes verehrt.

Sie hält Thomas' Schwanz an der Spitze und bewegt ihn sanft hin und her, bevor sie seine Eichel mit der hohlen Hand umfasst und ihr Handgelenk dreht. Sie hört, wie Thomas leise aufstöhnt, und sie weiß, dass er jetzt kurz vor seinem Höhepunkt ist. Es erregt sie, zu spüren, wie sie ihn dorthin bringt, und er lässt es zu. Er gibt seinen ganzen Körper ihrer Führung hin. Valentina kann die Schwingungen tief in Thomas' Körper spüren. Sie kann es spüren, als der Orgasmus sich ankündigt, aber dann zieht sie sich zurück und verlangsamt ihr Tempo im letzten Augenblick. In diesen Momenten atmet Thomas so tief, dass es wie ein leises Donnergrollen klingt. Mehrmals hat sie das Gefühl, dass er gleich kommt, und doch ist er imstande, diese ganze Wonne in seinem Körper zurückzuhalten, anstatt sie herausströmen zu lassen.

Sie beugt sich über ihn und küsst ihn auf die Lippen, und er schlägt die Augen auf und sieht ihr mitten ins Herz.

»Ich muss dich jetzt nehmen, jetzt sofort«, flüstert er.

Auf einmal rollt er sie aufs Bett, und sie lacht vergnügt über seine plötzliche Entschlossenheit. Sein Verlangen nach ihr ist Balsam für ihr verwundetes Herz. Er legt sich auf sie, umfasst ihr Gesicht mit beiden Händen, blickt wieder ernst.

»Valentina, ich liebe dich von ganzem Herzen«, sagt er, während er in sie hineingleitet.

Ihre Augen füllen sich mit Tränen. Er sieht sie, und er erkennt, wie selten und kostbar sie sind, wie Fragmente ihrer Liebe, verloren und wiedergefunden. Sie bewegen sich wie ein einziger Körper, er sich in ihr, sie sich in ihm, leidenschaftlich, hinfortgerissen von dem Moment, und schweben gemeinsam auf einem schillernden Meer der Ekstase. Sie spürt, wie er sich in ihr ergießt, den Blick auf sie geheftet, weit geöffnet und neu geboren. Und auf diese Weise schließt Valentina Thomas auf.

Ende

Anmerkung der Autorin

Auch wenn das Thema dieses Buchs die Liebe in all ihren mannigfaltigen Aspekten ist, möchte ich, da Tinas Geschichte zum Teil in Berlin spielt, gern erwähnen, wie tief bewegt ich von den Geschichten und Schicksalen all der Menschen war, die versucht haben, die damalige Mauer zu überwinden.

1.065 Menschen sind dabei ums Leben gekommen – entweder bei dem Versuch, über die Berliner Mauer oder die innerdeutsche Grenze zu flüchten, oder nach einem Fluchtversuch im Gefängnis. Ihr Verbrechen: selbst entscheiden zu wollen, wie und wo sie ihr Leben leben. Männer, Frauen und Kinder – erschossen oder hilflos in der Spree ertrunken, ohne Menschlichkeit oder Mitgefühl.

Ich möchte dieses Buch jedem einzelnen dieser verlorenen Menschen widmen.

Danksagung

Ich danke von ganzem Herzen meinen Agentinnen Marianne Gunn O'Connor und Vicki Satlow für ihr Vertrauen und ihre harte Arbeit. Ich danke meinen brillanten Lektorinnen, Leah Woodburn und Sherise Hobbs sowie Emily Kitchen, Veronique Norton, Linsey Sutherland, Kim Hardie und dem Rest des fabelhaften Teams bei Headline für seine ganze Unterstützung und harte Arbeit während der Entstehung der Valentina-Trilogie. Ein Dank geht an Pat Lynch für sein grenzenloses Engagement, an Turid Løvskar, Silje Karin Iversen und Dilani Vampahan bei Bazar Forlag, Joeska de Wijs bei The House of Books und Eva Schubert bei Random House.

Ich danke Andy Seach bei Barfly UK Bespoke Bars für die Schöpfung des Valentina-Cocktails.

Ich danke Tracey Ann Skjæråsen, die mich auf meine Recherchereise nach New York begleitet hat und die mir eine solch große Hilfe war. Ich danke all meinen Freunden, die mich bei meinen Schreibbemühungen weiterhin unterstützen und ermutigen: Kate Pengelly, Donna Ansley, Monica McInernery, Sinead Moriarty, Suzy Wilson, Carol O'Connor, Bernie McGrath, Therese Dalton, Nina Rolland, Ila Moldenhauer, Ann Seach, Sidsel Humberset, Marianne Mølholm, Hege Isaksen, Synnøve Bakke, Emmanuelle Chaze, Page Allen und Elisa Bjersand. Ich danke meiner Familie: Fintan & Eimear Blake Kelly, Jane &

Jon Birman, Jed Harrison & Caroline Cole, Paul & Sue Harrison, Joyce D'Silva, Mary Ansley, Maria & Bryce Wilby und Liz Davies.

Der größte Dank von allen gilt meiner Stieftochter Helena, meinem Sohn Corey und meinem Mann Barry, die es mit mir aushalten mussten, wenn ich in meiner Schreibhöhle war. Ich danke euch von ganzem Herzen. Ohne euch hätte ich das nicht geschafft.

Und zuallerletzt möchte ich mich von Valentina verabschieden. Danke, dass du mich mit deinem Freigeist inspiriert hast und mich auf eine Reise der Liebe, des Lichts und der Kreativität mitgenommen hast.

Evie